▲「二〇一九近現代中國語文國際學術研討會」開幕式大合照，攝於二〇一九年十二月六日。

◀臺灣大學中國文學系名譽教授楊秀芳進行專題演講。

▲ 屏東大學人文社會學院院長簡光明於開幕典禮致詞。

▲ 與會觀眾參與研討會情形。

閉幕典禮由屏東大學中國語
文學系余昭玟主任致詞。▼▶

▲「二○一九近現代中國語文國際學術研討會」閉幕式大合照。

學術論文集叢書

文學與思想的跨域交會：

二〇一九近現代中國語文國際學術研討會論文集

鐘文伶　主編

余序

　　屏東大學中文系是屏東在地唯一的中文系，義無反顧地承擔起建構文學研究的責任，每年均多次進行座談會、發表會、演講等活動，而舉辦國際學術研討會更是一年一度的盛事。本系以「近現代中國語文國際學術研討會」與「屏東文學國際學術研討會」兩者交替，隔年舉辦，至今已歷十餘年，規模越來越大，兩場都不間斷地和國內外學者互相交流，持續加強文學研究的能量。

　　所謂「近現代學術研究」，在時間上，一方面延續傳統思維，一方面接納現代新文學思潮；在空間上，除兩岸三地之外，亦擴及世界各國，整合不同地區的研究。本次第八屆會議，以「文學與思想的跨域交會」為主軸，重點在思想與文學的轉型與前瞻，期能為學界提供深度廣度兼具的多元思考。

　　本場會議感謝劉副校長英偉、簡院長光明親臨致詞，多所鼓勵。臺灣大學中文系名譽教授楊秀芳在其愛徒——本系嚴立模老師力邀之下，應允演講，題目「方言本字研究的觀念與方法——從『奧步』談起」，內容極為精彩，楊教授儒雅的風采更令眾人傾倒。參與的學者，除了來自臺灣北中南各地大學，還有韓國、馬來西亞，以及一向和本系極為友好的香港教育大學、香港公開大學的教授。而加拿大籍的莫加南教授，保加利亞籍的謝薇娜教授正在國內任職，也在邀請之列。會議總共發表十八篇論文，論文在在可見細膩的考掘與深刻思考，在「近現代」的範疇內，呈現多種類型，其中也有對香港文壇、日本漢學的討論。會議中學者針對主題熱烈進行討論，提出研究成果，開創國際化及多重跨域的研究視野。

　　感謝系上老師出力協助，工讀生充分合作，區分為文書組、總務組、議事組、接待組等，各項事務和諧運作，並由鐘文伶老師總綰其事。文伶老師甫於當年到職，是系上最年輕的老師，慨然擔起承辦研討會之重責大任，從

最早的邀請學者、蒐集稿件，印製海報，到舉辦會議時的場地布置、安排學者住宿接送等事項，均規劃妥善，遂使會議得以順利進行，本人衷心感謝。

　　論文集在會議舉行一年後出版，期間有發表者再三修正文稿，力求盡善盡美的態度令人感佩。此次研討會，我們將學術研究成果推介給學界，也將國內外學者邀請至屏東作客交流。會議中參與聽講的大眾十分踴躍，在肺炎疫情蔓延之初，濟濟一堂，也算是難得的盛會。可以說，屏東大學中文系又一次在南臺灣引起迴響，為學術界增添光采。

屏東大學中文系系主任

余昭玟　謹識

目次

圖版 ……………………………………………………………………… I

余序 ………………………………………………………… 余昭玟　1

文學療癒與性別政治
　——論朵思詩的身體書寫 …………………………… 林秀蓉　1

臺灣客家文學中的書寫女性與女性書寫 ………………… 邱湘雲　29

左右交匯下的激流
　——五〇年代香港政治內幕小說的書寫 ……………… 郭澤寬　53

方言本字考求與形態變化
　——以閩南語「奧步」為例 …………………………… 楊秀芳　83

無情世代
　——論蔣曉雲早期言情小說 …………………………… 董淑玲　111

溢出裂縫的微光
　——管窺《苦雨之地》的敘事策略及其深層意蘊 ……… 鄭雪花　131

唐君毅性善論型態辨析 …………………………………… 蕭振聲　159

地獄的旁邊
　——魯迅《野草》的佛教地獄象徵與情感的融合詮釋 … 謝薇娜　175

屏東客家現代文學初探
　——從屏東文學史的角度觀察 ………………………… 鍾屏蘭　213

二〇一九近現代中國語文國際學術研討會議程表 ……………… 273

文學療癒與性別政治
——論朵思詩的身體書寫

林秀蓉[*]

摘要

　　「身體」一向是表情達意最直接、最方便的工具，朵思透過身體書寫，凝視生命的顛躓困頓，揭示自我的思想情感；並驗證「身體」不只停留在物理的層次，它也是意義輻射的中心點，具備多元的能動性意義。本論文以朵思詩中的身體書寫為研究主軸，從身體一元的觀點切入，並援引心理學與文學、女性主義等相關論述，探討問題如下：其一，釐清詩作與身體符號的生成背景與解讀路徑，以認知其意象指涉的衍異特質。其二，依序就「生理病體與病室風景」、「精神病體與心理密碼」、「情欲身體與陰陽同體」三節，詮析其如何呈現身體意象，又折射哪些思想意識。期待藉此深探朵思身體書寫的衍異特質，以及裨補相關研究之闕漏。綜觀朵思的身體書寫，展演生命亂序與逃離意識，傾瀉靈魂深處最幽沉的吶喊；並湧現豐沛的潛意識，鬆動性別對立的僵化思考，兼涵文學療癒與性別政治的指涉。

關鍵詞：朵思、身體書寫、身心一元、心理學與文學、女性主義

---

* 國立屏東大學中國語文學系教授。

一 前言

　　意象是進入詩國的通行證，而身體意象往往具有輻射性和開放性的特色，成為投射內心世界或社會文化的視窗。德國接受美學的重要理論家沃爾夫岡‧伊瑟爾（Wolfgang Iser, 1926-2007）提出文本的「召喚結構」理論，認為文本作為一種虛構的想像性作品，它的非現實化形成了意義的空白，這些空白提供了聯繫的可能性，並構成閱讀的懸念，刺激讀者依據文本去填充空缺，這種喚起讀者解讀活動、建構意義的文本結構，伊瑟爾稱之為「召喚結構」。[1] 朵思（1939-）在《凝睇──朵思詩集》的〈自序〉中曾言及創作詩觀說：「『空』，亦是數十年來所追求的境界：文字不要鋪滿紙張，不要寫滿要說的畫面。盧克萊修（Lucretius）這位詩人告訴我們，『空』與實體一樣具體。因之，凝睇之外的空，一透沁出弦外之音的魔力，留給沒有寫出來的詩語言，是充滿旋轉出各自的密碼和解釋的魔幻玄機。」[2] 由以上這段引言，可見朵思已能觀照到作者創作意識與讀者接受意識的連結性，這與接受主義美學的觀點頗為契合。就詩語言而論，作者藉助意象經營的空白，正是這個召喚結構得以存在的策略；至於詩意的空白，則有賴讀者通過解釋意象的密碼，方能在文本中獲得言外之意。本論文主旨在於解讀朵思詩中的身體意象。

　　朵思本名周翠卿，出生於嘉義，一九五五年發表第一篇詩作〈路燈〉於《野風》雜誌。一九五六年就讀嘉義女中高中部，次年因病休學，入文壇函授學校小說班，投稿《當代文藝》，結識主編畢加（1927-1994）。一九六○年不顧父親反對，在高雄左營與畢加結婚，育有兩男一女。曾接受皇冠出版社的邀稿（1965-1971），創作小說。一九七一年丈夫退役，舉家北遷至板橋，轉而經商，全心投入協助。直到一九七八年丈夫經商失敗，處境艱辛，

1 　參見朱立元：《接受美學》（上海市：上海人民出版社，1989年），頁127。金元浦：《接受反應文論》（濟南市：山東教育出版社，2002年），頁164-170。李建盛：《理解事件與文本意義──文學詮釋學》（上海市：上海譯文出版社，2002年），頁134。

2 　朵思：〈自序〉，《凝睇──朵思詩集》（臺北市：釀出版，2014年），頁4。

為了支撐家庭重擔，重拾筆耕，創作散文。之後丈夫中風，辛勞守護長達十三年（1982-1994），對於人生痛楚有深刻體悟，這些現實生活的磨難，鍛鍊詩的密度與深度，尤其擅長刻劃女性內心的幽微。簡政珍說：「朵思是臺灣現代詩最有成就的詩人。即使不論性別，她也是當代最好的詩人之一。」[3]可知其在現代詩壇的成就與評價。而最值得注意的是，其詩將個人的生存困境和生命意識融於一爐，沈奇在〈生命之痛的詩性超越——朵思論〉中，提出朵思詩寫作重點在生命痛楚的體悟，將其歸類為「強者詩人」[4]。

探察朵思的詩作歷程，從第一部詩集《側影》（1963）起，主要是以愛情與家庭為重心；到了《窗的感覺》（1990）則以反思生老病死、超越生命局限為焦點；而後《心痕索驥》（1994）更突破昔日風格，以精神分析的表現方式探索內心的幽暗。直到丈夫去世後，她卸下照顧重擔，勤於寫詩，除積極參與詩壇活動，並四處參訪遊歷，在《飛翔咖啡屋》（1997）、《從池塘出發》（1999）、《曦日》（2004）、《凝睇——朵思詩集》（2014）等詩集中[5]，出現大量的旅遊詩。[6]綜觀朵思詩藝風格的特色，凝視生命的顛躓困頓，揭示自我的思想情感，意蘊濃郁飽滿。

朵思父親在嘉義市成仁街開業行醫，期盼子女從醫或嫁作醫生妻，然而她卻違抗父命，加上婚後生活的艱辛，促使她以詩國為避風港，文學成為其

---

3 簡政珍：〈長詩的意象敘述——評朵思的《曦日》〉，《文訊》第231期（2005年1月），頁29。

4 沈奇：〈生命之痛的詩性超越——朵思論〉，收錄於朵思：《飛翔咖啡屋》（臺北市：爾雅出版社，1997年），頁154。

5 朵思詩集：《側影》（高雄市：創世紀詩社，1963年）、《窗的感覺》（自印，1990年）、《心痕索驥》（臺北市：創世紀詩雜誌社，1994年）、《飛翔咖啡屋》（臺北市：爾雅出版社，1997年）、《從池塘出發》（嘉義市：嘉義市立文化中心，1999年）、《曦日》（臺北市：爾雅出版社，2004年）、《凝睇——朵思詩集》（臺北市：釀出版，2014年）。

6 朵思除了詩集，尚有散文：《斜月遲遲》（臺北市：黎明文化事業公司，1982年）、《驚悟》（臺北市：敦理出版社，1987年）。童詩：《夢中音樂會》（臺北市：三民書局，1998年）。並以筆名「韻茹」發表短篇小說集：《紫紗巾和花》（臺北市：皇冠出版社，1967年）、《一盤暮色》（臺南市：鳳凰城圖書，1983年）；長篇小說：《不是荒徑》（臺北市：皇冠出版社，1969年）。

心靈的依歸。溯源朵思之文學啟蒙，首先當歸功於母親鼓勵她大量閱讀。母親因崇慕嘉義女詩人張李德和（1893-1972）的才氣，所以將創作的想望寄託於子女身上。她在〈牽繫──母親〉詩中說：「母親堆置的基肥／肥沃了我在空虛的心靈還來不及懂得背叛／便懂得宣洩／來不及走上唯物主義至上的觀念／便懂得求精神上的超越／讓我從此在文字的大海中泅泳／將自己淹沒在字義的追尋之中」[7]，母親在朵思心中不只是詮釋亮節與風骨的典範，更是引領她進入文學之門的啟蒙者。尤其浸潤於外國文學作品中，深刻影響其創作風格，她在《側影》〈後記〉曾說：「我由迷失的荒途發覺神盞之光耀普及各處，如北原白秋，曾一度是我初期喜愛的詩人之一，繼後，我又被里爾克（R.M.Rilke）及艾略特（T.S.Eliot）穩定的情緒所吸引，從此，一種平衡始在我詩中儘其展露開來。」[8]文中提及的作家，如日本的北原白秋（1885-1942）慣以透過感官觸角細膩刻劃內心的幽微；奧地利的里爾克（1875-1926）詩常見超越生命困局的題材；英國的艾略特（1888-1965）主張詩人應全力為主觀感受尋找「客觀對應物」以作為心靈的暗喻。朵思將閱讀轉化為創作養分，精進詩藝，淨化心靈。

有關朵思詩的前行研究成果，期刊論文如：洪淑苓〈朵思及其詩歌美學析論〉；學位論文如：黃慕怡《朵思詩研究》、曾怡慧《朵思詩作歷程與感官意象研究》、葉乃萍《朵思新詩美學研究》、謝盈瑩《朵思詩中的孤獨書寫》等。[9]以上這些專論大多探析朵思詩的感官意象、孤獨書寫、美學表現等議題，各有精闢獨到的觀點，然對於朵思詩中身體意象的解讀仍尚待闡發。故本論文以朵思詩中的身體意象為研究主軸，從身體一元的觀點切入，並援引

---

7 參見朵思：〈牽繫──母親〉，《曦日》，頁57-58。

8 朵思：〈後記〉，《側影》，頁56。

9 洪淑苓：〈朵思及其詩歌美學析論〉，《東吳中文學報》第9期（2003年5月），頁209-243。黃慕怡：《朵思詩研究》（高雄市：國立高雄師範大學國文研究所碩士論文，2008年）。曾怡慧：《朵思詩作歷程與感官意象研究》（嘉義市：國立嘉義大學中國文學研究所碩士論文，2011年）。葉乃萍：《朵思新詩美學研究》（高雄市：國立中山大學中國文學研究所碩士論文，2012年）。謝盈瑩：《朵思詩中的孤獨書寫》（臺中市：逢甲大學中國文學研究所碩士論文，2014年）。

心理學與文學、女性主義等相關論述，探討問題如下：其一，釐清詩作與身體符號的生成背景與解讀路徑，認知其意象指涉的衍異特質。其二，依序就「生理病體與病室風景」、「精神病體與心理密碼」、「情欲身體與陰陽同體」三節，詮析其如何呈現身體意象，又折射哪些思想意識。期待藉此深探朵思身體書寫的衍異特質，以及裨補相關研究之闕漏。

二 身體意象的生成與解讀

西方有關身體內涵的論述，涉及身心一元、二元的論爭。所謂身心二元論，可以溯源自古希臘哲學家柏拉圖（Plato，西元前427-前347年）與法國理性主義代表笛卡兒（René Descartes, 1596-1650），隱然成為中世紀至近代思想的主流。柏拉圖在《理想國》中認為身體短暫，靈魂永恆；身體導致惡，靈魂通達善。他視身體為「靈魂的牢獄」，會阻礙心靈的思維活動。[10] 至笛卡兒提出「我思故我在」的論述，則強化柏拉圖身心二元的觀念。他主張人是由心靈的精神實體與身體的物質實體所構成，身心是絕對相異的兩個實在；心靈是思維的實體，身體則是無思考能力，是由骨骼、神經、肌肉、血管、血液等組成的機器，受心靈的指揮控制。[11]笛卡兒與柏拉圖同樣強調以身體為客體，以心靈為主體，這樣的身心二元論影響了近代科學家將身體視為一種「物質化」、「機械化」、「數字化」的觀察對象，雖然促進生物學的發展，但也阻礙人們從身體症狀理解精神心靈的進路。[12]

傳統認定形而下的身體，到了十九世紀德國哲學家尼采（Nietzsche,

---

10 參見柏拉圖（Plato）著，郭斌和、張竹明譯：《理想國》（北京市：商務印書館，1997年），頁375。

11 參見笛卡兒（René Descartes）著，龐景仁譯：《第一哲學沉思集》（臺北市：臺灣商務印書館，1986年），頁88。笛卡兒（René Descartes）著，錢志純、黎惟東譯：《方法導論‧沉思錄》（臺北市：志文出版社，1984年），頁178。約翰‧卡丁漢（John Cottingham）著，林雅萍譯：《笛卡兒》（臺北市：麥田出版社，1999年），頁55-60。

12 參見安德魯‧斯特拉桑（Andrew J. Strathem）著，王業傳、趙國新譯：《身體思想》（瀋陽市：春風文藝出版社，1999年），頁5-7。

1844-1900）開始轉向身心一元的觀點，他推翻身體只是心靈工具或意識附庸的看法，轉而將身體放在第一位。[13]尼采在《查拉圖斯特拉如是說》〈論身體的蔑視者〉中，認為「身體」不等同於官能作用的身體，它是超越自身感官以及意識自我的大理性（「身體理性」）。在尼采看來，所有的認識活動都是由身體開展，在感官捕捉世界之際，「想像」扮演重要的角色，它是身體最初的思考，經由「想像」作用，形象群才得以產生，種種具形的認識和知識也才接踵而生。[14]

尼采之外，探索身體本體論最具代表性者，便是法國哲學家梅洛‧龐蒂（Maurice Merleau-Ponty, 1908-1961），他在《知覺現象學》中從現象學角度強調身體是具有「知覺的主體」，認為世界存在及外在環境的聯繫，皆必須透過身體知覺來體驗，相信身體是所有物體的共通結構；並將自我身體無限延伸，著重以身體圖式（body image）、能動力（身體圖式延伸）、感知媒介（感官五覺）三方面，來談身體如何作為生存在世的媒介，展現一種「身體——主體」的傾向。由是觀之，在身體所開啟的意義場域當中，存在著諸多經驗出現的可能性，因為身體並不只停留在物理的層次，它同時也是意義輻射的中心點，具備多元的能動性意義。[15]

另一位法國哲學家傅柯（Michel Foucault, 1926-1984）在《規訓與懲罰—監獄的誕生》中，特別關注國家機器聘其權力壓抑身體的豐沛能量，身體被馴服化成為政治權力施行的場域。[16]又他在《性史》中從性欲的角度闡

---

13 參見尼采（Nietzsche）著，張念東、凌素心譯：《權力意志——重估一切價值的嘗試》（北京市：中央編譯出版社，2005年），頁70。汪民安：〈導言〉，汪民安主編：《身體的文化政治學》（開封市：河南大學出版社，2004年），頁7。汪民安：〈身體轉向〉，收錄於陳定家選編：《身體寫作與文化症候》（北京市：中國社會科學社，2011年），頁47-66。

14 參見尼采（Nietzsche）著，林建國譯：《查拉圖斯特拉如是說》（臺北市：遠流出版事業公司，1989年），頁32-33。

15 參見梅洛‧龐蒂（Maurice Merleau-Ponty）著，姜志輝譯：《知覺現象學》（北京市：商務印書館，2001年），頁218、265。

16 參見傅柯（Michel Foucault）著，劉北成、楊遠嬰譯：《規訓與懲罰——監獄的誕生》（臺北市：桂冠圖書公司，1998年），頁24-29。

釋性、權力與話語如何緊密結合，使「性」變成權力的對象，突顯出身體不僅是表面上所見的肉體而已，它與文化建構、權力操控、知識形成的體系，都有很密切的關係。[17]傅柯之後，英國社會建構論學者透納（Bryan Turner）承襲其哲學思考，他認為身體應該是社會建構的產物，並受制於權力、經濟、意識形態及制度性管制所影響，因此身體議題實有多重的定位空間。[18]

從尼采、梅洛·龐蒂、傅柯到透納的身心一元詮釋，提供我們思考身體意象解讀的新視域。其中梅洛·龐蒂的知覺現象學，特別強調「身體」的變化，即情境與空間的變化，就這個論點而言，我們在朵思詩中即經常發現「身體、空間、情境」三者之間的內在互動，作家藉著「身體──主體」對空間、情境的感官知覺得以與世界溝通，進而輻射出心靈側影的凝視。其次，傅柯的身體理論對朵思詩中身體意象的探討深有啟示，諸如身體想像與身體欲求、性別權力等等之間的關聯。而透納重視身體秩序與身體管理，有效闡述身體如何被權力關係所治理與銘刻，亦提供了詮釋朵思詩中身體意象的思路。

三　生理病體與病室風景

梅洛·龐蒂跨越身心二元對立之說，認為身體具備主動的能動性意義，把人理解為肉身主體，關注於身體知覺與生活世界的認識形成與辯證關係，不論是日常的言行舉止或是思維活動都需透過身體的經驗發生，這樣的知覺現象學對寫作理論的補充，展現詩人「身體──主體」與空間、情境的對話關係。[19]朵思來自醫生家庭的觀察，加上八〇年代在醫院照顧丈夫的經驗，

---

17 參見傅柯（Michel Foucault）著，沈力、謝石譯：《性史》（臺北市：結構群文化公司，1980年），頁137。

18 參見透納（Bryan Turner）著，謝明珊譯：《身體與社會理論》（臺北市：韋伯文化國際出版公司，2010年），頁86。

19 參見梅洛·龐蒂（Maurice Merleau-Ponty）著，姜志輝譯：《知覺現象學》，頁300。

使其詩作經常出現病體身影與病室氛圍，如《窗的感覺》（1990）收錄一九
八三年發表於《藍星詩頁》的〈病室風景〉組詩，內容有〈病友〉、〈護士查
房〉、〈主治醫師〉、〈手術枱上〉、〈加護病房〉、〈病房〉、〈診療室〉和〈現代
式接觸〉等八首。除此，另有〈第三病房〉、〈試擬四十八年病中心境・病中
書〉，以及一行詩〈急診室〉等。

　　朵思的生理病體書寫，描摹病患痛苦的呻吟，反思生老病死的議題，道
出生命的脆弱與無常。如〈加護病房〉：「回歸子宮的闇寂／牽繫母親臍帶的
是鼻管、尿管和點滴的塑膠細管／緊閉住雙眼／靜靜傾聽揣摹這世界的形象
／這裡離天堂好近／離人世最遠」[20]，「子宮」、「臍帶」指生命誕生的意
象，「鼻管」、「尿管」、「點滴」則意謂死亡，生死拔河，描寫「加護病房」
這個離人世最遠的闇寂空間。再觀一行詩〈急診室〉：「各種苦難齊聚匯流，
浮沉著生死輸贏的緊張氣氛。」詩句描寫「急診室」[21]匯聚淒風愁慘的死亡
氛圍，令人膽顫心驚。至於〈診療室〉則著重描寫病人聆聽醫生宣告診療結
果的心情：

　　　　全部的告解
　　　　被記錄在空白的病歷表上
　　　　他聆聽宣判的心情
　　　　浸在消毒水濃烈的空氣裡
　　　　像一把久置不用的鐵刷[22]

詩中「空白的病歷表」，一則點出病人過去沒有宿疾，一則描寫醫院白色的
基調。而「浸在消毒水濃烈的空氣裡」，呈現醫院令人不安的味道，病人往
往對於自己病體有諸多不祥的想像，使得聆聽宣判的心情，就「像一把久置
不用的鐵刷」般的沉重。全詩透過「診療室」的宣判，描繪病人的心靈圖

---

20 朵思：〈加護病房〉，《窗的感覺》，頁85-86。
21 朵思：〈急診室〉，《窗的感覺》，頁118。
22 朵思：〈診療室〉，《窗的感覺》，頁87。

景，表達生命的無常；創作手法上，游移於視覺、聽覺與嗅覺等感官的觸角，可見詩人敏銳的覺察能力。

　　朵思擅於描摹病室空間氛圍，對於病癥則著墨較少。另外，值得注意的是在〈第三病房〉中，透過「躺在第三病房六十七號病床上」老兵的悲劇故事，一方面寫出其疾病纏身與孤獨寂寞，一方面反映戰爭的殘酷禍害。詩中說：

　　　　五十八歲的他，心中翻湧的
　　　　當然不止只有
　　　　五十八件心事
　　　　他浮沉的眼神裡
　　　　每一件都和鄉情有關
　　　　也和自我相繫

　　　　他原有一整連的袍澤
　　　　也有過十二名結拜的兄弟
　　　　躺在第三病房六十七號病床上
　　　　他聽到，每一個走來的聲音都說
　　　　「把命賣給國家
　　　　把酒喝入肚腸
　　　　腦血管病變，開刀後
　　　　會被安排轉院療養」……

　　　　路，第一次不是由自己去走
　　　　天堂和地獄
　　　　便彷彿顯得都不遠也不近了
　　　　而即或再遠或再近
　　　　他相信，那個地方

也絕不會有大量的手榴彈、彈坑和煙硝

也不會有像酒一股橫流的

遍地的

血[23]

朵思的丈夫是位軍人，她在陪伴療病過程中，經常進出榮總醫院，院裡老兵的際遇成為詩的關注焦點。老兵為國家出生入死，被迫成為回不了家的孤兒，縱使對故鄉魂牽夢縈，也不得不落地生根，在異鄉繁衍子孫，成為戰後臺灣的新移民。彭瑞金曾說：「四〇年代國民政府帶來臺灣的數十萬軍人，有不少人是拋家棄子隔海思鄉數十年，更有不少始終未能成家，當年華老去，感情無所寄託，物質生活也都窘困，這麼一群老兵世界堪稱是人類文明史上絕無僅有的人文奇觀，也是隨便一碰觸，便要鮮血淋漓的社會痛處，吸引了作家的悲憫心懷。」[24]詩中這位罹患腦血管病變的老兵，身心顛沛、無依漂泊，唯有借酒消愁；詩末對死亡進行想像，以天堂、地獄／戰爭、酒作為對照，表達在死亡彼端已超脫戰爭的殘酷與酒精的遺害。全詩道盡老兵長年被家國鄉愁折磨的心酸，充滿憐惜悲憫的情懷。

朵思由於生活困頓，藉助寫作療癒心靈，她認為：「一個人處在情緒低落時，總會設法用文字來分擔他內心的悲苦、焦慮，或者自我掙扎的問題，而這種相當接近於醫學上所謂的『自我醫療』的紓解方式，如果以文字的形式來加以比較的話，最好的應該是詩，因為詩可以用最少的文字來表達官能感覺的各種體驗。」[25]另外，她也曾自述：「詩是容忍詩人吐露內心對話、戕殺挫折，並使社會情境不致將之完全特異化的固著依附。」[26]詩人將詩視為生命的轉化，從中獲得心靈的療癒與自由。再觀朵思揣摩病人心境而寫的〈試擬四十八年病中心境・病中書〉：

23 朵思：〈第三病房〉，《窗的感覺》，頁106-108。

24 彭瑞金：《臺灣新文學運動四十年》（高雄市：春暉出版社，1997年），頁225-226。

25 張默：〈朵思的詩生活探微〉，收錄於朵思：《飛翔咖啡屋》，頁190。

26 朵思：〈後記〉，《飛翔咖啡屋》，頁147。

> 病中，我虛乏若一隻蒼白的全音符
>
> 苦苦杵立在五線譜上
>
> 無聊時，便將你醞釀為詩
>
> 詩，一句句寫，一頁頁裝訂
>
> 相對的，我的日子
>
> 卻被一頁頁撕去，一天天短少[27]

　　這首詩將病中虛乏的樣貌形容為：「若一隻蒼白的全音符／苦苦杵立在五線譜上」，孤獨、低潮、無望的病體，再也無法演奏出幸福的樂音，面對病魔的摧殘、生命的消逝，寫詩成為最佳醫療身心靈的良藥。詩的重量與生命的重量形成對比，道出生命的有限性，以及文學慰藉的必要性。

　　綜觀八〇年代朵思詩已觸及醫院病室、疾病死亡，她以旁觀者視角描摹病體孱弱的模樣，並慣用「白」作為醫院空間的烘托，例如〈試擬四十八年病中心境・病中書〉：「病中，我虛乏若一隻蒼白的全音符」；〈護士查房〉：「因眾多白色影子而腫脹的感覺」；〈主治醫師〉：「悄然掩至的白袍」；〈手術檯上〉：「死白的唇角」；〈病房〉：「乳白的胸房」、「穿心的白刺刺的／感覺」；〈診療室〉：「被記錄在空白的病歷表上」；〈第三病房〉：「就在白色病房發不出白色聲音」等。朵思的生命體驗，促使她對生命現象進行終極探索，試圖結合生理病體與病室風景的描寫，展現詩人「身體──主體」與空間、情境的對話關係。

四　精神病體與心理密碼

　　朵思於八〇年代側寫病人心境，到了九〇年代的《心痕索驥》，則著重心理層面的探索，夾雜與命運搏鬥的意識。如〈咀嚼〉：「子夜，聽鐘錶咀嚼時間／聽傢俱咀嚼寂寞／聽樹影咀嚼氣流／聽叫春貓大聲咀嚼青春／聽月光

27　朵思：〈試擬四十八年病中心境・病中書〉，《窗的感覺》，頁120。

咀嚼我的心／然後，我聽到自己的心／一個音節一個音節／咀嚼自己」[28]，此詩空間佈局從近到遠，又由遠至近，將感官聽覺推展到極致，細膩刻劃出詩人孤獨寂寞、百感交雜的內心世界。朵思藉詩咀嚼自我精神創傷，解讀內心深處密碼，進而建構靈魂樂園，成為《心痕索驥》的核心議題。她因長期照顧中風又充滿「暴力」的丈夫[29]，加上婚姻生活的沉重壓抑[30]，讓她瀕臨精神崩潰的邊緣；透過閱讀精神醫學，尋求生命詩序的答案，詩作也開始突破性的引精神疾病入詩，如〈精神官能症患者〉、〈憂鬱症〉、〈幻聽者之歌〉、〈妄想症〉、〈躁鬱症患者之歌〉、〈精神症醫病關係〉等。

依據傅柯、透納的觀點，「身體」不僅是一個生理的、自然的實體，而且也是一個性別文化與社會權力銘刻的場所。[31]從身體社會學研究發現，自然身體總是受到社會身體觀念的制約，人們藉著社會互動的網絡，不斷地將其自然身體轉化為社會身體，亦即轉變為社會交往的符號。[32]換言之，身體的生成不只牽涉到一個生物性的存在，還牽涉到社會文化細微管道的滲入，在肉體已然存在的前提下，主宰或影響身體的建構過程，黃金麟即言：「作為一種生物和文化交融的產物，身體的發展一直受制於時間、空間和各種力

---

28 朵思：〈咀嚼〉，《心痕索驥》，頁74。

29 參見涂靜怡〈我把愛給了你，把茫然留給自己──淺談朵思的心靈世界〉中說：「七年來，我曾多次去探望他的病情，也曾親眼目睹他無故對朵思發怒，大吼大叫不說，動不動就會隨手拿起身邊的東西，不分青紅皂白向朵思身上扔過去！他根本不知道他這一『扔』，會不會傷害到朵思？當時我看到這情形，幾乎『嚇』呆了。我不知道面對這麼一位充滿『暴力』的病患，朵思是如何渡過每一個晨昏的？」《秋水詩刊》第64期（1990年1月），頁119-126。

30 參見朵思〈無悔〉中說：「也許，走入這種不受祝福的婚姻，就該如漂泊的船隻，連呼救聲都是微弱的，而我更為不讓自己在親友間抬不起頭來，便只好把委屈含血吞在肚裡。」引自《驚悟》，頁42。

31 參見郝永華：〈《疾病的隱喻》與文化研究〉，《集美大學學報》（哲學社會科學版）第11卷第4期（2008年10月），頁48。

32 參見周憲：〈讀圖，身體，意識形態〉，收錄於汪民安主編：《身體的文化政治學》（開封市：河南大學出版社，2004年），頁139。

量交加、互制的影響。」[33]朵思詩中常見女性居家的角色,從婚前與父親決裂,到婚後現實生活的舛戾勞碌,「家」顯然已主宰或影響身體的建構過程。她曾透過散文〈無悔〉表露心聲,文中最後一段寫道:

> 如果說每日瑣瑣碎碎為你沐浴、洗頭、理髮、刮鬍子,幫你復健,扶你散步,弄得自己疲憊得需靠藥物來支撐著不使自己倒下,我仍無怨言,你相信嗎?諺語說:愛到深處無怨尤,但愛是兩情相悅,不能相悅,又何來無怨?只是,想到我曾經為了跟你生活在一起,頂撞了父親,激怒了父親,受到他極嚴重的咀咒時,我這樣大半輩子的舛戾勞碌,若說是報應的話,我應該也只能說是無怨了。[34]

朵思年輕時勇敢追求的愛情,雖然已蕩然無存,但是她仍堅強無怨的照顧丈夫,一肩承擔婚姻的磨難。艾莉斯·瑪利雍·楊(Iris Marion Young, 1949-2006)曾以性別角度說明「家」的意義,她認為在歷史上凡要支撐一個家,以及保持家的舒適,都需仰賴女性的付出與犧牲,這往往帶給女性被壓抑的想像。[35]朵思努力維護家的穩定,表相上是「無怨」接受命運的安排,然而內心卻時常出現逃家的念頭。她的精神病體詩往往從自我經驗出發,進而審視女性的內囿焦慮。

在〈精神官能症患者〉中,朵思描寫「我」想要從家逃離的欲望。精神官能症是一種心理疾病,精神上表現過度的憂慮或焦慮,進而影響身體,導致身體官能不適的反應。常見的身體官能症狀,如對未來感到悲觀無助、欲

---

33 黃金麟:《歷史、身體、國家:近代中國的身體形成(1895-1937)》(臺北市:聯經出版事業公司,1997年),頁6-7。

34 朵思:〈無悔〉,《驚悟》,頁45。

35 參見艾莉斯·馬利雍·楊(Iris Marion Young)著,何定照譯:〈房子與家:女性主義主題變奏曲〉(第七章),《像女孩那樣丟球:論女性身體經驗》(臺北市:商周出版社,2007年),頁214。

振乏力，害怕人群、逃離人群，由生活上的自閉漸漸形成心靈上的自閉。[36]
對精神官能症的病癥，朵思掌握「逃離」的特質，全詩如下：

> 我逃離我們彼此保持的距離的遠方
> 因肩膀荷負太多眼神的重量已經傾斜
> 我逃離某故事章節的荒涼
> 因找尋記憶平原佇立的腳印
> 已讓所有停留夢境的姿勢，退回原點
> 重新出發。
> 一座具有無性繁殖傾向的屋子
> 好像住著無翅的我，灰燼的你
> 以及好多好多燦開的梨花……[37]

這首詩描寫家居生活的黑暗面，其中出現二次「逃離」：「逃離我們彼此保持
的距離的遠方」、「逃離某故事章節的荒涼」，因為婚姻背後的現實困境，加
上社會道德的羈絆，促使「我」一心想要逃離婚姻牢籠與眾人目光。最後，
出現「一座具有無性繁殖傾向的屋子」、「無翅的我」、「灰燼的你」、「燦開的
梨花」等詩句，其中「梨」諧音「離」，加上花白，意謂生命已然傾斜，感
到悲觀無助、欲振乏力，頗能符應精神官能症狀，全詩吐露主角的潛抑語
境。王溢嘉曾解析潛抑語境的成因，乃由於人類處於群體社會生活裡，必須
依據現實原則、道德原則而行動，將不符合現實原則、道德原則的念頭驅逐
到潛意識中，此稱為「潛抑作用」[38]。朵思透過〈精神官能症患者〉讓患者

---

36 參見臺大醫院精神科主編：〈精神官能症〉，《心理衛生專輯3》（臺北市：行政院衛生
　　署，1986年），頁6-8。

37 朵思：〈精神官能症患者〉，《心痕索驥》，頁28-29。

38 「潛抑作用」為心理自衛機轉的一種，用來解除情緒衝突，以避免焦慮的一種潛意識
　　程序。常見的心理自衛機轉有：補償、轉化、否定、轉移、解離、理想化、仿同、兼
　　併、內射、外射、合理化、反相、退行、潛抑、昇華、替代、抵消等等。參見王溢
　　嘉：《精神分析與文學》（臺北市：野鵝出版社，1989年），頁54。

居家的潛抑意識浮現於字裡行間，揭示逃離的想望。維吉尼亞·吳爾芙（Virginia Woolf, 1882-1941）曾在《自己的房間》（1928）[39]說明女性創作空間（想像）的重要，「自己的房間」代表空間的自由，而寫作本身最不可欠缺的，則是心靈的自由，這兩種自由提供女性自我的獨立思考，以及轉化為文字的可能。朵思詩中精神病體的書寫意義，除了探索心理的密碼，也如吳爾芙一樣，為心靈開創自由的空間，築造與外界溝通的管道。

又如〈憂鬱症〉，則透過躁鬱症狀的描寫，顯現另一種潛意識的密碼。依據凱·傑米森（Kay R. Jamison）的研究，發現罹患憂鬱症的女性是男性兩倍以上，並認為憂鬱症特徵與「女性特質」有相符之處，他在《躁鬱之心》提及：「憂鬱症和社會上所認同的女性特質顯然相符得多：被動、敏感、絕望、無助、受苦、依賴、混亂、無趣、志向乏善可陳。」[40]對照朵思詩中的躁鬱症狀，即出現無助而混亂的形象，全詩如下：

> 我以我的亢奮尋你
> 尋你在我自己的潛意識裡
> 有時我以淚洗著世界的塵垢一般
> 洗著黏附我本性的傷心
> 在加速度狂烈熾熱的欲望裡
> 我有著追逐青山縱身躍下或騰飛的衝動
> 我愛從右側的睡姿出發
> 想像胸腔被刀刃刺穿的窟窿正淌流
> 潺潺玫瑰紅的酒液……
>
> 我的淚，洗著被你隔絕被整個世界拋棄的傷感[41]

---

39 維吉尼亞·吳爾芙（Virginia Woolf）著，宋偉航譯：《自己的房間》（臺北市：漫遊者文化事業公司，2017年）。

40 凱·傑米森（Kay R. Jamison）著，李欣容譯：《躁鬱之心》（臺北市：遠見天下文化出版公司，1998年），頁138。

41 朵思：〈憂鬱症〉，《心痕索驥》，頁28-29。

這首詩如〈精神官能症患者〉一樣，仍以婚姻家庭中的我／你為互動關係，具有以下特色。首先，全詩是躁鬱與憂鬱的混合體，朵思在〈詩與精神醫學〉分析此詩說：「第一行的『亢奮』二字應屬躁鬱症狀，只因它埋在潛意識裡是內在活動，始納入憂鬱範疇。……狂熱、騰飛的衝動以及刀刃都是，但很多躁鬱症是混合型的，既狂躁又憂鬱。」[42]全詩描摹病體異化的想像書寫，以癲狂語境表現潛藏的熾熱欲望。其次，出現淚水的意象，鎖定憂鬱症的特徵：不自主的落淚，如第三、四句：「有時我以淚洗著世界的塵垢一般／洗著黏附我本性的傷心」，與最後一句：「洗著被你隔絕被整個世界拋棄的傷感」，前後呼應，將淚水轉化為傷感的洗滌劑，試圖洗除藏污納垢的境遇。達娜‧傑克（Dana C. Jack）認為：「女性會壓抑自己的感覺與想法，以避免危及親密關係，並符合社會對於女性的期待。」[43]相較於傳統女性，終其一生為家庭付出心力，甚至放棄自我表達，朵思則選擇以書寫方式，釐析深層的壓抑與渴望。

　　朵思的精神疾病書寫，論者較多者莫過於是〈幻聽者之歌〉，這首詩有別於〈精神官能症患者〉、〈憂鬱症〉，只聚焦於「我」的心靈顯影，未見「你」的出現；又值得注意的是，全詩採榮格（Carl Gustav Jung, 1875-1961）「幻覺的」創作模式，展演騷動的、失序的幻象。榮格論創作題材時，注意「意識」與「無意識」的不同取向，並將藝術創作手法區分為兩種模式：「心理的」（psychological）與「幻覺的」（visionary）。「心理的」創作模式乃來自於人類的意識領域，例如人生教訓、情感的震驚、激情的體驗，以及人類普遍命運的危機。「幻覺的」創作模式，則來自於人類心靈深處某種陌生的、怪異的、不合邏輯的幻覺，它超越人們情感所能掌握的範圍，也徹底粉碎美學形式的標準。[44]〈幻聽者之歌〉全詩如下：

42 朵思：〈詩與精神醫學〉，收錄於陳明柔主編：《遠走到她方──臺灣當代女性文學論集（下）》（臺北市：女書文化事業公司，2010年），頁313。

43 羅昭瑛、李錦虹、詹佳真：〈女性憂鬱症患者性別角色之內在經驗〉，《中華心理衛生學刊》第16卷第1期（2003年3月），頁54。

44 參見榮格（Carl Gustav Jung）著，馮川、蘇克譯：《心理學與文學》（臺北市：久大文化公司，1990年），頁95-115。

　　　　我聽到刺鳥復活撲翅的聲音

　　　　聽到門把旋轉古董傾斜花香推開枝梗

　　　　泥土遠離根葉鳥翼停泊懸崖游魚歇於行雲

　　　　以及船隻被波浪抓住拖曳回航的聲音

　　　　我聽到鞋子被門階彈打

　　　　沒有拿起的話筒發出歡呼，以及

　　　　興奮的欄杆和盆栽和鋁門混音合唱

　　　　醫生說我預備出走的聽覺，正在蛻化[45]

詩中兩次以「我」作為主體發聲，並以外在景象作為寄託，在外在景象描寫上，由近景往遠景推移，其中並無斷句，緊湊展演一幕幕的影像，到了末尾又回到近景，逐漸推向「歡呼」、「興奮」的情緒。在感官意象上，則融合聽覺、視覺、嗅覺等想像，狀寫幻聽者「預備出走」的生動畫面，鄭慧如精闢評論道：「讀者主要可留意詩行對聽覺意象的捕捉：其構設與鋪排都彷彿返視內聽。另外可留意，詩中這位幻聽者，因聽覺『蛻化』而聽到的聲音大致由小到大、由微細到嘈雜到刺耳，但都是上天入地、室內戶外、天涯海角，無所不聽。而且此『幻聽』還混雜了視覺（『泥土遠離根葉鳥翼停泊懸崖游魚歇於行雲』）、嗅覺（『花香推開枝梗』）等其他感官。」[46]全詩運用豐沛的感官意象以烘托特殊情境，表達心靈深處意欲逃離現實的意識，雖陌生怪異、不合邏輯，卻洋溢自由自在、興奮愉悅的氛圍。

　　朵思曾說：「藝術——事實上是藝術家自己要滿足自己未滿足欲望的活動。」[47]當詩人騁馳身體感官想像時，同時也開展出諸多經驗的可能性，以滿足現實生活的渴望。王溢嘉曾指出：「精神分析和文學都在從事『探索人類心靈』的工作……精神分析學家和文學家可以說是『黑暗中的兄弟』。」[48]

---

45 朵思：〈幻聽者之歌〉，《心痕索驥》，頁9-10。

46 參見鄭慧如：《臺灣現代詩史》（臺北市：聯經出版事業公司，2019年），頁287。

47 朵思：〈代序・讓詩成為生活一部分〉，《從池塘出發》，頁6。

48 王溢嘉：《精神分析與文學》，頁4。

朵思藉著精神變異的書寫，隱微透露壓抑的潛意識，探索心靈黑暗的角落，也開展出獨特的詩風。

五　情欲身體與陰陽同體

　　朵思詩中的情欲身體與陰陽同體，體現西蘇（Helene Cixous, 1937- ）「陰性書寫」[49]的實踐。女性與身體的關係非常特殊，一方面，身體是她意識的載體、意志的實踐者，似乎完全為自己所擁有；但另一方面，父權體制加諸女體的箝制與定義，又讓女性對自己身體產生疏離。女性在這兩個端點之間的矛盾衝突，使女體書寫成為反思父權的最佳媒介。艾莉斯·瑪利雍·楊曾提出所謂「處境中的身體」（body-in-situation）之概念，闡述女性如何透過身體呈現在社會結構的位置，她認為：「活生生的身體是一個統合觀念，指在特定社會文化脈絡中行動、經驗的肉體；它是一個處境中的身體（body-in-situation）。」[50]此與傅柯、透納的觀點相近，「身體」不僅是個人、物質的存在，更是環境與社會秩序的輻輳，性別文化與社會權力銘刻的場所。

　　朵思組詩〈嫖客·雛妓〉，是關注社會處境中的女體，也是批判性暴力的代表作。在傳統父權體制中，女體常被界定為財產、物件，可供男性交換與支配；當朵思處理雛妓議題時，不只抗議陽具中心社會對女體的物化與歧視，也希望女體應受到尊重。她曾在《心痕索驥》〈後記〉提及出版本書的最初動機：「事實上，是由於〈嫖客〉和〈雛妓〉這兩首短詩被兩家詩刊所婉謝，當時，我覺得這種題材如果敏感度最尖銳的詩人都不能加以關注，則完全跳脫現實與道德的軟性詩作，其不能與社會相呼應的存在問題，似乎是

49　參見莊子秀：〈後現代女性主義——多元、差異的凸顯與尊重〉，顧燕翎主編：《女性主義理論與流派》（臺北市：女書文化事業公司，2006年），頁305-306。

50　艾莉斯·馬利雍·楊（Iris Marion Young）著，何定照譯：《像女孩那樣丟球：論女性身體經驗》，頁23。

非常值得商榷的。」[51]詩人基於現實關懷與道德意識，藉〈嫖客‧雛妓〉反映女體的被物化與去人性化。〈嫖客〉全詩如下：

> 不定期的生理周期。總需要
> 揮霍像羊一般嗜食鮮嫩幼草的習性
> 把扳倒一個女生的動作
> 制成一道方程式
> 求證，激情，是不是可以用鈔票支付

〈雛妓〉全詩如下：

> 被藥物誘發的枝芽
> 經過男性透視
> 而逐漸茂盛
>
> 一張張陌生臉譜
> 一次次將她童年撕碎
>
> 有時，她用肢體壓住自己哭聲
> 在黑暗中，拼湊家園藍圖[52]

這首組詩對嫖妓行為發出嚴正的指責，強調尊重生命與維護人權的重要性。〈嫖客〉詩說：「揮霍像羊一般嗜食鮮嫩幼草的習性」、「用鈔票支付」，披露嫖客對雛妓身體的殘害與剝奪，並控訴其抹殺女性作為「人」的價值。〈雛妓〉詩說：「她用肢體壓住自己哭聲」、「在黑暗中，拼湊家園藍圖」，反映雛妓被當成商品般的交易買賣，造成身心嚴重的創傷。朵思關注在陰暗角落的

---

51 朵思：〈後記〉，《心痕索驥》，頁131-132。
52 朵思：〈嫖客‧雛妓〉，《心痕索驥》，頁68-69。

女體，以詩作為另一種形式的人道救援，呼籲雛妓問題能得到正視，進而尊重她們的人權。

　　朵思在九〇年代末期出版的《飛翔咖啡屋》，出現大量的世界旅遊詩，旅行不僅開展詩人的視野，也開拓身體書寫的面向，更加大膽關注情欲與身體的政治性。身體與其延伸的性或性別意識，複製了社會文化中統治與從屬的權力關係，珍妮佛‧哈汀（Jennifer Harding）說：「性意識並沒有所謂天生固有的本質，它必須被理解為是一種文化意義的呈現，而這樣的文化意義源自複雜的社會（權力）關係。」[53]這段話說明「性」成為社會文化中權力模式再現的場域，就傳統性別文化的「性」關係而言，男性是性權力的主宰，女性則處於被動與矜持。朵思在〈詩句發芽——觀賞羅丹的《吻》衍生的詩〉中，則翻轉傳統的「性」互動，透過雕像《吻》中的女體與男體意象，表達愛情與性欲結合的美感，一則建構女體情欲自主的意識，一則追求靈肉合一的昇華。全詩如下：

> 男人用手觸摸女體
> 輕撫我如魚的背鰭如貓的刺鬚如犬的尾巴如兔的
> 耳朵
>
> 女人用渾圓的想像脫去他的衣衫
> 淹沒我以前
> 請辨識：飛瀑湍流在另一度空間亢奮
>
> 從臉部以下胯間直上
> 視線的力點——剝開肌肉的奧秘
> 薄薄的唇
> 重複演奏波西米亞式的甜言蜜語

---

53 珍妮佛‧哈汀（Jennifer Harding）著，林秀麗譯：《性與身體的解構》（臺北市：韋伯文化國際出版公司，2000年），頁12。

　　他們用自己的清涼體貼對方的清涼
　　插播的電話鈴聲在弦樂中和愛一起流盪

　　他們從肚臍眼開始，以肌膚引燃對方
　　季節的步伐在胸臆間踩出華麗的韻腳

　　詩句發芽[54]

這首詩的創作靈感來自法國羅丹（Auguste Rodin, 1840-1917）的《吻》，這尊雕像取材自但丁（Dante Alighieri, 1265-1321）《神曲》中弗朗切斯卡與保羅這一對情侶的愛情悲劇；羅丹以更加坦蕩的形式，塑造不顧世俗誹謗的情侶在幽會中裸體接吻，充滿情感的張力。詩中的標黑詩句，如：「他們用自己的清涼體貼對方的清涼」、「他們從肚臍眼開始，以肌膚引燃對方」，描寫雕像男體與女體洋溢纏綣的愛意。就傳統女性而言，在正統的禮法規範束縛下，導致自我身體的負面規訓與從屬壓抑，阻斷身體情欲的自主權。詩中顛覆傳統女性情欲的被宰制，藉著雕像之吻援情入欲：「輕撫我如魚的背鰭如貓的刺鬚如犬的尾巴如兔的／耳朵」，朗現出被愛情滋潤的女體形象。詩人透過身體想像與靈肉情欲的書寫，擺脫傳統女性面對情欲的被動與沉默，進而刻劃兩性「體貼對方」、「引燃對方」的情欲美感。

　　再觀〈陰陽同體——看《美麗佳人歐蘭朵》衍生的詩〉，這首詩的特色在於跨越性別的界線，想像性別的多變與流動。詩人乃發想自電影《美麗佳人歐蘭朵》（1992），這部電影改編自維吉尼亞·吳爾芙的小說《歐蘭朵》（1928）[55]。原著敘述從文藝復興時代到二十世紀初期，長達四百年穿越時空的變性想像，主人公歐蘭朵從翩翩少年、王室的寵臣，到變為花容月貌的少婦。小說經由易性與變裝的題材，融合雙性的特質，成為可以超越性別界

---

54 朵思：〈詩句發芽——觀賞羅丹的《吻》衍生的詩〉，《飛翔咖啡屋》，頁3-4。

55 維吉尼亞·吳爾芙（Virginia Woolf）著，張琰譯：《歐蘭朵》（臺北市：遊目族文化事業公司，2008年）。

線的新女性，吳爾芙藉此關注二十世紀初英國女性在社會遭受的桎梏與限
制。朵思這首詩的創作意識有如吳爾芙，想像生命穿梭於男性與女性之間，
意圖消弭性別的差異。全詩如下：

> 男人賁張激壯的火
> 在我體內燎燒穿裂悸動的欲望
> 酷好殺戮、追逐和記憶中木櫃混花香的氣味
> 並且感受需要愛一個女人如同需要陽光
> 伊柔媚的魅力可能是一點點小小燃料
> 助燃雄性火焰在一方方人生圖案放射光芒
>
> 昏睡七日之後，一個聲音回答另一個聲音
> 我體認，我已轉化成一泓依傍山脈的水流
> 我的頭腦謙虛，我的容貌足以燙傷寒夜
> 我繁衍子嗣，在某些時刻
> 我呼喚曾經占領我身軀的一個個自我
>
> 生命穿梭於男性與女性之間
> 相互滲透，而後，我選擇在心靈的池塘
> 讓卅歲以前的我和卅歲以後的我
> 互相較量
> 並且，一起飛翔[56]

「陰陽同體」亦稱「雌雄同體」，代表一個具有男女兩性特質的身體，並超
越兩性性別的兩極化和禁錮，允許自由選擇個人性別角色和行為模式的理
想。「雌雄同體」一般可分為四類：一是生殖器官的雌雄同體（男女性器官

---

56 朵思：〈陰陽同體──看《美麗佳人歐蘭朵》衍生的詩〉，《飛翔咖啡屋》，頁35-36。

混合存在的雙性人）；二是體質的雌雄同體（男女第二性徵的混合存在）；三是心理的雌雄同體（男女心理品性的混合存在）；四是性心理的雌雄同體（雙性戀者）。[57]這首詩則傾向心理的雌雄同體，首段：「男人賁張激壯的火／在我體內燎燒穿裂悸動的欲望」，描述陽剛的男體意象；次段：「一泓依傍山脈的水流」、「繁衍子嗣」，呈現陰柔的女體意象，剛柔兩種全然相異的特質在體內不斷交錯與對話。至末段：「生命穿梭於男性和女性之間／相互滲透」，將人從性別牢籠裡解放出來，超越「我」的局限與性別的藩籬，自由飛翔於心靈池塘。西蘇曾在〈美杜莎的笑聲〉中，以陰性書寫所延伸的雙性感官，強調反轉理性、真理秩序的積極欲念；她強調的是一種多重性別指涉、多變且流動的身體情欲，藉此替代文化體制中的二元失衡模式。[58]朵思藉著這首詩傳達「陰陽同體」的性別觀，試圖翻轉男性價值體系，並消弭性別的界限。

從〈嫖客・雛妓〉控訴性暴力、〈詩句發芽——觀賞羅丹的《吻》衍生的詩〉建構兩性的情欲樂園，到〈陰陽同體——看《美麗佳人歐蘭朵》衍生的詩〉消弭性別的界限，皆存在著一種女性的覺醒。顯示朵思在身體書寫上，不僅湧現豐沛的潛意識，同時拒絕父權收編的情欲符號，鬆動性別對立的僵化思考，展現出女詩人的言述權力。

六 結語

「身體」一向是表情達意最直接、最方便的工具，朵思從生理病體、精神病體，到情欲身體、陰陽同體，驗證「身體」並不只停留在物理的層次，它作為意義輻射的中心點，具備多元的能動性意義。

---

57 參見林樹明：《女性主義文學批評在中國》（貴陽市：貴州人民出版社，1995年），頁376。

58 參見西蘇（Helene Cixous）著：〈美杜莎的笑聲〉，收錄於克里斯蒂娜・德・皮桑（Christine de Pizan）等著，吳芬等譯：《誰是第二性？》（臺北市：貓頭鷹出版社，2001年），頁605、610。

　　鄭慧如認為九〇年代臺灣現代詩在身體書寫方面，最主要是逼視自我，藉身體來重寫自己的生命史，而朵思是迸射激情的代表。[59]朵思於九〇年代突破寫作風格，反映自我生命鬱結的精神病體詩最具特色，李癸雲即指出，在臺灣當代女詩人中，朵思最為關注詩的精神意義，是「書寫女性精神世界最具代表性的詩人」[60]。她以詩療癒自我，在《心痕索驥》〈後記〉曾述及：「病態而無法解脫的生命掙扎，生死抉擇韌性的挑釁，我嘗試著把精神醫學融入於詩，使兩者相互結合，終而意外得到療癒自己，並產生迎擊各種困頓的力量。」[61]文學足以宣洩內心所積壓的鬱結，這種鬱結通過寫作獲得心理的慰藉，進而達到文學療癒的功能。朵思喜愛的詩人艾略特，在精神疾病復原後完成經典名作〈荒原〉，文中曾說：「詩並非情感的轉變放縱，而是情感的逃避出口，並非個性的表現，而是個性的逃避。」[62]對朵思而言，詩國也有如避風港，足以展演生命的亂序、逃離的意識，以及語言的扭曲，盡情傾瀉靈魂深處最幽沉的吶喊。

　　在臺灣女詩人中，朵思的情欲身體、陰陽同體書寫，當是創舉，鍾玲說：「在臺灣眾女詩人中，能以寫實的筆觸，深入探索在激情中的女性心理，首推朵思。」[63]朵思實踐西蘇「陰性書寫」的精神，打破二元對立的思考模式，重新界定陰性想像。詩中不僅宣洩壓抑的幻想和潛意識，同時關注女性身體的自主權與支配權，傳達女性主體追求自由的心聲。整體而言，既彰顯女性身體經驗的變異性，也呈現擺脫父權話語的能動性。

---

59 參見鄭慧如：《身體詩論（1970-1999‧臺灣）》，頁218-223。

60 李癸雲：〈蜿蜒幽暗裡的火炬：探索當代女詩人的憂鬱書寫〉，《臺灣文學研究學報》第11期（2010年10月），頁155。

61 朵思：〈後記〉，《心痕索驥》，頁132。

62 轉引自凱‧傑米森（Kay Redfield Jamison）著，王雅茵、易之新譯：《瘋狂天才》（臺北市：心靈工坊文化事業公司，2002年），頁177。

63 鍾玲：《現代中國繆司──臺灣女詩人作品析論》（臺北市：聯經出版事業公司，1989年），頁124。

參考文獻

一　朵思詩集

《側影》　高雄市　創世紀詩社　1963年

《窗的感覺》　自印　1990年

《心痕索驥》　臺北市　創世紀詩雜誌社　1994年

《飛翔咖啡屋》　臺北市　爾雅出版社　1997年

《從池塘出發》　嘉義市　嘉義市立文化中心　1999年

《曦日》　臺北市　爾雅出版社　2004年

《凝睇——朵思詩集》　臺北市　釀出版　2014年

二　專書

王溢嘉　《精神分析與文學》　臺北市　野鵝出版社　1989年

王　寧　《文學與精神分析學》　臺北市　洪葉文化事業公司　2003年

朱立元　《接受美學》　上海市　上海人民出版社　1989年

李元貞　《女性詩學：臺灣現代女詩人集體研究（1951-2000）》　臺北市
　　　　女書文化　2000年

李癸雲　《朦朧、清明與流動：論臺灣現代女性詩作中的女性主體》　臺北
　　　　市　萬卷樓圖書公司　2002年

李建盛　《理解事件與文本意義——文學詮釋學》　上海市　上海譯文出版
　　　　社　2002年

汪民安主編　《身體的文化政治學》　開封市　河南大學出版社　2004年

金元浦　《接受反應文論》　濟南市　山東教育出版社　2002年

陳定家選編　《身體寫作與文化症候》　北京市　中國社會科學社　2011年

黃金麟　《歷史、身體、國家：近代中國的身體形成（1895-1937）》　臺北
　　　　市　聯經出版事業公司　1997年

鄭慧如　《身體詩論（1970-1999‧臺灣）》　臺北市　五南圖書出版公司
　　　　2004年

鄭慧如　《臺灣現代詩史》　臺北市　聯經出版事業公司　2019年

鍾　玲　《現代中國繆司——臺灣女詩人作品析論》　臺北市　聯經出版事
　　　　業公司　1989年

三　譯著

安德魯・斯特拉桑（Andrew J. Strathem）著，王業傳、趙國新譯　《身體思
　　　　想》　瀋陽市　春風文藝出版社　1999年

阿雷恩・鮑爾德溫（Baldwin. E）等著，陶東風等譯　《文化研究導論》
　　　　北京市　高等教育出版社　2004年

透　納（Bryan Turner）著，謝明珊譯　《身體與社會理論》　臺北市　韋
　　　　伯文化國際出版公司　2010年

榮　格（Carl Gustav Jung）著，馮川、蘇克譯　《心理學與文學》　臺北市
　　　　久大文化公司　1990年

艾莉斯・馬利雍・楊（Iris Marion Young）著，何定照譯　《像女孩那樣丟
　　　　球：論女性身體經驗》　臺北市　商周出版社　2007年

約翰・奧尼爾（John O'neill）著，張旭春譯　《身體形態——現代社會的五
　　　　種身體》　瀋陽市　春風文藝出版社　1999年

珍妮佛・哈汀（Jennifer Harding）著，林秀麗譯　《性與身體的解構》　臺
　　　　北市　韋伯文化國際出版公司　2000年

凱・傑米森（Kay R. Jamison）著，李欣容譯　《躁鬱之心》　臺北市　遠
　　　　見天下文化出版公司　1998年

傅　柯（Michel Foucault）著，沈力、謝石譯　《性史》　臺北市　結構群
　　　　文化公司　1980年

傅　柯（Michel Foucault）著，劉北成、楊遠嬰譯　《規訓與懲罰——監獄
　　　　的誕生》　臺北市　桂冠圖書公司　1998年

梅洛・龐蒂（Maurice Merleau-Ponty）著，姜志輝譯　《知覺現象學》　北
　　　　京市　商務印書館　2001年

四 期刊論文

李癸雲 〈蜿蜒幽暗裡的火炬：探索當代女詩人的憂鬱書寫〉 《臺灣文學研究學報》第11期 2010年10月 頁139-173

洪淑苓 〈朵思及其詩歌美學析論〉 《東吳中文學報》第9期 2003年5月 頁209-243

涂靜怡 〈我把愛給了你，把茫然留給自己——淺談朵思的心靈世界〉 《秋水詩刊》第64期 1990年1月 頁119-126

張淑麗 〈書寫「不可能」：西蘇的另類書寫〉 《中外文學》第27卷第10期 1999年3月 頁10-29年

鄭慧如 〈隱喻的身體觀——以一九七〇年代臺灣新詩作品為例〉 《臺灣詩學季刊》第40期 2002年12月 頁110-134

蕭嫣嫣 〈我書故我在——論西蘇的陰性書寫〉 《中外文學》第24卷第11期 1996年4月 頁56-68年

羅昭瑛、李錦虹、詹佳真 〈女性憂鬱症患者性別角色之內在經驗〉 《中華心理衛生學刊》第16卷第1期 2003年3月 頁51-69

五 學位論文

林怡翠 《詩與身體的政治版圖——臺灣現代詩女詩人情欲書寫與權力分析》 嘉義市 南華大學文學研究所碩士論文 2002年

林佩珊 《詩體與病體：臺灣現代詩疾病書寫研究（1990-）》 臺中市 國立中興大學臺灣文學研究所碩士論文 2009年

曾怡慧 《朵思詩作歷程與感官意象研究》 嘉義市 國立嘉義大學中國文學研究所碩士論文 2011年

黃慕怡 《朵思詩研究》 高雄市 國立高雄師範大學國文研究所碩士論文 2008年

葉乃萍 《朵思新詩美學研究》 高雄市 國立中山大學中國文學研究所碩士論文 2012年

謝盈瑩 《朵思詩中的孤獨書寫》 臺中市 逢甲大學中國文學研究所碩士論文 2014年

臺灣客家文學中的書寫女性
與女性書寫[*]

邱湘雲[**]

摘要

　　「客家女性」是客家族群形象突出的一支，同時也是客家文化精神的集中體現，樊洛平（2008）：「對客家女性形象的尋找和發現有助於我們走進客家文化的歷史語境來認知族群人物性格的生成和建構。」客家文學作品裡不少是以客家女性作為書寫主軸，彭瑞金（1995）即指出客家文學作品具有「以女性為主導」的特質，可惜所論多指男性作家筆下所描繪的女性，是將女性視為「客體」看待，如此對客家女性形象其實僅得片面認識。五〇年代後出現不少客籍女作家如林海音、黃娟、謝霜天等人所書寫以女性為主角的作品，女性作家以「自我」眼光將女性視為「主體」來看待，其中可以看到女性意識的覺醒，也可看到不同時空下，女性作家不同於男權話語的敘事風格，而客家女性形象的轉化也致使我們對客家女性形象表述須再重新思考與詮釋。客家文學作品如何形塑客家女性形象？歷來多聚焦於個別作家作品研究，缺乏全面視野探討客家文學中的女性形象多元表現。「場域」與「位置」不同，表現不同，男性作家與女性作家筆下的女性描寫有何不同？本文

---

* 本文部分內容曾發表而有所修正，見邱湘雲：〈自我與他者：臺灣客家文學女性形象論的兩岸比較——以客籍女作家小說為研究場域〉，第三屆文化流動與知識傳播國際學術研討會（臺北市：臺灣大學臺灣文學研究所，2018年）。

** 國立彰化師範大學臺灣文學研究所教授。

以為客家女性的形象可由隱形於男人身後的「書寫女性」和女性自我代言的「女性書寫」兩個面向來探討，二者共同形塑客家女性的多樣面貌及客家族群文化特質，本文也將由這兩方面，即比較男作家的「書寫女性」與女作家的「女性書寫」異同所在。俄國學者巴赫金「對話主義」（dialogism）：「只有在與他人對話的過程中，自我才能創作出自己，建構自己的主體意識」。「書寫女性」和「女性書寫」共同反照出文學中女性形象的真實面貌，進而有助客家文學中女性文學「主體性」的建構。經由並置對話，由不同視角度重新檢視才能對客家女性形象有更為清楚而立體的認識，使隱而不見的「客家女性」能浮出文學地表。綜而言之，客家女性最能體現客家族群獨特的文化性格，由客家女性作家的女性書寫可以看到「客家性」及「女性」的雙重視野，透過雙重比較可對客家族群文化身影能有較為深刻的認識。

關鍵詞：臺灣客家文學、客家小說、女性文學、女性作家、女性書寫

一　前言

　　「客家婦女」是客家文化一大特色，客家文學作品裡不少是以客家女性作為書寫主軸，彭瑞金曾指出客家文學作品具有「以女性為主導」[1]的特質，然而所論乃指男性作家如鍾理和、鍾肇政、吳濁流、李喬等人筆下所描繪的女性，其實五〇年代後尚出現不少客籍女作家如林海音、黃娟、謝霜天等也是以女性為小說故事主角的作品。在男性作家眼中「女性」乃是「客體」，然而在女性作家筆下，女性則是與自我切身相關的「主體」，二者「觀看」角度不同。客家文學作品中的客家女性歷經「他者」與「自我」眼光下形構交織的不同過程。不同時空、不同性別的敘述者身分，所展現的話語敘事風格有所不同，而這也啟發我們進一步對客家文學中所見的女性形象再做重新思考與詮釋。

　　胡亞敏曾指出：

> 怎樣觀察將直接影響甚至賦予觀察對象以意義。就敘事文而言，敘述方式將直接關係到故事的性質。處理同一素材時，如果人們從不同的側面，採用不同的編排方式，或運用不同的語氣，必將出現風格迥異的敘事文。[2]

立足點不同，說話語境不同，取捨重點不同，所看到的人物、事物層面也會有所不同，這便是「視角」的差異。視角差異，連帶也將影響敘述角度、敘事模式、敘事焦點及敘事情境等方面的差異。[3]

　　客家文學作品中如何形塑客家女性形象？男性作家與女性作家都曾以客家女性為小說主角，但由於所處「場域」、「位置」不同，觀點不同，筆下所

1　彭瑞金：〈臺灣客家文學的可能性及其以女性為主導的特質〉，《臺灣文學探索》（臺北市：前衛出版社，1995年），頁177-202。

2　胡亞敏：《敘事學》（武漢市：華中師範大學出版社，2004年），頁18。

3　胡亞敏：《敘事學》（武漢市：華中師範大學出版社，2004年），頁20。

著寫的客家女性形象便不同。然而不同點何在？本文以客籍男性作家呂赫若、龍瑛宗、鍾理和、鍾肇政、李喬等人作品與客籍女作家林海音、黃娟、謝霜天等人的小說為文本，通過比較分析揭示兩性作家觀點異同之所在，以男性作家所詮釋為「書寫女性」，女性作家自我代言者為「女性書寫」，[4]分這兩個面向來探討。李喬：「一個族群的形象，應該也可以從他們的文學作品中的人物看出來；倒過來說，從他們的文學作品中的人物，是可以看出族群形象。」[5]樊洛平也說：「對客家女性形象的尋找和發現有助於我們走進客家文化的歷史語境，來認知族群人物性格的生成和建構。」[6]相信經由並置對話，由不同視角重新檢視才能對客家女性形象有較為清楚且更立體的認識，使隱而不見的「客家女性」多元形象能浮出文學地表，而探討客家文學深層內涵也將有助於臺灣文學史的完整建構。

二　男性作家視角下客家女性的類型表現

客籍男性作家作品以女性為題材或主角者不少，知名篇章如下：[7]

4　「書寫女性」與「女性書寫」名稱最早見於李文玫：〈客家女性書寫、書寫客家女性研究計畫〉，（客家委員會：「獎助客家學術研究獎助計畫」，2005年），本文據此，但本文以作者男性為「書寫女性」，作者女性為「女性書寫」，定義與李文稍有不同。

5　李喬：〈從文學作品看臺灣人的形象〉，《臺灣文藝》第91期（1984年），頁57。

6　樊洛平：〈客家視野中的女性形象塑造及其族群文化認同——以臺灣客家小說為研究場域〉，《臺灣研究集刊》第1期（2008年），頁56。

7　主要參考國立臺灣文學館：〈2007臺灣作家作品目錄〉，網址：http://www3.nmtl.gov.tw/Writer2/book_search_result.php，檢索日期：2019年9月1日。

表一　客籍男作家書寫女性的作品

作　者	篇　名
龍瑛宗	〈不為人知的幸福〉、〈一個女人的紀錄〉、〈月下瘋女〉、〈女性素描〉、〈燃燒的女人〉、〈趙夫人戲畫〉、〈黑妞〉等
呂赫若	〈財子壽〉、〈冬夜〉、〈牛車〉、〈清秋〉、〈婚約奇譚〉、〈暴風雨的故事〉、〈女人心〉、〈前途手記〉、〈合家平安〉、〈女人的命運〉、〈媳婦仔的立場〉、〈藍衣少女〉、〈月夜〉、〈山中草木〉、〈風頭水尾〉、〈臺灣女性〉、〈春的呢喃〉、〈田園與女人〉[8]等
吳濁流	〈泥沼中的金鯉魚〉、〈糖扦仔〉、〈先生媽〉、〈水月〉、〈波茨坦科長〉等
鍾理和	〈貧賤夫妻〉、〈同姓之婚〉、《笠山農場》、《奔逃》、《假黎婆》等
鍾肇政	《臺灣人三部曲（沈淪／滄溟行／插天山之歌）》、《濁流三部曲（濁流／江山萬里／流雲）》、《魯冰花》等
李　喬	《寒夜三部曲（（寒夜／荒村／孤燈）》、《山女——蕃仔林故事集》、《情天無恨——白蛇新傳》、《藍彩霞的春天》、《大地之母》等
吳錦發	《青春三部曲（〈閣樓〉、〈春秋茶室〉、〈秋菊〉）》、《妻之容顏》等
鍾鐵民	〈帳內人〉、〈夜歸人〉、〈阿月〉、〈大姨〉、〈蘿蔔嫂〉、〈阿公的情人〉、〈女人與甘蔗〉[9]等

　　首先可以看到：男性作家筆下所寫的女性，多以展現客家婦女傳統美德為主，如鍾理和〈貧賤夫妻〉敘寫女主角平妹：

　　　　家裡，裡裡外外，大小器具，都收拾得淨潔而明亮，一切井然有序，
　　　　一種發自女人的審慎聰慧的心思的安詳、和平、溫柔的氣息支配著整

8　詳參陳貞吟：〈呂赫若筆下的婦女樣貌及其對婚姻的積極思維〉，《高雄師大學報》第15
　　卷第2期（2003年），頁353-367。

9　詳參國立聯合大學：〈臺灣客家文學館〉，網址：http://cls.lib.ntu.edu.tw/hakka/author/
　　zhong_tie_min/onlin_short.htm，檢索日期：2019年9月1日。

個的家，使我一腳踏進來便發生一種親切、溫暖和舒適之感。這種感覺是當一個人久別回家後才會有的，它讓漂泊的靈魂靜下來。

傳統社會中客家婦女一向以其「勤勞」、「儉樸」、「勇敢」、「善良」等美德而廣為稱道，文中所寫女性也展現傳統品德、勤勞認真之美，一如「大地的母親」一般擁有堅強、包容與生發的生命力。

其次可以看到：不管是現實社會或男性作家小說裡，客家女性多是沒有正式名字的一群，如鍾肇政《臺灣人三部曲》中出現「桃妹」、「緞妹」、「秋妹」，鍾理和《笠山農場》有「平妹」，李喬《寒夜三部曲》中有「燈妹」，客家婦女生時多以「妹」命名，是為泛稱，至於女子全名則文中少有提及。據楊國鑫統計，[10]民國四十年以前客家婦女普遍使用「妹」字為名，在一九八八年對新竹縣芎林鄉人口調查中發現客家婦女名字中帶「妹」字的就占了百分之二十左右。再看客家社會裡，婦女死後族譜上也只記錄「先妣○孺人」，只記其姓而未記錄實際名字。又如客家女性被稱為「輔娘（妻子）」、「薪臼（媳婦）」，[11]種種皆反映出客家婦女在傳統社會中多是沒有地位、沒有名字、沒有聲音的附屬角色，也彷彿暗示傳統社會中客家婦女多是無足輕重隱身於背後的人物。

本文以為若歸納男性作家筆下所見的客家婦女形象，大致可歸納為「大地之母」、「美德之婦」與「理想之女」三種類型：

（一）「大地之母」

現代客家文學中不少的女性展現慈愛、滋養的一面，是「大地母親」生

---

10 楊國鑫：《台灣客家》（臺北市：唐山出版社，1993年），頁42。

11 今日教育部客家常用詞辭典將「輔娘」定字作「餔娘」、「薪臼」定字作「心臼」。網址：https://hakkadict.moe.edu.tw/cgi-bin/gs32/gsweb.cgi/ccd=M2raQ6/webmge？。檢索日期：2019年9月1日。

命源頭的形象。李文玟[12]指出鍾理和及鍾肇政作品中的女性形象即屬此類，其中所見女性人物，如鍾理和《笠山農場》中的淑華以及〈貧賤夫妻〉中的平妹，皆是充滿生命熱量，散發生命熱源的大地之母形象。又如鍾肇政《流雲》中的銀妹以及《插天山之歌》中的奔妹，都是自然奔放、充滿生命的光和熱，能給身邊人溫暖與愛，能予人希望且散發生命熱源的大地之母形象。

又如李喬在《寒夜》三部曲自序中即自言：「這本書名為《寒夜三部曲》，實際上稱作《母親的故事》亦無不可。」而後更將《寒夜三部曲》精華版書名改稱為《大地之母》，[13]其中的女主角燈妹即為母性的代表。李喬在《寒夜三部曲》中的眾多女性形象是整部作品的靈魂，藉由文學筆觸記載她們任勞任怨、承擔苦難與悲情：全文展現女性在父權社會封建倫常中男尊女卑的束縛下，不但被塑造為柔韌堅毅，更被推崇為希望的化身，等同於土地文化、血緣或生命起源的最初。李喬讓我們目睹了客家婦女大地之母堅韌的一面。其他如鍾肇政《魯冰花》中古茶妹姊代母職，一如保護大地的魯冰花，也如母親般溫暖地保護、滋養著這片大地。

（二）「美德之婦」

早期客家傳統諺語常稱揚客家婦女持家具有「四頭四尾」的美德，即：

1 家頭教尾──操持家務、侍奉翁姑、教育子女，周全俱到
2 灶頭鑊尾──燒飯煮菜、割草打柴、家計營生，得心應手
3 田頭地尾──播種插秧、駛牛耕田、鋤草施肥，不甘人後
4 針頭線尾──穿針引線、刺紅繡青、紡紗織布，動手親為

現代文學中如鍾理和〈貧賤夫妻〉中的平妹勤勞持家、相夫教子，展現

---

12 李文玟：《離散、回鄉與重新誕生：三位客家女性的相遇與構連》，輔仁大學心理學研究所博士論文，2011年，頁61-62。

13 李喬：《大地之母》（臺北市：遠景出版事業公司，2001年）。

堅忍不屈、內歛認分的美德形象。又如鍾肇政《臺灣人三部曲》寫到的「桃妹」、「緞妹」、「秋妹」、「奔妹」、《濁流三部曲》的銀妹，李喬《寒夜三部曲》的「燈妹」等，其中的女性皆具有堅忍不屈、勤勞能幹、持家有道、內歛典雅等美德以及賢妻良母的形象。[14]

（三）「理想之女」

　　這類作品展現客家女子癡情重義的一面，是男子愛情婚姻的理想對象。如鍾肇政《濁流三部曲》〈流雲〉中的銀妹，是勇敢、熱情可愛形象，是男主角理想的妻子，也是作者內心渴慕形象的代表。[15]又如呂赫若處於新舊交替時代，小說中也描寫了一些具有新思維的女性，例如〈婚約奇譚〉中的琴琴；〈山川草木〉中的寶連；〈女人的命運〉中的雙美；〈藍衣少女〉中的妙麗；〈春的呢喃〉中的林珠里，她們都是具有新思維的女性，性格勇敢果決、主動大方、不向傳統勢力低頭，這類時代新女性也是以作者理想女子典型的形象出現，從她們的身上表達作者對追求婚姻幸福的積極思維，對未來生活充滿希望，然而同樣只是外在描寫而較少刻劃她們的內心樣態。[16]其他小說中也常可見形塑「理想女子」形象，其中女主角除了有內在美德，同時也具備外在美貌，這類描寫女性形象多帶有「美感」的追求，所述客家婦女是美德、美貌兼具的理想人物象徵。

　　綜觀現代客家小說，男性作家筆下的客家婦女不外以上三種形象之綜合體，男性作家讚頌「賢德婦女」具有「內在美」和「善」的形象，而具有美德或貌才兼具的「美」是「君子好逑」的「理想女子」。文學中這樣的客家女性形象出自男性作家筆下所描繪的客家女性形象多是刻苦耐勞、堅韌剛

---

14 彭瑞金：〈臺灣客家文學的可能性及其以女性為主導的特質〉，《臺灣文學探索》（臺北市：前衛出版社，1995年），頁177-202。

15 歐宗智：《臺灣大河小說作品論》（臺北：前衛出版社，2007年），頁12。

16 陳貞吟：〈呂赫若筆下的婦女樣貌及其對婚姻的積極思維〉，《高雄師大學報》第15卷第2期（2003年），頁356。

強、勤儉持家、溫柔順從、健康能幹等，箇中女性人物雖然具有傳統美德典
範，但歸納所見卻都屬於相近似的類型，如此書寫可說塑造了「典型人
物」，同時也塑造了「典範人物」的形象，如鍾肇政筆下所寫的女性——銀
妹與奔妹形象便十分類似，誠如歐宗智指出：

> 《臺灣人三部曲》第三部〈插天山之歌〉帶有太多《濁流三部曲》
> 〈流雲〉的影子，且缺乏心理層面的探討，而思想性的貧乏及史實的
> 避重就輕使得全書缺少足夠的深度。……尤其未曾以主要女性為觀點
> 人物，極少直接描寫女性的內心狀態。[17]

以上可見男性作家筆下的客家女性常被賦予擁有女性美德的「光環」，她們
同時也是臺灣傳統女性的一個象徵與縮影：包括吃苦耐勞、勤儉持家、順從
父權等定型印象，呈現的是「典型人物」，甚至是具有褒揚意味的「典範人
物」，然而試反思：這樣的客家婦女仍以附屬於男人的形象呈現，而如此典
型的集體形象彷彿「千人一面」，多篇文章積澱下來，是否也形成了一種
「刻板印象」？

　　男性作家筆下所描繪的客家女性形象雖具傳統美德典範，卻都屬同一類
型，形象單調，彭瑞金即指出：「鍾（肇政）先生作品中的主要角色，長相
和性格都十分近似與『統一』」，[18]這在另一方面作者也不知不覺地形塑了一
般人對客家婦女的「刻板印象」，使讀者以為所有客家女性皆是如此，況且
一味形塑客家婦女「應該如何」反而對現代客家婦女而言在無形中形成了莫
名的禮教束縛，難道客家婦女只能附屬於家族而沒有自我內心的個人情思？
且其中女性角色多為長期操持的農婦、寡婦、小妾、童養媳等為受虐者的苦
難形象，雖也呈現「現實主義」的一面，但女性處於弱勢及其所遭遇的困境
仍未得到解決。

---

17 歐宗智：〈塑造臺灣女性勇敢熱情的形象——談鍾肇政三部曲小說中的銀妹與奔妹〉，
　　《明道文藝》第309期（2001年），頁143。
18 彭瑞金：〈臺灣客家文學的可能性及其以女性為主導的特質〉，《臺灣文學探索》（臺北
　　市：前衛出版社，1995年），頁177-202。

福斯特《小說面面觀》[19]曾依據小說中人物的特性提出「扁形人物」與「圓形人物」的理論，所謂「扁形人物」指的是只具一種或少種特性，甚至可以用幾個字或一句話便可描述殆盡，這類人物特別易於辨識，其表現也易於預測，往往在故事開端就可推斷出他們後來的表現。所謂「圓形人物」則具有較多樣的面貌，甚至包括互相衝突或矛盾的特性。他的優點和缺點往往聯繫在一起，以至讀者不能完全肯定或否定他（她），圓形人物一般具有不確定性，讀者也難以預測他的變化。[20]

張典婉：「在臺灣客家文學作品中的女性，往往呈現了極度典型對客家女性的想像⋯⋯強調了客家女性原型，如生產勞動者、母親、任勞任怨的妻子，扮演著溫良恭儉讓的敦厚婦女角色。」[21]由上所見，客家文學中，男性作家筆下所見的女性，多是歌頌能識大體，能為家庭犧牲的「美德」或「理想」形象，或是光明勇健、富於強大生命力的「大地母親」形象，人物一出場就定調，形象單純，因此可以說客家文學作品裡由男性作家以「他者」角度來書寫所形塑的女性形象多為「扁形人物」而非「圓形人物」。

三　男性作家視角下女性人物的進步形象

不過也不是所有男性作品皆止於褒揚歌頌的一面。除上述類型之外，可喜的是尚有其他關心女性困境的男性作家關心女性的命運，如吳濁流〈泥沼中的金鯉魚〉中即以「泥沼」隱喻當代女性處處是泥沼的困境，[22]全文展現的女性形象如李文玫[23]所分析：

---

19 愛德華・摩根・佛斯特（Edward Morgan Forster）著，蘇希亞譯：《小說面面觀：現代小說寫作的藝術》（臺北市：商周出版，城邦文化，2009年）。

20 胡亞敏：《敘事學》（武漢市：華中師範大學出版社，2004年），頁142-143。

21 張典婉：《臺灣客家女性》（臺北市：玉山社，2004年）。

22 彭瑞金：〈臺灣客家文學的可能性及其以女性為主導的特質〉，《臺灣文學探索》（臺北市：前衛出版社，1995年），頁177-202。

23 李文玫：《離散、回鄉與重新誕生：三位客家女性的相遇與構連》，輔仁大學心理學研究所博士論文，2011年，頁59。

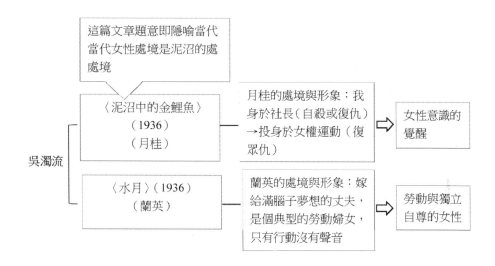

圖一　引自：李文玫〈文學中的客家女性形象〉（吳濁流）[24]

　　女主角月桂最後覺醒：「應該獻身為被欺負、被污辱、被歧視的婦女們提倡女權運動才有價值」，展現不一樣的女性形象，在那樣的時代已出現女性意識覺醒的微光。

　　此外也有些男性作家對女性人物能有較為複雜深刻的刻劃，如李喬《藍彩霞的春天》描寫雛妓的血淚史，又如日治時代龍瑛宗〈不為人知的幸福〉中的女人回顧自己的一生，說自己是「人生的勝利者」，既能忍從，但也有與命運抗爭尋求幸福的精神，並以滿腔的熱情看待人生，作者讚揚女性強韌的生命力。〈不為人知的幸福〉及〈一個女人的紀錄〉（〈ある女の紀錄〉）兩篇均以舊社會中傳統女性的苦難為題，其中的女性角色在殘酷的現實與壓迫下，都透露著一種堅毅的活下去的力量。龍瑛宗另一篇〈趙夫人的戲畫〉則寫出女性企欲從現存男性父權秩序中逃逸的強烈渴望。小說中的主角「趙夫人」更是龍瑛宗刻意建構出有別於一般的女性主體，描寫一位大家閨秀嫁入

24　李文玫：《離散、回鄉與重新誕生：三位客家女性的相遇與構連》，輔仁大學心理學研究所博士論文，2011年，頁60。

門當戶對有錢人家的心路歷程，夾雜有清純、崇拜、忌妒、報復等等複雜的
女性情緒與欲望衝突，傳達身為一個優秀的男性作家對女性的深切關懷，十
分難能可貴。

　　身處日治時代，作者龍瑛宗一向關心女性的困境，一九四六年有〈女性
與學問──現代的文化已失調〉一文，其中說道：

> 現代文化的中堅份子幾乎都是男性。因此，現代文化可說是男性文化
> 吧。不過，文化本身是否有性別之分，這是值得探究的問題。假設有
> 女性文化的話，人類文化將會呈現什麼狀態呢？

「文化本身應無性別之分」，這在當時而言是十分進步的思想。又龍瑛宗於
一九四九年發表的《女性的素描》：

> 女性當如西歐文藝復興時期般，在社會上要有「個人」意識的覺醒，
> 並且非獲得近代的知性不可，特別是科學的世界觀。女性議題也應該
> 放置在戰後初期臺灣社會文化重建運動之一的婦女運動中被討論。

文中鼓勵女性「在社會上要有個人意識的覺醒」，在傳統以男性為主流、男
性主控的時代下能說出這樣的話十分難得，字裡行間展現作者對時代新女性
充滿了期待。然而細思其中所言，龍氏如此說的出發點乃是由「社會進步
論」而來，即是由「社會性」來看待女性，這種觀點仍是以男性為本位來定
義女性的社會地位，仍未脫離男性中心的思考模式，其中雖也關心女性，隱
含的卻是「理想社會主義」的思想範疇，作品中對社會上處於弱勢的女性或
展現人道主義的關懷，或讚揚女性強韌的生命力，或暗喻時代下說不出的痛
苦與哀傷，其實也暗暗隱喻作家對正義平等理念的堅持，甚或表達一種隱忍
式的「堅持與反抗」，然而女性內心真實的感受仍未被看見。

　　龍瑛宗較早便已意識到社會上性別文化的不平衡。然而細究其出發點，
仍是由國族大我角度來看而非真正為女性自身著想，例如《女性的素描》又

提到：「女性議題也應該放置在戰後初期臺灣社會文化重建運動之一的婦女運動中被討論，」因此書中提到許多婦女參政、婦女解放、女性積極參與社會運動、經濟自主等問題，如〈新女性〉（〈新しき女性〉）、〈婦女與天才〉（〈婦人と天才〉）、〈婦女與讀書〉（〈婦人と讀書〉）、〈女性為何要化妝〉（〈女は何故化妝するか〉）和〈女性短評〉等，對時代新女性充滿期待。

　　以上可見龍瑛宗的女性關懷是對社會中弱勢者的人道主義關懷，而提倡男女平等是「進步的觀念」。許芷若[25]則指出：呂赫若筆下女性書寫主題包括「經濟壓迫」、「父權宰制」兩方面，而其書寫女性的創作動因乃是基於「同情共感的人道思想」，其目的是建構理想的社會，足見其關注女性、書寫女性的出發點乃由「社會進步論」而來，並非由女性自身出發，即由「社會性」來為定義女性，這其中仍是以男性為中心本位來定義女性的社會地位，仍未脫離國族利益及男權中心的思考模式。

　　日治時代呂赫若的小說也多以家庭與婦女為主要的題材，小說中關懷傳統封建社會父權思想下，在家庭或婚姻中命運悲慘的不幸婦女，反映時代的社會現實，具濃厚的寫實色彩，反映出男性作家「悲天憫人」同情弱勢的人道主義心理。這種同情的人道關懷，也強烈批判傳統社會中根深柢固的不合理現象。在當時的新文化運動中，知識分子倡導婚姻自主、自由戀愛的新價值觀。作者書寫旨在藉女性問題凸顯社會問題，表達了他對不公不義的現實批判精神，其背後出發點也是有感於社會文化提升之重要，[26]就其小者而言，仍是以男性為中心本位，將女性問題看成是社會問題，女性是被同情的對象，而較少顧及女性的內心思維，一如陳芳明所言：「在殖民地社會有著良好教養的知識分子，終究還是不能卸下男性思想的枷鎖。」[27]

---

25 許芷若：《呂赫若書寫女性研究》，國立中山大學中國文學研究所碩士論文，2013年。

26 陳貞吟：〈呂赫若筆下的婦女樣貌及其對婚姻的積極思維〉，《高雄師大學報》第15卷第2期（2003年），頁356。

27 陳芳明：〈殖民地與女性──以日據時期呂赫若小說為中心〉，收錄於陳映真等著《臺灣第一才子──呂赫若作品研究》（臺北市：聯合文學出版，1997年），頁257。

再者，當時書寫女性也暗含「政治隱喻」，高幸佑[28]指出：日治時期文學書寫女性是一種現實的反映、形成具有批判性質的寫實小說，作家對女子處境的描繪往往帶有對殖民帝國的批判，為反殖民、反資本主義壓迫等意識服務的目的。臺灣當時處於日本殖民時代，臺灣人處於被欺壓的弱勢狀態，這不正如社會中處於弱勢的女人？因此像呂赫若〈冬夜〉中敘寫女主角彩鳳與三個男人的關係，寫出時代動盪下臺灣女性的悲哀，同時也似乎暗喻臺灣遭受不同政權統治不幸的命運。其他如〈暴風雨的故事〉、〈婚約奇談〉、〈女人心〉等作品同樣能反映時代、描繪出當時女性與殖民地人民受壓迫的悲哀。小說中彩鳳一生的坎坷不幸的命運，一如臺灣走過的歷史：歷經三個男人一如臺灣從日本殖民到國民政府統治，暗喻作者認為光復後的臺灣似乎如彩鳳的人生，走向更寒冷的「冬夜」。吳鑒益[29]曾探討「物象」到「意象」的「意識對象化」的進程，其中指出：「自然、人為物象與動植物物象都擁有浮動的指涉，它們或經由『變形』或以『隱／置喻』之姿出現，物象與意象建構之間，是『多層指涉的藝術』」。以人物喻臺灣也可說是一種文學的「變形」表現。

本文以為上述作品中有兩層深義：

（一）「寫實」：展現對女性處境的「現實主義」描繪，對社會中的弱勢者展現人道主義的關懷。

（二）「暗喻」：女性在殘酷的現實與壓迫下，透露著一種堅毅地活下去的力量，而二氏小說隱約可看到把女性當成日本殖民下的臺灣，用以暗喻日治本殖民時代下身為臺灣人說不出的痛苦與哀傷，但將硬朗、健康的抗爭精神隱於女性世界，傳達出他於不自由的年代中所堅持的正面生命尊嚴。

---

28 高幸佑：《日治時期臺灣小說中的女性形象》，國立中山大學中國文學研究所碩士論文，2015年。

29 吳鑒益：《現代詩從物象到意象的藝術——以簡政珍詩作為主》，國立中興大學中國文學研究所碩士論文，2007年。

以上見到龍、呂二氏作品中雖也十分關心女性的社會處境，獨具「男女平等」的進步思想，對社會上處於弱勢的女性或展現高度的人道主義的關懷，或讚揚女性強韌的生命力，或暗喻當時殖民時代下身為臺灣人說不出的痛苦與哀傷，但龍氏作品暗中隱喻作家自身對正義平等理念的堅持，表達一種隱忍式的「堅持與反抗」，呂氏作品則具「政治隱喻」，以筆下的女性暗喻殖民時代的臺灣土地及臺灣人民，二氏皆處於日治時代，所書寫女性或作為「國族象徵」，[30]或隱含「理想社會主義」的「進步思想」範疇，所呈現的「新思維」女性也是以達到男性理想價值為判準，因此仍是以「他者」眼光來看待女性，至於女性內心真實的感受與聲音仍是較少觸及的部分。

四　女性作家視角下客家女性的類型表現

早期現代文學界以男性為主，但自一九五五年「臺灣省婦女寫作協會」成立後，臺灣文壇出現不少現代文學女性作家，八○年代解嚴後，女性自我覺醒，除了注重自身以外的環境也轉向發掘女性自身，因此筆下所寫漸由對社會生活、家庭角色體驗轉向自我內在心靈描寫的「女性書寫」，女性作家作品更是如雨後春筍紛然出現。

客家女性作家出現之後，一向是由男性「他者」角度來定位的情形才有了轉變，先前是由男性「書寫女性」，而女作家的出現的意義則在能翻轉角度，由女性自身直接從事「女性書寫」。敘述者不同，意味著視角、觀點轉換的不同，所寫出的作品自然就展現出不一樣的面貌。先前作品中所見客家女性單一的「一元」形象也因女性作家寫下親身所思、所感而使得客家婦女形象呈現了更為「多元」的面貌。

本文選擇以林海音、謝霜天及黃娟三位知名客家女性小說家為代表探討客家女作家「女性書寫女性」與男性作家有何不同。

---

30 高幸佑：《日治時期臺灣小說中的女性形象》，國立中山大學中國文學研究所碩士論文，2015年。

　　林海音小說創作自始至終關注著女性的命運，她的作品表達鮮明的女性意識，關注傳統女性的命運與處境，並以家庭生活的經驗和女性婚姻的悲劇為中心揭示社會人生問題。作品中刻劃各類型的女性故事，張實〈論林海音小說中的女性形象〉歸納林海音筆下女性婚姻的結局：[31]一是「舊婚姻制度下的犧牲者」，二是「傳統與現代夾縫中的掙扎者」，三是「家庭與事業選擇中的女性」，四是「自覺追求愛情與婚姻的年輕一代」。林海音筆下女性人物，有「社會底層」中的女性，如《城南舊事》裡受封建道德倫理壓抑而發瘋的秀貞，《孟珠的旅程》中得不到別人尊重的歌女雪子。有「封建家族女性」，如《金鯉魚的百褶裙》渴望取得名分卻抱憾而終的金鯉魚，《燭》裡受傳統思想禁錮的大太太啟福太太。還有對「知識女性」悲劇命運的展示，[32]如《婚姻的故事》無法擺脫封建禮教束縛而順從沖喜婚姻的怡姐。但也塑造了幾位敢於同封建制度和封建道德進行抗爭而具有反抗意識的女性人物，如《城南舊事》裡的蘭姨娘。又如《婚姻的故事》中的芳原，反抗寡婦命運，打破封建道德倫理束縛而追求自己幸福。還有《燭芯》裡的自我覺醒勇於離婚，積極而樂觀的元芳。又如《曉雲》通過對女性言行和心理活動的描寫，凸顯主角曉雲感情糾葛的痛苦掙扎。林海音善於細緻描寫並刻劃人物的內心世界，充分展示女性作家特有的細膩和敏銳筆觸。女性在面對或處理婚姻問題時最能反映其女性意識的覺醒程度。[33]而其中的「我」看似旁觀者，但展現的卻是有獨立思想和主動性，在敘寫女性悲劇命運的過程中巧妙地反襯出「我」的進步性和時代性。[34]

　　歸納客籍女性作家「書寫女性」的內涵，可以看到女性的主體意識逐漸

---

31 張實：《論林海音小說中的女性形象》，東北師範大學中國現當代文學碩士論文，2008年，頁3-11。

32 曹楊：《女性意識與林海音的小說創作》，吉林大學中國現當代文學碩士論文，2008年，頁7-10。

33 李瑞騰主編：〈林海音小說的女性自覺書寫〉，《霜後的燦爛──林海音及其同輩女作家學術研討會論文集》，臺南市：國立文化資產保存研究中心籌備處，2003年，頁40。

34 曹楊：《女性意識與林海音的小說創作》，吉林大學中國現當代文學碩士論文，2008年，頁13。

浮現。女性主體認同，從他者認同轉向自我認同。本文以為可概括分為「書寫傳統女性美德」、「書寫女性自我意識」及「書寫政治社會」三方面：

（一）書寫傳統女性美德

　　傳統婦女形象在女性作家作品中也常見到，如謝霜天《梅村三部曲》描繪女主角林素梅出生在農村社會中為農事、為家庭而忙碌的身影，形塑客家婦女具有傳統美德的賢淑形象。女性作家書寫傳統女性的偉大，是同樣站在「人」或「客家人」位置而非站在「女人」角度，展現人之所以為人的獨立抗爭精神，這也是客家人面對天生宿命、土地貧瘠與人生困境時不輕言屈服的「硬頸」精神展現，《梅村心曲》中女主人翁與自己的公公一樣勇於與日本殖民者抗爭而不低頭，這是書中女性，也是女性作家已將客家傳統歷史價值意識加以烙印、內化為自己人格精神的一部分。與男性作家稍有不同的是，在歌頌客家婦女美德之餘，尚顯見女性自身反思的掙扎歷程，展現女性想要掙脫束縛的渴望，從中隱現女作家身處新舊交替時代的深刻自覺與反思，且客家女性作者創作意識並不是對男性權威的認同，而是強調女性特質以及她們對土地的認同，謝霜天在《梅村心曲》自序即說到：女主角林女士「一生血汗都滴落在田地裡。雖然備歷艱苦，卻能屢挫屢起，絕對不向命運低頭，充分表現一個堅貞、奮鬥、守土愛鄉所謂女性書寫的客家婦女典型。」作者以自我而非他者眼光觀看土生土長的這片臺灣母土，書寫本土女性的在地生活、在地語言文化與情感記憶，文字間流露真切的土地認同與生命力，也建構了自我「母性認同」、「土地認同」與「傳統認同」的「鄉土回歸」意識。

（二）書寫女性自我意識

　　女性作家字裡行間往往傳達在傳統與現代中間無法解脫的束縛感及其反思，並開始從注重自身以外的大我轉向反思內心的需求，書寫女性自身，包

括對社會生活、家庭角色的體驗，例如林海音的〈孟珠的旅程〉等作品，又如黃娟的婚戀書寫也著重在女性心理分析，真實地反映女性內心世界，也是以女性角度觀照女人切身遭遇，透顯出作家的女性意識。不少女性作家以「自我」眼光從事「女性書寫」，雖然所寫的一樣是繞著親情、愛情、婚姻為題材，不脫男女、家庭範疇，但能以女性角度觀照女人切身遭遇，字裡行間反映由傳統走向現代間欲掙脫解脫束縛的渴望，透顯出作家內心的女性意識。

（三）書寫政治社會

如黃娟早期作品書寫新舊社會轉型下的女性處境。中期則移居至美國，進而創作「臺美文學」，書寫離散經驗，使客家文學內涵更加擴展，其中《故鄉來的親人》還將美麗島政治事件放到文本背景中，展現海外臺美人對臺灣母土的關懷。二〇〇〇年後更創作大河小說《楊梅三部曲》，其中以幸子為主要人物貫穿全書，以臺灣近代歷史為素材，呈現臺灣民主議題、女性議題、族群議題等，表達旅美臺人對故鄉臺灣土地人群的關懷，[35]而女性參與政治議題的探討，也擴大了女性關懷的層面。

歸納上文所見，本文以為臺灣客家女性文學表現大致有以下三大面向：

1 「自我」部分：強烈表達女性意識，使長期以來的壓抑得以解放。
2 「他我」部分：重新省思男女兩性關係本質，力求社會階級的平等。
3 「群我」部分：用女性自己的方式關心人群、社會及家國議題，不讓鬚眉。

以上可見以「客家女性」作為一種觀察點，透過客家女性作家書寫可以看到不同時空背景下，女性作家不同於男權話語的敘事風格。透過女性主體視角，作家企圖破除傳統刻板印象以及父權社會的體制規範，將過去刻意壓抑的女性自我意識凝結聚焦，讓客家女性有機會從自身角度開展，聽見自己

---

35 謝冠偉：《黃娟《楊梅三部曲》研究》，銘傳大學應用中國文學系碩士論文，2006年。

的聲音，找到真正的自主性，其中可以看到女性主體意識的覺醒。由女性作家寫作更可以看到客家女性已由傳統走向現代，由感性走向知性思維。

　　客家女性的自我成長與轉變，客家女性已由小家閨秀走向關懷家國的大視野風格，也使客家文學有了新的風貌。由當代客家文學可以看到上一代寫實主義筆法，寫出普遍女性的悲苦與心聲，充滿對臺灣這塊母土的關懷與熱忱，文學題材多元，具有時代性的意義。[36]

五　女性作家女性書寫特色

　　西蒙・波娃（Simone de Beauvoir）：「一個女人之為女人，與其說是『天生』的，不如說是社會『形成』的」（One is not born, but rather becomes, a woman.），由於社會環境的變化，客家女性由被書寫的客體轉為書寫的主體，其中也反映了客家女性形象書寫風格的轉化。女性作家不同於男性作家在於由追求「外向」目標轉向「內向」心理的「自我」省思與自我追尋，且以女性眼光看待世事，其間還呈現出女性獨有的細膩視角，例如林海音以「百褶裙」、以「燭芯」、以「十六床棉被」等女性生活事物象徵女性的困頓處境。又如《燭》一文以搖曳不定、忽明忽暗的燭光隱喻老婦人風燭殘年的晚景和精神恍惚、心靈壓抑的生命狀態。而《燭芯》中一點燃就垂下來的燭芯，無疑可看作是女主角元芳「寸心成灰的生命寫照，以及為愛所累，直不起身子的性格暗示」，[37]其中可以見到作家感物細微、著寫細緻，作品所呈現事物的象徵描繪比男性作家更為細膩。

　　女性作家由認命而覺醒，懂得反思女人宿命，進而掌握自己命運，將女性心理成長、心靈轉折的意象表現得十分深刻。關於客家小說中的女性形象，本文以為由男性作家和女性作家的書寫比較可以看到由出於悲天憫人的

---

36 范瑞梅：《丘秀芷散文研究》，國立彰化師範大學國文學系碩士論文，2012年。

37 趙秀媛、顧瑋、田焱：〈林海音：女性生存真相的歷史呈現〉，《20世紀中國女性作家作品研究》（北京市：北京大學出版社，2012年），頁127。

追述「真實」，到主張正義平等的追求「真理」，到女性作家展現「主體性」的追尋「真我」，也已由「典範主義」走向「人道主義」，又由「人道主義」走向「人本主義」及「女性主義」脈絡發展的趨勢。客家女性在文本中也由「現實主義」（再現社會現實）再走到「現代主義」（重視個人內在心靈）。

張典婉[38]指出：「客家文學的兩性議題，長久以來皆附從在以男性為中心的寫作傳統，直到近代社會發展中，兩性關係權力的變動，客家作家寫作女性時，才逐漸有鮮明的意識從文學殿堂中掙扎出列，有著不一樣的書寫風貌。」今日客家女性已然走出家庭的鍋頭灶尾，而走向社會關懷的道路。女性作家筆下客家女性的整體形象不再只是被同情的弱者，而是女性覺醒，試圖擺脫傳統框架，追求工作平權、婚姻自由，獨立自主，自我認同，展現光明勇健、自信熱情，富有強大生命力。

以上可見女作家依據自身自身鑲嵌在歷史、社會、文化處境中的生命經驗而書寫，展現新時代女性更不願安守傳統所賦予的女性價值觀，還有不少對女性，或人性價值的反思，[39]女性文學既書寫內在的自我，也書寫外在所處的客觀世界。女性意識自我覺醒在文學中得到張揚。女性作家具有不同的生命體驗，其視角下所書寫的人、事、物自有其不同於男性作家的視角，她們所寫內容也朝向多元發展。由女性作家發出「女聲」，又以「女身」「現身說法」的寫作手法呈現出有異於男性作家的作品風格。

時至今日，在「後現代主義」的氛圍下，由女性自我書寫女性開始擺脫傳統框架，由女性自身來為女性定位。女性處傳統與現代、保守與叛逆間，其所發出的「女聲」取得話語權，發出自己的聲音，站在主體位置勇於表達自我，展現對自我主體的認同與平等人權的追尋。表達女性作家不願臣服於宿命的自我覺醒，同樣可見客家女性的反思力道。此外就整個文化場域來看，「女性書寫」本身尚且成為表明社會性別文明程度的文化符號以及社會平等的標誌。

---

38 張典婉：《臺灣客家女性》（臺北市：玉山社，2004年），頁18。
39 張典婉：《臺灣客家女性》（臺北市：玉山社，2004年），頁18。

俄國學者巴赫金「對話主義」（dialogism）：「只有在與他人對話的過程中，自我才能創作出自己，建構自己的主體意識」人們在自我與他者之間的認知過程中建立出具有「主體性」的自己，也在自我和他人的實際對話交往中完成「主體的建構」。「書寫女性」和「女性書寫」的探究共同反照出客家文學中客家女性真實而多樣的面貌，展現客家族群的文化特質。

六　結語

經由以上探討，再次印證由於書寫位置的不同，所見的女性形象便有所差異：

男性作家身為「他者」，將「女性」作為書寫對象，而女性作家將「女性」視為與己同類的「自我」主體。男性書寫客家女性，或頌揚其母性美德，或視為理想化身，又或作為家國之喻體。在男性位置上看女性，書寫者是「旁觀者」，女性只是男性眼下的「客體」，在「隔距觀物」下所見往往偏向「外在」形象的描摹，所見也多少帶有幾分「理想性」的想像。

女性作家書寫女性則是以「當局者」角度切入，所看的女性是與己身同類的「主體」，女性「近身」觀察的結果可深入「內在」心靈，書寫策略上多少可見作者「融入」個人色彩或暗涵心理投射。女性作家具有不同的生命體驗，其觀照面向也有所不同，其視角下所書寫的人、事、物自有其不同於男性作家的視角。她們所寫內容也朝向多元發展：包括刻劃女性在傳統婚姻與家族制度中的處境、反思傳統性別文化對女性的制約與操控、揭露現代社會下的「平等」假象、探索女性心靈與情感等對女性主體的思辨，展現女性的自我覺與意識，包括女性平等地位與女性價值的追求。擴而廣之，尚推及對社會、政治、土地、歷史、國族認同課題的關切等，女性文學既書寫「內在」的自我，同時也書寫「外在」所處的客觀世界。

從男性和女性作家視角和筆法的比較，其共性是可以從中看到客家文學的族群視野與集體認同，看到「客家文學」有其主體性及獨特性，同時也建構客家文學的主體論述。文學語言的背後有其時間、空間與人物的縱深。葉

石濤[40]曾指出：「客家文學中呈現的時代風格、族群意識與生活探索，由日治時期的日文寫作到華文寫作，歷經鄉土文學淬練，一再標榜客家文學與時代互應的潮流。」女性作家關懷的面向，也是與時代脈絡同起共感。

客家女性體現客家族群獨特的文化精神性格，上述可見客家文學「書寫女性」到「女性書寫」同時展現了臺灣客家文學的的時代性、主體性、本土性、多元性、當代性與在地性等多元性。由男性作家的書寫女性到女性作家的女性書寫，這也是由隱到顯、由「看女」到「女看」而走向主體論述，建構了客家文學中女性文學的「主體性」。

客家文學已然成為臺灣文學多元面貌裡風格獨具的重要文類之一，[41]客家文學是臺灣文學中具有豐富精彩表現的一頁，女性書寫表現女作家對於土地、家國、生存環境、女性等主題關懷，說明客家文學隨著時空交疊，重構出多層次的疊影。通過兩性不同視角觀點比較，可以同時看到客家文學中「女性」與「客家性」的雙重視野，對客家族群文化身影能有較為深刻的認識。

---

40 葉石濤：《走向臺灣文學》（臺北市：自立晚報文化出版部，1990年），頁141-143。

41 邱湘雲：〈臺灣客家文學文獻整理芻議——以桃竹苗客家現代文學為例〉，《2017當代客家文學》（新北市：臺灣客家筆會，2017年），頁5。

參考文獻

吳鑒益　《現代詩從物象到意象的藝術——以簡政珍詩作為主》　國立中興
　　　　大學中國文學研究所碩市論文　2007年

李文玫　《客家女性書寫、書寫客家女性研究計畫》　客家委員會　「獎助
　　　　客家學術研究獎助計畫」　2005年

李文玫　《離散、回鄉與重新誕生：三位客家女性的相遇與構連》　輔仁大
　　　　學心理學研究所博士論文　2011年

李　喬　《大地之母》　臺北市　遠景出版事業公司　2001年

李　喬　〈從文學作品看臺灣人的形象〉　《臺灣文藝》第91期　1984年。

李瑞騰主編　〈林海音小說的女性自覺書寫〉　《霜後的燦爛——林海音及
　　　　其同輩女作家學術研討會論文集》　臺南市　國立文化資產保存研
　　　　究中心籌備處　2003年

邱湘雲　〈臺灣客家文學文獻整理芻議——以桃竹苗客家現代文學為例〉
　　　　《2017當代客家文學》　新北市　臺灣客家筆會　2017年

胡亞敏　《敘事學》　武漢市　華中師範大學出版社　2004年

范瑞梅　〈丘秀芷散文研究〉　國立彰化師範大學國文學系碩士論文　2012年

高幸佑　〈日治時期臺灣小說中的女性形象〉　國立中山大學中國文學系研
　　　　究所碩士論文　2015年

國立臺灣文學館　〈2007臺灣作家作品目錄〉　網址　http://www3.nmtl.gov.
　　　　tw/Writer2/book_search_result.php

國立聯合大學　〈臺灣客家文學館〉　網址　http://cls.lib.ntu.edu.tw/hakka/
　　　　author/zhong_tie_min/onlin_short.htm

張　實　《論林海音小說中的女性形象》　東北師範大學中國現當代文學碩
　　　　士論文　2008年

張典婉　《臺灣客家女性》　臺北市　玉山社　2004年

曹　楊　《女性意識與林海音的小說創作》　吉林大學中國現當代文學碩士
　　　　論文　2008年

許芷若　《呂赫若書寫女性研究》　國立中山大學中國文學研究所碩士論文
　　　　2013年

陳芳明　〈殖民地與女性——以日據時期呂赫若小說為中心〉　陳映真等著
　　　　《臺灣第一才子——呂赫若作品研究》　臺北市　聯合文學出版
　　　　1997年

陳貞吟　〈呂赫若筆下的婦女樣貌及其對婚姻的積極思維〉　《高雄師大學
　　　　報》第15卷第2期　2003年

彭瑞金　〈臺灣客家文學的可能性及其以女性為主導的特質〉　《臺灣文學
　　　　探索》　臺北市　前衛出版社　1995年

愛德華・摩根・佛斯特（Edward Morgan Forster）著　蘇希亞譯　《小說面
　　　　面觀：現代小說寫作的藝術》　臺北市：商周出版　城邦文化
　　　　2009年

葉石濤　《臺灣文學史綱》　高雄市　文學界出版　春暉出版社發行　1987年

趙秀媛、顧瑋、田燄　〈林海音：女性生存真相的歷史呈現〉　《20世紀中
　　　　國女性作家作品研究》　北京市　北京大學出版社　2012年

樊洛平　〈客家視野中的女性形象塑造及其族群文化認同——以臺灣客家小
　　　　說為研究場域〉　《臺灣研究集刊》第1期　2008年

歐宗智　〈塑造臺灣女性勇敢熱情的形象——談鍾肇政三部曲小說中的銀妹
　　　　與奔妹〉　《明道文藝》第309期　2001年

歐宗智　《臺灣大河小說作品論》　臺北市　前衛出版社　2007年

謝冠偉　《黃娟《楊梅三部曲》研究》　銘傳大學應用中國文學系碩士論文
　　　　2006年

左右交匯下的激流
——五〇年代香港政治內幕小說的書寫[*]

郭澤寬[**]

摘要

一九四九年中國內戰底定，兩岸分峙，兩岸語境也隨著雙方政權的對立，各自定於一尊。然隨著冷戰態勢形成，作為殖民地特殊性存在的香港，言論相對自由，加上南來文人心各有所屬；美國、臺灣的右派勢力視香港為反共基地；大陸各機關陸續在香港建立宣傳機構等，從而使得香港有別於兩岸，成為各種言論交會之處，左右在此激烈交鋒。

這同樣也表現在文學生產上。文本即以五〇年代，出現在香港，分別高掛「反共」、「反蔣」旗幟的左右兩派文學作品，尤其是乃以各種政治內幕暴露為題材，以南郭、唐人為雙方代表的小說作品為主要分析對象。

本文且從這種特殊語境說起，並將分別解析作品之敘述特色。而這些作品不約而同全以政治內幕為題材，也其來有自，一方面繼承了晚清譴責小說的傳統，也承香港本地政治小報之緒，且又在左右對抗的背景之下成香港文學之一景，更成為中國近現代文學，一種殊性的存在。政治的神聖性，在互相的暴露中，被解構重組，且成今日各類政治內幕書寫的前沿存在，與歷史大敘述中的記述互文，互映成趣。

關鍵詞：香港、左右對抗、小說、內幕、八卦

---

* 感謝審查者提供修正意見，在此申謝。本文且為科技部計畫：〈左右交匯下的激流——香港五〇年代政治內幕小說的書寫〉（109-2410-H-259 -054 -）成果之一。
** 國立東華大學臺灣文化學系教授。

一　前言

　　在一九五〇年代的香港，有一系列的「文學」作品相當有意思，全以政治內幕的書寫為其特色，以挖掘對方陣營之私為己任，將文學作品視為政治的武器，左右陣營旗幟鮮明，將炮火射向意識形態對立的對方。這些作品如屬於左派陣營的《侍衛官雜記》、《人渣》（亦名《某公館散記》）、《金陵春夢》，及屬右派，以南郭所作《紅朝魔影》等系列作品為代表。

　　對於香港五〇年代，尤其當時左右對立各自文學生產的情況，有不少的研究，其中對於張愛玲個人作品的研究，自不待多言，在此不再細列，唯多數從外在語境的解析，與文學生產機制等文學外緣著手。其中，臺灣本地學者如陳建忠即有不少成果，諸如〈「美新處」（USIS）與臺灣文學史重寫：以美援文藝體制下的臺、港雜誌出版為考察中心〉[1]，且創「美援文藝體制」一詞，說明五〇年代香港、臺灣文學生產受「美援文化」的影響的現實，與「美新處」在其中所扮演的角色。而王梅香系列的研究更承接其緒，除繼續使用「美援文藝體制」一詞之外，更進一步挖掘美援／美元文化下所隱藏的權力關係，諸如其博士論文：《隱蔽權力：美援文藝體制下的臺港文學（1950-1962）》[2]及隨後發表的如〈冷戰時代的臺灣文學外譯——美國新聞處譯書計畫的運作（1952-1962）〉[3]、〈不為人知的張愛玲：美國新聞處譯書計畫下的《秧歌》與《赤地之戀》〉[4]、〈美援文藝體制下的臺、港、馬華文學場域——以譯書計畫《小說報》為例〉[5]等成果，均觸及美援文化影響下

1　陳建忠：〈「美新處」（USIS）與臺灣文學史重寫：以美援文藝體制下的臺、港雜誌出版為考察中心〉《國文學報》第52期（2012年12月），頁211-242。

2　王梅香：《隱蔽權力：美援文藝體制下的臺港文學（1950-1962）》，清華大學社會學研究所博士論文，2015年。

3　王梅香：〈冷戰時代的臺灣文學外譯——美國新聞處譯書計畫的運作（1952-1962）〉，《臺灣文學研究學報》第19期（2014年10月），頁223-254。

4　王梅香：〈不為人知的張愛玲：美國新聞處譯書計畫下的《秧歌》與《赤地之戀》〉，《歐美研究》第45卷第1期（2015年3月），頁73-137。

5　王梅香：〈美援文藝體制下的臺、港、馬華文學場域——以譯書計畫《小說報》為例〉，《臺灣社會研究季刊》第102期（2016年3月），頁1-40。

的香港文學生產。

　　這些研究顯然均以當時的文學生產為重心，尤其屬於右派／反共陣營為主。這其中陳智德的〈一九五○年代香港小說的遺民空間：趙滋蕃《半下流社會》、張一帆：《春到調景嶺》與阮朗：《某公館散記》、曹聚仁：《酒店》〉則從「遺民空間」的角度，論述了幾部由「南來文人」創作於五○年代，但各屬不同政治、意識形態陣營的作品，且說明這些作品在政治意識形態之外，對於香港本地的意義，就如其文中所說：

　　　　兩組小說描述了兩種遺民空間，指向五十年代南來者思想理念和生活
　　　　現實的兩面，也由此對意識形態對壘下的政治話語作出反思、深化以
　　　　至審視和批評，其意義實無法單以「難民文學」、「反共文學」或「綠
　　　　背小說」、「反蔣小說」的概念來概括。[6]

陳智德從這些作品所形成的「空間」意義，個別論述之，雖然這的確也是反映冷戰背景下的產物，然其論述方式，也跳脫了左／右、反共／反蔣的二元論述方式。

　　本文的研究對象，與上述研究類似，然偏重於這些作品內容的探析，尤其對當時兩岸三地而言，獨勝於香港的，以政治內幕為書寫重心的小說作品。這些作品產生於香港有其特殊的時空因素，作為殖民地第三空間且位居「自由」／「鐵幕」前緣的地理存在、冷戰背景下左右各方勢力交會、諸多南來文人主導文學生產等等，是這些作品產生的主要原因。

　　本文即以這些作品為主要分析對象，這其中又以林適存（南郭）及嚴慶澍（唐人）的相關作品最具有代表性。本文且從此特殊語境說起，並將分別解析作品之敘述特色。而這些作品不約而同全以政治內幕為題材，也其來有自，一方面繼承了晚清譴責小說的傳統，也承香港本地政治小報之緒，然這

6　陳智德：〈一九五○年代香港小說的遺民空間：趙滋蕃《半下流社會》、張一帆：《春到調景嶺》與阮朗：《某公館散記》、曹聚仁：《酒店》〉，《中國現代文學》第19期（2011年6月），頁10。

也是來自人們喜聞八卦的潛意識，或也是人們的本能，且又在左右對抗的背景之下成為香港文學之一景，更成為中國近現代文學，一種特殊性的存在。政治的神聖性，在互相的暴露中，被解構重組，且成今日各類政治內幕書寫的前沿存在，與歷史大敘述中的記述互文，互映成趣。

二　第三空間——左右交會下的香港文化生產

香港作為殖民地的特殊存在，在中國近現代史的發展中，其影響性早已超越其地理空間所占實際比例。地理上它屬中國大地的一部分，卻因政治的壁壘，避過十九世紀中後至廿世紀在中國大地的各種動亂、內戰；經濟上得利於經濟自由的環境，商業發展迅猛，在四十九年後，且因政治的因素，為中國大陸對外的經濟窗口，經濟更是活絡；在文化中，香港人口多數雖屬中國人，然在英國的殖民統治下，又有各色人種雜聚，且容納現代、西方的文化於此，中國、西方、傳統、現代在此交融。這裡是中國，也可以說不是中國，可以說是西方，但也不是西方。在這樣言論相對自由環境之下，香港在中國近現代發展中，屢屢成為各種不同思想匯集、蒙發，也是交流、衝擊之處——一種第三空間。

作為殖民地之特殊存在，加上緊鄰中國大地的地理位置，使得它成為一種庇護之所。香港成為孫中山革命思想蒙發地之一，幾次革命也在此籌備；清末保皇、革命思想在此交會；為躲避大陸內地戰亂，幾個時期來港的大量「難民」，諸多的知識分子、作家也身在其中，來港後繼續文學活動，在這樣的空間環境下，且形成了香港文學發展中「南來文人」的重要現象，本文將討論的林適存即是例子，雖然只在香港停留四年，但即是屬於南來文人之一。

在三〇年代，香港成為左派文人的避難所；四九年後，情勢易位，諸多左派文人北歸，諸多與共產黨意識形態不容的文人南來香港。

對於南來文人在香港所產生的影響，自有許多討論，在此不再多加申論，不過也因香港這種特殊的第三空間，多種不同的思潮、意識形態，卻得

以在此並存，尤其表現在四九年後的文學、言論市場更為明顯，這些南來文人扮演著重要角色，這在兩岸對峙的雙方各自彼此的空間無法得見，單一視角的言論是兩岸各自的主調，但在香港相對自由的環境中，作為英國殖民地看似未有高度政治地位的香港，既不從屬於任何一方，外有冷戰態勢確立，從而左右在此激烈交鋒，卻是同時期兩岸華人所看不到的。

就文學的發展而言，這些不同時期的「南來文人」雖有不少人就此長留香港，異鄉終成家鄉，但許多依然是過客心態，把香港作為暫居之地，然不可否認的，即使是如此，他們在此的文學、文化活動，依然是形成香港文學、文化活動的重要部分。

一九五○年代的香港就是如此，這些政治性因素，影響了當時香港文學的發展。

大陸學者何慧在《香港當代文學史》一書中，即描述這種「非文學」因素，支持當時文學發展的情況，並說明了在政治敵對的情況下，美國、國民政府、共產黨，分別資助了當時香港的文學生產，且說：「中國內地與中國臺灣壁壘分明的政治觀點，在香港這個各種政治派別都可以登臺表演的地方，通過作家以文學手段來表現，其刀光劍影就更令人炫目了。」這也說明香港這種第三空間的特殊性，及影響下的文學生產。

在報紙各有其陣壘，文學生產亦是。作為英國殖民地的香港，資本主義的意識形態按理看來似乎主導香港，然就如前文所述，相對自由的言論市場，使得左派思想也有其發展生存空間，且是共黨重點工作之一。一九四九年國共內戰情勢底定，冷戰態勢形成，其中最旗幟鮮明的，如由中共中宣部、中共港澳工委主導的《大公報》（《新晚報》即屬《大公報》）與《香港商報》、《文匯報》構成親中共的左派陣營；《香港時報》即由國民黨出資，在香港發行，除此直營報紙之外，還有成舍我《自由人》、陳孝威《天文臺》、沈秋雁《上海日報》、卜少夫《新聞天地》等偏向右派的報紙、雜誌，這兩大陣營除了言論市場外，文學生產的副刊版面同樣立場鮮明。

在出版市場上，由張國興創辦，資金來自美國的亞洲出版社，成為反共文學的出版基地；且受聯合國教科文組織支援的「新世紀出版社」；黎劍虹

創辦「虹霓出版社」，出版美新處（美國新聞處）相關書籍，並籌辦《小說報》[7]；幕後資金同樣來自美新處的《友聯出版社》；美新處且直接資助作家，進行創作、譯書計畫，張愛玲具有反共意識的《秧歌》、《赤地之戀》是其中知名的代表。而本文研究對象林適存在香港時期的相關作品，即連載於國民黨黨營的《香港時報》及亞洲出版社。

而共黨在國共內戰時期為政治宣傳，即在香港成立「新民主出版社」，出版毛澤東、朱德等相關言論集及共黨相關「學習文件」；一九四八年由三家書店合併成立「三聯書店」專門出版大陸內地書籍；一九五八年成立和平書店，主要向海外發行政治宣傳書刊，這也構成五〇年代左派的出版陣營。

這種左右的對抗，不僅從書籍的出版、報紙副刊的文章針鋒相對，連針對各年齡層的各種期刊、畫報亦是左右分明，就如鄭樹森所說：

> 當時左派較自覺地去辦一些刊物來抗衡右派的影響。如《青年樂園》主要抗衡《中國學生周報》，稍後《小朋友》（1959年4月25日創刊）是要對抗友聯出版社創辦的《兒童樂園》，較正統的文藝刊物《文藝世紀》肯定是針對受美援資助出版的文藝刊物。還有一九五四年八月創刊的《良友畫報》（海外版）是否希望抗衡《亞洲畫報》，雖未有確實的證據，可見左派也出版了與右派類似的刊物。[8]

有關這一段文學生產的歷史，已有許多研究成果，針對這些右派的、反共的文學作品，且從其生產資金來源給予貶義性的「綠背文學」，臺灣學者陳建忠且以「美援文藝體制」名之，說明不單在文學創作有著高度影響，而是影響整個文藝生產。就如同是南來文人的劉以鬯在對五〇年代香港文學發展評論，就有以下的文字：

---

7 王梅香：〈冷戰時代的臺灣文學外譯——美國新聞處譯書計畫的運作（1952-1962）〉，《臺灣文學研究學報》第19期（2014年10月），頁223-254。

8 鄭樹森、黃繼持、盧瑋鑾編：〈三人談〉，《香港文學年表（1950-1969年）》（香港：天地圖書，2000年），頁20。

一九四九年，香港進入「轉形期」，文學也由原有的形態轉變為另一種形態。起先，大批作家離開香港北上，香港的文學生命幾乎因此失去延展所需的條件。後來，「綠背文化」變成浪潮，文壇出現蓬勃的假象，表面熱鬧，實際消損了香港文學的超然性。美國對香港提供的經濟援助，使香港文學因塗上過濃政治色彩而變面貌，部分文學工作者為了生活不得不作者將手裡的筆當作謀生的工具更可慮。五十年代初期，作家有了墮落的傾向。[9]

的確，這種左右的政治力量，一定程度主宰了當時香港文學生產，部分作品的文學價值實也堪慮，然從整個歷史、文化發展來看，這正好完全反映了當時冷戰形成初期，香港特殊的環境與特殊的位置──第三空間下，左右意識形態對抗的前緣，且也有如王梅香所說：

> 換句話說，像李維陵、劉以鬯等人，一方面在香港美新處的《小說報》寫作具反共色彩的通俗小說；另一方面，他們也可以在環球出版社的《文藝新潮》上，創作帶有現代主義風格的文學作品。在美援文藝體制下的通俗小說是為了反共，但作家個人創作現代主義作品可能是為了理想。[10]

如此的文學生產背景，事實上也給作家生存在這樣一個高度商業化的香港社會的機會，而且這些作家也並只為反共、鬥爭而作，大量的通俗小說也因這些作家加入而盛行，如同是南來的羅斌開辦的《環球小說叢》帶起所謂的「三毫子小說」即是，上述虹霓出版社的《小說報》亦是。同時，在左右交鋒之餘，作品裡也對香港社會一角，尤其是「南來文人」及南來的難民其社會活動多所描述，呈現那個時代的香港，並非一無是處。

9　劉以鬯：〈五十年代初期的香港文學〉，《香港文學》第6期（1985年6月5日）。

10　王梅香：〈美援文藝體制下的臺、港、馬華文學場域──以譯書計畫《小說報》為例〉，《臺灣社會研究季刊》第102期（2015年3月），頁11。

　　本文討論的作家之一，林適存就是個例子。

　　四九年國共內戰大勢將定，身為國軍中高階軍官的林適存，被困陷在已被「解放」的重慶。透過與當地袍哥[11]的關係，藉民生公司復航逃到上海。抗戰勝利後曾在松滬警總工作的他，到上海又再透過過往人脈，順利搭上火車，逃到了香港。（事實上這段經歷，也時而成為他許多作品中的背景。）

　　各種不同經歷來港的作家為數眾多，他來港時，調景嶺上如有趙滋蕃和杜若等日後有著以在港生活背景的重要作品的作家，他將這一群作家稱之為難民作家，而他們這時期所創作的作品稱之「難民文學」。

　　來港後，謀生馬上是個問題，然幸運的接觸到先前就已熟識的，人早到香港在香港主持《新聞天地》的卜少夫，開始以「紅色天地」諸多現象為題供稿，而隨後於五二年開始於《香港時報》副刊「淺水灣」連載《紅朝魔影》。就如他自己所說的，同時期，許多自大陸內地南來的作家開始在香港出現，時常出現在香港街頭上的咖啡店：「文人作家的下午茶，卻是會晤朋友與談論時局，我在每天下午都去『聰明人』或『半島』，先後發現過徐訏、易文、南宮搏、李輝英、劉以鬯、黃思騁這些人，在「淺水灣」（時報副刊）上面，又讀到過胡秋原、易君左、馬五、黃震遐、易金、丁淼諸先生的文章，我的看法是春雷動了，播種的工作開始出了嫩芽。」[12]

　　這些南下來港的知識難民，處於左右交鋒前緣的香港，加上來自美國、臺灣為反共需求而來的資金（林適存就說，以亞洲出版社而例，每千字二十元稿費，高於《香港報紙》千字五元的稿酬數倍）[13]，反共文學作品且成香港五○年代初期文學之一景：

　　　　稱為香港的「難民文學」，這是我對五十年代初期香港文學的印象，
　　　　非但此也，甚至進一步認為，臺灣寶島是反共的大本營，五十年代的

11　即哥老會，為清季以來三大祕密結社之一。
12　南郭：〈香港的難民文學〉，《文訊》第20期（1985年10月10月），頁35。
13　南郭：〈香港的難民文學〉，頁36。

> 香港卻是反共文學的最前哨（也就是難民文學的發源地），而我，在
> 港四年半當中，寫的都是這一類的作品。[14]

林適存所說的「反共文學的最前哨」，也說明香港在那個左右交鋒的年代
中，這些文學作品產生的背景與意義。

而本文另一位討論的重點對象唐人，則是左派文學生產的代表性人物。

唐人本名嚴慶澍，筆名另有阮朗、顏開、江杏雨、陶奔、洛風、高山客
等，據計作品有一七○部以上，可說多產。具有中共地下黨員身分的他，與
臺灣也有若干因緣，早年曾是《大公報》臺北分館駐臺記者（1947-1950），
一九五○年隨著兩岸分治確立離臺赴港，並任香港《大公報》編輯。

唐人除了《金陵春夢》這著名的作品外，還有諸多以港臺為題材，其中
以國府政權、蔣介石為背景的作品，還有《某公館散記》、《草山殘夢》、《蔣
後主祕錄》等，但與其說是「創作」，不如說是帶有「任務」下，「工作」的
成果。

唐人一開始並非專職創作，就如其後人記述唐人自身的說法，當時《新
晚報》連載另一位作家宋喬，以一位蔣介石侍衛視角，描述其抗戰末期到國
共內戰，圍繞在蔣介石為中心的國府高層諸事，及眾侍衛藉機行巧謀利的內
幕為主要的《侍衛官雜記》。然《新晚報》編輯部開會時認為：「蔣介石陰險
毒辣，言而無信的一面沒有寫出來。於是，《新晚報》決定，再寫一部小
說，在讀者心目中塑造一個『真正的蔣介石。』」[15]而這個任務，因種種因
素最終落在唐人身上：

> 最後這個任務竟然落在我爸爸身上。他的同事們的意見是：第一，他
> 在蔣介石「發跡」的上海住過，第二，他上過抗日戰爭的前方；第三，
> 他到過內戰前方，第四，他跑過一些地方，包括臺灣；第五，其實這

---

14 南郭：〈香港的難民文學〉，頁34。
15 唐小三：〈金陵春夢・爸爸・我〉，《新聞戰線》第6期（1980年3月），頁37。

是個重要原因，那時他每天寫稿不過兩三千字。「就這麼定了。」[16]

唐人以政壇內幕為題材的「創作」生涯，也就此展開。這時與上述林適存為例，諸多文學生產的因緣是一樣的，只不過一左一右／一是反共，另一是反蔣，全是當時香港文學生產左右對抗下的產物。

而這些作品，在外表積極的政治目的之下，又有何表現特色，則下文續談。

三 政治內幕小說的書寫

（一）「八卦」的必要──政治內幕的揭發

可說是林適存成名作的《紅朝魔影》，林適存自己這麼說：

> 實際上，「紅朝魔影」並非文學創作，那時香港報約寫這篇東西，祇是為和香港的「新晚報」（匪報）打對臺，「新晚報」副刊上有一篇「金陵春夢」，於是時報便請我以毛朝內幕寫成「紅朝魔影」，三百個回合打下來，「春夢」無痕，而「紅朝魔影」卻連載了一年有餘。[17]

《紅朝魔影》以長篇連載的方式，刊於《香港時報》副刊「淺水灣」，按林適存記憶乃是連載四月後，主編要求停筆，不過實際考察舊報紙，僅連載一個月至一九五二年三月三十一日為止。但過了數十天後，又要求林適存續寫，於一九五二年五月一日以〈「西蒙諾夫」之死〉再度出現於「淺水灣」副刊，林適存自己就說：

---

16 唐小三：〈金陵春夢・爸爸・我〉，頁37。
17 林適存：《我的幾本創作》（臺北市：清流出版社，1973年），頁6。

> 事後我才知道,「紅」作對於臺灣曾有「轟動朝野」的現象,黨中央
> 很看重這篇文章,為了擴大宣傳效果,時報當局才命我「重作馮
> 婦」。[18]

而同日《香港時報》頭版頭條標題乃:「共俘十三萬六千餘人／僅半數願返
共區」[19],也充分顯現當時韓戰正酣、冷戰對抗態勢。而這種左右對抗,在
香港以文學的形式,在各自擁有副刊版面上展現開來,也都以政治內幕暴露
為書寫特色。

　　《新晚報》屬《大公報》體系,於一九五○年新增,也是因應冷戰形式
為宣傳所需而設:

> 《新晚報》是一九五○年十月五日創刊的,主要是因為朝鮮戰爭爆
> 發,需要採用外國電訊,為了靈活運用外電並在各方面適應一般讀者
> 的閱讀習慣,《大公報》決定出版《新晚報》。《新晚報》以灰色面孔
> 出現,目的是為了爭取更多讀者,成為宣傳愛國主義統一戰線上的另
> 一個戰場。[20]

而兩個副刊,「天方夜譚」、「下午茶座」即成為宣傳重地,「天方夜譚」專欄
連載唐人的《金陵春夢》,「下午茶座」連載小說作者筆名洛風《人渣》(《某
公館散記》),這兩部均以直接、間接以蔣介石及當時南京政權內幕為描述對
象,也迅速擭取港人的注目。事實上唐人、洛風均是同一人,均為《新晚
報》編輯嚴慶澍之筆名,除了這兩部作品之外,嚴慶澍還有《蔣後主祕
祿》、《北洋軍閥演義》等一系列以政壇「內幕」為題材的作品。

　　同時期另有宋喬《侍衛官雜記》(1952)、與唐人所作同名由小雲所著

---

18 林適存:《我的幾本創作》,頁6。

19 〈共俘十三萬六千餘人／僅半數願返共〉,《香港時報》1952年5月1日,版1。

20 許永超:〈香港左派報紙對統一戰線政策的實踐(1950-1966)〉(《新聞傳播學研究》總
　　280卷第7期(2017年7月),頁206。

《金陵春夢》（1950，新華南出版社）出版於香港，加上林適存的《紅朝魔影》，這種在香港透過政壇內幕的暴露的左右交鋒，可說是繽紛不已。

這也其來有自。初步觀察，這現象除了意識形態的需要，香港小報擅長的內幕報導傳統，且是這類作品需求的心理根源。

在殖民統治下的香港報業相當發達，除了各大報外，且有以各種特色報導的小報，更是香港報業一景。其中，發行於一九三○年代的小報《探海燈》即是其中之一，時以「南天王」陳濟棠主政時的廣東政壇諸多不為人知的「內幕」為報導對象，評論時局毫不客氣，除了在香港本地銷售外，甚而廣東省成為《探海燈》最重要的市場。甚而《探海燈》兩位報人黎工佽和蘇守潔，當年無故失蹤、死亡，可能即因言賈禍，觸怒廣東當局所致。

這種政壇內幕、祕聞（今日或稱八卦），卻是當年人們欲了解深如宮廷般，政治運作的重要管道之一，同時那些面猶如頭覆薄紗且只能遠觀的當權者，在這些報導中被拉下神壇，不再是高高在上，而成為一個七情六欲皆備的普通人，滿足了觀者的窺欲，甚也是一種平等、民主——一種想像中的方式。且誠如劉紹銘所說：

> 當年《新晚報》的「擁躉」著實不少，副刊辦得有聲有色，功不可沒。出現在《金陵春夢》的蔣介石，容或有失史實，但身為小老百姓，也真難辨是非。傍晚出現在天星碼頭的「拍拖報」，不時看到《大公報》和《香港時報》這兩個歡喜冤家碰頭。[21]

有趣的是，林適存《紅朝魔影》與唐人《金陵春夢》都號稱自己的作品是記實性的作品，而非小說。就如《金陵春夢》單行版上的〈序〉上就寫有：

> 唐人先生自己說：《金陵春夢》既不是小說，也不是歷史，他只是把蔣介石其人其事，像說書先生那樣描繪而已。廣大讀者們，則認為

---

21 劉紹銘：〈舊時香港的報紙〉，《蘋果日報》（香港）2007年10月7日。

　　《金陵春夢》不但生動活潑刻劃入微；它的真實性，尤其值得推崇和
　　信賴。
　　為了滿足讀者的要求，……。豐富而真實的「內幕」，經作者予以系
　　統地安排，有聲有色，確是一部難得的歷史小說。[22]

林適存自己也說這作品不是文學創作，而是記實的「報告文學」，且自評是
「祇是約翰‧根室那一型的東西；既不是純文藝的創作，更談不到深度」[23]。
其中所提到的約翰‧根室（1901-1970），為記者出身，並以書寫世界各地政
治「內幕」作品而聞名於世，著名的作品如《歐洲內幕》（1936）、《亞洲內
幕》（1939）、《拉丁美洲內幕》（1941）、《美國內幕》（1947）、《非洲內幕》
（1955）、《今日俄國內幕》（1958）等等，一九四一年在重慶的《中央日
報》，亦記載約翰‧根室即將來到當時抗戰大後方訪問、搜集資料的消息。
就如報中所記：「其最初兩部著作《亞洲內幕》與《歐洲內幕》，自出版後，
已經銷百萬部以上，現仍為美國之極流行讀物。」[24]也可見，這樣的寫作方
式，在當時也已被國人所熟知。

　　同時這類作品的本土根源也可追溯到清末的譴責小說上。魯迅在《中國
小說史略》第二十八篇中，且說光緒庚子之後，以南亭亭長李寶嘉（字伯
元）的《官場現形記》及我佛山人吳沃堯（吳趼人）的《二十年目睹之怪現
狀》為代表的「譴責小說」之出版特盛，並認為這與當時清末政治的變化，
有密切的關係，然與他所謂的「諷刺小說」有著些許不同，這些作品瞄向的
是「政治」，尤其乃一些不為人知的「細節」即所謂的「內幕」，且正是「時
人嗜好」：「其在小說，則揭發伏藏，顯其弊惡而於時政，嚴加糾彈，或更擴
充，並及風俗。雖命意在於匡世，似與諷刺小說同他，而辭氣浮露，筆無藏
鋒，甚且過甚其辭，以合時人嗜好，則其度量技術之相去亦遠矣，故別謂之

22　費彝民：〈序〉，《金陵春夢》（上海市：上海文化出版，1958年），頁1。

23　林適存：《我的幾本創作》，頁14。

24　〈約翰‧根室明春將訪華〉，《中央日報》1941年11月20日。

譴責小說。」[25]阿英在《晚清小說史》一書中，對於晚清小說的分類，也以「官僚生活的暴露」對產生於晚清，以當時官僚運作、公私生活為題材的作品而名之，且說：「從題材方面說，晚清小說產生得最多的，是暴露官僚的一類。」[26]同樣也以《官場現形記》為代表作品。

而官場人物種種行為，甚或是醜態，當然是《官場現形記》裡主描述對象。然也因為這種作品受到時人的歡迎，自有其末流出現，且如魯迅所說：「其下者乃丑詆私敵，等於謗書；又或有謾罵之志而無抒寫之才，則遂墮落而為『黑幕小說』。」[27]也可以這麼說諸如《紅朝魔影》／《金陵春夢》這類作品的書寫方式，承繼自清末以《官場現形記》為代表的譴責小說，描述官場活動、暴露政治內幕，猶如現今文字市場所盛行的「內幕小說」、「黑幕小說」般，只不過，描述的對象是國民政府蔣氏政權／共產政權，自身又帶著明顯的反共／反蔣傾向，且正配合左右交鋒的態勢，成為一類的反共／反蔣書寫，在香港各為其主作為冷戰時期左右陣營各自的號手。也只在這香港這種左右交鋒的第三空間才可同時得見。

然推其根源，為何左右兩派均同時以政壇內幕書寫，來遂行政治目的的宣傳呢？除了上述香港小報、承繼自清末的譴責小說的傳統外，究其人們的心理，還更深層的因素。

以色列歷史學者尤瓦爾·赫拉利（Yuval Noah Harari），在他以人類演化過程、人類行為歷史為等題材的著作《人類簡史》中，特別高舉發生於七萬年前人類的「認知革命」（Cognitive Revolution），成為人類——或者更精確的說是我們的祖先，人類的一支「智人」——迅猛發展，進而主宰世界的主要原因。

人類語言系統的形成，當然是其中因素之一，然其重要性不僅於語言成為溝通工具而已，更重要的，乃成為一種具有強烈社會性的「八卦」的工具：

---

25 魯迅：《中國小說史略》（上海市：上海古籍出版社，1998年），頁205。

26 阿英：《晚清小說史》（北京市：東方出版社，1996年），頁147。

27 魯迅：《中國小說史略》，頁215。

> 我們的語言發展成了一種八卦的工具。根據這一理論，智人主要是一
> 種社會性的動物，社會合作是我們得以生存和繁衍的關鍵。對於個人
> 來說，光是知道獅子和野牛的下落還不夠。更重要的，是要知道自己
> 部落裡誰討厭誰，誰跟誰在交往，誰又是騙子。[28]

今天習慣被稱之為「八卦」，亦即各種訊息，不管是事實或者虛構，或是細節、粗梗等等，對於各種訊息的分享與建構，在人類社會行為中佔著重要地位，它能傳遞「一些根本不存在的事實的信息」，而不只是「看過」、「聽過」的，全也被講得「煞有其事」。[29]

誠如赫拉利所言，這種「八卦理論」聽來荒唐，然就許多人類行為的表現和諸多研究，卻也證明此論點絕非胡說八道。就如他在書中所言，大家認為一群歷史學者碰面吃午餐，會聊第一次大戰的起因？物理學者在研討會午茶時，會談所謂「夸克」？還是在談「哪個教授逮到老公偷吃」、「哪些人想當上系主任或院長」等諸事？或者誰又獲得高額經費藉以買得貴重儀器？就如其中所言：

> 八卦通常聊的都是壞事。這些嚼舌根的人，所掌握的正是最早的第四
> 權力，就像是記者總在向社會爆料，從而保護大眾免遭欺詐和占便
> 宜。[30]

而這些八卦、內幕訊息的產生、傳遞，竟也成為人們社會常見，甚至是團體內必備的工具／行為。

他進一步指出：

> 多年來，人類已經編織出了一個極其複雜的故事網路。在這個網路

---

28 尤瓦爾・赫拉利：《人類簡史》（北京市：中信出版社，2014年），頁24。
29 尤瓦爾・赫拉利：《人類簡史》，頁25。
30 尤瓦爾・赫拉利：《人類簡史》，頁25。

中，像標緻公司這種虛構的故事不僅存在，而且力量強大。這種通過
故事創造的東西，用學術術語來說就稱為「小說」、「社會建構」或者
「想像的現實」。

這種想像的現實，有時並無現實的任何物質的指涉，但所形成的力量卻強大
無比：

然而，所謂「想像的現實」指的是某件事人人都相信，而且只要這項
共同的信念仍然存在，力量就足以影響世界。

在安德森的《想像的共同體：民族主義的起源與散佈》一書，就為吾人揭示
「文字資本」對於民族國家形成之強大力量，諸多國家、團體透過文字、訊
息，包括今日的各種媒體，所形成「結構」力量之例，也舉不勝舉，按赫拉
利的說法，竟全也來自這種「八卦」交換後，所形成的力量。

大量內幕的暴露，是這些作品共同的特色，在各自意識形態的主導之
下，滿足八卦窺探之餘，對各自讀者群所形成的「凝聚」力量，區別你我，
事實上正是其成果，也是其主要目的。

即使放至今日，這些行為依然繼續進行中，魯迅所謂「時人嗜好」，或
可簡為「人嗜好」，也是這種書寫的深層根源。

（二）既「私」且「細」

「八卦」之所以為八卦，即在於其內容的私密性，一般人不能與聞，只
能透過作者／敘事者的揭發。同時，它也脫離了一般認知的「大敘事」，不
是「官方」、正式的報導、甚或已成「常識」中所展現的「大事件」，而是日
常的、細瑣的，與所謂的「大敘事」大相逕庭，成為一種「小敘事」，甚至
是「細敘事」。這些政治內幕作品即有這樣的特色。

五〇年代，以暴露政壇內幕為題材，《侍衛官雜記》可說同類最早的作

品之一,即充分表現這樣的特色。

《侍衛官雜記》或又名《侍衛官日記》,作者為宋喬,一九五○年連載於左派《大公報》體系的《新晚報》,隨後集結於香港出版。在大陸,於六○年代以「內部發行」(未公開出版)的方式,流通於大陸共黨組織內部,這乃以暴露從抗日到國共內戰期間,圍繞在以蔣介石為中心的國民黨高層,及蔣介石生活周遭的諸多祕辛為主要,視角且是反蔣的,當然在臺灣可是甲種禁書不能得見,也只有當時的香港得以自由流通,一九五二年集結出版後,竟也成一時的暢銷書。值得一提的是,作者宋喬本名周榆瑞,在大陸時期本為記者,曾多次在馬歇爾來華赴廬山見蔣介石隨同採訪(而這也成為《侍衛官雜記》中重要的題材),在這部作品所展現的反蔣視角,然其在一九五二年離港赴大陸時,卻於蘇州火車站被捕,監禁四年。而後一九六一年離開大陸赴英,政治立場轉變,藉著作宣示反共立場,並任臺灣《聯合報》駐倫敦記者。

這部作品以蔣介石侍衛官第一人稱身分,採日記體形式寫成,與傳統歷史演義,而後更多的以政壇祕辛為題材的相關作品,多習以第三人稱全知的手段書寫,有極大的不同,第一人稱「在場」的書寫,更多添了諸多「小敘事」及窺探私密之感,諸多蔣介石生活細節,更成為暴露的對象。

事實上,從其人名的編用,就已經可以看出其立場,馬歇爾變成「牛歇爾」──從而在冊前,還得有人名譯釋表。

作品展現的是,蔣介石與國府政權高官,透過這些侍衛官的視角,全以「醜/醜」化的形象出現。就如在作品描述,蔣介石與夫人每天早晨必以英文互相打招呼等生活細節,或者隱私,但在作品裡卻以另一種視角呈現:

先生和夫人早上見面總得講一兩句英語,什麼「古德摩寧,大令」說得怪順口的。

他們說:先生的英語完全寧波腔,而夫人的英語卻是地道英國口音。隔著一間屋子聽,和美國人講得一模一樣。老楊偷偷地說:「北方有一句話,要得會,得跟師傅睡──夫人的英文當然是下過一番工夫

的。」[31]

俗語說：影射殺傷力最強，蔣夫人優秀的英語能力，與國外友人良好的交誼，在這部作品且作如此描述，當然這且不是單例，而且成為蔣夫人的基本形象，只要有外國人來訪，即扮演這樣角色，還被寫成「昭君和番」、「美人計」——這部作品即是如此視角。

對蔣介石同也是如此，在作品中諸多篇幅描繪蔣介石與所謂掛牌「黃山小學」裡的陳小姐間的曖昧：「老楊和另外一個同事不時互相擠眉弄眼，我想其中一定大有文章。」[32]藉詞影射私隱的企圖明顯，當然語言的輕薄，也將此企圖暴露無遺。

在這些大量的隱私細節的描述之外，在左派視角裡蔣介石怯於抗日勇於內戰的形象，也成為作品敘述「正事」時的重心，得知抗日勝利消息時，「先生正擁著陳小姐午睡」、「先生為什麼一點兒也不高興」，抗戰勝利後眾大員開會：「都是大罵共產黨。繞來繞去，還是那一套」[33]。

當然這些侍衛官藉其職務之便，營私腐化的種種行為，也是作品呈現的重心，藉以呈現國府政權的腐敗。各種花天酒地不在話下，大員以職權圖利；這些有保護委員長之責的侍衛官，更要藉機行巧謀利，尤其在國共內戰方酣之時。就如其中描述吳中楠（當也影射「胡宗南」）坐專機，一口氣帶了四十口箱子的「特貨」——煙土來到南京轉賣，儼然是個煙土批發大盤；其中還描述這群侍衛官，在內戰時期，藉同搭行政專機之便，在北方便宜的搜購徠卡、康泰時相機到上海轉賣之事：

　　聽侍衛長的口氣，先生大概明天一大早就要飛回南京，因為此行的目的已經達到了。

---

31 宋喬：《侍衛官雜記》（長春市：吉林省新華書店，1981年），頁10。
32 宋喬：《侍衛官雜記》，頁15。
33 宋喬：《侍衛官雜記》，頁73。

「小陳，」老楊背地對我說，「你知道侍衛長為什麼讓我們知道明天就要回南京？」

「為什麼？」我反問他，實際上我真不知道侍衛長的用意。

「你這兩天有沒有打聽本地市面上的行情？」他問。

「什麼行情？令我簡直摸不著頭腦。」

「你這傢伙真是暈頭搭腦！」老楊笑著罵我，「就是一些商品的行情呀！」

「沒有，打聽又有什麼用？」我這才聽明白他的話。

「媽的，我們可以做一票生意呀！我早已打聽清楚，收買相機最上算。這裡的徠卡和康泰時都只要一百美金上下就可以買進一架，拿到上海，寫寫意意地賣個四五百美金。三四倍的利潤，什麼生意還能比這個好？」[34]

對照現今時事，不知今夕何夕。

歷史上的大事件，抗戰勝利、國共內戰、國民大會開議、國民黨失敗等等，以及時而出現在現代史上眾多黨政大員的行止，全在這樣「私」、「細」、「八卦」般的敘事中，呈現出來，當然在其既定的視角中，其形象也可想而知。

雖是負面視角，但這部作品可說是對蔣介石行止一部長期觀察之作，尤其採第一人稱日記體形式，宛如在場。隨後同樣連載於《新晚報》的《金陵春夢》其內容敘述時間更長，日後產生的影響更大。

唐人《金陵春夢》連載開始，就以中國讀者習慣的傳統章回小說樣貌面市；雖然以蔣介石前半生為底及中國近代史大事為經發展故事，但所觸及並不是深刻的引史為鑑的歷史思維，而是近乎以「起居注」般，從蔣介石身旁瑣事甚且是私密、閨闈之祕而展開，尤其蔣介石與周遭人物對話，配合第三人稱近乎全知的視角，以醜化／丑化的視角展現蔣介石在近現代中國官場、

---

34 宋喬：《侍衛官雜記》，頁243。

歷史上諸多為人知的，更多是不為人知的細節——八卦。

就如作品的開場就充滿內幕暴露意味。按一般記載蔣介石的出生於浙江奉化的蔣家，生父為蔣肇聰。然唐人則採擷，曾傳有河南許昌鄭姓人士至重慶、南京尋蔣介石，認為蔣介石為其失散的三弟之事，大力加以推衍，衍成「逃荒年鄭家拆骨肉　找奶媽蔣府迎新人」作為第一回：蔣介石不是浙江人，還是因為蔣母王采玉與前夫因饑荒自奔前程各自就食後，因緣成了到河南客商蔣氏的繼室，在這一回中充分使用了「傳奇」的作法，在河南的「生活細節」、人物、情節完整俱在，儼然如真，從而使得「鄭三發子」成了「蔣介石」，如此八卦意味十足，也著吸引讀者眼球。更使得原本只存於少數人的傳說中，成為有文字記錄，且大力敷衍的傳奇故事，更是日後「蔣介石原籍許昌說」推波助瀾，其消息源頭竟也指向《金陵春夢》，影響不可謂不大。

事實上，與其說是揭密，不如說是唐人在僅有的一份據稱是蔣介石的侍衛官，短短的「五頁八行箋」筆記，加油添醋加上想像創作而成，有意無意，把「拖油瓶」這個形象加諸其上。然就如他自己所說，這樣的八卦：「事後證明，讀者對這個樣子開頭是感到興趣的。」[35]這也開啟了《金陵春夢》在《新晚報》的長期連載，日後更集結成八冊出版，且還有以蔣介石來臺後為題的《草山殘夢》，其後還有聚焦於蔣經國先生的《蔣後主祕錄》。

《金陵春夢》還採擷諸多有關蔣介石身世其他傳說，渲染蔣母和雪竇寺和尚有著不同尋常的特殊關係，意圖詆毀——或者拉低蔣介石的「人格」的目的不言可喻，但話題性更是十足。

當然這僅是《金陵春夢》的開頭，但全書的基調已成，其後的章回也全是如此風格——在歷史大事的背後，以蔣的生活細節為底襯，鋪敘不為人知的「內幕」，構築另一種以蔣介石為中心，中國近現代政治與國民黨政權運作的內幕——不過當然是負面的。

唐人立意要寫出一個「真正的蔣介石」——當然是左派共黨視角的——，

---

35 唐小三：〈金陵春夢・爸爸・我〉，頁38。

而後在《金陵春夢》出版單行版的序言，對於蔣的評價早已為全書蔣的形象定調，「不但『外戰外行』，就是內戰，手段殘酷則有之，戰略高明則未必」、「勇於勾結外國人，勇於攻打自己人」、「抗戰當年對外敵妥協投降的事實也大白於國人之前」[36]等等諸多存在於共黨宣傳文獻中的說法，自也成為全書的基調。

　　單就蔣介石個人形象的設計，不僅如上述的「出身」有問題，童年讀書亦不成；保定軍校靠著逢迎教官，才得以受人注意，就連選步兵科亦有話：「課程和設備都非常差。蔣志清怕騎馬給摔斷了腿，怕放炮給震聾了耳朵，終於選擇了步兵科。打打野外，練練把式，因為這是個速成班，平常稀鬆，課程進展得很快，一年功夫，便算畢業。」[37]學術根本不紮實諸如等等，人品、學術全有問題。大量八卦式的書寫，雜於諸多歷史事件鋪陳開來。就如有關蔣介石暗殺陶成章；賭嫖樣樣精；心一急嘴就來「娘希匹」[38]；影射廖仲凱之死與其有關諸如等等不可勝舉。

　　其中抗戰、內戰時期，蔣之形象更是惡劣至極，就以得知日本投降時，所描述的蔣介石的反應即是典型，得知訊息的他，竟無欣喜之情，卻忙著防堵共產黨，甚至對抗日甚有「貢獻」的共黨將領朱德，絕不該列入受降名單，作品中還有第一人稱蔣的話語：「我要是給他一個名字，那是在槍斃他的名單裡，絕不是受降的名單裡，他抗戰八年，誰教他抗的！他們有罪！」[39]且得知日本軍人在投降消息來臨時的騷亂時被壓制時，蔣介石還若有所失的樣子，書中還有一段影射意義強烈的第三人稱描述：

　　蔣介石到得房中，心裡頭說不出是什麼滋味。那些零碎的片段電影似的在他腦海裡放映：他同張群下野訪問日本；他親筆寫下「親如一

---

36 絲韋：〈序〉，《金陵春夢》。

37 唐人：《金陵春夢（一）》，頁48。

38 寧波方言，罵人之言語。諸多大陸電視劇、電影中的蔣介石時而暴怒口出「娘希匹」，此亦源自《金陵春夢》。

39 唐人：《金陵春夢（四）》，頁122。

家」給日本黑社會頭子；他晉見天皇；他聞知日本朝廷器重汪精衛而
感到醋意，他同頭山滿的交情；他同土肥原的交情；他同岡村寧次的
交情；他同日本將領的交情……[40]

這段暗示，直把蔣描繪成親日、同情（或可說贊成）日人侵略中國，民族氣
節全無的模樣。這些對蔣立場的描述，也與上述《侍衛官雜記》相同。

由林適存所作，以《紅朝魔影》為代表的相關作品，則是右派反共陣營
此同類型作品典型。

《紅朝魔影》並沒有明顯的結構可言，一段段以人物為中心的敘事展
現，前後的情節也無連貫性，雖有一個貫穿全書的人物「李寶清」，但對於
各情節的發展，沒有關鍵性的作用。然南郭以幾近寫真的筆法，描繪各個
「靠攏」紅朝的新貴的各種樣貌，人物之多、描述之細，實讓人印象深刻，
猶讓人親歷般，同樣是傳奇手法。

所謂「靠攏」人士，是作品主要描述對象。作品一開始，以共軍入上海
前夕為背景，由羅隆基[41]首先登場，描述他在這個政權轉換的過程中，如何
為自己掙得新的政治資本，作品內容充滿許多政治活動的細節：諸多「靠
攏」人士在酒宴上的談笑，密室裡的私議；以「民盟」的身分到北京參與
「政協」的過程；「三大文獻」[42]通過等等，均成為作品重要材料，在中國
現代史中有名的人物大量登場，也是作品裡主要特色。

當然，作為所謂暴露內幕的作品，官式堂皇的語言是沒有的，取而代之
的是如私下交易的各種人物間的祕辛，或者八卦，加上各人物在新朝初立
時，爭位子、享權力的百態。就如作品描述「政協」初開，作為出席第一屆

---

40 唐人：《金陵春夢（四）》，頁124。

41 羅隆基（1896-1965），英國倫敦政治經濟學院博士，著名學者。中華人民共和國成立
　　後，曾任民盟中央副主席，全國政協常務委員、全國人大常委。一九五七被劃右派，
　　取消多種職務，一九六五年逝。

42 乃指中共建政之初，三個有關政府組織等重要文獻——「中國人民政治協商會議組織
　　法」、「中華人民共和國中央人民政府組織法」、「政治協商會議共同綱領」。

代表，也是南社發起者的著名詩人柳亞子，卻是氣呼呼，為何呢？作品是如此揭其內幕：

> 原來，緊鑼密鼓的「人民政協」，已經擇吉開釀，會址選定中南海懷仁堂。為了粉墨登場，不惜大事粉刷，因而中南海暫時停止開放，為了便利這批代表老爺們，交際處印了一種「出入證」，這一天早上柳亞子約好章士釗王崑崙等人，預備在裡面飲茶作詩，臨走忽忽，忘了帶那「出入證」，開警不許他進去，他便罵那門警，門警反唇相向，柳亞子動手打了起來，那門警也不相讓，將柳亞子扭到籌備處，柳亞子大跳大罵，吵著要捲蓋回南京，籌備處的人勸不住他，只好打電話給李維漢，⋯⋯。[43]

整段描述，猶如親臨，一位大詩人，反倒成為一位意氣用事的老人。

不僅如此，就連閨房之私，也成為「暴露」的對象，某日作為羅的學生的李寶清來到北京，寄宿羅家，作品透過李寶清「記錄」了一段閨闈內羅家夫婦對話：

> 羅隆基是寫文章的，我們拿寫文章做準，約莫是三五百字的光景，談話又開始了。
> ⋯⋯。
> 「努生，你的文章比從前寫得壞了，為什麼？」
> 「政治活動的時間太多，這種活動便差了。」
> 「從前你的長篇大論真精彩，現在全是短篇。」
> 「難道沒有一個精彩的短篇嗎？」男人問。
> 「凡是短篇便不會精彩。」原來什麼長篇短篇，都另有所指，⋯⋯。[44]

---

43 林適存：《紅朝魔影》，頁26。
44 林適存：《紅朝魔影》，頁48。

具有性暗示的對白，與其是「批判」靠攏人士的嘴臉，倒不如是透過「丑化」他們，藉以吸引讀者、滿足窺探隱私之好，成為具有「娛樂性」效果的片段。當然，這僅是一小片段，《紅朝魔影》整體的基調便建立於此。

對於《紅朝魔影》，林適存的長女已逝的小說家林岱維的就以「簡直是好看極了」，來評論父親這一作品：

> 昨晚看我爸爸的〈紅朝魔影〉看到早上五點，除了小小一部分的愛國口號之外，簡直是好看極了：那些老奸巨滑阿諛現實的嘴臉真是現代儒林外史，我都強烈懷疑那是我爹的親身經歷，雖然有大部分的名字不認識，但看到什麼毛澤東周恩來江青郭沫若等歷史名人，就止不住興奮的往下翻，[45]

這雖然含有對父親的感情，然其中所說的「好看」，則的確其來有自，甚至也可以如此說，林適存在香港有關反共的書寫，都可以以「好看」評之。

林適存自己所說，雖是反共，但為吸引讀者的眼光，著實下了一番功夫，他日後自己思考這部作品對自己的重要性時，就說這作品對他個人日後創作的好處有三：「第一、使我增加了對寫作的興趣和勇氣。第二、從類似報導文學的寫作經驗當中，令我認識了閱讀心理的重要，因此以後在報紙上寫作連載小說時，也就懂得製造懸疑和高潮，也知道怎麼去控制讀者的感情。至於第三好處，是在因為這一長篇獲有讀者『票房價值』後，使得一些出版社和報紙編輯對我有了好感。」[46]

《紅朝魔影》，雖是刊登在國民黨黨營的《香港時報》，卻也是在以背負利損壓力的報紙連載方式，尤其是商業掛帥報業競爭大的香港，各報副刊都有許多連載版面作為號召，這是香港報業副刊的重要特色，而且也為了對抗左派報紙，如果沒有一定吸引閱讀的力量，作品實也無法長期連載，誠如林

---

45 林岱維：〈初讀《紅朝魔影》〉，http://hoohoowee.blogspot.tw/2007/03/blog-post_05.html，
  2014年12月7日。

46 林適存：《我的幾本創作》，頁14。

適存自己的分析，除了「反共」此一意識形態之外，這部作品的確有著吸引一般大眾興趣的元素。

事實上，就如上文所示《侍衛官雜記》、《金陵春夢》大量八卦式內幕書寫，加上作者加油添醋的能力，事實上也將以國共鬥爭為基礎的歷史事實，衍成為一幕幕，各為其主的政治通俗傳奇，《紅朝魔影》亦不遑多讓，不脫此架構。

除此之外，林適存幾部連載於《香港時報》的作品，也都有這樣的特色。

《南雁北飛》：連載於《香港時報》「淺水灣」副刊，一九五三年八月一日始，共計五十七回。且從一位商人的視角，以盧作孚這位在抗日時期極為重要的民族資本家，民生公司的創辦者、經營者，其一九五二年自殺的事件為中心，鋪敘出政權交替之後，商人如何折衝於險惡的政壇（這裡的險惡當然指得權的共產黨）之中，卻無法自保，致使自己一生的事業與生命卻歸於空，呈現當年政權轉換年代，商人與共產政壇人物之間的糾葛，則又是另一種內幕暴露的型態。

《報春花》：連載於《香港時報》「淺水灣」副刊，一九五三年十月一日始，共計六十一回。以第一人稱寫成，男主人公在來港的飛機中偶逢女人公，從而帶起故事，可說是林適存「反共羅曼蒂克」開啟之作。

《燭影搖紅》：連載於《香港時報》「快活谷」副刊，一九五四年三月一日始，共計九十七回。據林適存自己的回憶：《燭影搖紅》（寫謝雪紅潛臺工作的失敗）[47]，不過，或許林適存因年代已久記憶有誤，實際比對考察，《燭影搖紅》與謝雪紅無關，主要以「江霏」這位上海越劇名角，在政權初交替後的上海，欲重新整班再起，周旋於紅朝官場上總總為主要情節。

左右派各舉旗幟，激烈交鋒，各以文學為武器，以內幕、八卦寫作為手段，也成為在那個特殊時空下的香港之一景。

---

47 南郭：〈香港的難民文學〉，頁35。

四 結論

這些作品的產生的確其來有自，冷戰的國際背景給了它產生的需要，左右交會的第三空間下的香港，給了它存在的空間，加上符合人心底層需要的設計，從而使得這些暴露政治內幕，在此激起漣漪，左右激烈交鋒而共存，成為華文文學特殊一景，環顧當時兩岸三地，只能為香港獨有。

這些作品的確因為政治而生，在文學藝術性上更是可議，就如《金陵春夢》在大陸出版的編輯，從編輯的角度來看，這部書有幾個問題：

一 **粗**：文筆粗糙。唐人多產，加上在香港連載的壓力，致使他無法仔細推敲，文字粗、語言粗、人物粗、結構粗。

二 **少**：素材少，資料少。雖然通篇都以全知的角度書寫，事實來自第一手材料者少，只能借助其他一些不準確的報導。

三 **淺**：這部作品將蔣介石漫畫化了，使得人物形象淺、缺乏思想深度。[48]

事實上，這左右不分，這些當時此背景下的，以暴露政治內幕為題材的相關作品，全有如此問題。

但，即使如此，這些作品卻依然吸引讀者的眼球，甚而產生影響，就如《金陵春夢》中對蔣介石形象的描述，即深深影響諸多閱聽大眾，所謂的「蔣介石許昌出身說」[49]即是一例。

政治的因素，讓這些作品產生，但也根源於人心底層對於「八卦」的好奇，從而這些作品，也以內幕——既私、且細的敘事，來滿足人們的心理。同時這些在左右政壇上，原高高在上的大人物，卻也在這樣的暴私、丑化、漫畫化的書寫中，神聖性被瓦解，也能給短暫的人們一種「民主」的快感，這也是這些作品雖然文學藝術上毛病百出，但卻依然存在，今日依然不絕的主要原因。

---

48 吳光華：〈我和金陵金春〉，（《中國出版》第19期（1993年2月），頁45。

49 「蔣介石出身許昌」，此說在大陸還曾引起一陣考證、討論，甚至亦有研討會。

　　今日這類作品，也已不稀奇，各種視角、各種立場的書寫，在書肆中占有一角，從歷史書寫的角度來看，這些作品在各種官方的、「正式的」的歷史大敘事中，更可視為一種小敘事，一種補充。回顧於此，這些一九五〇年代，因左右對抗出現於香港的這些作品，更是前沿的存在。

參考文獻

〈共俘十三萬六千餘人／僅半數願返共〉　《香港時報》　1952年5月1日　1版

〈約翰・根室明春將訪華〉　《中央日報》　1941年11月20日

尤瓦爾・赫拉利：《人類簡史》　北京市　中信出版社　2014年

王梅香　〈不為人知的張愛玲：美國新聞處譯書計畫下的《秧歌》與《赤地之戀》〉　《歐美研究》第45卷第1期　2015年3月　頁73-137

王梅香　〈冷戰時代的臺灣文學外譯——美國新聞處譯書計畫的運作（1952-1962）〉　（《臺灣文學研究學報》第19期　2014年10月　頁223-254

王梅香　〈美援文藝體制下的臺、港、馬華文學場域——以譯書計畫《小說報》為例〉　（《臺灣社會研究季刊》第102期　2016年3月　頁1-40

王梅香　《隱蔽權力：美援文藝體制下的臺港文學（1950-1962）》　清華大學社會學研究所博士論文　2015年

吳光華　〈我和金陵金春〉　《中國出版》第19期　1993年2月　頁45

宋　喬　《侍衛官雜記》　長春市　吉林省新華書店　1981年

林岱維　〈初讀《紅朝魔影》〉　http://hoohoowee.blogspot.tw/2007/03/blog-post_05.html　2018年12月7日

林適存　《我的幾本創作》　臺北市　清流出版社　1973年

林適存　《紅朝魔影》　臺北市　兄弟出版社　1955年

阿　英　《晚清小說史》　北京市　東方出版社　1996年

南　郭　〈香港的難民文學〉　（《文訊》第20期　1985年10月10日　頁32-37

唐　人　《金陵春夢》　北京市　北京出版社　1981年

唐小三　〈金陵春夢・爸爸・我〉　《新聞戰線》第6期　1980年3月　頁37-39

許永超　〈香港左派報紙對統一戰線政策的實踐（1950-1966）〉　（《新聞傳播學研究》總第280卷第7期　2017年7月　頁205-210

陳建忠　〈「美新處」（USIS）與臺灣文學史重寫：以美援文藝體制下的臺、港雜誌出版為考察中心〉　《國文學報》第52期　2012年12月　頁211-242

陳智德　〈一九五〇年代香港小說的遺民空間：趙滋蕃《半下流社會》、張一帆《春到調景嶺》與阮朗《某公館散記》、曹聚仁《酒店》〉　《中國現代文學》第19期　2011年6月　頁5-24

劉以鬯　〈五十年代初期的香港文學〉　（《香港文學》第6期　1985年6月5日

劉紹銘　〈舊時香港的報紙〉　《蘋果日報》（香港）　2007年10月7日

鄭樹森、黃繼持、盧瑋鑾編　《香港文學年表（1950-1969年）》　香港　天地圖書　2000年

魯　迅　《中國小說史略》　上海市　上海古籍出版社　1998年

方言本字考求與形態變化
——以閩南語「漚步」為例

楊秀芳[*]

摘要

　　本文考證臺灣閩南語au3 pɔ7本字為「漚步」。對「漚」的考證，存在兩種困難：（一）《廣韻》平聲「烏侯切」為名詞「浮漚」義，去聲「烏候切」為動作動詞「久漬」義。但閩南語平聲au1為動作動詞「久漬」義，去聲au3為狀態動詞「腐朽」義。顯然閩南語的音義表現與《廣韻》所紀錄者不具規則對應。（二）閩語之外的漢語方言無「腐朽」義，其「久漬」義則一般讀去聲，因此無法利用方言比較來證明閩南語au1、au3本字為「漚」。無論從古今語音對應或方言同源詞比較來看，都有「不具規則對應」的問題。

　　這是由於「漚」的形態變化存在多樣性與多層性：（一）閩南語「久漬」義au1係與讀平聲的李軌方言同一類型，與《廣韻》的音義形態本就不同。（二）閩南語狀態動詞「腐朽」義au3，乃是閩方言內部由動作動詞平聲「久漬」義再次派生改讀去聲的結果。根據這兩項認識，可以排除「不具規則對應」的問題，再循音義線索考察，便可證知閩南語au1、au3本字為「漚」。

關鍵詞：本字考求、同源詞比較、形態變化、多樣性、多層性

---

* 　國立臺灣大學中國文學系名譽教授。

一 前言

　　閩南語有許多語詞本字不明，考證這些語詞的來源，確認其本字，可說是閩南語研究的首要之務。梅祖麟先生分析指出，考證方言本字有「覓字」與「尋音」兩種方法，[1]其後拙作提出「探義」法補苴，[2]又建議可利用孳生詞的音義網絡、及同構詞的平行構詞語料，[3]以掌握更多線索，作為本字考求之資。

　　這樣的研究，整合古漢語文獻和方言語料，古今互證，以語音規則對應來確認音字關係，並要求所考本字的語義要能合理解釋方言的用法。

　　方言同源詞來自共同的祖語，古今之間、及方言之間，都具有語音的規則對應，是歷史比較研究所賴以確認同源關係的依據。由於漢語形態變化具有多樣性及多層性，[4]方言若繼承不同的音義形態，或是又發生新層次的形態變化，則將無法呈現同源詞本來具有的語音規則對應。於此情況下考求本字，必須先通過對形態變化的認識，才能解決不具規則對應的問題，從而循線溯源，考知本字。

　　臺灣閩南語au3 pɔ7（低劣不正當的手段）俗寫「奧步」，[5]其本字為「漚步」。由於閩南語「漚」的音義形態與《廣韻》收錄者不同，也與其他漢語

1　梅祖麟：〈方言本字研究的兩種方法〉，《吳語和閩語的比較研究》（上海市：上海教育出版社，1995年），頁1-12。

2　楊秀芳：〈方言本字研究的探義法〉，In Alain Peyraube and Chaofen Sun eds., Linguistic Essays in Honor of Mei Tsu-Lin: *Studies on Chinese Historical Syntax and Morphology*: 299-326，Paris: ÉCOLE DES HAUTES ETUDES EN SCIENCES SOCIALES, Centre de RecherchesLinguistiques sur l'Asie Orientale.1999.

3　楊秀芳：〈詞族研究在方言本字考求上的運用〉，《語言學論叢》第40輯（2009年），頁194-212；楊秀芳，〈異方言「同構詞」對方言本字研究的啟發〉：《臺灣文學研究集刊》第18期（2015年），頁1-22。

4　楊秀芳：〈漢語形態構詞的多樣性與多層性〉，《中國語言學集刊》，第10卷第2期（2017年），頁298-328。

5　本文以1、2、3、4、5、6、7、8、0分別代表陰平、陰上、陰去、陰入、陽平、陽上、陽去、陽入、輕聲調，置音節尾。

方言不同，因此看不出閩南語「漚」在古今之間、及方言之間的語音規則對應。本文以「漚」為例，說明如何通過對形態變化的認識，考證au3本字為「漚」。

底下第二節先說明漢語形態變化的多樣性及多層性，以便展開下文的考證。

二　漢語形態變化的多樣性及多層性[6]

作為語言學分支之一，形態學研究詞的內部結構、外部形式，以及生成、轉化等現象。漢語單音節詞的構詞管道有「孳生」及「派生」兩種：（一）孳生是由詞根的詞義發生聯想，引申觸及外在事物而生新詞。如詞根「亡」生出「氓」、「盲」、「忘」等孳生詞。（二）派生是因詞幹出現在不同的句法結構或語境，轉化詞性或詞義而派生新詞。

轉化詞性者，如《詩》〈小雅・斯干〉「載衣之裳，載弄之璋」中，名詞「衣」出現在謂語位置而轉化為動詞，並且改讀去聲，表示「穿衣」。名詞「衣」和動詞「衣」雖然字形相同，但詞性音義俱不相同，已是不同的詞，因此說名詞「衣」派生為動詞「衣」是構造了新詞。

轉化詞義者，如「養」是提供生活所需，向下提供給兒女是「養育」，向上提供給父母是「奉養」，因角度或向下、或向上而詞義有別。又如「借」是財物暫時供他人使用，暫時取用別人財物是「借入」，財物暫時讓別人取用是「借出」，因角度或向內、或向外而詞義有別。這類詞義派生，詞的語義內涵並未改變，「養育」、「奉養」都一樣是提供生活所需，「借入」、「借出」都一樣是借貸行為，但因認知角度轉向，使詞義轉化成為不同的詞，因此說這也是構造了新詞。[7]

6　本節內容多摘自楊秀芳：〈漢語形態構詞的多樣性與多層性〉，《中國語言學集刊》，第10卷第2期（2017年），頁298-328。

7　詞義的派生與詞義的引申不同。詞義引申會觸及外在事物，但詞義派生不觸及外在事物，只是認知轉向，因而使詞義變得不同。

漢語的形態變化具有多樣性及多層性，底下取派生為例說明之。

（一）多樣性

派生變化的多樣性表現在三個方面：

1 詞性轉化類別多樣

除過去受到較多注意的名/動詞轉化、及物/不及物動詞轉化等等之外，凡因句法結構之異而產生的詞性或功能轉化，使一個詞能夠轉化用在不同的結構，其本質都是派生現象。[8]例如上聲「語」可作名詞，如《莊子》〈天下〉曰「以天下為沈濁，不可與莊語。以卮言為曼衍，以重言為真，以寓言為廣。」可作不及物動詞，如《易》〈繫辭〉曰「或默或語。」可作帶直接賓語的及物動詞，如《莊子》〈秋水〉曰「井黿不可以語於海者，拘於虛也。」以上諸例，《經典釋文》（以下簡稱《釋文》）都讀「如字」上聲。[9]但若「語」後接間接賓語，如《論語》〈陽貨〉曰「居，吾語女。」《釋文》則標讀去聲。「語」在不同的句法結構中，顯示其不同的詞性功能及詞義，或以音別義，或不以音別義，派生出不同的形態。

又「數」，或讀上聲，為動詞，如《周禮》〈地官・廩人〉曰「以歲之上下數邦用，以知足否，以詔穀用，以治年之凶豐。」《注》曰「數，猶計也。」或讀去聲，為名詞，如《禮記》〈表記〉曰「不知年數之不足也。」或讀入聲，為副詞，如《莊子》〈讓王〉曰「吾不忍數聞也。」「數」因句法結構之異而顯示不同的詞性功能及詞義，並以音別義，派生出不同的形態。

除學者過去提到的派生規律之外，[10]事實上，凡因句法結構之異而產生

8　一般所稱「詞類活用」，是著眼在語言應用的角度；究其本質，仍然是一種派生現象。

9　這是「不以音別義」的派生。詳見下文「3　語音改讀類別多樣」。

10　根據學者研究，派生變化可分析出若干規律。例如梅祖麟（1980）摘錄Downer（1959）的研究，列出派生詞讀去聲的分類，共有動轉名詞、名轉動詞、派生詞為使動式、派生詞表效果等八種類型。周法高（1962）也分八類，每類再根據語音之異分

的詞性功能及詞義轉化，其本質都是一種派生現象。根據這樣的觀點，可以對單音節詞在漢語的表現，有更清楚的認識。

2　詞義轉化類別多樣

　　詞義轉化主要因認知角度不同而引起。「認知」作為一種語法範疇，它對表示空間、時間、動作的語詞，可因認知角度之異而區分詞義，在不同的上下文脈絡中，表達不同的詞義，因此也是一種派生構詞的現象。

　　例如從不同的方向來看某些動詞，會使詞義產生向內／向外之分（「買（購入）／賣（售出）」、「受（接受）／授（給予）」、「借（借入）／借（借出）」），或向下／向上之分（「養（上養下）／養（下養上）」、「風（上化下）／風（下刺上）」、「供（上供下）／供（下供上）」），或離心／向心之分（「鬥（相爭）／鬥（相助）」、「比（比較）／比（親附）」、「背（相違背離）／背（背負承擔）」）。以「認知」作為一種語法範疇，對派生轉化詞義的現象可提出具有解釋力的規律。在這規律之下，過去學者所謂的向內／向外、向上／向下動詞，可以得到具有語法意義的適切的解釋。

3　語音改讀類別多樣

　　古漢語常利用微小的語音改讀來區別形態。最常見的是以聲調改讀來區別，所謂「四聲別義」，如名詞「衣」改讀去聲以派生為動詞，又如「養」改讀去聲以派生出「奉養」義。也常見以聲母清濁來改讀，所謂「清濁別

出三型。王力（1965）分析古漢語自動詞和使動詞的配對，列出具有派生關係的詞共三十七對。黃坤堯（1992）分出「自敗敗他類」等十三種類型。金理新（2006）以十種詞綴為綱，再細分出名謂化、致使、持續、完成、及物／不及物、自主／非自主等不同的構詞類型。孫玉文（2007）探討變調構詞的性質、分類，並論及上古之後變調構詞諸例在文獻中的音義表現。張忠堂（2013）探討聲母交替所產生的構詞現象。王月婷（2011）分析關於達及義、完成體、被動、敬指、一般名動構詞等音義規律。畢謙琦（2014）檢討前人分類，分析出「自動／使動態」、「主動／被動態」、「不及物／及物範疇」、「自主／非自主範疇」、「方向範疇」、「謙敬語範疇」、「完成體」、「名詞化」、「名謂化」等九種類型。

義」，如不及物動詞「繫」讀濁聲母「胡計切」，派生為及物動詞則改讀清聲母「古詣切」。

此外還有「韻變別義」的方式。例如古微部字「推」表示「以手推送」，或因意欲棄之而表示「排擠除去」，《釋文》讀「他回反」；[11] 或因意欲舉之而表示「舉而薦之」，《釋文》讀「昌誰反」。[12] 兩者語音相近，僅有一、三等之異。根據李方桂先生上古音系統，[13]「他回反」讀*thəd，「昌誰反」讀*thjəd。演變到中古，*thjəd顎化為昌母讀，才產生聲母的舌、齒音之異。這項派生利用一、三等介音區別詞義，屬「韻變別義」的派生類型。

派生未必引起語音改讀，可稱為「不以音別義」類型，[14] 廣泛見於《釋文》未收或未注音的文獻材料。例如「閈」本為名詞，因出現在謂語位置而轉為動詞，《公羊傳》〈宣公六年〉曰「則無人閈焉者。」此處「閈」為動詞，表示「守門使不得通行」，《釋文》未予注音，與名詞「閈」音讀無異。與上述「載衣之裳」相較，「閈」未以音別義，但「閈」也發生了同樣的詞性轉化，因此說，「閈」這種「不以音別義」的語音表現，也應該是派生的一種類型。

派生可能引起語音改讀，也可能並不引起語音改讀。改讀或不改讀，可能因字而異。例如「衣」派生為動詞，改讀去聲；而「閈」同樣派生為動詞，卻並不改讀。

派生是否引起語音改讀，也可能因方言而異。例如「載」讀從母去聲為

---

11 《尚書》〈仲虺之誥〉曰「推亡固存，邦乃其昌。」孔《傳》曰「有亡道，則推而亡之；有存道，則輔而固之。」《釋文》讀「他回反」。

12 《禮記》〈儒行〉曰「適弗逢世，上弗援，下弗推。」《正義》曰「謂己之生於澆薄之時，不逢明世，又不為君上之所引取，又不為民下所所薦舉。」《釋文》讀「昌誰反」。

13 李方桂：〈上古音研究〉，《清華學報》新9卷第1、2期（1971年），頁1-61；又載李方桂：《上古音研究》（北京市：商務印書館，1980年）。

14 以「不以音別義」為一種形態變化類型，原因在於詞是由「內部結構」的詞性詞義、及「外部形式」的語音兩者所結合；當「內部結構」的詞性或詞義已經轉化，則不論「外部形式」的語音是否改讀，都不再是原來的詞了。換言之，當最主要的詞性詞義已經改變，則雖然不以別義，形態上也已經發生了變化。

名詞，指「運載之物」；讀精母去聲為動詞，表示「運載、乘載」。《詩》〈小雅・正月〉曰「其車既載，乃棄爾輔。載輸爾載，將伯助予。」《箋》云「輸，墮也。棄女車輔則墮女之載，乃請長者見助。以言國危而求賢者已晚矣。」《釋文》曰「爾載，才再反。注及下同。」案：《釋文》「載」讀精母去聲者讀「如字」。「其車既載」、「載輸爾載」之首字「載」，《釋文》不作音注，均讀「如字」；衡諸上下文意，當為動詞「運載」之義。至於「爾載」及箋注「墮女之載」二「載」字為名詞，表示「運載之物」，《釋文》則讀從母去聲。

　　試比較另一則相關資料。《尚書》〈盤庚中〉曰「若乘舟，汝弗濟，臭厥載。」《釋文》曰「載，如字，又在代反。」「臭厥載」之「載」指的是「所載物」，[15]為名詞，但《釋文》先收「如字」讀，又收從母去聲「在代反」。[16]

　　根據句法結構來看，「臭厥載」之「載」不能理解為動詞「運載」義，[17]否則難以卒讀。比較可能的解釋，是有些方言將《尚書》〈盤庚中〉此處名詞「載」也讀同動詞「載」。換言之，有些方言「載」的派生引起語音改讀，因此名詞與動詞音讀不同；有些方言「載」的派生並不引起語音改讀，因此名詞與動詞音讀相同。《釋文》並取兼收，因此出現兩讀的情況。

---

15 孔《傳》云「言不徙之害，如舟在水中流，不渡，臭敗其所載物。」

16 就《釋文》體例看，這是正文「臭厥載」兩讀之音注，與孔《傳》「臭敗其所載物」無涉。

17 有些經文可有不同的理解方式，音讀也就不同。例如《詩》〈小雅・賓之初筵〉曰「匪言勿言，匪由勿語。」《釋文》云「語，魚據反，又如字。」此處「語」可兩讀，是因為這段文本可以有兩種理解的辦法：讀去聲「魚據反」者理解為「告訴別人」，「語」是帶間接賓語的及物動詞，其間接賓語省略；讀上聲「如字」者，「語」是不及物動詞，表示「說話」。鄭玄為此作《箋》，云「（醉者）其所陳說，非所當說，無為人說之也，亦無從而行之也，亦無以語人也，皆為其聞之將恚怒也。」《釋文》為「亦無以語人也」作音注，云「語，魚據反。」這是由於鄭《箋》以「語人（告訴別人）」來理解「匪由勿語」之「語」，因此《釋文》只注去聲「魚據反」一讀。從《釋文》對正文和鄭《箋》兩處「語」的不同音注，可確知「語」只有在表示「告訴某人」時，才讀去聲。而正文「語」可有不同的理解方式，因此有「如字」和「魚據反」兩讀。

如「載」之派生，方言間或以音別義，或不以音別義，呈現出派生構詞的多樣性。

（二）多層性

派生構詞法於上古之後逐漸式微，改用增加音節的方式來滿足原有的語法功能。例如先秦「女」派生為動詞，表示「嫁女」，改讀去聲，《左傳》〈桓公十一年〉即曰「宋雍氏女於鄭莊公。」六朝時，不再以單音節詞表示，改用述賓詞組，說「嫁女」，例如《世說新語》〈賢媛〉便曰「趙母嫁女。」

在這趨勢之下，上古有些形態異讀仍然保留在現代方言中，[18]有些則隨歷史音變而泯除了原來的形態異讀之別，[19]有些是異讀混併而不再以音別義，[20]有些則還利用派生法構造新詞，造成方言內部新的形態異讀。[21]

漢語在不同的時代或地域，利用形態變化來區別詞性或詞義，留下異質成分沉積在語言中，無法用歷史音變規律解釋，但可依據形態變化原理，得到合宜的認識。這種異代異地形態變化帶來的異質成分，和語言接觸所產生的異質成分相似，都不是歷史音變的產物。拙作借用音韻層次的概念，也以「層次」稱語言中沉積的形態異讀，認為形態構詞具有多層性。[22]

---

18 如名詞「種」讀上聲，動詞「種」讀去聲，今許多方言都保留這種區別。

19 以「濁上變去」為例，全濁上聲字讀如去聲之後，無法再用語音區別原本的形態差異。例如「受」、「授」原有濁上、濁去之異，「濁上變去」之後，「受」、「授」語音無別，看不出形態的差異。

20 根據詹伯慧、張日昇（1987）語料，粵語廣州、順德、番禺等地「自飲」讀上聲，「使之飲」（以水慢慢滲入）讀去聲，保持古漢語音義格局。增城、東莞、寶安等地則不再以音別義，「使之飲」也讀上聲。

21 周祖謨（1945）列舉北京話不見於舊書記載的語音變讀近三十例。如「沿，循也，平聲。河之兩岸曰河沿，去聲。」《廣韻》「沿」只收平聲一讀，釋義「從流而下也」。北京話「河沿」讀去聲，是「沿」轉化為名詞的以音別義結果。

22 楊秀芳：〈漢語形態構詞的多樣性與多層性〉，《中國語言學集刊》第10卷第2期（2017年），頁298-328。

音韻層次因語言接觸而產生，[23]由此引發的語音移借常是成系統的，同一層中會留下各種音類的痕跡。而形態層次發生的原因，是某個詞有區別詞性或詞義之需，就其所需進行形態變化，因此形態層次是以個別的詞為單位，與音韻層次自是不同。

上古漢語單音詞的派生痕跡，保留在古籍、字書、《釋文》及唐宋韻書中，是了解古漢語派生構詞的主要依據。[24]上古之後，文獻及方言中仍可看到派生現象，這使單音詞能夠轉化詞性及詞義，隨語言之需而保持足夠的適用性。

（三）「背」的派生多樣性及多層性

底下以「背」為例，說明形態變化的多樣性及多層性。

「背」字初文為「北」，甲骨文作「⺮⺮」，象二人相背之形。《說文》曰「北，乖也。从二人相背。」說的正是相違背之義。

「⺮⺮」的二人相違背之形，一方面指人的背脊，一方面指相背離之義，[25]又因音近而假借為方位「北」。[26]這些不同的語義，後來利用字形區隔，表示「背脊」、「違背」者加上義符「肉」，方位詞則用初文「北」字表示。[27]

---

23 學界或將歷史音變產生的語音殘餘稱為「同源層次」，因接觸產生的則稱為「異源層次」。本文以為，「同源層次」既為歷史音變的產物，便可利用音變規律解釋，而接觸產生的層次不能用音變規律解釋，兩者本質不同，最好避免同用「層次」一詞。因此本文所稱音韻層次，都指接觸產生的層次。

24 漢魏以來的經注師說前有所承，可反映上古時期的音義，也留下當時各家的異讀痕跡。

25 《周易》〈艮〉曰「艮其背，不獲其身；行其庭，不見其人。」《注》曰「所止在後，故不得其身也。（不見其人）相背故也。」《釋文》曰「其背，必內反。相背，音佩。」「其背」之「背」為「背脊」義，讀幫母去聲。注文「相背」之「背」為「違背」義，讀同並母去聲的「佩」。

26 「北」屬古之部入聲，「背」屬古之部去聲，俱讀脣音聲母，音讀相近。

27 「北」字承初文之義，經籍中也還常表示「背離」，例如《漢書》〈高帝紀〉「項羽追北」，韋昭《注》曰「北，古背字也，背去而走也。」

「背脊」義讀幫母去聲「補妹切」，「違背」義讀並母去聲「蒲昧切」，藉清、濁聲母來區別詞性與詞義，是「背」第一次派生所區分的兩種用法。

上古「違背」義來自對相並兩方採取衝突離心的認知角度。大約到唐代，出現了以「背」作「負荷」義的用法，[28]這是認知上改採向心角度，因此由「違背」義轉化，發生第二次派生。[29]這次派生是否引起語音改讀，由於韻書並無紀錄，只能根據現代方言的音義表現來推測。

從現代方言的音義來看，「負荷」義有幫母平聲和幫母去聲兩種讀法：官話方言大抵都讀幫母平聲，演變至今讀陰平；吳語或讀同「背脊」的幫母去聲，也有讀幫母平聲者，今分別讀陰去或陰平；湘語主要讀幫母平聲，演變讀為陰平。底下以表一呈現，官話方言取武漢、南京為代表，吳語取寧波、溫州為代表，湘語取婁底、長沙為代表。

表一

	背脊 （幫母去聲）	違背、背離 （並母去聲）	負荷 （幫母平聲或 幫母去聲）	備註
武漢話[30]	pei5（背脊）	pei5（背書：背誦讀書）（背時：倒霉）（背陰：陽光照不到）	pei1（背藥罐子：比喻長期吃藥）（背誣：代人受過）（背手：把手放在背後，悠閒貌）	陰陽去不分。「負荷」義讀陰平。

28　《敦煌變文集新書》〈維摩詰所說經講經文〉曰「見貧者抱玉攀金，睹老者擔綾背絹。」

29　「負荷」義在上古時期多作「負」，表示「以背任物、承載」。《易》〈繫辭〉曰「負也者，小人之事也。乘也者，君子之器也。」《疏》曰「負者，擔負於物，合是小人所為也。」參見楊秀芳：〈論漢語詞義的反向發展〉，《中國文化研究》第9輯（2006年），頁179-204。

30　朱建頌：《武漢方言詞典》，頁161。

	背脊 （幫母去聲）	違背、背離 （並母去聲）	負荷 （幫母平聲或 幫母去聲）	備註
南京話[31]	pəi5（背心： 無袖無領短 褂）	pəi5（背誦） （背陽：陽光 照不到之處）	pəi1（背縴：拉縴）	陰陽去不分。 「負荷」義讀 陰平。
寧波話[32]	pɐi5（背脊） （背後）	bɐi6（背書） （背陰：陽光 照不到）	pɐi5（背風火：擔風 險）（背帶：搭在肩 上繫住裙褲的帶子）	「負荷」義讀 陰去。
溫州話[33]	pai5（背脊 身）	bai6（背書） （背耳：聽覺 遲鈍）	pai1（背帶褲：有背 帶的西式褲子）（背 順風旗：比喻順應趨 勢辦事）	「負荷」義讀 陰平。
婁底話[34]	pe5（背脊） （背心：無袖 無領的短褂）	be6（背誦） （背時：倒 霉）（背陰： 陽光照不到之 處）	pe1（背黑鍋：代人 受過）（背籃：掛在 肩上的籃子）	「負荷」義讀 陰平。
長沙話[35]	pei5（背脊） （背後：後 面）	pei6（背時： 倒霉）（背起 手：雙手放在 背後握著）	pei1（背帳：欠帳） （背冤枉：背黑鍋）	「負荷」義讀 陰平。

---

31 劉丹青：《南京方言詞典》，頁114。

32 湯珍珠、陳忠敏、吳新賢：《寧波方言詞典》，頁163、164。蘇州話「負荷」義也讀同
「背脊」義的陰去調。參看葉祥苓：《蘇州方言詞典》（南京市：江蘇教育出版社，
1993年），頁74-75。

33 游汝杰、楊乾明：《溫州方言詞典》，頁236、237。

34 顏清徵、劉麗華：《婁底方言詞典》，頁65、66。

35 鮑厚星、崔振華、沈若雲、伍雲姬：《長沙方言詞典》，頁97。

由以上的方言表現來看，「負荷」義從「違背」義派生時，或改讀幫母去聲，或改讀幫母平聲，以此與「違背」義的並母去聲區隔。方言繼承不同的改讀類型，因此「負荷」義或今讀陰去，或今讀陰平。形態變化的多樣性，使方言同源詞語音呈現不規則對應。

復可說者，吳語崇明話「負荷」義有陰平pei1（背船：拉縴）、陰去pei5（背債：負債）兩種音讀，[36]顯示其「負荷」義的派生又有多樣的表現。此外，「將雙手放在背後」一詞，武漢讀陰平，理解為「負荷」之義；長沙讀陽去，理解為「違背」之義。這樣的差異，顯示方言間對「將雙手放在背後」可能採取向心角度的認知，因此取「負荷」一讀；也可能採取離心角度，因此取「違背」一讀。這個取義的多樣性，說明了「違背」義與「負荷」義具有一體的關係，因此才會因認知角度不同而或表「違背」，或表「負荷」。[37]

由於「背」有兩層派生，方言的音義表現又有不同，因此同源詞的語音對應不規則。方言間這種現象並不少見，於此情況之下考求方言本字，必須先通過對形態變化的認識，才能循線溯源，考知本字。本文以閩南語au3 pɔ7的本字考求為例，說明「謱」因擁有多樣及多層形態變化，使同源詞「謱」在古今之間及方言之間產生語音的不規則對應，因而使本字考求益發困難。

三　臺灣閩南語au3 pɔ7的本字

「奧步」為臺灣閩南語au3 pɔ7的一般寫法，指「低劣不正當的手段」。「奧步」的「步」是本字。閩南語利用「步」（腳步、步行）的引申

---

36 張惠英：《崇明方言詞典》（南京市：江蘇教育出版社，1993年），頁118、119。

37 將雙手放在背後表示悠閒，古稱「負手」，為「負荷」義。如《禮記》〈檀公上〉曰「孔子蚤作，負手曳杖。」若雙手放背後是表現手和身體的違拗背離，例如被綁縛，古稱「面縛」。如《左傳》〈僖公六年〉曰「許男面縛銜璧。」上古的「負手」到中古之後改稱「背手」，此「背」為「負荷」義，如武漢話的用法。長沙「背起手」讀並母去聲，則是取義「違背」，將「背起手」認知為手和身體的違拗背離。

義，表示「達到目標的手段」，例如可說「無半步」bo5 puã3 pɔ7（一點辦法都沒有）。

au3 pɔ7首音節變調後，調值高降，與國語「奧」字語音相近。由於au3本字不明，因而假借寫為音近的「奧」字。

文字上寫成「奧步」，對不懂閩南語的人來說，望文生義，會將「奧步」誤解為「奧妙的辦法」。這樣的誤會，不可不辨明。

底下分三小節考證au3的本字為「漚」。首先說明古漢語「漚」的音義。其次說明閩南語「漚」與韻書音義紀錄不完全對應的原因，來自「漚」形態變化的多樣性與多層性。再其次說明閩南語「漚」與其他方言同源詞的語音呈現不規則對應，原因也在於音義形態不同。通過對「漚」形態變化多樣性與多層性的認識，本文循線溯源，考證得知au3的本字為「漚」。

（一）古漢語「漚」的音義

根據《說文》，「漚」本義為「久漬」。此義見於《詩經》、《周禮》、《禮記》、《左傳》若干篇章，如《詩》〈陳風‧東門之池〉曰「東門之池，可以漚麻。」《傳》曰「漚，柔也。」《箋》云「於池中柔麻，使可緝績作衣服。」《釋文》曰「漚，烏豆反。」

鄭《箋》所說，是在水中長時間浸泡麻草，使之自然發酵，軟爛後剝去表皮，取出纖維，再經曝曬，可成為堅韌結實的紡績材料。此處「漚麻」的「漚」為動作動詞，《釋文》讀去聲「烏豆反」。

《周禮》〈考工記〉記載漚絲之法，曰「慌氏湅絲，以涗水漚其絲，七日，去地尺，暴之。」《釋文》曰「漚，烏豆反。李又烏侯反。」此處「漚其絲」之「漚」亦為動作動詞，《釋文》讀去聲，又收李軌的平聲一讀。

「漚」又可與「鬱」組合為雙音詞「漚鬱」。司馬相如《上林賦》曰「芬芳漚鬱，酷烈淑郁。」「芬芳漚鬱」表示香氣濃郁，其「濃郁」之義，正因鬱積而得。

四世紀干寶《搜神記》卷十二曰「然朽草之為螢，由乎腐也；麥之為蝴

蝶，由乎溼也。爾則萬物之變，皆有由也。農夫止麥之化者，漚之以灰；聖人理萬物之化者，濟之以道。其然與？不然乎？」此處「漚」從「水中久漬」引申，表示「以灰長久的壅埋堆積」，為的是要去除溼氣。

賈思勰《齊民要術》著成於六世紀，記載農牧之法。「漚」除了用表久漬漚麻，還用在將木料泡水以防止生蟲，也用於以鹽酸漚果實，使其味酸酢。

《楞嚴經》譯成於八世紀初，以「浮漚」隱喻生滅無常的短暫人生，曰「譬如澄清百千大海，棄之，唯認一浮漚體，目為全潮，窮盡瀛渤。」又曰「反觀父母所生之身，猶彼十方虛空之中，吹一微塵，若有若亡，如湛巨海流一浮漚，起滅無從。」這項隱喻廣為文人愛用，如中唐白居易〈想東遊五十韻〉便曰「幻世春來夢，浮生水上漚。」[38]

「浮漚」指浮在水面的氣泡，性屬名詞。本文以為，名之為「浮漚」，與動詞「漚」有關，因麻草久漬發酵，產生氣泡，浮於水面而得名。不過「浮漚」後來也可泛指一般的水面氣泡，未必實指漚麻所生者。

有漚麻之事，水面理當便有浮漚產生，但上古經典並未出現名詞「漚」的用例，因此《釋文》無由著錄，只收動詞「久漬」的音義。《廣韻》始收「浮漚」的音義：侯韻「烏侯切」釋義曰「浮漚」；候韻「烏候切」釋義曰「久漬」。[39]

如上所述，「久漬」用法早見於上古典籍，但「浮漚」一詞似乎晚出。從浮漚與漚麻的密切關係來看，名詞「漚」應當是從動詞「漚」派生而得，並且以音別義，改讀平聲。

根據古今語音規則對應，「烏侯切」閩南語讀au1，「烏候切」讀au3。但閩南語au1並不表示「浮漚」，au3也不表示「久漬」，其音義表現與《釋文》、《廣韻》頗為接近但不完全對應。「漚」是否有可能為閩南語au1、au3的本字？

---

38 相傳為（晉）郭璞所撰風水典籍《葬書》，謂「圓者如浮漚，如星，如珠。」此書《宋志》著錄，多偽託之言。

39 《全本王仁昫刊謬補缺切韻》候韻收「漚」字，曰「於候反。又於侯反。」並無釋義，侯韻下也並未收「漚」字。

（二）閩南語au1、au3的音義形態

Douglas《廈英大辭典》收錄au1、au3兩音，[40]其用法與臺灣閩南語相同。舉例如下：

1　au1表示「久漬」。如可說「au1衫」au1 sã1（長時間浸泡衣服以備洗滌）、「au1鹹菜」au1 kiam5 tshai3（以鹽水長時間浸泡芥菜，使發酵變酸）。又可用指將穿過的髒衣服胡亂堆疊一處，如說「衫au1做蜀堆」sã1 au1 tso3 tsit8 tui1（衣服堆成一堆）。又有「溼氣醞釀」之義，如說「天氣au1鬱熱」thĩ1 khi3 au1 ut4 luaʔ8（天氣又溼又悶又熱）。

2　au3表示「腐朽」。「au3去」au3 khi0（朽爛掉）指物體因水氣長久侵蝕而腐朽。「au3黃」au3 ŋ5指如綠色蔬菜久置變成的腐黃色。au3又可從「腐朽」義引申，比喻低劣不潔的德行，例如「au3名」au3 mĩa5（臭名聲）、「au3儂」au3 laŋ5（品德低劣之人）。「au3步」au3 pɔ7則指低劣不正當的手段。[41]

《釋文》「久漬」義有平、去異讀，《廣韻》「久漬」義讀去聲，閩南語「久漬」義則讀平聲。本文以為，這是由於「漚」的音義形態具有多樣性，方言承繼不同的音義形態，因此聲調有平、去之異。試說明如下。

《周禮》〈考工記〉「漚其絲」下，《釋文》「漚」讀去聲，又收李軌的平聲一讀。李軌讀平聲，不是方言的語音變體，而是音義形態的差異。

陸德明為求明辨經義，特別注重因區別詞性詞義而派生的異讀，在《釋文》中，隨經文標注音義形態之異。漢魏注家若有異讀，陸德明也並取兼收，所收主要是音義形態的異讀，而非各地方言的語音歧異。這可以從《經典釋文》〈序錄〉看出。

40　Douglas：《廈英大辭典》，頁7。

41　周長楫《廈門方言詞典》亦收au1、au3兩音義，唯對au3的本字持保留態度。

《釋文》卷一〈序錄〉曰「方言差別固自不同，河北江南最為鉅異。或失在浮清，或滯於沈濁。今之去取，冀袪茲弊，亦恐還是轂音，更成無辯。」陸德明表示，南北方音浮清沈濁，是非難斷，因此無意於標注南北方音。「轂音無辯」之說，取自《莊子》〈齊物論〉，意指方音猶如轂鳥之音，無可定其是非。[42] 由此可知，《釋文》所標注的各家異讀，主要是與辨別經義有關的形態異讀，而非方言的語音之異。[43]

根據這個著書宗旨來看，《周禮》〈考工記〉「漚其絲」《釋文》所兼收的動詞「漚」平聲讀，應該是李軌所代表方言的形態異讀。

閩南語「久漬」義讀平聲au1，與李軌方言同屬一個類型，而與陸德明所代表方言的去聲讀不同。這項差異，體現了動詞「漚」在形態上的多樣性。[44]

閩南語au3表示「腐朽」。上古文獻「漚」未見「腐朽」之義，字書、《釋文》與唐宋韻書也沒有收錄「腐朽」一義。由於腐朽是久漬之後引起的狀態變化，可知「腐朽」義是從動作動詞「久漬」義派生出的狀態動詞。閩南語au3由平聲「久漬」義轉化為「腐朽」義，並改讀去聲，是閩語內部派生的新一層形態變化，體現了動詞「漚」在形態上的多層性。[45]

底下以表二比較《釋文》、《廣韻》與閩南語的音義形態：

---

42 《莊子》〈齊物論〉曰「其以爲異於轂音，亦有辯乎？其無辯乎？」《疏》曰「夫彼此偏執，不定是非，亦何異轂鳥之音，有聲無辯。」

43 《釋文》所收詞性詞義無異而卻有異讀者，則應是方音之異。例如《詩》〈豳風・東山〉「蠨蛸在戶」，毛《傳》曰「蠨蛸，長踦也。」「踦」字《釋文》曰「起宜反。今詩義長踦，長腳蜘蛛。又巨綺反。又其宜反、居綺反。」長腳蜘蛛名稱理應並無詞性詞義方面的差異，因此《釋文》所收異讀，應為方音之異，而非形態異讀。

44 《釋文》「久漬」義李軌讀平聲，李軌為隋末唐初涼州姑臧縣（今甘肅武威市）人，而閩南語「久漬」義與李軌方言遙相呼應，屬同一類型，可知這種音義形態並非孤例。

45 字書、韻書釋義均極簡要，「久漬」之說是否其實包含「腐朽」義，於今難以查證。不過若字書、韻書「久漬」包含「腐朽」義，現代漢語方言想必多會出現「腐朽」義才合理，而事實上「腐朽」義似乎只出現在閩語（詳見下文）。由此看來，恐怕「腐朽」義是後來閩語方言內部自己派生的獨特用法。

表二

	《釋文》音義	《廣韻》音義	閩南語音義
久漬	去聲	去聲	平聲au1
	平聲（李軌音）		
浮漚	—	平聲	—
腐朽	—	—	去聲au3

根據以上說明，可知閩南語「久漬」義au1雖然與《廣韻》的音義記錄不具規則對應，但與李軌方言屬同一形態類型，於古有據，古今之間仍然具有規則對應，可溯源考知au1本字為「漚」。

至於「腐朽」義au3，雖然《釋文》、《廣韻》均無此音義記錄，但「腐朽」義來自「久漬」義的派生，可知au3本字亦當為「漚」。au3 pɔ7作為「腐朽」義的引申用法，其本字當為「漚步」。

（三）現代方言「漚」的音義

經查檢幾種現代方言詞典和調查研究報告，「漚」最常見的用法是製作糞肥的動作動詞「久漬」義，來自去聲「烏候切」。[46]底下以表三呈現這些方言有關「久漬」義的用法。[47]

---

46 經查檢秋谷裕幸《浙南的閩東區方言》（2005）、《閩北區三縣市方言研究》（2008）、《閩東區寧德方言音韻史研究》（2018）、曹志耘等《吳語處衢方言研究》（2000），及吳語寧波、蘇州、崇明方言詞典，均無「漚」之相關語料。

47 「浮漚」一義似乎僅見於文獻，因此表三未收「浮漚」義用法。

表三

	將物長期浸泡水中，或甕埋堆積，使起化學變化	悶熱；醞釀要下雨	變質、不新鮮的、腐朽的、不潔卑劣的	憋在心裡生悶氣[48]	拖延、延擱
北京話[49] ou3	・眼睛被淚水漚瞎了。 ・骨頭都在這兒的地下漚朽的。 ・漚糞、漚肥	・汗漚得很難受。		・有意見不說，漚在肚裡。 ・漚氣	・這辯論還可漚一漚。
萬榮話[50] ŋəu3	・漚炕（燒完炕後用柴屑木渣等碎柴草封上火，使其慢慢燃燒，保持炕的溫度） ・漚糞				
太原話[51] ɣəu3	・漚糞			・漚氣	
西安話[52] ŋou3	・漚麻 ・漚糞	・漚熱		・漚氣	

48 俗寫作「慪」。「慪」不見於《說文》。《玉篇》「慪」讀「口侯切」，「悋惜也」。「憋在心裡生悶氣」是怨怒之氣鬱積在心中，為「久漬」義的引申用法，與「悋惜」無關，本字應為「漚」。

49 詞例取自《漢語大詞典》與《重編國語辭典修訂本》。《漢語大詞典》引《紅樓夢》「那小丫頭拿小壺兒倒了漚子在他手內，寶玉漚了。」又引錢謙益詩「漚手香」一詞，指潤膚的香脂。「漚」的這類「浸潤」義用法今已罕用。

50 吳建生、趙宏因：《萬榮方言詞典》，頁255。「漚炕」之「漚」表示「漚之以柴草碎渣」，用法同於《搜神記》「漚之以灰」（見本文三（一）小節）。

51 沈明：《太原方言詞典》，頁160。

52 王軍虎：《西安方言詞典》，頁179。

	將物長期浸泡水中，或甕埋堆積，使起化學變化	悶熱；醞釀要下雨	變質、不新鮮的、腐朽的、不潔卑劣的	憋在心裡生悶氣	拖延、延擱
牟平話[53] ou3	·漚糞				
南京話[54] əuɛ3	·漚大糞			·漚氣	
揚州話[55] ɤɯ3	·衣裳放的個肥皂粉子漚下子，洗起來好洗些。 ·漚田（地勢低窪，終年泡著水的田）			·漚氣	
貴陽話[56] ŋou3				·漚氣	
武漢話[57] ŋou3				·漚氣	
成都話[58] ŋo5	·褲子在盆盆頭漚了好多天，都漚爛了。 ·漚渣子肥 ·漚醪糟兒（釀糯米酒）				

53 羅福騰：《牟平方言詞典》，頁220作上聲，引論頁13作去聲。
54 劉丹青：《南京方言詞典》，頁178。
55 王世華、黃繼林：《揚州方言詞典》，頁211。
56 汪平：《貴陽方言詞典》，頁193。
57 朱建頌：《武漢方言詞典》，頁224。
58 梁德曼、黃尚軍：《成都方言詞典》，頁133。經查檢，清聲母去聲字在成都話沒有陽平調的規則讀法，此處「漚」讀陽平待確認。

	將物長期浸泡水中，或甕埋堆積，使起化學變化	悶熱；醞釀要下雨	變質、不新鮮的、腐朽的、不潔卑劣的	憋在心裡生悶氣	拖延、延擱
廈門話[59] au1、au3	‧au1衫（洗衣前浸泡衣服） ‧au1鹹菜 ‧衫au1做一堆（穿過的衣服胡亂堆疊一處） ‧au1肥	‧au1鬱熱	‧au3黃色 ‧鐵窗au3去 ‧au3名 ‧au3步		
海口話[60] au3	‧漚肥	‧漚雨	‧漚魚（不新鮮的魚） ‧鐵窗漚嘍		
雷州話[61] au3			‧魚若漚啦，賣減好多錢 ‧桌仔骸漚啦 ‧哈儂識何漚，賣物給伊幾個月啦都無給錢		
福州話[62] au2			‧漚漚色（顏色暗淡不鮮豔）		

---

59 Douglas（1873年），頁7；周長楫：《廈門方言詞典》，頁153、154。另補充臺灣閩南語用例。

60 陳鴻邁：《海口方言詞典》，頁162。

61 張振興、蔡葉青：《雷州方言詞典》，頁190。

62 馮愛珍：《福州方言詞典》，頁180。經查檢，清聲母平、去聲字在福州話都沒有上聲的規則讀法，此處「漚」讀上聲待確認。

	將物長期浸泡水中，或甕埋堆積，使起化學變化	悶熱；醞釀要下雨	變質、不新鮮的、腐朽的、不潔卑劣的	憋在心裡生悶氣	拖延、延擱
建甌話[63] ɔ4	· 漚肥堆				
溫州話[64] au3	· 稻稈沃漚田裡做肥料				
廣州話[65] ɐu3	· （久置潮濕處）件衫漚爛咗咯。 · 漚麵豉（釀造醬料） · 漚芽菜	· 漚雨（天欲雨，醞釀下雨）			
東莞話[66] ŋau3	· 盆衫漚敲兩三日重唔洗，你想漚爛佢啊？ · 漚土雜肥			· 漚氣	
南寧平話[67] ɐu3	· 漚肥料 · 漚豬屎 · 漚糞	· 漚雨 · 漚熱		· 漚氣	
柳州話[68] ŋɐu3	· 漚黃麻 · 漚糞 · 漚柿子（把生柿子放在米糠裡，	· 漚雨		· 漚氣	

63 李如龍、潘渭水：《建甌方言詞典》，頁102。經查檢，清聲母平、去聲字在建甌話都沒有陰入調的規則讀法，此處「漚」讀陰入調待確認。

64 游汝杰、楊乾明：《溫州方言詞典》，頁276。

65 白宛如：《廣州方言詞典》，頁212。

66 詹伯慧、陳曉錦：《東莞方言詞典》，頁120。

67 覃遠雄、韋樹關、卞成林：《南寧平話詞典》，頁171。

68 劉村漢：《柳州方言詞典》，頁222。

	將物長期浸泡水中，或壅埋堆積，使起化學變化	悶熱；醞釀要下雨	變質、不新鮮的、腐朽的、不潔卑劣的	憋在心裡生悶氣	拖延、延擱
	使發酵脫澀） ・漚田（用水泡田）				
梅縣話[69] eu3	・漚水（將物長期泡在水中） ・漚熟、漚黃（把未成熟的果實遮蓋住，使之變成熟、變黃色） ・漚糞				
長沙話[70] ŋəu3	・一股漚氣子（有水氣的物件悶久後所產生的氣味） ・漚tõ7（在水坑裡漚製肥料）	・漚得難受 ・漚熱子熱（悶熱）		・漚氣 ・越想越漚人	
婁底話[71] ŋɤ3	・衣衫莫漚到那裡 ・漚糞	・漚熱子		・漚死哩個（生氣到了極點）	
南昌話[72] ŋiɛu5	・漚個火（把燒紅的木炭放在炭灰裡供取暖）	・漚熱		・漚氣	

69 黃雪貞：《梅縣方言詞典》，頁129。

70 鮑厚星、崔振華、沈若雲、伍雲姬：《長沙方言詞典》，頁136。

71 顏清徽、劉麗華：《婁底方言詞典》，頁132。

72 熊正輝：《南昌方言詞典》，頁132。清聲母去聲字讀陽平是規則讀法。

	將物長期浸泡水中，或壅埋堆積，使起化學變化	悶熱；醞釀要下雨	變質、不新鮮的、腐朽的、不潔卑劣的	憋在心裡生悶氣	拖延、延擱
黎川話[73] εu3	·漚肥			·漚氣	
萍鄉話[74] ŋœ3	·漚麻 ·漚糞 ·漚爛唎				

總結目前所查檢的現代方言語料，似乎只有閩語具備「腐朽」義用法，而「久漬」義與「腐朽」義清楚區分兩讀的，主要就是泉、漳、廈門系統的閩南語。同屬閩南語的海口話雖有「久漬」義與「腐朽」義兩種用法，但都讀去聲。閩東福州話則只見「腐朽」義語料，閩北建甌話則只見「久漬」義語料。

「腐朽」義是從動作動詞「久漬」義派生而出的狀態動詞，現代方言只有閩語發生過這項派生變化，體現「漚」在形態變化上的多層性，同時也表現出方言間派生行為的多樣性。由於音義形態不同，因此閩南語與其他方言的同源詞「漚」並不具有語音的規則對應。

四　結論

本文考證臺灣閩南語au3 pɔ7本字為「漚步」。對「漚」的考證，存在兩種困難：（一）《廣韻》平聲「烏侯切」為名詞「浮漚」義，去聲「烏候切」為動作動詞「久漬」義。但閩南語平聲au1為動作動詞「久漬」義，去聲au3為狀態動詞「腐朽」義。顯然閩南語的音義表現與《廣韻》所紀錄者不具規則對應。（二）閩語之外的漢語方言無「腐朽」義，其「久漬」義則一般讀

73　顏森：《黎川方言詞典》，頁105。
74　魏鋼強：《萍鄉方言詞典》，頁194。

去聲，因此無法利用方言比較來證明閩南語au1、au3本字為「漚」。換言之，無論從古今語音對應來看，或是方言同源詞的比較來看，都存在「不具規則對應」的問題。

　　針對這兩個問題，本文提出兩項關鍵性的認識：（一）閩南語「久漬」義au1係與讀平聲的李軌方言同一類型，與《廣韻》的音義形態本就不同。（二）閩南語「腐朽」義au3，乃是閩方言內部再次派生，由平聲改讀去聲的結果。根據這兩項認識，可以排除「不具規則對應」的問題，再循音義線索考察，便可證知閩南語au1、au3本字為「漚」。

參考文獻

王　力　〈古漢語自動詞和使動詞的配對〉　《中華文史論叢》第6輯　1965年　又收入《王力文集》第16卷　頁442-463

王月婷　《《經典釋文》異讀之音義規律探賾——以幫組和來母字為例》　北京市　中華書局　2011年

王世華、黃繼林　《揚州方言詞典》　南京市　江蘇教育出版社　1996年

王軍虎　《西安方言詞典》　南京市　江蘇教育出版社　1996年

白宛如　《廣州方言詞典》　南京市　江蘇教育出版社　1998年

朱建頌　《武漢方言詞典》　南京市　江蘇教育出版社　1995年

李方桂　〈上古音研究〉　《清華學報》新9卷第1、2期　1971年　頁1-61　又載李方桂　《上古音研究》　北京市　商務印書館　1980年

李如龍、潘渭水　《建甌方言詞典》　南京市　江蘇教育出版社　1998年

吳建生、趙宏因　《萬榮方言詞典》　南京市　江蘇教育出版社　1997年

汪　平　《貴陽方言詞典》　南京市　江蘇教育出版社　1994年

沈　明　《太原方言詞典》　南京市　江蘇教育出版社　1994年

金理新　《上古漢語形態研究》　合肥市　黃山書社　2006年

周法高　《中國古代語法——構詞編》　中央研究院歷史語言研究所專刊之39　臺北市　中央研究院歷史語言研究所　1962年

周長楫　《廈門方言詞典》　南京市　江蘇教育出版社　1993年

周祖謨　〈四聲別義釋例〉　《輔仁學志》第13卷第1、2期　1945年　頁75-112　又載周祖謨　《問學集》　臺北市　知仁出版社　1966年

（日）秋谷裕幸　《浙南的閩東區方言》　《語言暨語言學》專刊甲種之十二　臺北市　中央研究院語言學研究所　2005年

（日）秋谷裕幸　《閩北區三縣市方言研究》　《語言暨語言學》專刊甲種十二之二　臺北市　中央研究院語言學研究所　2008年

（日）秋谷裕幸　《閩東區寧德方言音韻史研究》　《語言暨語言學》專刊系列之六十　臺北市　中央研究院語言學研究所　2018年

張振興、蔡葉青　《雷州方言詞典》　南京市　江蘇教育出版社　1998年

陳鴻邁　《海口方言詞典》　南京市　江蘇教育出版社　1996年

梁德曼、黃尚軍　《成都方言詞典》　南京市　江蘇教育出版社　1998年

游汝杰、楊乾明　《溫州方言詞典》　南京市　江蘇教育出版社　1998年

孫玉文　《漢語變調構詞研究》增訂本　北京市　商務印書館　2007年

曹志耘、太田齋、秋谷裕幸、趙日新　《吳語處衢方言研究》　中國語學研究「開篇」單刊12號　東京市　好文出版　2000年

梅祖麟　〈四聲別義中的時間層次〉　《中國語文》1980年第6期　頁427-443　又載《梅祖麟語言學論文集》　北京市　商務印書館　2000年

梅祖麟　〈方言本字研究的兩種方法〉　《吳語和閩語的比較研究》　頁1-12　上海市　上海教育出版社　1995年

張忠堂　《漢語變聲構詞研究》　北京市　中國書籍出版社　2013年

張惠英　《崇明方言詞典》　南京市　江蘇教育出版社　1993年

覃遠雄、韋樹關、卞成林　《南寧平話詞典》　南京市　江蘇教育出版社　1997年

湯珍珠、陳忠敏、吳新賢　《寧波方言詞典》　南京市　江蘇教育出版社　1997年

楊秀芳　〈方言本字研究的探義法〉　In Alain Peyraube and Chaofen Sun eds., Linguistic Essays in Honor of Mei Tsu-Lin: *Studies on Chinese Historical Syntax and Morphology*: 299-326　Paris: ÉCOLE DES HAUTES ETUDES EN SCIENCES SOCIALES, Centre de Recherches Linguistiques sur l'Asie Orientale.1999.

楊秀芳　〈論漢語詞義的反向發展〉　《中國文化研究》第9輯　2006年　頁179-204

楊秀芳　〈詞族研究在方言本字考求上的運用〉　《語言學論叢》第40輯　2009年　頁194-212

楊秀芳　〈異方言「同構詞」對方言本字研究的啟發〉　《臺灣文學研究集刊》第18期　2015年　頁1-22

楊秀芳　〈漢語形態構詞的多樣性與多層性〉　《中國語言學集刊》　第10卷第2期　2017年　頁298-328

葉祥苓　《蘇州方言詞典》　南京市　江蘇教育出版社　1993年

畢謙琦　《《經典釋文》異讀之形態研究——以去聲讀破和聲母清濁交替為考察對象》　上海市　上海人民出版社　2014年

黃坤堯　《《經典釋文》動詞異讀新探》　臺北市　臺灣學生書局　1992年

黃雪貞　《梅縣方言詞典》　南京市　江蘇教育出版社　1995年

馮愛珍　《福州方言詞典》　南京市　江蘇教育出版社　1998年

詹伯慧、陳曉錦　《東莞方言詞典》　南京市　江蘇教育出版社　1997年

詹伯慧、張日昇　《珠江三角洲方言字音對照》　廣州市　新世紀出版社　1987年

熊正輝　《南昌方言詞典》　南京市　江蘇教育出版社　1994年

劉丹青　《南京方言詞典》　南京市　江蘇教育出版社　1995年

劉村漢　《柳州方言詞典》　南京市　江蘇教育出版社　1995年

鮑厚星、崔振華、沈若雲、伍雲姬　《長沙方言詞典》　南京市　江蘇教育出版社　1993年

顏　森　《黎川方言詞典》　南京市　江蘇教育出版社　1995年

顏清徽、劉麗華　《婁底方言詞典》　南京市　江蘇教育出版社　1994年

羅福騰　《牟平方言詞典》　南京市　江蘇教育出版社　1997年

魏鋼強　《萍鄉方言詞典》　南京市　江蘇教育出版社　1998年

（英）Douglas Carstairs, *Chinese-English Dictionary of the Vernacular or Spoken Language of Amoy, with the Principal Variations of the Chang-chew and Chin-chew Dialects.*London. 1873.

（英）Downer, G. B. Derivation by Tone- Change in Classical Chinese. *Bulletin of the School of Oriental and African Studies* 1959(22): 258-290. 1959.

無情世代
——論蔣曉雲早期言情小說

董淑玲[*]

摘要

　　蔣曉雲（1954-）初出文壇即備受矚目，一九七六、一九七七、一九七九年，分別以〈掉傘天〉、〈樂山行〉、〈姻緣路〉獲「聯合報文學獎」兩項小說二獎、一項小說首獎，成績斐然。一九八〇年赴美轉行，寫了五篇短篇後，逐漸淡出文壇。二〇一〇年，蔣曉雲以《桃花井》再度回歸，並接連出版「民國素人誌」系列小說——《百年好合》（2012）、《紅柳娃》（2013）、《四季紅》（2016），引發文壇關注。小說依其人生歷程恰可分為早期、赴美時期，以及回歸文壇的晚期創作，心隨境遷，各有不同風貌。究其早期題材，「言情」小說占大多數，得到文壇前輩如朱西甯（1927-1998）、夏志清（1921-2013）的極力讚賞。朱西甯謂蔣曉雲言情小說寫的是一個「無情世代」，和「鴛鴦蝴蝶派」浪漫夢幻截然不同，可惜未有深論。本論文由愛情及婚姻兩部分著手，分析「無情」的具體內涵，以理解蔣曉雲言情小說的核心精神。

關鍵詞：蔣曉雲、無情世代、言情小說

---

* 國立臺中教育大學語文教育學系副教授。

一 前言

　　蔣曉雲（1954-）第一篇小說〈隨緣〉發表於一九七四年，迄一九八〇年負笈美國為止，共出版兩本小說集——《隨緣》（1977）和《姻緣路》（1980），計十五短篇、一中篇，並獲三次文學獎，[1]備受矚目。蔣曉雲出國後成家、讀書、就業，陸續寫了五短篇，多為貼合當下處境的旅外題材，然忙於生活，離開母語環境，變得不易感，[2]最終還是在一九八七年中斷筆耕，徹底離開文壇。二〇一〇年二月，《印刻文學誌》刊載蔣曉雲小說〈桃花井〉，標示著她的復出。同年十月，蔣曉雲躍登《印刻》封面人物，與朱天文展開對談，[3]以熱烈姿態重回文壇與讀者見面。復出迄今，除《桃花井》（2011）外，接連出版「民國素人誌」系列小說——《百年好合》（2012）、《紅柳娃》（2013）、《四季紅》（2016），著力刻劃走過民國坎坷歷史的素人們。

　　依人生歷程，蔣曉雲小說恰可分為早期、赴美時期，以及回歸文壇的晚期創作，心隨境遷，各有不同風貌。初入文壇之時，蔣曉雲以「言情」為起手式，寫法老練頗獲文壇前輩稱許。一九七六年，朱西甯（1927-1998）發表〈蔣曉雲的小說〉，認為她的作品有第一流的手法技巧；[4]夏志清（1921-2013 ）對朱西甯的見解也頗有同感：

> 民國六十五年中秋節寫「蔣曉雲的小說」那篇評文時，朱西甯僅讀過了她已發表的五篇（隨緣、宜室宜家、驚喜、掉傘天、口角春風），

1　《隨緣》收錄了九篇短篇，《姻緣路》收錄一中篇、六短篇。一九七七、一九七八年，蔣曉雲分別以〈掉傘天〈樂山行〉獲得「聯合報文學獎」短篇小說二獎；一九七九年再以《姻緣路》獲得中篇小說首獎。

2　蔣曉雲：〈代序：麻姑獻壽〉，《掉傘天》（臺北市：印刻文學生活雜誌出版公司，2011年），頁3。

3　湯舒文記錄整理：〈以幽默的角度寫悲傷的事：朱天文對談蔣曉雲〉，《印刻文學誌》2010年10月，頁62-77。

4　朱西甯：〈蔣曉雲的小說〉，《聯合報》（1976年9月17日），12版。

> 但即毫無猶疑地肯定她為張愛玲、潘人木之後「無人可及」的言情小說家，盛讚其語言之「清麗閃爍」與其行文思路之「交織錦密和靈活暢捷」……[5]

此處，夏志清以「言情小說家」稱之，並無將其視為通俗羅曼史的低貶之意，而是呼應朱西甯的見解，稱許她有著超乎尋常的寫作天分：

> 蔣曉雲無疑是位早熟的小說家，她的處女作「隨緣」發表於六十三年十二月號「幼獅文藝」，比起張愛玲「傳奇」裏那幾篇喜劇型的短篇來，真的並無愧色，怪不得朱西甯初讀蔣曉雲的小說，一定要問她是否受了張愛玲的影響。陳若曦大學時期所寫的小說遠比不上「隨緣」，連白先勇早期的作品，除了「玉卿嫂」特別出色外，大半也是不成熟的，二十七歲後他才寫出一篇篇的精品來。蔣曉雲能在二十出頭寫出「隨緣」、「空室宜家」這類作品，實在表示她天份高，有那種小說家觀察人世特有的智慧。[6]

蔣曉雲發表第一篇小說方二十之齡，屬早慧作家，夏志清用以比較白先勇、陳若曦早期創作，認為猶有勝之；甚至和張愛玲同齡之作相較，亦毫無遜色，欣賞之情溢於言表。

夏志清以張愛玲比評蔣曉雲，朱西甯亦然。朱西甯與蔣曉雲結緣於一九七四年清華大學復興文藝營，蔣曉雲幫朋友捉刀，交出尚未完成的小說〈隨緣〉，練達世故的風格讓授課老師朱西甯大為驚嘆，[7]以為她熟讀張愛玲，深受張愛玲影響，未料竟全然不是。[8]朱西甯事後雖反省自己過度主觀，但仍

5　夏志清：〈蔣曉雲小說裡的真情與假緣──「姻緣路」序〉，錄於蔣曉雲：《姻緣路》（臺北市：聯經出版事業公司，1993年），頁2。

6　夏志清：〈蔣曉雲小說裡的真情與假緣──「姻緣路」序〉，錄於蔣曉雲：《姻緣路》，頁2。

7　湯舒文記錄整理：〈以幽默的角度寫悲傷的事：朱天文對談蔣曉雲〉，頁65。

8　朱西甯記述，蔣曉雲寫完第三篇小說〈掉傘天〉才在閒話裡有意無意的說此篇寫在

認為兩人作品風格有著極其相近之處：

> 內在的一面，蔣賢倚（按：蔣曉雲本名）也還是有與張愛玲相似處。
> 若說她們二位皆屬「蝶鴛派」，則立即可以發現她們的又一相似的特
> 色，「蝶鴛派」是言情的，但她們言的竟是無情。[9]

陳芳明認為臺灣七○年代「非鄉土，即張胡」，[10]意即除了鄉土文學蔚為大
潮之外，朱西甯與女兒朱天文、朱天心為核心的「三三集刊」[11]，亦是左右
當時文壇的重要力量。「三三集刊」深受張愛玲、胡蘭成影響，張腔胡調，
蔣曉雲因緣際會，受朱西甯賞識，與朱家親近，是「三三」基本作家，與
「張派」甚為親近；此外，蔣曉雲寫作風格正如朱西甯所言，頗具張腔神
韻，在文學光譜上自然而然便被劃歸為「張派」。[12]兩人題材多屬言情，易
讓人將之歸入「鴛鴦蝴蝶派」[13]，但「鴛蝴派」浪漫夢幻，以「情」為主；

〈隨緣〉之前，也是半篇放在那不知怎麼朝下發展，那時她一篇張愛玲的小說也沒讀
　過。朱西甯：〈蔣曉雲的小說〉，《聯合報》（1976年9月17日），12版。

9　朱西甯：〈蔣曉雲的小說〉，《聯合報》（1976年9月17日），12版。

10　陳芳明：《臺灣新文學史（下）》（臺北市：聯經出版事業公司，2011年），頁586。

11　朱西甯於一九七五年冬天結識在文化大學任教的胡蘭成，基於對張愛玲的崇拜，朱西
　　甯邀在臺灣處境尷尬的胡蘭成住到家中隔壁，講授《易經》，影響朱家甚深。在朱西甯
　　與胡蘭成的聯手支持下，《三三集刊》宣告成立，一九七七年三月三日正式發行，前後
　　共出版了二十八輯。一九九一年九月又以《三三雜誌》前後發行了十二期。見陳芳
　　明：《臺灣新文學史（下）》，頁590-592。

12　蘇偉貞在《描紅》裡亦有相同見解，並將蔣曉雲劃歸為「第二代張派作家」。她說：
　　「斯時正是張派光環躍升的時代。張愛玲甫以新作〈談看書〉再度引發文壇驚嘆。同
　　期胡蘭成亦在臺講學，愈加煽動了『看張』的風氣。加之以朱西甯點撥，……《聯合
　　報》小說獎給了蔣曉雲被夏志清評價的機會……受到他將張愛玲推上國際舞臺的影
　　響，他的評審意見與風格相對突顯。……開始便對蔣曉雲小說評價甚高。可以說，文
　　學獎作為三三操演『張派』的溫床，夏志清亦是從文學獎開始較深入認識蔣曉
　　雲。……從此蔣曉雲順理成章名列『張派』旗下。這在蔣曉雲或是『有口難言』，但名
　　號一旦打響，也就很難辯白了。」見蘇偉貞：《描紅：臺灣張派作家世代論》（臺北
　　市：三民書局，2006年），頁173-174。

13　朱西甯：〈蔣曉雲的小說〉，《聯合報》（1976年9月17日），12版。「鴛鴦蝴蝶派」產生於

朱西甯以「無情」點評二人,「言情」卻言「無情」,形成值得深思的悖論。

本論文以蔣曉雲早期所創作的八篇言情小說──〈隨緣〉、〈宜室宜家〉、〈掉傘天〉、〈口角春風〉、〈驚喜〉、〈宴之二〉、〈閒夢〉、〈姻緣路〉為主,由愛情及婚姻兩部分著手,分析「無情」的具體內涵,以理解蔣曉雲言情小說的核心精神。

二 愛情──自私與薄倖

蔣曉雲早期以愛情為題材的小說計有三篇──〈驚喜〉、〈閒夢〉和〈姻緣路〉。其中〈姻緣路〉曾獲一九七九年「聯合報文學獎」中篇小說首獎,引發的討論與關注較多。

〈姻緣路〉女主角林月娟剛過二十八歲生日,隻身在日本求學。二十歲一進大學即和同學吳信峰談起漫長戀愛,一談八年,也等了八年。吳信峰退伍半年找不到工作,林月娟為了舒緩兩人結婚壓力,在長輩協助下暫到京都大學念書,等男友工作穩定再步入禮堂,未料兩人情感變化卻因此而生。

林月娟條件極佳,家道富裕,長相甜美,課業優異,一路到大學都是第一志願。難得的是她極富美德,總能把身邊男孩們好好伺候,看在新女性主義眼裡簡直是大逆不道。[14]她唯一的目標是結婚,克己工夫極強,對男友一心一德,連男明星都不想,絕不做對不起他的事。為克盡本分,甚至不打算婚後有異性友誼,同性也寧可不要。[15]她將所有母性都發揮在信峰身上,極盡體貼之能事。發現情感有變立刻放棄學業趕回臺灣,即便如此,也沒能留住事業漸趨穩定的男友。男友巧辭善辯為自己變心脫罪,讓月娟不能相信這

五四之前,資格比新文學老,所發行的作品,比新文學多得多,是一個龐大、悠久又複雜的文學流派,又稱「禮拜六派」。著名作家有徐枕亞、包天笑、周瘦鵑、張恨水等。創作要旨是在讀者休息娛樂的日子裡,提供悅目有趣的作品。見魏紹昌:《我看鴛鴦蝴蝶派》(臺北市:臺灣商務印書館,1995年),頁1、11。

14 蔣曉雲:〈姻緣路〉,《姻緣路》(臺北市:聯經出版事業公司,1993年),頁10。

15 蔣曉雲:〈姻緣路〉,《姻緣路》,頁13。

些話竟出自一向老實的男友口中，第一次曉得原來男友在方正恭謹的面貌下，有著一顆佻脫的心。[16] 傷心之餘，回首前塵舊事，「恍恍惚惚的，月娟偶爾也覺得自己從來沒有愛過信峰。信峰並不出色：長相中等，成績平平，身材矮壯。唯一可以算是長處的就是脾氣好，人老實。難道說她只貪他一個老實，上天就要罰她看走眼嗎？」[17] 月娟不明白。

婚姻大業未成，月娟更加努力妝點自身武藝。「每週一、三、五補習英文，每週二傍晚學做緞帶花，週日早上學打太極拳，下午就到麗水街學烹飪」[18]，希望讓自己更好，覓得佳婿。陳清耀是日本京大舊友，當時兩人即相互欣賞，「用了克己工夫，才掩住那就要竄起的非份之想。」[19] 揮別信峰後，魚雁往返，清耀成了月娟最期待的可能人選：

> 換上清耀她自信也很快可以愛上他，可是清耀這個人本身缺點多多，……她對他的「條件」其實很不滿意。但是，如果清耀真愛她，她就不會計較這麼多；二十八歲的單身女郎畢竟是走在青春的尾端了……[20]

青春將逝，所求無多，缺點盡可忽略，「愛」也收放自如，態度務實而庸俗。[21] 可惜清耀來信寫得親切卻不親熱，[22] 讓月娟費心猜疑，最後不敢主動追求清耀的日籍女子神田，婚姻之路再度斷絕。比月娟小三餘歲的提琴老師程濤趁虛而入，陰錯陽差成為她的男友。程濤是天生情種，殷勤會服侍人，戀愛中該做的小動作，沒一項漏掉，讓月娟陶醉於浪漫情海。她對朋友說：

---

16 蔣曉雲：〈姻緣路〉，《姻緣路》，頁21。

17 蔣曉雲：〈姻緣路〉，《姻緣路》，頁16。

18 蔣曉雲：〈姻緣路〉，《姻緣路》，頁23。

19 蔣曉雲：〈姻緣路〉，《姻緣路》，頁13。

20 蔣曉雲：〈姻緣路〉，《姻緣路》，頁39-40。

21 范銘如：〈由愛出走——八、九〇年代女性小說〉，《眾裡尋她：臺灣女性小說縱論》（臺北市：麥田出版社，2002年），頁157。

22 蔣曉雲：〈姻緣路〉，《姻緣路》，頁35。

跟他在一起真的很高興，以前跟吳信峰在一起都沒這種感覺。他真的
很好，可是他太花了，我有點怕。[23]

明明嚐到到愛情的滋味，但面對如此迷人的愛情，月娟卻沒有醉。[24]她和程
濤曾交往的其他女友一樣，終究不能接受他飄忽無規劃的藝術家生活，也無
法面對兩人年齡的差距，最終還是果斷地和程濤說再見：

月娟像媽媽，是個有決斷，講實際的人，既然這姻緣是她篤定要走的
路，她就立了志向要在這路上找到她的歸宿。現代愛情是跟在她後頭
跑的累贅，她來不及等它了。[25]

月娟是婚姻之路的勇士，不達目的絕不終止，至於愛情，早是不切實際的東
西，再也無暇多想了。〈閒夢〉女主角范倫婷和月娟有著相似之處，她二十
七歲，和男友洪偉頌十八歲結識，戀愛一談七、八年，男友到美國留學，遠
距離戀情因情敵吳靜靜赴美介入而生波瀾，宣告終結。三年後男友暑假返臺
再見，倫婷不勝唏噓：

大學畢業五年了，她把自己的小姐生活安排得還不錯，至少一切在少
女時代為課業所迫以至無暇學習的才藝，她都如願地稍加涉獵；……
可是這種種忙碌的學習背後，有一份婚姻問題對她造成悵悵的威脅，
她知道一年年芳華逝去，她再遇見多好的人，這戀愛也沒時間談了；
洪偉頌當然不好，她多早就認識清楚了這個人的無情和自私，只是他
們初識在十八歲，她現在怎麼也拿不出這許多年去揮霍了。[26]

23　蔣曉雲：〈姻緣路〉，《姻緣路》，頁59。
24　蔣曉雲：〈姻緣路〉，《姻緣路》，頁63。
25　蔣曉雲：〈姻緣路〉，《姻緣路》，頁76。
26　蔣曉雲：〈閒夢〉，《姻緣路》，頁143。

男友離去，青春在漫長戀愛中耗盡，范倫婷雖和月娟一樣學習各式武藝妝點自己，但眼見摽梅已屆，不禁感嘆萬千，私心盼望能挽回偉頌之心，即便知道他是無情而自私的。傷感之中，倫婷忘了自己也是自私的，她害怕等待，害怕失去，藉口生病與男友大吵，分手後也從未間斷相親擇偶：

> 兩個自私的現代青年，花了許多青春在口頭上談著精神戀愛，生活上各為自己的前程奔忙，跌跤的時候，怨人家不扶，卻忘了本來並未携手的。[27]

兩人都有各自的顧慮與算計，分分合合想的都是自己的感受與利益，說到底都一樣自私。〈驚喜〉女主角曾純純年紀較小，外貌脫俗的大學生，氣質沉靜，美得讓女同學集體嫉妒、男同學集體仰視。未料曾純純在男友處卻無復女神模樣，男友也不理解為何美麗脫俗的她，竟如此欠缺靈魂：

> 他到底沒弄懂她是怎麼回事。祇一通電話，她就來了。什麼都不跟他談，人生道理，苦悶，甚至戀愛全不談。到他要她走，她就走了，竟也無留戀。他就簡直不能忍耐她的乾脆。他冷落她，侮辱她，她也逆來順受，他漸漸不知是他要她或是她要他；那清純端正的端正的面貌下竟是這樣一個女孩，她毀掉了他對女性的信心，祇有他知道她的無言與認真是可怕，而他捨不下，竟是因為方便的緣故。[28]

與男友相戀欠缺心靈層次，只有被動的肉體歡好，滿足男友情欲需要。男友也是大學生，一方面克制自己，一方面又對女友過度順從心生警戒。曾純純是空心的，沒有好惡沒有個性，以男友的肉體需要為需要。

三位女主角都受高等教育，年紀不大，但母性豐富。林月娟打理吳信峰

27　蔣曉雲：〈閒夢〉，《姻緣路》，頁139。
28　蔣曉雲：〈驚喜〉，《掉傘天》，頁305。

生活、計畫程濤未來；范倫婷潛意識想挽回男友，特意下廚煮菜，溫存之際
發現男友太胖，立刻提醒他需減肥，著手打點他的人生；曾靜靜如空心美
人，用身體取悅男友。林月娟和范倫婷為婚姻而奮戰，希望能增進自己賢妻
的本事，順利擠進婚姻窄門；後者尚在求學階段，離結婚尚遠，卻將身體自
主權完全交給男友，誤以為自己懷孕時宣示絕不墮胎，男友唯有負起責任一
途。也就是說，在這三篇言情小說裡，女性透過不同方式，以男性為中心作
運轉，想得到的不是愛情，而是一樁婚姻或一個男人，但她們都失敗了，母
性是，美德是，肉體也是。

　　關鍵在於男性的態度上。〈姻緣路〉中吳信峰不顧八年戀情，揮別舊愛
林月娟，並承諾月娟三十未嫁便娶她，未料分手半年便與同事成婚，食言而
輕諾。陳清耀將屆而立，學業未成，剛讀完研究所預科，事業無著，談不起
戀愛。[29]他喜歡月娟，不喜歡神田，但礙於現實，所做的選擇竟恰恰相反：

> 到了清耀這年紀，喜歡──甚至愛──並不代表了伴隨而來的容忍、
> 接受以及責任。……他看清楚月娟善良本質之後的實際，這個女人要
> 一個屬於她的家，一個做牛做馬為她出人頭地的丈夫。而清耀，他做
> 留學生做得太累了，他不願再背負起哪怕是只有一丁點兒的期望。神
> 田他當然不喜歡，……只要他沒有過承諾，他就能從神田身邊瀟瀟灑灑
> 灑的走開，既不帶走一片雲彩，也不留一分歉疚。月娟卻不同了，……
> 想到日後種種可能的麻煩，清耀不得不卻步了。[30]

現實是殘忍的，在未來種種責任壓迫下，陳清耀選擇輕鬆的路走，捨棄過於
實際充滿母性的月娟，在日本與神田同居。程濤亦然，他只談戀愛不結婚，
最大的困擾是遇上的女孩，好像都想和他結婚。[31]持同樣態度者還有〈開

29　蔣曉雲：〈姻緣路〉，《姻緣路》，頁13。
30　蔣曉雲：〈姻緣路〉，《姻緣路》，頁38。
31　蔣曉雲：〈姻緣路〉，《姻緣路》，頁33。

夢〉的洪偉頌，他赴美後與范倫婷分手，與追隨而去的吳靜靜暫時相依。他
對倫婷說：

> 吳靜靜不算什麼，我跟她現在不錯是真的，也就是大家都公認我們是
> 一對，在外國很寂寞，妳只能說我們彼此很照顧，將來我會不會跟她
> 結婚也很難說。妳以前不是一直笑，說不懂為什麼男人要做牛做馬買
> 了房子存了錢，再請一個不怎麼認識的女人住進去享受現成的
> 嗎？……妳還不是一樣想撿一份現成的嗎？——……我不到三十五歲
> 絕不結婚，到那時候妳小孩都好大了。[32]

洪偉頌認為彼此照應只是順應當下的需要，未來如何則無需承諾。男人做牛
做馬卻被女人撿了現成，是不合理不上算的，不必過早走入婚姻的囚籠。
〈驚喜〉的男大生以為女友有孕，心情跌入谷底：

> 右手中指因為寫字磨出一個繭，二十一年他獨做了這寫字一椿苦工，
> 他愛憐的用左拇指摩挲起那個繭來。……她也許是個鬼，來害他的。
> 他打了個寒顫，才感到背脊上發冷，起了一身的雞皮疙瘩。……她衹
> 是他的艷遇，不能也不會是他的妻。[33]

有如科考舉子，功名在望卻無由被害，他手上的「繭」是自我的證明、前途
的明燈，不料這些努力都被女友毀了。他視她為難得的艷遇，不想負半點責
任。蔣曉雲曾說〈驚喜〉是她筆下唯一主角與她同齡的故事，她不懷好意地
嘲弄了一九七幾年臺灣校園裡既錯誤又貧乏的性知識。[34]除了嘲弄性知識
外，也嘲弄愛情的自私與薄倖。

32　蔣曉雲：〈閒夢〉，《姻緣路》，頁147-148。
33　蔣曉雲：〈驚喜〉，《掉傘天》，頁308。
34　蔣曉雲：〈代序：麻姑獻壽〉，《掉傘天》，頁6。

夏志清和姚一葦都將〈姻緣路〉視為社會問題小說，[35]認為蔣曉雲寫出了放棄愛情理想的一代。朱西甯看法大抵相同，他說：

> 「姻緣路」更深的蘊涵，還是追索到根源，即現時代的經濟主義在控制人類文明，進而有毀滅人類文明的朕兆，……失去對愛情的、理想的、浪漫的信守，結婚的第一要件即為此壓力所阻延。只有這樣的時代、這樣的社會，方始發生的問題。它也是大眾的問題。所以怎能說愛情故事只可以界定于兒女私情？這樣的觀點太狹窄，眼力太短淺，不足為訓。「姻緣路」不能以單純的愛情故事視之，其內容與意境已是如許可以肯定。[36]

夏志清、姚一葦和朱西甯都看到了〈姻緣路〉社會性的一面，認為它寫出了失去理想與浪漫的一代。〈姻緣路〉如此，〈閒夢〉、〈驚喜〉亦相同，愛情在現實中灰飛煙滅，只剩下自私與薄倖，「無情世代」在蔣曉雲筆下昭然若揭。

三　婚姻——情的論證

蔣曉雲早期言情小說書寫婚姻題材者共有五篇——〈宴之二〉、〈掉傘天〉、〈隨緣〉、〈宜室宜家〉、〈口角春風〉。這五篇又可分為兩類，前兩篇敘寫乏愛的婚姻，後三篇則刻劃尋常生活中自得其樂的夫妻，兩者恰成對比。

---

35 夏志清認為，〈姻緣路〉是社會問題小說，嘲笑的對象是那個為了實際生活，為了個人事業或享受，而放棄愛情這個理想的青年社會。見夏志清：〈蔣曉雲小說裡的真情與假緣——「姻緣路」序〉，錄於蔣曉雲：《姻緣路》，頁13。姚一葦認為〈姻緣路〉反映一個真正的社會問題，即今天的婚姻關係已往往不是建立在愛情的基礎上，正是她哥哥所說的那句話：「婚姻這種關係是有它的社會性。」所以知識條件越高，她的結婚就越不容易，越容易成為婚姻路上的失敗者。見桂文亞、彭碧玉、邱彥明整理：〈聯合報六八年度中、長篇小說獎總評會議記錄〉，錄於蔣曉雲：《姻緣路》，頁20。

36 桂文亞、彭碧玉、邱彥明整理：〈聯合報六八年度中、長篇小說獎總評會議記錄〉，錄於蔣曉雲：《姻緣路》，頁24。

其中〈隨緣〉曾選入「民國六十四年中國現代小說選」，〈宜室宜家〉則選入「中華文藝月刊」小說專號，〈掉傘天〉獲一九七六年「聯合報文學獎」短篇小說二獎，受到的討論最多。

〈宴——三部曲之二〉和〈掉傘天〉女主角都陷入婚姻泥沼，前者剛要陷入，後者則是自苦已久。〈宴——三部曲之二〉中袁倩文在管束嚴格的保守家庭長大，瞞住家裡和辦公室傳聞已久的小老闆——港僑梁炳智結婚。倩文看似勝利者，但梁炳智實際上無經濟權限，荷包甚窘，家世成謎，讓執意公證登記的倩文憂心忡忡：

> 她今天是新娘，可是怕教人起疑，沒有著意打扮，祇穿了一套平日上街的咖啡色花呢西裝衫褲，翻出裡面鵝黃色套頭毛衣的高領，未施脂粉，就是一張素面。幾夜沒睡好，臉上發了幾顆痘子，下巴上一顆頂大，她用手指按一下，隱隱作痛。……依倩文父親推斷，炳智定是素行不良……她不是沒有懷疑，可是等她認真考慮到這層，也祇有結婚一途了，幸好他雖未見得欣然，卻並無遲疑，結婚對他原也是加蓋個章的事。但他還是傷了她的心……[37]

明明是新娘，卻無一喜氣。家人缺席，只得找弟弟兩位同學充當證人，為表謝意，禮畢帶他們吃了一頓昂貴卻氣氛凝重，「亂不消化」的婚宴。[38]抵抗家人意志而成婚，卻非情之所致，欠缺「羅密歐與茱麗葉」的決心勇氣，無快樂可言。心中覺得自己是「人生勝利組」，捕獲小老闆，但又為他前途未明而憂心——他甚至付不出餐費。烏雲密佈中穿過婚姻之門，預示著未來失敗的可能。〈掉傘天〉女主角管雲梅處境也相似，她心懷風流佩儻的方一止，卻嫁給木訥老實的吳維聖，和維聖交往七年，成婚兩年，時於情緒擺盪中度日。先生察覺她的不快樂，放下工作赴美進修希望舒緩婚姻頹勢。小說

---

37 蔣曉雲：〈宴——三部曲之二〉，《掉傘天》，頁211。
38 夏志清：〈蔣曉雲小說裡的真情與假緣——「姻緣路」序〉，錄於蔣曉雲：《姻緣路》，頁15。

開展於雲梅至婆家例行問候的某日，沿途勾起心頭諸多追憶──一止情感飄忽帶給她的折磨痛苦、維聖遲鈍真誠所引爆的無由嫌棄。雲梅在婆家意外收到一止訃聞，心中若有所悟：

> 一止來了又走，他只是她命裡的過客，早曉得駐不長的。他生來就是為作弄她，她一顆心定了，他在人世的事就算了了。……雲梅心裡早已不知給一止送了幾次終……。一止是雲梅心底的瘀傷，沒有膿膿血血的創口，卻是碰也不能碰。……哪知一陣忘了顧它，那瘀傷已自漸漸散開，想痛也無從痛起了。[39]

方一止的名字原是「方正」，報戶口時「正」字寫得太開變成「一止」，行事果然從不管方正規矩，數度撩撥卻戛然而止。情感上雲梅抓不住一止，現實考慮上一止身體不好，事業無著，也非良配。在「人還是最愛自己」[40]的結論下，一止選擇不要認真、不給承諾；雲梅則在青春的尾巴，嫁給中規中矩的維聖，婚後任由內心陰晴反覆，無法好好生活。蔣曉雲以「掉傘天」形容這種不上不下的心境：

> 這種天氣專門是掉傘的，不叫晴天、雨天，叫掉傘天。不帶嘛，不放心；帶了嘛，又不甘心；隨便哪裡一擱忘了就掉了。[41]

傘是用來遮風避雨的，明明有心撐持，卻又不知為何，總隨手輕棄。逃避愛情的一止如此，選擇婚姻的雲梅亦然。蔣曉雲透過一止丟傘暗示他內心的矛盾，分明不是無心，卻又不敢緊握；雲梅見他將傘忘在餐廳，「上了車還要回頭叮嚀。像是一世的牽牽絆絆，都趕著這分秒要交代清爽。祇怕錯過今天

---

39 蔣曉雲：〈掉傘天〉，《掉傘天》，頁276。

40 蔣曉雲：〈掉傘天〉，《掉傘天》，頁293。

41 蔣曉雲：〈掉傘天〉，《掉傘天》，頁289。

再沒有了」[42]，渴望他拿回傘，像是提醒他承擔情感的責任；文末雲梅失傘而復得，上車後「才坐定，外面淅瀝瀝的下起大雨。她趕緊關上車窗，回手碰到膝上的傘，心裡簡直是高興：幸好帶了。」[43] 婚姻中曾經忘卻的承擔，似於心中悄然滋生。蔣曉雲特意塑寫雲梅因近視眼，走路時總是俯視著眼前的方寸之地，[44] 經歷了這些，也許不再糾結方寸之心的幽暗，能抬起頭望向遠方。正如夏志清所說，一止死後，雲梅多少對人生添了一份了解，對婚姻也添了一份珍惜。[45]

這兩篇小說的女主角都是懷抱重重心事走入婚姻，愛情乏力，帶來無可抑遏的苦痛。〈隨緣〉、〈宜室宜家〉、〈口角春風〉則是另番景致。〈隨緣〉女主角楊叔雲是二十七歲的職場女性，因看牙而結識醫生林冀民，進而相戀結婚：

> 一路上，他都笑著，是那樣心裡裝不盡的歡喜直漫了出來到臉上的樣子。我知道，因為我也是。……雖然他那麼矮，矮得我穿了平底鞋才和他齊頭，我也不想計較這個原是我一向最在乎的了；我也不嫌他輕佻了，也不嫌他蒜頭鼻了，真的，我挑剔什麼，如果他能不覺得我的爛牙醜，不嫌我高……我們不談人生問題，油鹽柴米醬醋茶裡自有樂趣……[46]

兩人因牙結緣，她的那口爛牙也可說象徵她婚後要給丈夫發現的那些缺點。[47] 楊叔雲通篇都在調侃林冀民，不是因為計較，恰是因為喜愛與真情。他們各

42　蔣曉雲：〈掉傘天〉，《掉傘天》，頁295。

43　蔣曉雲：〈掉傘天〉，《掉傘天》，頁299。

44　蔣曉雲：〈掉傘天〉，《掉傘天》，頁282。

45　夏志清：〈蔣曉雲小說裡的真情與假緣——「姻緣路」序〉，錄於蔣曉雲：《姻緣路》，頁11。

46　蔣曉雲：〈隨緣〉，《掉傘天》，頁345-346。

47　夏志清：〈蔣曉雲小說裡的真情與假緣——「姻緣路」序〉，錄於蔣曉雲：《姻緣路》，頁9。

有各的事業，各有各的空間，並非誰依賴誰，而是兩個人攜手同行的愛情。[48]
平凡夫妻的世俗生活，雖無多少浪漫，甚至如蘇偉貞所說，楊叔雲與林醫師
「肉邊菜」的關係，完全稱不上熱情，[49]但「肉邊菜」的「隨緣」二字，卻
有著缺點中發現優點的能力，展現了俗世夫妻的恩愛。

〈宜室宜家〉女主角金明英從小功課不好，重考三年勉強考上家專家政
科，比不上赴美留學的姐姐明華，也比不上讀研究所的哥哥明理。二十四歲
時經人介紹嫁給事業有成的青年章中平，從此全心發揮家政科本事打理家
務，過著幸福快樂的日子。姐姐明華去國六年，先生外遇婚姻破裂返臺療
傷，看不慣妹妹一慣伺候丈夫有失新女性風采，硬是帶妹妹捉姦，教訓和丈
夫一般惡劣的妹婿，更自作多情的以為當年男友──現在的妹婿，是因她的
背離刻意娶了妹妹以為報復，其實全然不是。妹妹的幸福因她多事介入而乍
然變色，看似高人一等的新女性見解也只是自以為是、不得人心的莽撞。小
說裡明英和明華婚姻際遇恰成對比，明英的幸福建立於她對先生的崇拜上，
大學四年都考第一、赴美留學凡事較真的明華反而婚姻破裂，成為蔣曉雲真
正諷刺的對象。[50]朱西甯認為，〈隨緣〉、〈宜室宜家〉兩位安於婚姻的女
性，都很叫人歡喜，死去活來的愛情畢可遇得不可求，婚姻坐落於一般情
感，也並不是一無足取。[51]

〈口角春風〉主角是一對小夫妻秦美倫和晉賜之，妻子愛吃醋，先生愛
逗弄，常常打情罵俏吵吵鬧鬧。美倫新同事白仙琪美麗神祕，是辦公室話題
人物，她和妹妹仙儷搬至晉宅對面房屋居住，兩夫妻不經意間幾番看見倆姐
妹生活瑣碎，妹妹私生活不甚檢點。秦賜之厚道，特別交代妻子：

48　王晴飛：〈現在的「情」與過去的「緣」──論蔣曉雲《掉傘天》〉，《南方文壇》
　　（2016年2月），頁123。

49　蘇偉貞：《描紅：臺灣張派作家世代論》，頁180。

50　夏志清：〈蔣曉雲小說裡的真情與假緣──「姻緣路」序〉，錄於蔣曉雲：《姻緣路》，
　　頁10。

51　朱西甯：〈蔣曉雲的小說〉，《聯合報》（1976年9月17日），12版。

> 「人家的事……我們不知道……辦公室不要說……人家的名譽……」
> 美倫笑了，伏身在他頰上香了一下：「傻瓜，這還信不過我。」
> 那麼大的個兒，睡下像個孩子，夢裡擔著心事，微微蹙起一雙濃眉；
> 美倫愛憐的搓搓他的頭髮，低語給自己聽：「明天給你剪髮了。」[52]

兩人平日雖是吵吵鬧鬧，但遇事卻能守住底線，謹守口德。美倫讚賞先生善良，果真不於辦公室浮言搬弄，無論同事如何旁敲側擊，她都不聞不言，留住口角春風。賜之後來甚至設法營救仙儷，夫唱婦隨的恩愛盡於其中。夏志清認為他們雖稱得上是「秦晉之好」但並無多少恩愛，[53]應未得其真。

上述三篇小說都敘寫新婚夫妻的平凡人生，隨緣者如叔雲，糊塗者如明英，守善者如美倫，雖無花前月下，卻頗能於兩人世界中自求其樂。朱西甯認為，歷來言情小說本都是在稀罕處來取材，書寫驚動天地的愛情，張愛玲則從小說的傳統跳出來，往尋常的平凡處著眼下手，[54]位屬「張派」的蔣曉雲也相同。

這五篇小說裡，蔣曉雲形塑了兩種對比的婚姻狀態。〈宴──三部曲之二〉和〈掉傘天〉的主角抱持著「無情」態度踏入婚姻，是為了對方條件而嫁，而非動心動情，然〈掉傘天〉最終以傘為喻，於愛情的飄忽與婚姻的承擔中找到平衡的可能；〈隨緣〉、〈宜室宜家〉、〈口角春風〉則於瑣碎生活中發現了「情」，說明婚姻之情非小兒女的鏡花水月，而是與現實共生並存。正如夏志清所言：

> 蔣曉雲雖然從不強調浪漫式的純情，在她最早發表的五篇小說裡，我們多少能覺察到，她認為沒較深愛情基礎的婚姻是相當可笑而可悲的，她對那些男女主角保持一點距離，表示出一種謔而不虐的嘲諷態

52　蔣曉雲：〈口角春風〉，《掉傘天》，頁242-243。

53　夏志清：〈蔣曉雲小說裡的真情與假緣──「姻緣路」序〉，錄於蔣曉雲：《姻緣路》，頁5。

54　朱西甯：〈蔣曉雲的小說〉，《聯合報》（1976年9月17日），12版。

度。[55]

婚姻的基礎是愛情，即便蔣曉雲在愛情類題材嘲諷了那些「無情世代」的青年男女，但在婚姻類的小說裡，仍論證了「情」的重要與存在，婚姻難以十全十美、驚天動地，但有了「情」便能携手共進，平凡相守。

四 結論

蔣曉雲總結自己早期創作時，曾回溯母親當年對她耳提面命的教導，這教導深深影響了她年少時期的寫作：

> 她有一說是：女孩子二十五歲以前你挑人，二十五歲以後人挑妳。在她老太太這是提醒年輕女孩把握青春不要錯過良緣。可我一向是她忠誠的反對黨，當然對這種含有性別歧視潛臺詞的說法不以為然，不免從十幾歲青春期（也算思春期吧）起就開始觀察、思考和幻想二十五歲以上女性的「命運」。在我當時的年紀，三十歲大概已經「高壽」得沒法和愛情做聯想了，所以陸陸續續寫了好幾個以這個年齡層女性的感情經歷為主題的故事，卻沒一個女主角超過二十九的。[56]

蔣曉雲早期小說從她雙十年華開始，一直寫到二十五歲，十分年輕。母親傳統思維挑起她的反抗、好奇與想像，筆下女主角除了〈驚喜〉與她同齡外，其餘全都超過她實際年紀，或驚懼青春將逝嫁杏無期，或悲喜於婚姻的風風雨雨。夏志清為她筆下青年男女下了總結，認為他們自私非常，欠缺理想：

> 在六十年代我們讀到了不少正視青年問題的短篇小說，陳映真「第一

---

55 夏志清：〈蔣曉雲小說裡的真情與假緣──「姻緣路」序〉，錄於蔣曉雲：《姻緣路》，頁11。

56 蔣曉雲：〈代序：麻姑獻壽〉，《掉傘天》，頁4。

件差事」，張系國「地」、林懷民「蟬」為其尤著者。那些小說裡的青
年，不管志氣如何消沉，生活如何腐敗，多半以理想主義者自居。因
為曾有過理想，他們更有資格對社會現狀表示不滿。蔣曉雲筆下的知
識青年，可說是沒有理想的一代。他們是在非常現實的世俗社會裡長
大的，祇關注自己的專業和幸福，不談國家大事，對社會問題也毫無
興趣。……曉雲小說裏的臺北知識青年都相當自私，不肯為變情而犧
牲一點自己的利益的。[57]

不僅對人自私，對國家社會也是，夏志清的觀點，大抵和朱西甯「無情世
代」相同，而他們二人的詮釋幾乎預示了後來文評家對蔣曉雲小說風格的見
解。[58]一九八六年蔣曉雲早期小說在大陸結集出版，書名即為《無情世
代》，可見「無情」二字已成蔣曉雲小說牢不可破的標幟。

　　本文二、三兩節從愛情及婚姻兩方面著手，發現愛類題材確實呈現了
「無情」的書寫，小說人物相當精明現實，幾乎找不到浪漫熱情；然婚姻題
材上則未必盡皆如此，無情的婚姻固然冰冷痛苦，但某些俗世夫妻卻有著他
們的恩愛幸福。

　　這也說明蔣曉雲小說雖寫「無情」，卻是以「情」作為人生的核心究
竟。她筆下那群沒有理想的自私青年，如現實世界的浮世繪，蔣曉雲刻劃時
語多嘲弄；書寫婚姻題材時，則展現了同情與理解，著力描繪那些與現實並
存的矛盾與真情。即便是〈掉傘天〉的雲梅，她也不以譴責嘲弄處理之，而
是讓她在失傘與得傘之間得到可能的體悟與淬鍊。

　　「無情世代」的背後，是對「情」的期待與肯定。如此，便可理解她早
期小說中與「言情」並列的「老人」題材，為何寫得款款深情，充滿溫暖。

57　夏志清：〈蔣曉雲小說裡的真情與假緣──「姻緣路」序〉，錄於蔣曉雲：《姻緣路》，
　　頁3-4。

58　蘇偉貞認為蔣曉雲寫的不是愛情，而是寫沒有愛情，見蘇偉貞：《描紅：臺灣張派作
　　家世代論》，頁185；陳芳明認為蔣曉雲的小說是對人間世故帶有某種調侃與嘲弄，見
　　陳芳明：《臺灣新文學史（下）》，頁586。

站在「情」的高度觀覽「無情」，是蔣曉雲小說的深刻處，正如朱西甯所言：作家自己須是高貴的、美滿的、要緊的還是慈悲的。一念之間，便定妍媸。[59]蔣曉雲早期言情小說即如此，既無情，但又於無情處有情，正如俗世光景。

---

59 朱西甯：〈蔣曉雲的小說〉，《聯合報》（1976年9月17日），12版。

參考文獻

一　研究文本（依出版先後排列）

蔣曉雲　《隨緣》　臺北市　皇冠出版社　1977年

蔣曉雲　《姻緣路》　臺北市　聯經出版事業公司　1993年

蔣曉雲　《掉傘天》　臺北市　印刻文學生活雜誌出版公司　2011年

二　專書（依姓氏筆畫排列）

范銘如　《眾裡尋她：臺灣女性小說縱論》　臺北市　麥田出版社　2002年

陳芳明　《臺灣新文學史（下）》　臺北市　聯經出版事業公司　2011年

魏紹昌　《我看鴛鴦蝴蝶派》　臺北市　臺灣商務印書館股份有限公司　1995年

蘇偉貞　《描紅：臺灣張派作家世代論》　臺北市　三民書局　2006年

三　期刊及專書論文（依姓氏筆畫排列）

王晴飛　〈現在的「情」與過去的「緣」──論蔣曉雲《掉傘天》〉　《南方文壇》　2016年2月　頁121-125

朱西甯　〈蔣曉雲的小說〉　《聯合報》　1976年9月17日　12版

桂文亞、彭碧玉、邱彥明整理　〈聯合報六八年度中、長篇小說獎總評會議記錄〉　收錄於蔣曉雲　《姻緣路》　臺北市　聯經出版事業公司　1993年　頁1-49

夏志清　〈蔣曉雲小說裡的真情與假緣──「姻緣路」序〉　收錄於蔣曉雲《姻緣路》　臺北市　聯經出版事業公司　1993年　頁1-25

湯舒文記錄整理　〈以幽默的角度寫悲傷的事：朱天文對談蔣曉雲〉　《印刻文學誌》　2010年10月　頁64-77

溢出裂縫的微光

——管窺《苦雨之地》的敘事策略及其深層意蘊

鄭雪花[*]

摘要

　　本文的討論聚焦於三個問題：其一、《苦雨之地》的現身作為殊異事件，意義何在？其二、來自「雲端裂縫」的鑰匙打開了什麼？其三、《苦雨之地》作為小說的作用何在？透過文本分析，本文揭示《苦雨之地》跨越自然書寫定義疆界以及重回博物學行列的創作意圖，豁顯其在不同領域以殊異性事件現身的創新意義，進而探析「裂縫」所含有的三層意蘊——危機的所在、轉機的可能以及演化的預示，最後闡釋小說以詩性譬喻、神話故事、詩意想像的視覺敘事等表達策略，跨越語言局限，並召喚詩性倫理。因此，《苦雨之地》不僅在文體意義上擴大自然書寫的疆界，更能彰顯生態網絡的整體性，呼應了深層生態學與生態心理學的觀點，蘊含著詩性倫理學與關係存有學的意義。

關鍵詞：自然書寫、敘事、詩性倫理、想像、演化

---

* 國立臺東專科學校通識教育中心助理教授。

一 前言

　　《苦雨之地》集六個短篇於一體，乍看像是隨手一擲的六個骰子，不規則的點偶然地散列，但事實上，它更像星叢，去中心的、各自獨立又互相輝映的六個星座，裂開穹蒼的縫，溢出微光。遠方的微光拉出一道時間的長軸，小說的書封底面寫著：

> 太古之初，人與萬物說同樣的語言，鳥鳴、遠方的星光、風掠過草跟海浪的聲音，與嬰兒的哭聲彼此啟發……

本以為是書中的一段引文，遍尋不到，再次細讀，發現這句子綰合了六個短篇的脈絡，敞開了一張完整的詩意存有之網。這是閱讀的終點，也是存有的起點。原來，連封底也是文本的一部分！《苦雨之地》的創作有許多具拓荒意義的設定：共同場景為臺灣野地及物種，並使用十八世紀科學繪圖的風格繪製插畫，而主要人物角色都是具有邊界人格者特質的科學家、業餘科學家，或是冒險者，都存有肉體或精神的痛楚，小說敘寫他們從裂縫出發的生命旅程。而在小說敘事的整體化籌劃之中，「雲端裂縫」是吳明益特意安排的共同事件，並且強調「拿掉這個，就不是我的創作了」[1]。小說敘事在自然知識、科幻想像和人的情感之間生成流動，「雲端裂縫」不是可有可無的科幻想像，而是小說綰合生態系統、科技系統、生活世界、心象世界等多重系統為一並置映射之敘事結構的關鍵性要素，藉由「病毒—生命演化」到

---

[1] 潘震澤於〈生老病死原是生物的宿命〉，Openbook（網址：https://www.openbook.org.tw/article/p-33644，2019年1月28日）一文指出「這六篇小說的故事各自獨立，並無實質關聯，所以硬要以一個電腦病毒的存在把它們連成一部長篇小說，有些牽強。」而吳明益〈為了小說〉，Openbook（網址：https://www.openbook.org.tw/article/p-34426，發布日期：2019年1月29日）回應：「我寫作時是以寫長篇的「心態」在寫作，而不是說它是一本長篇小說，語意甚明。短篇故事，自然可能有共同背景，至於為什麼一定要有一個共同背景，那自然也是我的判斷的一部分。拿掉這個，就不是我的創作了。」

「裂縫—精神演化」的轉喻，落實小說創作的跨域實踐以及同情共感的詩性召喚，以下分別從「跨域——拒絕定義」、「裂縫——看見微光」以及「物哀——召喚共感」等三個面向加以探析與闡釋。

二　跨域——拒絕定義

吳明益以《苦雨之地》手繪原畫及部分小說內容參與二○一八年十一月開幕的第十一屆臺北雙年展「後自然：美術館作為一個生態系統」，並設計以身體的流動轉換「視／讀」模式的展呈部署：

> 以文字創作、插圖、紙張輸出和小冊的媒材形式，擺放在接近冷杉綠牆面的展間。在低垂的工業風吊燈下，一名觀眾在作為閱讀使用的長凳上坐了下來，從椅凳旁有點類報夾的短夾層中，抽拿吳明益節錄《苦雨之地》的小冊，開始閱讀……[2]

文字與插圖互文詮釋，工業與自然共構場景，而人在其中，從行走到坐下，從觀看到閱讀，流動的身體定錨，進入文學世界安靜品味，這樣的展呈部署呼應著吳明益的「後自然」思考，彰顯了小說創作的跨域實踐，同時又在不同領域中突顯文學自身的存在。

《苦雨之地》如何「後自然」？《苦雨之地》是「一次朝向自然書寫的回歸和盤整」[3]嗎？所謂自然書寫（nature writing），強調的是非虛構的自然經驗，環境倫理的思辨，以及作者自身情感與環境的互動。吳明益自述在二○○七年完成《家離水邊那麼近》的自然書寫之後，就開始思考如何跨越自

2　張玉音：〈用藝術的筆，寫下科學的眼：吳明益談文學創作的倖存背後〉，Artouch網站（網址：https://artouch.com/people/content-10953.html，發布日期：2019年3月6日）

3　黃宗潔：〈那些雲端鑰匙也無法開啟之境——吳明益《苦雨之地》〉，《鏡週刊》網站（網址：https://www.mirrormedia.mg/story/20180124cul001/，發布日期：2019年1月25日）

然書寫較依附於資料與非虛構經驗的特質。（頁246）[4]這樣的文學形式思考相應於西方自然書寫歷史脈絡的發展，在接受專訪時，吳明益指出「自然書寫發展至今，文學定義者都想跨出自然書寫的領域，開始容許虛構，甚至容許在作品中談論自然專業以外的事物」，在漫長的發展裡，自然書寫呈現了同一件事：「人描寫自然，也在描寫自己，反過來看，人描寫人，也必然在描寫自然。」[5]吳明益自許「寫作者該是定義的改寫者，而不是衛星」，而〈人如何學會語言〉即是以小說這個自由的文體，經歷無視於自然書寫、生態批評的寫作嘗試。（頁247）

　　不僅是《苦雨之地》，早先寫於二○一四年的攝影散文集《浮光》即是一次「跨越自然書寫」的嘗試，他在開篇〈光與相機所捕捉的〉（正片）提問：「『自然』意味著什麼？」而在「正片」的結尾寫道：「他們（按：指生態攝影者）終其一生在發現光與相機所能捕捉的野地與野性，他們終其一生都在追獵光的標本，而他們面對自身的照片時，將會追憶、重溫那個他們曾經親臨的現場，然後他們將會發現，自己才是光與相機所捕捉的。」在「負片」的結尾則如此寫道：「光是從我們的眼睛出來的，流向世界，唯有如此，這一切才是相機所要捕捉的，才是值得捕捉的。」[6]在這些書寫裡，從攝影經驗談到人類觀看自然視野的轉變，道出了自然書寫或生態攝影的價值生成在於人的意識之光投射與返照之處。

　　不只是跨越原來自然書寫「非虛構」、「科學書寫」、「紀實本質」的邊界，「後自然」關聯著作者如何理解人與其所處的時代，當他談及學者理查・梅比（Richard Mabey）在《The Oxford Book of Nature Writing》一書中提出的關於人類書寫自然的七個階段（類型）之後，指出「在科學、文學、

4　吳明益：〈萬事生降於哀戚但非死灰〉，《苦雨之地》（臺北市：新經典圖文傳播公司，2019年）。本論文在此之後引用《苦雨之地》皆直接於引文之後夾註頁碼，不再另加註腳。

5　林怡秀：〈沉默之聲：關於我的自然書寫〉，BIOS monthly網站（http://www.biosmonthly.com/columnist_topic/9847，發布日期：2018年12月25日）

6　吳明益：《浮光》（臺北市：新經典圖文傳播公司，2014年），頁13、28、51。

藝術、哲學等主要學科裡，最後目標幾乎都是為了解決人為何而存在、人為何活著這樣的根本問題。」[7]他更引用愛德華‧威爾森（Edward O. Wilson）在《人類存在的意義：一個生物學家的思索》一書中所述「人文學科在做的事」：「外來者如果要理解我們文化演進的歷史，就必須解讀人類所有複雜而細微的情感，以及各種人類心智的產物。要做到這點，他們必須和人有親密的接觸，並了解無數有關個人的歷史，同時能夠描述一個想法如何被轉譯成一個象徵符號或一個物件。」（頁248）進而指出那也是小說家在做的事，並且道出《苦雨之地》的創作意圖：

> 演化學者談人的物理性存在的演化，小說要處理的是人抽象的「精神」演化。我想藉由小說這種形式，去設想人跟環境關係的異動、人與物種之間的關係，去感受人作為一種生物的「精神」演化，特別是在我所生長的這個島國臺灣。（頁248）

基於這樣的創作意圖，《苦雨之地》在人與自然之間，虛構與紀實之間，實踐了一次跨域創作。

對於《苦雨之地》的跨域實踐，有的評論者以「雙重性」來概括[8]，有的以「互文性」來分析[9]，「雙重性」和「互文性」的觀點奠基於不同的世界

---

7 同註5。

8 如黃宗潔指出：「裂縫病毒這個設計所帶來的科幻氛圍，更突顯出作品背後的雙重特質——它既『科』且『幻』，同時包含大量科學知識、又不忘虛構小說的核心本質，而『雙重性』，或許正是來自吳明益作品的那把雲端鑰匙。……在紀實與想像之間，科學與美學之間，它們彼此所信仰的價值系統之歧異如此巨大，我們有時遂不免在字裡行間感受到，相容兼美的理想背後，依然有其難以磨合之處。」（同註3）。

9 如張睿銓所表達的觀點：「《苦雨之地》以自然書寫為基底，卻不囿於其非虛構、科學數據、紀實本質等邊界立牌，嘗試用多觀點敘事風格和充滿人性特質的虛構故事情節交織其間。就創作角度來看，這樣的嘗試有至少兩個層次的互文性（intertextuality）：第一個層次是文體（genre）的互文，也就是自然書寫和文學小說的互融。第二個層次則是人與自然的互文。書中的故事皆以人為主角，主角的人性、行為與情緒主宰了故事的發展。而每個場景皆有大量自然環境，敘事也充滿自然生態的描繪和紀錄，宛如

觀和認識論，前者預設著人與自然對列的框架，科學知識和小說虛構用的是
涇渭分明的兩套符號系統，後者則視人與自然為整體，而符號系統可以開放
與流動。如前文所述，吳明益以自然書寫的歷史發展及其類型，以及各種領
域的學科的終極目標指向人的存在之根本問題等，印證紀實與虛構的邊界並
非固定不變，且其價值共同指向人的存在。因此，「互文性」的觀點毋寧更
接近《苦雨之地》的跨域實踐。

　　吳明益在《苦雨之地》前兩個短篇開始之前，用一整頁放了一小段巴爾
扎克（Honoré de Balzac）的文字：「我們不朽的博物學家從一根白骨重建世
界，如同卡德摩斯（Cadmus）從一顆牙齒重建城市。」吳明益引用了巴爾
札克這段文字，一方面預示前兩個短篇是關於蚯蚓科學家和鳥聲科學家的故
事，一方面也呼應了對於跨域帶來文學創造性前景的看法。在接受專訪時，
對於「『寫作』如何因應這個所有藝術形式都在向人腦、想像力攻城掠池的
時代」，吳明益回應：

> 首先要讓文學重回博物學的行列（不是science，而是natural history），
> 作者要重新去感受人類為什麼走到今天的精神文明。第二，在文學已
> 經歷過一段不短的內向時期之後，此刻的文學如自然書寫，應可作為
> 一種外向的活動，面對未來。第三，要把寫作當成是生命投入的過
> 程，而不是把生命過程變成寫作的材料。他解釋前者是利用這個創作
> 方式去豐富生命經驗，後者則是在消耗生命經驗，而唯有如此，這種
> 創作形式才會重新活過來，鍛鍊出能讓讀者創造關於他們心象世界的
> 獨特文字與故事。[10]

描述『他者』般的詳細和好奇。」參見張睿銓：〈《苦雨之地》、創作與神性〉，臺灣教
會公報網站（網址：https://tcnn.org.tw/archives/53617，發布日期：2019年5月14日）。
張氏引文提到「他者」有其神學脈絡的意涵，本論文對於「接近吳明的創理念及《苦
雨之地》跨域特性」與此無關，特此申明。

10 同註5。

文學重回博物學（按：或許使用「博物誌」更能區分與「科學」的不同）行列，既是重實證經驗的自然書寫朝向小說虛構的文體解放，也是文學採納不同領域知識的語言活化，而寫作作為生命投入的過程，是作者與世界的互文，作者因此豐富了生命經驗，而小說成為一個籲請結構，是小說與讀者的互文，閱讀成為創造活動，讀者因此活化了自身的內在世界。

　　上引吳明益所言與大江健三郎的主張互相呼應，大江健三郎認為小說是使人類充滿生機的語言裝置。作者的目標是盡可能地使人的各種要素整體化。沿著小說中由語言構成的進程，指向整體化，讀者會在其中活化人性的各個要素。文學要理解並表達人是什麼、我們的時代是什麼？文學創作的過程中，理解和表達構成了一個整體，作者必須首先把自己從封閉的個體中解放出來，透過語言表達，從和文學接壤的各個不同領域來活化構成文學母體的語言。從不同領域的語言汲取營養，文學才能煥發生機，展現同時代的、豐富多彩的知識。以各種不同領域為媒介使文學貫串而超越周圍的藝術領域，最終將會在各個科學領域前顯示其自身的存在。譬如，以生命科學為核心，即不損害各自語言的結構，科學家與文學領域的人面對面交流的話，那會具有深遠的意義。[11]

　　以文學語言為基礎廣納「生命科學」相關範疇的知識，嘗試了跨域創作的《苦雨之地》是否如大江健三郎所說的在「科學領域前顯示其自身的存在」？《苦雨之地》出版後網路媒體Openbook提供對話平臺，邀請生理學者潘震澤、植物學者董景生、生態研究者吳海音、神經科學研究者黃榮棋等提出科評，茲摘舉幾段文例如下：

> 他是個優秀的說書人，全書六個中短篇小說都能吸引我一口氣讀完，且意猶未盡。……反疫苗接種已經造成許多傳染疾病的反撲，給許多小孩帶來不必要的痛苦，小說家實不應對此議題表態，尤其是與小說

11　大江健三郎：《小說的方法》（臺北市：麥田出版社，2008年），頁14-15、21、24-25。

情節的關聯性不大。[12]

〈冰盾之森〉中對極地生活的描述，情境生動、細節鮮明，還是讓我不禁讚嘆再三。……我揣想吳明益可能具攀樹經驗，才能詳細描繪過程，場景調度令人嘆服。[13]

〈雲在兩千米〉這故事好真實，裡面許多場景、人物、事件和資訊，都確實存在著或發生過，而且是我熟悉的……我當然希望文字能有魔力，讓被寫出的故事成真。這樣，或許有一天，雲豹真會從樹洞中跳出來，而島上的我們大家也能攜手檢視始終不願認真面對的過去，討論如何建構我們共同的未來。[14]

幾篇科評均分享了小說予人身歷其境的閱讀經驗，並針對專業相關的部分予以質問或補充或肯定，甚至回饋了共構未來的願望，而吳明益除了致謝之外，從創作的角度說明相關問題的取捨，並重申了身為小說創作者的自我定位：「要自在地寫這本小說，在查證（查證後用或棄而不用）與馳騁想像之間，以一個小說作者的方式與尊嚴，為我的讀者編織故事。這是我的責任、我的夢想，以及我的長路。」[15]在科學與文學的對話裡，《苦雨之地》證成了自身的存在。

　　自有史以來藝術如同瞬息萬變的星叢[16]，拒絕定義確保了藝術的自由，吳明益拒絕成為衛星，《苦雨之地》的跨域實踐為臺灣自然書寫開拓疆界，

---

12 潘震澤：〈生老病死原是生物的宿命〉，Openbook（網址：https://www.openbook.org.tw/article/p-33644，發布日期：2019年1月28日）。

13 董景生：〈感受冠層流動的風與陽光〉，Openbook（網址：https://www.openbook.org.tw/article/p-34230，發布日期：2019年1月28日）

14 吳海音：〈我們的未來裡有沒有雲豹？〉，Openbook（網址：https://www.openbook.org.tw/article/p-34219，發布日期：2019年1月28日）

15 吳明益：〈為了小說〉，Openbook（網址：https://www.openbook.org.tw/article/p-34426，發布日期：2019年1月29日）

16 （德）阿多諾著，王柯平譯：《美學理論》（成都市：四川人民出版社，2001年第2版），頁3。此語使用的「星叢」一詞於譯本中譯為「星座」。

改寫定義，並與不同領域對話而顯示自身的存在，其創新意義因此豁顯。然則，《苦雨之地》之所以獲得小說的冠冕，在於獨特的觀物之眼與風格化的創作方法。囿於篇幅有限，無法沿著小說中的語言構成進程，全面地進行討論，以下僅以「裂縫」作為核心語詞加以探索。

三　裂縫——看見微光

綜觀六個短篇，作為共同事件的雲端病毒以「雲端裂縫」之名出現共五次，以「裂縫」之名（不含「雲端裂縫」）出現十一次，所傳送的「鑰匙」一詞出現二十六次。[17] 相對於敘事裡大量的生態書寫，著墨並不多，在各篇出現頻率也有落差，卻在小說敘事裡起著關鍵性作用，第三個短篇〈冰盾之森〉完全沒有出現「裂縫」，然而，「重生」、「虛構森林」等VR、MR虛擬或混合實境等元素的設計也具有相當的作用。

「雲端裂縫」在第一個短篇〈黑夜、黑土與黑色的山〉以災難之姿出場：

---

17 表列「雲端裂縫」、「裂縫」、「鑰匙」的索引如下：（所附頁碼為《苦雨之地》2019年1月2日初版一刷）

篇名	雲端裂縫	裂縫	鑰匙
〈黑夜、黑土與黑色的山〉	26	×	26（2），29（2）
〈人如何學會語言〉	68（2）	68（2），69（2），70	68，69（3），70
〈冰盾之森〉	×	×	×
〈雲在兩千米〉	131	131，132，159（2）	131（2），132（5），136，159
〈恆久受孕的雌性〉	×	204，205	203，204（2），205（2）
〈灰面鵟鷹、孟加拉虎以及七個少年〉	239	×	239，240（2）
出現次數總計	5	11	26

* （ ）內所註記的是同一頁出現二次以上的次數。

> 那年春天對許多人來說陰暗無比，各地豪雨成災，一種病毒在網路肆
> 虐，形成了「雲端裂縫」的風暴。它就像是一種沉默的疾病在日常生
> 活裡傳染，整著星球的自殺率提高了五倍，原本自殺率就高的國家險
> 得更加嚴重。
> 這種病毒一開始只是進入感染的雲端資料庫，但如果有任何可以追索
> 的數位足跡，它就會追獵、破解，並且把你的一切「打包」起來。它
> 並不只是靠平常的社群軟體互動次數來判斷，還會進入檔案的深處，
> 冰斧一樣劈開每一個最隱密的檔案，結合使用者在網路上的活動資
> 訊，找出一個或是數個最適合「撿到鑰匙」的人，寄出訊息給他們。
> 那訊息會以詩句般的標題命名，許多人點下詩句後打開了他們的親密
> 之人的檔案，這種病毒以寄居、揭發人的記憶與心靈維生。（頁26）

電腦病毒是惡意程式碼或程式，將己身插入或附加到支援巨集的合法程式或
文件之上，一旦病毒成功附加到程式、檔案、文件中，隨即進入休眠狀態，
直到電腦或裝置執行其程式碼為止。就像一般病毒沒有宿主細胞即無法繁殖
複製一樣，電腦病毒若沒有檔案或文件也就無法複製並散佈出去。當今的世
界已然被網際網絡包覆，隨著資訊科技乃至人工智慧的發展，人類的生活與
文化正在發生巨大的變化，而電腦病毒也在人類社會埋下重大的危機。吳明
益選擇「雲端裂縫」作為各短篇的共同事件，投射了他對所處的時代資訊社
會發展的理解，而身為小說作者的理解表達並不是現實的鏡像，原來在人類
本位的視野下，「病毒」這個語詞和「害蟲」一樣被賦予負面意義，當「病
毒」轉換為文學隱喻，穿透日常經驗，出現了新的意蘊。

在《苦雨之地》中，「雲端裂縫」這個病毒專以寄居、揭發人的記憶與
心靈維生，它直搗人的內在世界，攪動意識的活動，卻也逗引著人刺探祕密
的欲望，既具威脅性又有魅惑力，所以「有人恐懼有人期待，許多人拿著鑰
匙打開檔案，被別人描述的自己所震驚，或知道了最親密的人的祕密而感到
痛苦。」（頁69）不只如此，許多電腦高手愛上了這個病毒的概念，進入後
臺參與設計，使「雲端裂縫」演化出虛擬實境的新版本，摹擬著人作為立體

的生命所具有的複雜的內在世界：

> 「裂縫」出現之後不斷進化，原因是許多電腦高手受到它的侵襲之後，
> 反而愛上了這個病毒的概念，因此從設計者刻意開放的後臺，參與了
> 它的「演化」。較新的版本是它會按照檔案的型態繪製一座宅邸，用鑰
> 匙打開大門後，你會以形象化的姿態在場景裡走動，行動者會看到無
> 數由物品幻化成的「抽屜」（花瓶是抽屜、樓梯是抽屜、馬桶也可能
> 是抽屜……），由進入者決定是否打開。每開一格抽屜,甚至會主動撥
> 放起「你」跟「屋子擁有人」共同喜歡的音樂。得到鑰匙的人，因此
> 從玄關、客廳，漸漸深入他人的廚房、衛浴，或者是房間。（頁133）

設計者讓其他人參與了「雲端裂縫」的「演化」，反映了當今逐漸普及的協同合作的網路生態，也影射著造物主並不全然控制著一切，無論資訊網、自然界或人間世。在新版的「裂縫」裡，運用VR虛擬實境創製一個想像世界，檔案形象化為宅邸，拿到鑰匙的「他」在門外，只要一打開「大門」，形象化的「你」「出現」並「進入」，「你」可以選擇要不要進入門內，要打開哪一個抽屜。它投射出一個重新設定知覺與關係的「體驗空間」，轉換「我—他」為「我—你」的關係，並擬真了「進入者」的肉身體驗及主觀意志，於是，虛擬世界裡的層層深入，交錯著現實世界的步步變化。一般病毒在演化上扮演了根本的角色[18]，「雲端裂縫」則參與了故事人物的精神演化。

---

18 關於病毒在演化上的角色，參見（美）比雅瑞爾（Luis P. Villarreal），涂可欣譯：〈病毒不是活的嗎？〉，「科學人」網站（網址：http://sa.ylib.com/MagArticle.aspx?Unit=featurearticles&id=607，發布日期：2004年12月31日）：「將近一百年來，科學界對病毒認知的共識也一再改變，從最早認為病毒是一種毒物，然後是一種生命形式，接著又改觀成一種生物化學物質；到了今日，病毒則被視為介於生命和無生命之間灰色地帶的物質：它們沒有辦法自行複製，但是到了真正的活細胞內又可以繁殖，而且會對宿主的行為造成巨大的影響。在現代生物科學發展史中，大部分時期我們都將病毒歸類為無生命物質，也造成了一個意外的結果：大多數的學者在研究演化時，都忽略了病毒。不過，現在的科學家終於開始認識病毒在生物歷史中的根本角色。」

「進入」親密之人的內在世界，對於一般人充滿了誘惑，更何況是陷在情感危機中的人？打開「裂縫」的「鑰匙」常常在當事人深陷生命幽谷，內心彷徨困惑的當口及時出現，例如：

> 就在猶豫著自己的生活該往哪裡去的時候，秋天來臨時索菲收到了名
> 為「The light that moving has man's life for shade」的鑰匙。（頁26）

鑰匙的名稱來自斯溫伯恩（Algernon Charles Swinburne, 1837-1909）題給愛德華・伯恩-瓊斯爵士（Edward Burne-Jones, 1833-1898）畫作〈愛引領著朝聖者〉（Love Leading the Pilgrim）的詩句「Love that is first and last of all things made, / The light that moving has man's life for shade.（愛是一切創造的初始與最終，此道流光中有人類生命的蔽陰。）」[19]索菲的養父邁耶曾帶索菲觀賞〈愛引領著朝聖者〉，並且說：「也許我的小索菲有一天也會走這條路。」（頁28）

在《苦雨之地》中，對於現今網路的「禿鷹性格」在第四個短篇〈雲在兩千米〉之中關的妻子所遭遇的無差別殺人事件也有清楚的著墨，但是，以揭露記憶和心靈維生的「雲端裂縫」固然讓人有所察覺而感到痛苦，但對於故事主角們的影響並非災難，拿到這把鑰匙對於索菲來說，是轉變的開始：

> 索菲不曉得為什麼是邁耶爸爸的鑰匙，而不是邁耶媽媽的鑰匙交到她
> 的手上？也許話語跟鳥一樣找得到巢，跟蚯蚓一樣可以在黑暗裡消化
> 出一條路。她接受過愛，但這是第一次進入另一個人的心。（頁29）

「進入」另一個人的心，在愛的關係裡，索菲從被動轉為主動。索菲讀完邁耶爸爸「門內」的資料後，「一半被拯救一半陷入泥沼。索菲知道了世間如

19　「The light that moving has man's life for shade」，《苦雨之地》第一版一刷使用中譯「光讓人蒙上陰影」，第一版二刷改用英文原句，頁28的英文中譯改為「此道流光中有人類生命的蔽陰」。

荒野，無論表面看起來多麼乏味的人生也必然有自身的哭聲。索菲知道自己一出生就被遺棄在那黑色山脈附近部落的教堂旁的乾水圳，也許，也許並不是沒來由地記得母親生她之時和她同哭的聲音。……」（頁32）後面一連串問句，關於遺棄自己的母親，關於神的安排，關於「愛是怎麼決定生成？怎麼給予？怎麼剝奪的？」

　　索菲的疑惑像個漩渦，而「缺陷者」是漩渦的中心，對於愛的疑惑，總是指向自我認同，對自我存在價值的質疑。索菲與自己的關係出現裂縫。過去索菲不是沒有質疑過，「像我這樣的人也能有戀愛、性和生育的欲望嗎？」（頁25）「那些在夜店裡、在大學校園、在相親場合裡的異性，都想找一個能改造下一代基因的對象。他們如果願意愛自己，會不會都只是為了獵奇？」（頁26）但是，養父母的照顧、師友穆勒教授的相知，讓索菲可以在雨蟲的研究裡安頓自己，而在某些瞬間，當她看著玻璃面倒映的扭曲的自己，「她覺得自己和這些雨蟲一樣奇特粗鄙，一樣美。」（頁24）這些「以醜為美」的瞬間是消解世俗觀點對生命本相的直擊，索菲的意識深處有著超理性的領悟力，但索菲並不自覺，以正常為優越的世俗眼光總是讓索菲一再迴避人群。小說敘事裡，穆勒教授這個角色像是智慧老人的原型，當陷入泥沼的索菲向穆勒教授傾訴時，穆勒靜靜地聆聽，然後帶她到學校博物館靜靜地逐一檢視館藏的標本，最後穆勒的一番話讓索菲下了決定：

> 每一種生物的發現，都關係到人的命運，有時候是一個人，有時候是一群人。多麼像一個故事，多像生態學。（頁34）

故事（或人的一生）為什麼像生態學？如同邁耶爸爸所預示的，索菲踏上朝聖之路，成為跋山涉水的走路者，在山水長軸往前舒展之中，她看見自己內在的景致。日後她還會去到遠方，那個她所出生的黑色山脈，在古步道上以一管雨蟲喚醒失聰的狄子體內所有的鳥鳴（參見第二篇〈人如何學會語言〉）。儘管，她的身影像是地球巨變之後，在文明的廢墟裡獨行的人。

　　為什麼一個譬喻成為決定性的轉捩點？這個譬喻穿越日常經驗，帶出既

存事實，以及新的觀點。[20]如前文所提到的，索菲是一個對於非人類世界具有超理性領悟力的人物，小說敘事藉由穆勒的視點，更清楚地表達了索菲的角色特徵：

> 在穆勒教授的眼中，索菲是黯淡蚯蚓研究圈的一道天光，她是如此有挖掘的天賦，如此有挖掘的沉著。她能神祕地看穿一塊硬土，好像泥土裡的影像能透過她的雙手傳進大腦似的，敏銳的感應力在她的血液裡噗噗作響。（頁34）

這樣的人物角色近乎當代生態心理學家所說的「邊界人格」者：

> 邊界人格能感知與接收來自夢境、幻影、他們自己與「自然世界」之間直接的「直覺」訊息等無意識心靈的溝通。邊界人格者與自然世界之間所具有的是一種親密關係，其中存在著個人與植物、動物、岩石、地球和祖靈之間雙向的溝通。[21]

　　這種人格者的邊界意識不是重返到過去我們曾經擁有的心靈狀態，不是盧梭式的極樂，梭羅式的世界或新時代的自然崇拜，這是演化過程所產生的新興意識型式，在由科技餵養成習，對物欲的耽溺使人們以越來越快的速度往前趕集，造成全球暖化失控，導致邁向物種滅絕命運的當下，邊界意識被視為一種來自集體無意識的補償反應，為人們橫衝直撞奔向物種自殺之路提供了另一種選擇。[22]《苦雨之地》在每個短篇都有邊界人格者，但角色本身未必有所自覺，像索菲，小說作者以穆勒運用譬喻為媒介，導向唯一的出

---

20 參見（美）雷可夫（George Lakoff）、（美）詹森（Mark Johnson）著，周世箴譯註：《我們賴以生存的譬喻》（臺北市：聯經出版事業公司，2006年），第二十一章〈新意〉。

21 （美）傑洛米・伯恩斯坦（Jerome Bernstein）：〈萬一那是真的⋯⋯〉，（英）瑪麗-珍・羅斯特（Mary-Jayne Rust）、（英）尼可・托頓（Nick Totton）主編，黃小萍譯：《失靈的大地》（臺北市：心靈工坊文化事業公司，2015年），頁274。

22 同前註，頁276。

路：喚醒邊界意識，在與自然世界的親密關係裡彌合一切的裂縫。

這樣的敘事策略運用於各短篇，《苦雨之地》當中的人物都面對親愛之人事物消亡的命運，〈黑夜、黑土與黑色的山〉裡的蚯蚓科學家索菲是被母親遺棄的軟骨發育不全者；〈人如何學會語言〉裡的鳥聲科學家狄子因自閉而自成一個星球，歷經父親出走、母親病逝，能解鳥語的自己又失聰；〈冰盾之森〉裡的敏敏的情人阿賢（攀樹科學家）因意外成為植物人；〈雲在兩千米〉裡的關（律師）的妻子因無差別殺人事件遭殺害；〈恆久受孕的雌性〉沙勒沙、蘿希卡、波希多、小食等四人共同駕駛Zeuglodon研究船找尋滅絕藍鰭鮪，卻只找到仿生魚；〈灰面鵟鷹、孟加拉虎以及七個少年〉裡「我」的舅舅（即沙勒沙）曾在聯考前與六個同學翹課而意外發現在永樂市場販賣野生動物，動念想買下小老虎，卻買下一隻鷹，後來放走了鷹，目睹老虎在街頭公開被肢解。在各自的命運裡，故事人物都因愛成傷，狄子從媽媽因爸爸的離去而崩壞，察覺「愛是一種需要強大能量，像是鳥類順利換羽所需要的那類事物。愛會鬆弛，愛會失能，愛也會被烏雲遮蔽。」（頁46）敏敏在「重生」的極地的情境裡，經歷「在闃無一人的冰雪之地，能寫文字，有記憶、愛與情緒是最溫情的恩典，同時也是最嚴厲的懲罰。」（頁92）關在妻死去後不再信任，甚至懼怕人，封閉自我，「以妻的墓地為中心，種植一座花園，覺得所有盛開的花朵都是她，每一叢灌木、每棵樹也是她。」（頁135）沙勒沙在面對返航故鄉還是迎向暴風的三十秒裡，很想問卡蘿那個埋藏心底許久的問題：「兩個想法不同的人能愛對方嗎？」（頁203）跟著舅舅去賞鷹的「我」前一年失去母親，看著空中滑翔的鷹，「就在那一刻我想起有人躺在墓地下方，在那些潮濕溫暖的泥土底下。我的眼淚突然不可遏止地湧了出來。」（頁213）

小說裡，故事人物深情而哀戚，生命或情感的消亡湮滅是災難嗎？從生態心理學的角度，「這些個別的情感危機都是一種『突破／崩越』（break-throughs），是創造轉變的機會。」[23]《苦雨之地》顯然採取了同樣的視野，

---

23 （英）瑪麗-珍·羅斯特（Mary-Jayne Rust）、（英）尼可·托頓（Nick Totton）主編，黃小萍譯：《失靈的大地》（臺北市：心靈工坊文化事業公司，2015年），頁35。

「裂縫」作為敘事的核心語詞，蘊涵著多重意義，第一層意蘊指向危機的所在，人與自己、人與他人、人與自然等關係的崩裂，第二層意蘊則藉由所遞出的「鑰匙」指向轉機的可能，鑰匙來自網路拓樸空間，打開時間皺褶，讓其中的微光流溢，引領生命從崩裂中超越。轉變或轉機、崩越或超越，本文在此使用這些語詞為的是突顯小說敘事大量書寫生態的作用，因為在小說作者的理解裡，生命沒有野禪狐的頓悟，沒有空洞的天人合一，情感的療癒、意識的轉變，乃至性靈的浮現，需要一步一腳印，肉身行走於非人世界的野地，才能重新進入關係之中，與自己親暱相遇，與自然共同進入另一個層次的演化。於是，「裂縫」的第三層意蘊預示著演化，此一意蘊具體化於〈雲在兩千米〉故事中的故事：

> 他將〈雲上兩千米〉的檔名改為〈雲在兩千米〉，然後把它投影在森林和清晨的雲海前。
> 雨落在字與字之間，也許雨會把雲端上的一切帶回人間。
> 他熱切地用手指在投影鍵盤上揮動，像是溺死之人舉起雙手。在那些文字裡，阿豹終於發現北大武山雲海之上無人所至的所在，有一棵外表高挺，實則空心的紅檜巨木，從凌空四十米的地方，裂出一個深縫。因為無人曾攀上那裡，走進那裡，所以從來沒有發現那裂縫裡面，樹心的樹心，另有一個深邃巨大的世界。那神木裡藏有一座森林。雨水從大樹的裂縫灌入，形成一道瀑布。在那裡他與最後一隻雲豹繁衍了後代，他們只會在痴人的面前現身，其餘世人俱皆不見。（頁164-165）

關把妻子檔案名稱中的「雲上」改為「雲在」，續寫了故事的結局，其中轉喻了「雲端」、「裂縫」等資訊科技語言，以意象，以隱喻，以神話，打開生態之眼「看見」生命綿延之力。藉由故事中的故事，可見吳明益表達對於語言與深層意識、物自身之間的「裂縫」之後設思考，科技與科學語言無法抵達的，透過詩性譬喻、神話故事以及充滿詩意想像的視覺敘事來表達，形成一個籲請結構，召喚著讀者的共感與參與。

四　物哀──召喚共感

《苦雨之地》這本書結束於這段短語：

> 太古之初，人與萬物說同樣的語言，鳥鳴、遠方的星光、風掠過草跟
> 海浪的聲音，與嬰兒的哭聲彼此啟發⋯⋯

這不是懷舊的浪漫情懷之回歸，《苦雨之地》的起點不是神秘的純淨自然，
而是複雜的此時此在，以及此時此在的我們心靈深處關於太古之初的記憶。
小說語言如何喚起這些植根於心靈深處的記憶呢？在《苦雨之地》之中透過
小說人物的視點傳達了關於語言的後設思考，例如：

> 深眼睛問雀斑說：「手語有那麼多事物無法表達，為什麼？」雀斑回
> 答：「口語也有很多事情沒辦法表達啊。」雀斑停頓了一下繼續說：
> 「我覺得⋯⋯任何語言，都有表達不了的事。」（頁65）
> 「你知道嗎？你唱歌的那種語言，我覺得和達悟語很像，我媽媽教我
> 達悟語的時候也很像唱歌。」（按：來自蘭嶼的小食對來自南美洲的
> 波希多說）「唱唱看？」「maniklap是船在白天沉釣，miseleng是船在
> 夜裡沉釣，mamasi是釣桿啊，mitokzos是射魚，miciklap是浮潛釣
> 魚，mikenakena是駕船拖釣，manaoy是雙竿拋網網魚，mitawaz是網
> 魚聲納，sangid用鐵勾勾上來，rakepen是空手抓⋯⋯。」「你唸達悟
> 語的聲音不像你的，」波希多說：「也許這個世界上本來只有一種語
> 言。」（頁199）
> 有一天樂樂在她們的高中校刊上寫了一篇故事的開頭，只有開頭，當
> 時她們喜歡用「楔子」這個詞：遠古時期是這樣的，人跟動物使用同
> 一種語言，鳥用植物為名、植物以昆蟲為名，而昆蟲就以星星為名。
> 至於星星是誰取名的就沒有人知道了。（頁236）

〈人如何學會語言〉的邊界意識、〈恆久受孕的雌性〉的原始思維、〈灰面鵟鷹、孟加拉虎以及七個少年〉的文學想像，均指向萬物共生相通的整體狀態而對照出當今人類的意識分化以及語言表達的局限。一般人總是以人作為目的和尺度建構對世界的認識，我們不相信有太初時間、神聖空間，因為人的量尺無法測知遠比自己浩大深廣的事物，除非，從命運裡體驗到「『傷心』它本身，比手語的『傷心』，或者說話的『傷心』都要來得大。」（頁69）才會從巨大的生命裂縫學習放掉原來緊緊把持的量尺。

面對語言表達的局限，小說藉由狄子之口道出對應的方法：「無法直說的事，為什麼不試著用暗藏的方式去表現呢？」（頁66）因此狄子從博物學家的自然誌找到靈感，「發明」了以詩性譬喻表現各種鳥聲的手語，像黑枕黃鸝是「水草／擺動／在溪流裡／緩緩的」，並且成立「深眼睛與雀斑的賞鳥會」，而在這支由「聽人」組成的當鳥隊伍裡，狄子與爸爸無聲地和解，與「小翠」（他以媽媽的名字稱呼「長睫毛」這個他愛上的女孩）相遇。誠如雷可夫（George Lakoff）＆詹森（Mark Johnson）在《我們賴以生存的譬喻》所說：「從體驗論角度看，譬喻是想像力的理性事件，容許通過一類經驗去理解另一類經驗，加上經驗自然範圍建構的格式塔而創造整體相合性。新譬喻能創造新理解，並因此而創造新真實。這在詩性譬喻的情形尤其明顯。」[24]詩性譬喻點醒我們放掉原來刻度有限的量尺，以開放的、活潑的心靈重新接近原先以為不可能的事物。這就是想像的力量，「想像一方面啟動中性化運作，把一般與事物的知覺關係放進括弧，使知覺與記憶超越設定的意識狀態，而直觀事物的本質，在這個直觀的本質上，依純粹的可能條件，給出各種自由變異；另一方面提供形構力，在知覺和記憶的延遲和差異變化中形構想像對象的具體形象（images）。通過形構（constitution），想像讓本質以多樣而非單一的例子呈現自身，本質在每一個單一現實經驗的例子呈現出來，但是以瞬間一瞥的方式出現，指向一個整體界域。」[25]

---

24 同註21，頁339。

25 關於想像的討論，參見鄭雪花：《非常的行旅——〈逍遙遊〉在變世情境中的詮釋景觀》（新北市：花木蘭文化出版社，2008年），頁54-55。

　　然則，想像的接受總是充滿差異，由想像力構成的詩性譬喻會不會因為出現「誤解」呢？會的，小說敘事藉由狄子的視點指出：「人類的祖先就是用手勢，再加上噫噫喔喔的初階語言，建立起在嚴酷大自然裡生存溝通的模式。深眼睛讀過一本關於演化的書，提到手指是人類擁有的美麗又珍貴的器官，人類的手指配合腕骨可以做出繁複細微的動作，是重要的演化關鍵。手指數數字時是屬於科學的、理性的，但也可以是情緒的、感性的。手勢因為稍縱即逝，也會和話語一樣，偶爾得再『說』一次。手勢比劃時的物理距離，也會出現誤解。」（頁63-64）如何看待「誤解」呢？〈人如何學會語言〉的末尾安排了這樣的情節：

> 深眼睛看四周無人，一如往常舉起手來，朝著小翠的方向「說」：水草在溪流裡緩緩擺動。……她放下望遠鏡時一臉驚喜，以為他真的看見黃鸝，興奮地用手語回了一句：「水草／擺動／溪流裡／緩緩的」，然後努力地將臉往前傾、抬眉，想讓深眼睛知道那是一個問句。水草在溪流裡緩緩擺動？深眼睛的手僵在空中，不是的，沒有黃鸝，他想這麼回她，但又不想這麼回。就在這一刻，一個黃色的身影從不知何處無聲地飛了出來，那是粉紅色的嘴啄，黑色的過眼線，鉛藍色的腳，那一身像太陽一樣的亮黃色飛羽，是一隻島嶼已經相當罕見的黑枕黃鸝，牠用紅色的虹膜轉動眼珠，先朝深眼睛所在的位置看了一下，又朝小翠的位置看了一下。牠擺動了幾次尾羽，清清楚楚地張開鳥啄用力鳴叫，那聲音連石頭都聽見了。然後牠展翅在空中畫了幾道波浪，消失在午後的森林裡。（頁72-74）

即使誤解也可能「創造」真實，美麗的錯誤有讓人低迴的詩性真實，關於關係的締結，關於愛。

　　除了詩性譬喻，故事也是另一種指向整體界域的表達方式，小說敘事本身說著故事，而故事裡有許多說故事的人，說著神話的故事尤其意蘊深遠而動人：

> 獵人會追蹤獵物的路，但獵人走過的路獵物會避開它，牠們會學習，你得用雲豹的心態思考⋯⋯。不過，沒有雲豹了，沒有雲豹自然就沒有雲豹的路。不可能有動物逃得過魯凱獵人的眼睛的，雲豹現在是故事了。死了才會變故事。我們魯凱族人常說這是一座祖靈之山，意思就是人變成故事了，變成故事以後，就成為山的一部分。（頁148）
> ama說，講故事不是給別人聽，是為自己好。因為在講故事的時候，你要把自己想成另一個人、一棵樹、一頭山豬，通過這個，你才會變成真的人。（頁150）
> 波希多想起那個滅頂之島。當他躍進水中的那一剎那，覺得身體不是在海水裡，而是在布滿離棄、難捨、愛戀與傷痛的乳汁中。他想起那些圍繞在「海底的山」旁巨大的鯨，以立姿睡眠彷彿墓碑，他以腳當耳朵，站在山尖時聽見了如此複雜的聲音——島的山記住了所有的故事，人、神以及水族的。人根本不知道，萬物皆有記憶。（頁204）

故事藉鮮明的意象擊潰我們熟知俗透的概念，事物以具體豐富之姿現身，我們對事物的認知因此是有血肉有溫度的，我們與事物的關係是互為主體性的。從神話掇拾的故事碎片，讓人逸離日常生活，在諦聽故事傳遞的消息裡，展開一段遺忘與記起的辯證歷程，直到那些被人自己擠出主體視野的他者（另一個人、一棵樹、一頭山豬、一隻雲豹、一頭巨鯨⋯⋯萬物，包含原來完整的自己）變成我或我們。意象以事物自身的金石聲，喚醒我們潛伏於宇宙意識的深沈感受，這就是神話故事所給出的真實。因此，原住民的神話故事被視為人類進入另一層次的演化的重要參照，羅斯特如此主張：「我們需要深入挖掘，找回自己的神話，並且從不在西方文化框架內的其他文化故事中，在生命之網中找到啟發。」[26]〈冰盾之森〉裡攀上樹冠層的敏敏，以

---

26 （英）米克・柯林斯（Mick Collins）、（英）威廉・休斯（William Hughes）、（英）安德魯・沙繆斯（Andrew Samuels）:〈全球危機中轉化的政治〉，（英）瑪麗-珍・羅斯特（Mary-Jayne Rust）、（英）尼可・托頓（Nick Totton）主編，黃小萍譯：《失靈的大地》（臺北市：心靈工坊文化事業公司，2015年），頁246。

及〈雲在兩千米〉追尋雲豹的關，都在魯凱族青年「小鐵」的引渡下走過創傷，重新做人，恰恰呼應了這樣的主張。

在《苦雨之地》之中，吳明益更運用類似電影鏡頭調度的手法，以視覺敘事帶出詩意想像，在大量的生態書寫裡，發揮著畫龍點睛的效果，例如〈黑夜、黑土與黑色的山〉長鏡頭定格般的最後的一幕：

> 月光將海邊的樹叢在海上投影成一道道的山影，黑色的山。那山上會有什麼樣的雨蟲在翻動著黑色的泥土呢？索菲發現自己對著山提問了。那白色的山，金色的山，黑色的山。（頁37）

索菲抵達朝聖之路的終點聖地牙哥，繼續走到歐洲人曾經以為世界最南的地方菲尼斯特雷，朝聖者其實明白自己的目的地不在此行的終點，綿延的遠方更有遠方。對著月光下海上的「黑色的山」，索菲的提問讓遠方來到當下……虛實相生所興發的詩意瞬間，使文本世界形成獨特的時間紋路，完全接納自己的索菲在自由的核心中停頓，不再盲目地跟隨外在的刺激起舞，向著黑色的山走去，不為尋根，為雨蟲。

又如，在〈冰盾之森〉裡，敏敏從樹冠層頂凌空俯視所見的景象：

> 一陣風吹來，在兩千五百米高山上的四十米巨樹頂端，隨風擺動時，就是暴風裡的一片孤舟，他們起了雞皮疙瘩。敏敏與小鐵不約而同關上頭燈，小鐵也伸手將阿賢頭上的那盞熄滅。黑夜裡森林底層的光線和樹冠層截然不同，敏敏抬起頭來，覺得自己迎向的彷彿是從海底抬頭所見的光。……有那麼一刻，敏敏覺得她能看到氣流的流動，能看到所有生命在這個高度下被風吹動所引發的環環相扣擺動，就像一場無止境，令人屏息的舞蹈。（頁120）

在《苦雨之地》寫作期間，吳明益為了小說學攀樹，體會到習於平地的人體離開十公尺時會本能釋放恐懼，敏敏學攀樹的過程於是寫得詳細紮實，場景

調度令植物專家為之嘆服。而樹冠層的這一幕，曾經因為原生家庭的傷害而自棄於電玩遊戲「冰盾之森」的敏敏遇見阿賢而得救，阿賢出意外成植物人之後，照顧得身心俱疲的敏敏求助於「重生」虛擬實境的意識情境治療法，在虛擬的極地瀕死經驗裡渴求重生，她的生命一直因虛無而漂泊，一直因依賴而更加孤獨，敏敏的生命型態不就影射著現代放逐自我於物欲的上癮者嗎？因著學習攀樹，克服恐懼，終於，她和小鐵帶著蜷曲在無意識狀態的阿賢來到樹冠層。從樹冠層上往下看見的光彷彿是與從海底所見的光，距離與度量概念消解了，敏敏看見大氣流行，看見所有生命隨風跳起充滿力和美的「迴盪」[27]之舞。

吳明益在後記〈萬事生降於哀戚但非死灰〉裡寫道：

> 寫作時有幾個聲音一直在我腦中反覆，比方說戈馬克・麥卡錫（Cormac McCarthy）的小說《長路》（The Road）。寫的是在地球劇變之後，一對父子在文明的廢墟裡獨行的故事，其中一段父親在兒子睡著時的低語像是安魂曲：「沒有待辦事項，每隔日子聽從自己的旨意；時間，時間裡沒有後來，現在就是後來。人們留懷心尖的恩寵、善美，俱源

---

27 此借用《空間詩學》裡提到的「迴盪」一詞來表達，「（迴盪）就好像一道泉源存在於一個封口的瓶子裡，它的聲波卻持續在這個瓶子的瓶身上造成迴響，讓瓶裡充滿了它們的聲響。或者更進一步說，就好像打獵的號角聲，以其回音在四處迴盪，讓最小、最纖細的葉子和苔蘚都會在日常的動作中發抖，進而改變了整個森林，使森林鼓脹至極限，成為一個共振、響亮的世界……毋需任何器具、任何物理條件，這世界將滿溢到處穿透的深沈聲波，它們雖然沒有響亮的字面上那種感官意義，卻也因為如此，這些聲波的和諧度、共鳴度和旋律性都不低，足以敲響生命的整個基調。而藉由接觸到這些聲波，這些同時響亮和沈默的聲波，這個生命本身也會轟動，直透其存在最刻骨銘心的深處……在此，『滿溢』和『充實』的意義完全不同。並不是某個物質的東西貫注在另一種東西裡面，好像完全擁抱另一種東西強加給它的形狀。不！而是響亮生命本身的動力，透過它的運動，它襲捲、吸納了自己在路上所發現的一切，貫注給空間的切片，或更恰當地說是貫注給它自己認定的世界的切片，並使之轟動，向此世界散發出它自己的生命。」參見（法）加斯東・巴舍拉（Gaston Bachelard）著，龔卓軍、王靜慧譯：《空間詩學》（臺北市：張老師文化事業公司，2003年），頁60-61。

出痛楚；萬事生降於哀戚與死灰。」（頁250-251）

這個「物哀」[28]的基調在各個短篇裡與人物生命的主旋律交纏，小說以湮滅的極限情境呈現生命泡沫般的虛無，而以詩性譬喻、故事、神話、視覺敘事等交織的情節布局層層推進之後，終以詩意想像的迴盪啟發宇宙意識的覺醒，打開生態之眼，置身生命之網，我成為一個「真正的人」，也才能想像從你的眼睛看出去的世界是什麼樣子，體貼你的感覺，我和你成為我們。這是一種「詩性倫理」[29]的召喚，召喚同情共感，在深層的美感經驗及深層的生態觀裡邁向另一層次的精神演化。因此，漫漫長路上，「我還有你」，即使萬物依然生降於哀戚，但非死灰。

---

28 此借用大西克禮所使用的「物哀」一詞，他對「物哀」的解釋如下：「馬克斯・舍勒（Max Scheler）在解釋悲劇美的『融解』的原因時曾指出，悲劇性的哀傷在於這個世界的『存在關聯』，因此悲劇性的價值否定，也就是所謂的『困境』（catastrophe）已經超越了個人的意志。意識到這一點時，我們的心靈便得到一種慰藉，這種形而上的傾向無疑是存在我們內心的。以這種心態來觀察世界，就會感到人生與自然的深處，隱藏著巨大『虛無』的形而上的「深淵」（Abgrund），人類所有的悲哀、哀苦、喜悅、歡樂最終都會被吸入，不過漂浮在『生命』之流的泡沫而已。」參見（日）大西克禮著，王向遠譯：《物哀》（新北市：不二家出版社，2018年），頁130。

29 詩性倫理相對於主流倫理學的「理性優位」，強調人的本質是動物，而非理性，理性只是諸多能力之一，尋求能夠真正關懷他人處境的「切身之感」，比精心論證來得更直接、更根本，而文學想像對於召喚同情共感的詩性倫理尤有助益。「真正的人」是瑪莎・納思邦（Martha C. Nussbaum）詩性倫理觀的核心概念：「我們通常為什麼會把對方看作人呢？其實都是透過想像力。人性不會自然在陌生人面前展示。沒有任何一位社會成員會在面前舉一塊牌子，說他是一個確定的人（而不是一隻討人厭的蟲子或是一件廢棄物）。當我們看著眼前的這個人形，我們也還是可以決定要把這個形體當作和我們完全一樣的人，或是一個非人的東西。除非我們願意想像一下從那個人的眼裡看出去的世界是什麼樣子，否則，其實我們並沒有把另一個人當作人，而是看作什麼東西。」（美）瑪莎・納思邦（Martha C. Nussbaum）著，堯嘉寧譯：《從噁心到同理》（臺北市：麥田出版社，2019年），頁28-29。

五 結語

　　本文豁顯了《苦雨之地》在視覺藝術、生命科學等不同領域以殊異性事件現身的意義，並從「後自然」的思考脈絡揭示《苦雨之地》跨越自然書寫定義疆界以及重回博物學行列的創作意圖，進而探析作為各短篇共同事件的「雲端裂縫」所反映的作者對於當代資訊科技的理解及轉喻，指出「裂縫」所涵有的三層意蘊——危機的所在、轉機的可能以及演化的預示，最後闡釋小說以詩性譬喻、神話故事、詩意想像的視覺敘事等表達，跨越語言與深層意識、物自身之間的裂縫，並召喚了同情共感的詩性倫理。

　　依據以上探索和闡釋，本文認為《苦雨之地》所提供的啟發至少有下列幾點：

　　其一、跨域書寫對活化文學語言的重要性及挑戰——跨域（跨學科）書寫能夠反映當代知識的豐富多彩，活化文學語言，不過，在維護小說文學價值的前提下，考驗著作者的想像力，在視域融合[30]的深度閱讀上，考驗讀者的知識跨度。其二、想像力敘事對於自然書寫的重要性及作用——以想像力敘事建構的自然書寫，不僅在文體意義上擴大自然書寫的疆界，更能彰顯生態網絡的整體性，呼應了深層生態學與生態心理學的觀點。其三、小說敘事對於詩性倫理建構的作用——小說敘事作為開放性文本不是提供倫理的決斷，而是以他者的情感與故事，通過想像的力量激發同情的理解，這是面向

---

30 小說的誕生來自作者，小說的存在仰賴的是讀者。文學本是多義性的，理解詮釋也不必模式化，閱讀活動是一場詮釋學式的相遇，一個「視域融合」的過程，理解是讀者不斷對閱讀內容的意義主動提問—回答，透過對於時間、文化、語言差距的克服，不斷產生出新的理解，突破自身受限的視野形成新的視域。視域融合是永無止境的過程，在意義的擴展與深化上，彼此相涉、呼應、通解，文本成為一個多重映射、交響旁通的語言空間。這樣的理解是否導致相對主義？全面的、完整的理解不可能，也不必要，重要的是讀者通過這一場相遇，返照自我，甚至因而改變自己與世界的關係。生命有標準答案嗎？如果有，那其中之一就是人不該是單向度的人。理解自我的立體生命，才能開展全人的多元發展，理解不同的命運，我們才能學會真正的同情。文學的閱讀既是「視域融合」的過程，閱讀的深度乃取決於讀者的素養。

他者的倫理召喚，也是關係存有學的基石。

　　最後，星叢一般的《苦雨之地》無疑是一部具有拓荒意義的小說，本文所管窺的如弱水一瓢，而這一瓢之中也還有許多吸引著注意卻力有未逮者，例如挑戰著認識論、真理觀與存有論的「重生」、「虛構森林」（VR、MR虛擬或混合實境）以及「仿生魚」（仿生科技）等，這些都不再是科幻電影的素材而已，「人類世」[31]的反思方興未艾，而「後人類」[32]的顯題接踵而來，面對種種科技變化，人如何活得像人？小說敘事的想像力和洞察力抵達何處，都是耐人尋味的問題。

---

31 「人類世」（anthropocene）這個概念指人類活動影響地球大氣、海洋和野生物甚鉅，已使地球進入新的地質年代。人類最明顯的地質足跡是一九五〇至一九六〇年代核子武器試驗留下的同位素，有學者主張將其定義為人類世的開始。由諾貝爾獎得主、荷蘭大氣化學家Paul Crutzen於二〇〇〇年所提出，最早成立人類世工作小組的劍橋大學地質學家Phil Gibbard教授認為應把人類世視為文化概念，像是象徵石器時代結束的新石器時代，而不是地質年代。

32 「後人類」（posthuman）最早出現於（美）布魯斯・斯特林（Bruce Sterling）的一九八五年小說，結合了自動控制機器與生物有機體的賽柏格（cyborg），人機合體人、電子人、機械化人、改造人、生化人等等，指任何混合了有機體與電子機器的生物。

參考文獻

吳明益　《浮光》（*Above Flame*）　臺北市　新經典圖文傳播公司　2014年

吳明益　《苦雨之地》（*The Land of Little Rain*）　臺北市　新經典圖文傳播公司　2019年

吳明益　〈為了小說〉　Openbook網站　https://www.openbook.org.tw/article/p-34426　發布日期　2019年1月29日

吳海音　〈我們的未來裡有沒有雲豹？〉　Openbook網站　https://www. openbook. org.tw/article/p-34219　發布日期　2019年1月28日

林怡秀　〈沉默之聲：關於我的自然書寫〉　BIOS monthly網站　http://www.biosmonthly.com/columnist_topic/9847　發布日期　2018年12月25日

黃宗潔　〈那些雲端鑰匙也無法開啟之境──吳明益《苦雨之地》〉　《鏡週刊》網站　https://www.mirrormedia.mg/story/20180124cul001/ 發布日期　2019年1月25日

張玉音　〈用藝術的筆，寫下科學的眼：吳明益談文學創作的倖存背後〉　Artouch網站　https://artouch.com/people/content-10953.html　發布日期　2019年3月6日

張睿銓　〈《苦雨之地》、創作與神性〉　臺灣教會公報網站　https://tcnn.org.tw/archives/53617　發布日期　2019年5月14日

董景生　〈感受冠層流動的風與陽光〉　Openbook網站　https://www.openbook. org.tw/article/p-34230　發布日期　2019年1月28日

潘震澤　〈生老病死原是生物的宿命〉　Openbook網站　https://www.openbook. org.tw/article/p-33644　發布日期　2019年1月28日

鄭雪花　《非常的行旅──〈逍遙遊〉在變世情境中的詮釋景觀》　新北市　花木蘭文化出版社　2008年

（日）大江健三郎（おおえ　けんざぶろう, OE Kenzaburo）著　王成譯　《小說的方法》（Shosetsu no hoho〔*The Method of a Novel*〕）　臺北市　麥田出版社　2008年

（日）大西克禮著　王向遠譯　《物哀》（物の哀れ，*Mono no aware*）　新
　　　北市　不二家出版社　2018年

（法）加斯東・巴舍拉（Gaston Bachelard）著　龔卓軍、王靜慧譯　《空
　　　間詩學》（*The Poetic of Space*）　臺北市　張老師文化事業公司
　　　2003年

（美）雷可夫（George Lakoff）、詹森（Mark Johnson）著　周世箴譯註
　　　《我們賴以生存的譬喻》（*Metaphors We Live By*）　臺北市　聯經
　　　出版事業公司　2006年

（美）比雅瑞爾（Luis P. Villarreal）著　涂可欣譯　〈病毒不是活的嗎？〉
　　　（*Are Viruses Alive?*）
　　　原文網址　https://www.scientificamerican.com/article/are-viruses-alive-
　　　2004/　發布日期　2008年8月8日　Editor's Note: This story was
　　　originally published in the December 2004 issue of Scientific American.
　　　譯文網址　http://sa.ylib.com/MagArticle.aspx?Unit=featurearticles&id=
　　　607　發布日期　發布日期　2004年12月31日

（英）瑪麗-珍・羅斯特（Mary-Jayne Rust）、尼可・托頓（Nick Totton）主編
　　　黃小萍譯　《失靈的大地》（*Vital Signs: Psychological Responses to
　　　Ecological Crisis*）　臺北市　心靈工坊文化事業公司　2015年

（美）瑪莎、納思邦（Martha C. Nussbaum）著　堯嘉寧譯　《從噁心到同
　　　理》（*From Disgust to Humanity: Sexual Orientation and Constitutional
　　　Law*）　臺北市　麥田出版社　2019年

（德）狄奧多・阿多諾（Theodor Ludwig Wiesengrund Adorno）著　王柯平
　　　譯　《美學理論》（*Asthetische Theorie*）　成都市　四川人民出版
　　　社　2001年

唐君毅性善論型態辨析[*]

蕭振聲[**]

摘要

　　一般地說，「人性本善」可被視為當代新儒家人性論的招牌。唐君毅先生作為當代新儒家的代表人物，其人性論被界劃為人性本善論似乎是理所當然之事。唯應注意者，唐先生雖上承孟子而倡言性善論，但他對性善論的鋪陳，最常使用的表達方式是「人性善」、「人性是善」、「人性為善」、「至善本性」、「至善之性」等，而罕言「人性本善」一語。可見這或非巧合。用此觀之，唐先生的性善論是否適合用「本善」一詞來界定，實不乏思索、探究的空間。職是之故，拙文試對宋明儒及當代學者有關「人性本善」之說明，剖析、整理「人性本善」此一人性論立場的幾項義理特色，冀循此為唐先生性善論之型態歸趨提供若干判斷的線索。

關鍵詞：唐君毅、性善論、當代新儒家

---

* 拙文為筆者一〇七年度科技部專題研究計畫「唐君毅先生的性善論──以『基本結構』和『型態歸趨』為核心的探討」（107-2410-H-005-044-）之部分研究成果。在此感謝科技部提供經費補助，使相關研究得以順利完成。又，拙文初稿曾發表於國立屏東大學中國語文學系主辦的「第八屆近現代中國語文國際學術研討會」（2019年12月6日）。蒙國立高雄師範大學國文學系姜龍翔教授擔任特約講評，惠賜寶貴意見，獲益良多，謹致謝意。
** 國立中興大學中國文學系副教授。

一 前言

　　一般地說，「人性本善」可被視為當代新儒家人性論的招牌。唐君毅先生作為當代新儒家的代表人物，其人性論被界劃為人性本善論似乎是理所當然的。例如劉國強[1]、葉海煙[2]、黃慧英[3]、張祥浩[4]、劉振維[5]諸先生均有相關提法。值得關注的是，唐先生雖上承孟子而倡性善論，但他在「性善」之外，最常使用的表達方式是「人性善」、「人性是善」、「人性為善」、「至善本性」、「至善之性」等，而罕言「人性本善」一語。[6]可見這或非巧合。由這狀況看來，唐先生的性善論是否適合用「本善」來界定，實不乏思索、探究的空間。職是之故，拙文試對宋明儒及當代學者有關「人性本善」之說明，剖析、整理「人性本善」此一人性論立場的幾項義理特色，冀循此為唐先生性善論之型態歸趨提供若干判斷的線索。

1　劉國強：〈儒家人性本善論今釋──紀念當代大儒唐君毅先生逝世十周年〉，《鵝湖月刊》第14卷第5期（1988年11月），頁12。

2　葉海煙：〈唐君毅的道德之學與生命之學〉，《揭諦》第33期（2017年7月），頁208。

3　黃慧英：《從人道到天道：儒家倫理與當代新儒家》（新北市：鵝湖出版社，2013年），頁49。

4　張祥浩：《唐君毅思想研究》（天津市：天津人民出版社，1994年），頁82。

5　劉振維：〈從「性善」到「道德心」──論當代儒學對人性概念的探討〉，《哲學與文化》第36卷第8期（2009年8月），頁111。

6　在唐先生的論述中，「人性本善」一語似乎只有一例，這見於唐先生對孟子以「過顙在山」說明惡之來源的詮釋：「水性本就下，然而他可以遇阻礙而不就下。人性本善但可遇不適宜外物之環境而不善。」參看唐君毅：〈孟子性善論新釋〉，《哲學論集》（臺北市：臺灣學生書局，1990年），頁131。按：唐先生此處雖使用了「人性本善」一語，但其「本」字似乎只是作副詞用，僅表「原來」之意，即相對於人在後天環境中受外在刺激影響而生之「不善」而言人性狀態「原來」並非如此。然而在哲學層面或人性論脈絡的「人性本善」，「本」字應更具有本體或主體性的意義。經此對照，唐先生雖然在此使用了「人性本善」這樣的句子，但其所表達的概念（concept）卻未必與人性本善論相吻合。由這角度看，這裡的「人性本善」並不能充分證成唐先生持人性本善的立場。

二　人性本善論的三項義理特色

　　將孟子的「性善」視同「人性本善」是頗流行於學界的理解方式。但要注意的是，孟子的用語是「性善」，他從未在字面上主張「人性本善」。以「本善」詮釋孟子「性」與「善」之關係，並由此建構人性本善論，主要見於宋明學者[7]及當代新儒家的研究工作。例如二程、張載等均以「天地之性」、「天命之性」或「義理之性」為純善無惡，朱熹以性為「渾然至善」，象山明言「人性本善」，陽明則以為心性本體是「無善無惡」，而「無善無惡」即是「至善」。這些主張人性之善在品質上圓滿無缺，以為一切不善皆後天逐物所致的提法，均可用「人性本善」一語來概括。牟宗三先生是當代人性本善論的代表人物，但牟先生和唐先生一樣，在其多部鉅著中其實是罕言「本善」二字。唯牟先生主張人性或「性體心體」[8]作為「內在的道德性」[9]或「道德性當身」，[10]乃是充分充足的良知良能，[11]是「定然的善」[12]，又依康德義而將人性解作「絕對善的意志」[13]，復謂人之惡只是對動物性之

7　根據劉振維先生的研究，孟子的「性善」和宋明理學家的「性本善」並不是相同的概念。他認為孟子的「心」隱動多變、方向不確，實有待人多作道德的努力，故其性善論重「實踐義」，而不如宋明理學家依「本體義」將仁義禮智視為先天內具的德性，而為「人性本善論」。參看劉振維：〈從「性善」到「性本善」——一個儒學核心概念轉化之探討〉，《東華人文學報》第7期（2005年7月），頁85-122。按：就拙文的立場，不一定要接納劉先生有關「孟子的『性善』並非『人性本善』」的論斷，但劉先生主張宋明理學家尤其是朱熹言「人性本善」較為具體，並以為「人性本善」這一提法的出現有一條立足於〈中庸〉、受佛教「佛性」觀念影響、吸收道家莊子的人性圓滿觀念的思想史線索，其說詳實具備，值得參考。

8　牟宗三：《心體與性體》（上海市：上海古籍出版社，2007年），上冊，頁153。

9　牟宗三：《心體與性體》，上冊，頁105。

10　牟宗三：《才性與玄理》（臺北市：臺灣學生書局，1993年），頁9。

11　牟宗三：《圓善論》（臺北市：臺灣學生書局，1985年），頁24。

12　牟宗三：《才性與玄理》，頁8。

13　牟宗三主講、盧雪崑整理：〈《孟子》講演錄〉（二），《鵝湖月刊》第30卷第1期（2004年7月），頁13-14。

不加節制而有，[14]或不依良知之天理行而然。[15]凡此諸說，在義理上全是以本善言人性的路數。其他如蔡仁厚[16]、楊祖漢[17]、李明輝[18]諸先生在談論性善論相關問題時依牟先生之立場而明言「人性本善」，皆可作為牟先生抱持人性本善論的有力佐證。

歸納上述所論，人性本善論首先表現了兩項特色：第一項特色是以道德性規定人性。所謂以道德性規定人性，這裡主要是指善乃是人性實現其自身之基本方向。由於這一基本方向不是來自外力的導引，而是出自人性自身的自我命令，故人性自身便也可以說是善的。觀乎宋明儒以「天命」、「義理」、「良知」言人性，以及牟先生以「內在道德」言人性，都表達了以善為人性基本方向的立場。

順第一項特色，而有第二個特色：人性不僅是一道德性，且其道德性在品質上是圓滿具足的。所謂「人性具有圓滿的道德品質」，意思是人性不待道德工夫的增益，相反，人性正是道德工夫所以可能的依據。此外，主張人性在道德上圓滿，也可被理解為人性本身就是道德判斷的定儀，事態或事相上的善惡與否，必須依據作為定儀的人性來作審斷。依此，以人性在道德上圓滿，就是以人性之善為一超越善惡對待的道德座標之謂。宋明儒以天命之性、天地之性、義理之性為「純善」、「至善」，牟先生以本心仁體為「定善」、「絕對善」，正足代表人性本善論的第二項特色。

由前兩項特色，便引申出人性本善論的第三項特色：由於人性作為道德性是圓滿具足的，因此，道德工夫──宋明儒者和當代新儒家主要集中在「擴充」工夫──並不是使善性由未圓滿發展至圓滿的過程，而是使圓滿的

---

14 牟宗三主講、盧雪崑整理：〈《孟子》講演錄〉（一），《鵝湖月刊》第29卷第11期（2004年5月），頁12。

15 牟宗三：《圓善論》，頁79。

16 蔡仁厚：《儒家心性之學論要》（臺北市：文津出版社，1990年），頁55。

17 楊祖漢：《當代儒學思辨錄》（臺北市：鵝湖出版社，1998年），頁112。

18 李明輝：《康德倫理學與孟子道德思考之重建》（臺北市：中央研究院中國文哲研究所，1994年），頁111-112。

善性在儀容動作上和人倫互動間呈現或實踐出來的過程。這一意義的「擴充」，朱子以「推廣充滿，隨處發見」[19]注之，蔡仁厚先生以「隨處流露」[20]稱之，李明輝先生以「呈露」、「朗現」[21]釋之，楊祖漢先生亦謂之曰「努力求實現」[22]。牟先生也主張孟子存養擴充、盡心知性的工夫是「自覺地求實現」的過程。[23]由於善性本來圓滿，無待形塑添加，因此道德工夫落在善性自身的「呈現」和「具體化」上，而非外力對它的「蓄養」和「完善化」上，也屬人性本善論的特色之一。

三　唐君毅性善論的「本善」型態

要審斷唐君毅先生是否主張「人性本善」，得先對其性善論作一基本了解。簡言之，唐先生的性善論至少由三個環節構成──人性之判準、人性純善無惡、惡之必要性。藉由這三個環節和人性本善論三項特色的對較比照，或可為唐先生性善論的型態歸趨提供一些判斷的線索。

首先是人性之判準。唐先生的性善論是以道德性坐實人性，因而與人性本善論的第一項特色相符。例如唐先生接受中國先哲之通見，「由人之內在的理想之如何實踐，與如何實現」[24]以論人性。這裡所謂「理想」，主要是就「道德理想」而言。[25]由於唐先生主張凡人性皆內含此道德理想，此即涵蘊吾人生命該努力的方向，並非逐外可致，而應是反省內求者。在這意義上，我們可以說，唐先生乃是以道德理想作為人性實現其自身之基本方向。

19 （宋）朱熹：《四書章句集注》（臺北市：大安出版社，1996年），頁330。

20 蔡仁厚：《孔孟荀哲學》（臺北市：臺灣學生書局，1984年），頁254。

21 李明輝：《康德倫理學與孟子道德思考之重建》，頁114。

22 王邦雄、曾昭旭、楊祖漢等：《孟子義理疏解》（臺北市：鵝湖出版社，1989年），頁70。

23 牟宗三：《中國哲學的特質》（臺北市：臺灣學生書局，1994年），頁99-101。

24 唐君毅：《中國哲學原論·原性篇：中國哲學中人性思想之發展》（臺北市：臺灣學生書局，1989年），頁22。

25 唐君毅：《哲學概論》（臺北市：臺灣學生書局，1978年），下冊，頁551。

當然，唐先生以道德性規定人性之立場，雖符合人性本善論第一項特色，但不必然就屬於人性本善論。因為若此道德性質地不足，或有待完成，便有違人性本善論其他要件，而衝擊其「本善」的資格。因此，唐先生藉道德性坐實人性，充其量只是滿足了人性本善論其中一項必要條件。唐先生的性善論是否屬於「本善」型態，仍需取決於其對人性本善論另外兩項特色的立場態度。

其次是人性全善無惡之質地。就人性之全善而言，唐先生主要從三個角度提出說明。首先是事實性的角度：唐先生指出，人類生來即有求真美善之心，求善之心本身固是善，即求真、求美之心亦未嘗不屬於善。蓋「求真等之使我們破除未知真理時心靈之闇蔽，超越愚癡之限制等而言，則含善之意義」[26]，並且「美的本質在和諧」、「我們之想像，……要去構成美的想像，而不願構成醜惡」[27]，因而求美亦可謂與求善相通，而由此可看出人性根本是善的。[28]其次是常識性的角度，即訴諸大部分人均抱有人性是善的信念，而佐證人性是善。如唐先生指出：「就常識而言，……人無論如何犯罪過，……在他人之前，亦將掩飾其罪過，不使人見之；如人見之，人皆知羞恥。此羞恥心之為一切人所具有，即證明人無不知善惡之辨，人之無不有良心。……即仍須承認人有良心，及其生性之良善。」[29]最後是功能性的角度，此即藉由善性發揮了推動人類各種道德活動的實際功能，以證明人性是善。唐先生曾以法律與社會道德為例闡釋此見：「法律與社會道德標準之所以能立，由人之良心使之立。……如果人之生性，根本為樂於犯罪者，則此一切社會之道德標準與法律，則皆不能成立；……今既不然，故知人之生性在根本上為善的。」[30]

同時，唐先生對於「惡」亦有良好的安置：一方面，唐先生發現恆被認

---

26 唐君毅：《道德自我之建立》（臺北市：臺灣學生書局，1985年），頁34。

27 唐君毅：《心物與人生》（臺北市：臺灣學生書局，1984年），頁176-177。

28 唐君毅：《道德自我之建立》，頁152-153。

29 唐君毅：《哲學概論》，下冊，頁1130。

30 唐君毅：《哲學概論》，下冊，頁1130-1131。

為屬於惡性的飲食男女之欲，可隸屬於人之心性而為善，且其本身亦可被視為一「自然之善」或「工具之善」。[31]另一方面，唐先生發現人之惡情惡行，只是人之善性受物質性所限而扭曲而成的「習」（習性），[32]這是「一念陷溺」的結果，[33]是善性的變態，[34]而非人性當身。合言之，唐先生的性善論，乃是以人性在質地上屬全善而無惡者。

此一以人性為全善之論旨，正通於人性具有圓滿道德品質一義。舉例說，唐先生以為「人性通於天道天理與一切善之源之至善」[35]，謂至善之本性為一切善行德行之所從出，此即以前者為後者之所以可能之依據也。故唐先生又謂正是由於人性根本是善的，如此方有同情、節欲、自尊、尊人、自信、信人等善的活動。[36]此外，唐先生又稱人無不有知善惡之辨的良心，[37]復認為道德自我能善善惡不善，而為一絕對善，[38]此即是以人之本善之性為衡量事相上之相對善惡之定儀也。

而就惡之必要性而言，唐先生主要是針對善性對惡的「自覺」立說。案善性一開始是不自覺的以所從事的活動為善或理想之實現，但由於善性在此階段受限於物質性，故常發生種種惡之情事，而正是「惡」的出現迫顯出善性必須對惡加以清除以呈現其自身之自覺。善性此一由「不自覺」到「自覺」的過渡，並不可視為道德品質由低至高的逐步提升的過程，而純是善性由混沌潛藏至清明顯露的過程。用李明輝先生的話來說，唐先生言善性之「不自覺」，乃是善性未經反省的「隱默面向」[39]。而正由於它是隱默的，

---

31 唐君毅：《中國文化之精神價值》（香港：正中書局，1977年），頁111。

32 唐君毅：《中國文化之精神價值》，頁113。

33 唐君毅：《道德自我之建立》，頁155。

34 唐君毅：《道德自我之建立》，頁35。

35 唐君毅：《中國哲學原論・原性篇：中國哲學中人性思想之發展》，頁527。

36 唐君毅：《道德自我之建立》，頁152-153。

37 唐君毅：《哲學概論》，下冊，頁1130。

38 唐君毅：《文化意識與道德理性》（臺北市：臺灣學生書局，1986年），頁531。

39 有關善性的隱默面向或所謂「隱默之知」討論，詳參李明輝：〈先秦儒學中的隱默之知〉、〈孟子道德思想中的隱默之知〉，《康德倫理學與孟子道德思考之重建》，頁71-80、81-92。

尚未顯發引導功能，因此擴充工夫只在喚醒善性，使之翻轉為自覺狀態，並在適當機緣中自然顯發。要注意的是，處於不自覺或隱默狀態中的善性在道德品質上必須是具足的，否則便如同李明輝先生所說，「謂工夫以此良知為本源。但這就不能含有『未完足』之義，因為若作為工夫底依據的良知並非具足，工夫勢必要落空」[40]。易言之，唐先生以「不自覺」和「自覺」這一對概念言善性，正是由於他認為善性只有量上的「呈現」問題而無質上的「培育」問題。而量上的呈現問題，正預設了善性必須或必定是圓滿的。是則唐先生也是扣住人性本善論之「擴充」義來坐實其自覺工夫之本質也。

四　對他說的檢討

據前文的論述，唐先生人性論的三個環節——人性之判準、人性純善無惡、惡之必要性，實可分別切合人性本善論「以道德性為人性」、「道德性本然具足」、「以擴充為呈現」三項論旨。經由這一比對的工作，唐先生的性善論可進一步規定為人性本善論。本節則針對若干他說作檢討，以反顯唐先生人性論之「本善」型態。討論將集中在吳啟超先生的「非本然具足」說及唐先生自謂的「性可以為善」說。

（一）吳啟超先生的「非本然具足」說

吳先生嘗比較唐牟二先生對「端」及「擴充」的詮釋，並宣稱二先生人性論有實質性的差異。他認為牟先生將「端」解作「端倪」、「端緒」涵蘊了仁義禮智是本然具足之人性，這樣四端之心乃是作為仁義禮智之全體對應某一特殊事機而顯之端緒或局限相。相對於此一理解下的人性，「擴充」便是使善性無間斷地在每一時每一地皆能呈現，而無復潛隱的意思。[41]反之，吳

40　李明輝：《康德倫理學與孟子道德思考之重建》，頁114。

41　吳啟超：〈當代新儒家與英語哲學界對孟子之「擴充」及「端」的詮釋——以牟宗三、唐君毅與黃百銳、信廣來為例〉，《鵝湖學誌》第52期（2014年6月），頁84-86。

先生指出唐先生把「端」理解為仁義禮智四德之「端始本原」，故四端作為人性不足以稱為「仁義禮智之全德」。相對於此一理解下的人性，「擴充」便是一種品質上的完成過程——由未全之德到全德。[42]吳先生總結謂：

> 上述唐、牟的分歧，可能出於對「仁義禮智」之不同定性：倘將「仁義禮智」理解為「德」——修養的結果、非本然具足，則通往唐氏之「擴充」義；倘將「仁義禮智」理解為「性」——本然具足、無待後天完成，則通往牟氏之「擴充」義。[43]

吳先生對唐牟二先生的人性思想之梳理非常清晰細緻，稱得上一針見血。依其說，二先生的性善論似分屬不同的型態——牟先生的人性在道德品質上屬本然具足者，故擴充工夫見於使善性「呈現」，符合前述的「人性本善論」；唐先生的人性則是「未全之德」，故擴充工夫在於「由未完成至完成」。倘吳先生之說為是，則唐先生的人性論，便近於楊祖漢先生所說的「人性可以為善」之型態。案「人性可以為善」之說見於楊先生對勞思光先生的批評。勞先生詮釋孟子人性論時如是說：

> 人之惻隱、羞惡、辭讓、是非之自覺，皆為當前自覺生活中隨時顯現者，亦皆為價值自覺；……此種價值自覺，通過各種形式之表現，即成為各種德性之根源。自另一面言之，人由於對當前自覺之反省，發現此中所含各種德性之種子，即可肯定人之自覺心本有成就此各種德性之能力。就所顯現之自覺講，只為一點微光，故說為「端」、「端」即始點之意。[44]

---

42 吳啟超：〈當代新儒家與英語哲學界對孟子之「擴充」及「端」的詮釋——以牟宗三、唐君毅與黃百銳、信廣來為例〉，頁87-88。

43 吳啟超：〈當代新儒家與英語哲學界對孟子之「擴充」及「端」的詮釋——以牟宗三、唐君毅與黃百銳、信廣來為例〉，頁90。

44 勞思光：《中國哲學史》（香港：崇基書局，1980年），卷一，頁98。

勞先生以「種子」譬況孟子的四端之心：一如種子必經一番灌溉、培養的過程方能長成大樹，人的四端之心亦必經教育或學習的階段才可成就德性。在這個譬喻中，雖然大樹之長成不能沒有種子，但種子不等同於大樹；同樣地，德性之成就不能沒有四端之心，但四端不等同於德性。據此，人性若可稱「善」，則此「善」只可看作是德的開端，而不能看作是德本身、或德的全部、或德的現實表現形式。要之，人性之「善」相對於「德」之全幅朗現來說是「不完全」的。

楊祖漢先生對勞先生此說提出批評：

> 按以對道德價值的自覺心，來規定孟子所說「性善」之性，當然是對的。……但孟子是以此心即是仁義禮智，此即是性，故曰性善。他是以此能無條件地為善之心為性，以此為善，而不是如勞先生所說，此自覺心具有為善的種子，要自覺努力，才能使德性圓滿開展。依勞先生意，此自覺心是為善之始點，若是如此，則須待充盡之而達德性圓滿之境，方是真正的善。即並不是以各種德性（仁義禮智）是本有的，人所有的是為善的可能性。若是如此，則嚴格說，並不可以說人性本善，而是人性可以為善。……而勞先生所說的人人有其為善的種子，而德性有待完成，這並非孟子的性善義，因若如此說，為善及成聖都無保證。孟子道性善，便是要肯定為善成聖是必然保證，故曰「求則得之」，……若人所有的只是為善的種子，而非德性本身，則「求則得之」是不可說的，雖說之亦無保證。[45]

在楊先生看來，勞先生不以四端為善，而只以四端為「為善的始點」或「為善的種子」，連帶其擴充工夫也只能落在由「有待完成」至「完成」之過程上說，這種人性論只得判作「人性可以為善」而非「人性本善」。可以見得，吳先生對唐先生人性論的理解，正屬勞先生的路數。故從楊先生的標準

---

45 楊祖漢：《當代儒學思辨錄》，頁112-114。

看，唐先生性善論之型態，似不得歸入「人性本善」之列。

然而，我們或可對唐先生的相關論述作出與吳先生不一樣的解讀，以佐證唐先生的性善論未嘗不合「本善」型態。案吳先生認為唐先生以仁義禮智為未完成之德，主要見於唐先生論孟子的兩段文字：

> 此四端之心，可說為人之仁義禮智之四德之端始，然尚不足稱為仁義禮智之全德。……如人之見孺子將入井，而不安、不忍，動一惻隱之心，此時人固可尚未有往救孺子之行為。然此不安、不忍，已是往救孺子之行為之開始，亦是救孺子之事功之開始，而為仁之端。[46]
>
> 孟子之言人之心性之表現，初只是人與禽獸不同之幾希之四端。然順此端始本原，而存養之、擴充之，則其所成之仁義禮智之德之用，而是無窮無盡。[47]

吳先生以為「四端不足稱為仁義禮智之全德」意味著四端「在品質上未完成」。但就文意看，唐先生所謂「不足稱全德」也可理解為「未見於行為或事功」。四端未見於事功，不表示四端本身是不圓滿的。竊意唐先生「全德」的「全」字不是「品質上完全、圓滿」之意，而是「全面呈現、涵蓋內（本性）外（事功）」之謂。根據這一理解，唐先生說四端不足稱全德，意思是四端只是就本性層面而言，而仁義禮智之德則是就四端見於事功層面立論。依此，說四端不足謂全德，並不是說四端在道德品質上低於四德，而只是表達「四端在內而四德兼涵內外」之義而已。這層意思與人性本善論是相容的，蓋圓滿的善性經由擴充（呈現）而見諸特殊之事機，即為發生於時空中的道德踐履，這時我們當然也可說善性是就內在言，而道德踐履則是兼涵內外言，但善性之為內在並不表示它是「未完成的」。事實上，我們必須留

---

46 唐君毅：〈中國哲學中「道」之建立及其發展〉，《中國哲學原論·原道篇》，卷一，頁221。

47 唐君毅：〈中國哲學中「道」之建立及其發展〉，《中國哲學原論·原道篇》，卷一，頁223。

意第二段引文有關四端可成就「仁義禮智之德之用」的「用」字。「用」是相對於「本」或「體」而言。說仁義禮智之德是用，是預設了四端之心是本、是體。根據中國哲學的體用範疇，「用」是本體之「顯」，即呈現、實現之謂。依此，當唐先生說順四端擴充則成仁義禮智之德之用時，其所謂「擴充」正是指四端之本體「顯」（呈現）為四德之用。這一有別於吳先生的理解，佐證了唐先生的四端可被理解為具足的善本體，而其見之於外，便是仁義禮智諸德之流行。在此，唐先生並沒有以仁義禮智之發用可提高四端的品質的意思。此可見唐先生的立場頗合於人性本善論之三項特色。唐、牟二先生的分歧，或許不在唐先生的「善性」有別於牟先生意義的「本善之性」，而在於牟先生是以仁義禮智為體（性）及以四端為用（種種局限相），反之唐先生卻是以四端為體（性），而以仁義禮智之德為事功之發用。但這種字詞用法或概念理解的差異只是表層性的，究實言之，二先生俱是以人性的道德品質圓滿無缺，並以擴充工夫為心性本體在行為事功上之呈現也。

（二）唐先生自謂的「性可以為善」說

案唐先生言性善，在「人性善」之表述外，亦嘗謂「人性可以為善」。根據他的看法，以「可以為善」說人性，是基於「心之生」立論，如此可免於人性已善未善之困擾：[48]

> 心之性既向於擴大充實，即心之不自足於現有之表現，而未嘗自以為已全善，而可以更為善之證。心之生所以為心之性，非純自心之現實說，亦非純自心之可能說，而是就可能之化為現實之歷程或「幾」說。在此歷程或「幾」上看，不可言人性不善，亦不可言人性已善，而可言人性善，亦可言人性之可以更為善。然此所謂可以更為善，卻非須用「可以更為不善」之一語，加以補足者。……剋就此等心之表

---

48 唐君毅：〈中國哲學中人性思想之發展〉，《中國哲學原論・原性篇》，頁48。

現時說，此中固只有可以為善之性，而無可以為不善之性。[49]

這段話或會引致以下質疑：「人性並非不善，而是可以更為善」這樣的說
法，很容易讓人把唐先生的人性論推向勞思光先生的「種子說」。理由在
於，所謂「可以更為善」，在字面上會予人以善性本身品質不足、故而有待
提昇的聯想。如此，所謂使心性「擴大充實」的工夫，就只能落入吳先生
「由未完成至完成」的思路中去。但重點是：人性之善既尚未完成，則「性
善」一語實難免掛空之虞。但我們可以循兩條線索疏通此處的疑難。

首先，當唐先生說心之生（道德創造）是善性所在時，他的說法是「可
能之化為現實之歷程」，這說法似無「品質上由不足提昇至圓滿」或「未完
成至完成」一類的意思。可能之化為現實，乃是就性中的內部理想具體化或
「呈現」為現實言，或是就人性之善見於行為事功言，而不是就可能藉由化
為現實而達成其「質」上的超升言。依此，說「心之不自足於現有之表現」，
只是說心不自限於本性的層面而不容已的求見諸客觀世界。倘不誤，則說
「人性可以更為善」，便不是在「品質」上說人性之善有所不足而求更充
足，而是在「歷程」上說人性要求藉行為事功實現其善。所以唐先生這裡所
說的「人性可以為善」，和楊祖漢先生批評勞先生「種子說」的那種「人性
可以為善」並不等同，蓋其背後的思路仍然是以人性之善圓滿無缺，然後由
理想（善性）化為現實（善行及由此善化世界）之歷程方有一合理的基礎。

其次，唐先生明言其「性可以為善」之說並不需立一「可以為不善」與
之相對或補足。若以「可以為不善」補充其「性可以為善」，便立成告子
「性可以為善，可以為不善」之說──人性善惡之走向並無定準，端看後天
環境之約範引導。然而這正是問題所在：唐先生是以人性只含可以為善之動
能，而無可以為惡之動能；如此，人性自身便是暢發一切善德之源頭。而作
為善德的源頭，人性之善在品質上也只能是至善、純善者。據此，唐先生的
「人性可以為善」一語，若不以辭害意，其真實的意思當是：人性作為善德

49 唐君毅：〈中國哲學中人性思想之發展〉，《中國哲學原論·原性篇》，頁49。

的源頭，可以在行為事功上流露出來，而成就各種良善及道德價值。唯有這樣理解，方可呼應唐先生將「性可以為善」視為「性善」的另一種表達形式，也才能佐證唐先生的性善論具有「人性本善」的型態歸趨。

五　餘論

　　最後應當補充說明一點。「人性本善論」的「本」字，具有相當濃厚的本體義或主體性的意味。這裡無法對「本體」或「主體」這些術語從事太多的哲學分析。但若不求細緻的定義，而只尋其約略的意思，則我們可以說，「本體」是指經驗物的存在之根據，「主體」則是指行動力的發用之基礎。照當代新儒家學者的共識，以本善之性作為本體或主體，就是說人從事道德踐履、開展道德工夫的基礎，同時也是天地萬物存在的根據。依此，「本」字的背後，乃是一套「以道德為入路證成存有界」[50]的道德形上學（moral metaphysics）。唐君毅先生的人性本善論，正可在這一框架之下獲得更深一層的理解。以下從兩方面試作討論，作為全文的總結。

　　首先是道德的創造。案唐先生是以生之「創造不息、自無出有」和心之「虛靈不昧、恆寂恆感」合言人性，[51]又肯定吾人有「向上的創造精神」[52]。前者之「創造」是指人心自省到內部之道德理想而求實現之一種活動，後者之「創造」是指道德自我藉由將自身分殊化為各種文化意識而成各種文化活動，以表現不同道德價值之一種活動。共言之，唐先生所說的「創造」，乃是專指「道德的創造」。此一意義的「創造」主要扣住人的善性之發用可賦予事事物物以道德價值並由此而善化存有界立論。這和牟先生在建構其道德形上學時，恆謂「德行之純亦不已」可使已有之存在創生為有價值的存在，[53]又

50　牟宗三：《現象與物自身》（臺北市：臺灣學生書局，1976年），頁39、62-63、92；牟宗三：《心體與性體》，上冊，頁120。

51　唐君毅：〈中國哲學中人性思想之發展〉，《中國哲學原論・原性篇》，頁13。

52　唐君毅：〈自序〉，《文化意識與道德理性》，頁17。

53　牟宗三：《圓善論》，頁140。

肯定仁心之感通無外使一切存在得其存在乃是「智的直覺的創生性」[54]，乃是一脈相通的儒門義理。

其次是天德之流行。唐先生認為在生命與心靈的九種境界中，當以儒家的「天德流行境」為絕對究竟，這是以人德之成就，同時是天德之流行。[55]所謂人德之成就，自其性善論的觀點看，即人之自覺至極而使性情全幅披露朗現之生命狀態。並且，此一自覺至極的性情必在一特定之境具體化、特殊化、限定化方能表現其自身。[56]換言之，善性表現其自身的過程，同時也是客觀存有界某一環節的運作過程。唐先生認為心之大體可經由「涵蓋」、「順承」、「踐履」、「超越」四個角度以統攝耳目之官之小體，[57]又認為道德自我不化為各種文化理想以成就文明之現實，則道德自我不能成就它自己，[58]其實正是以「人德之成就」同時是「天德之流行」者。這些論述，和牟先生以仁體誠體既起道德創造之大用，又能妙運萬物而起宇宙生化[59]的「道德秩序即宇宙秩序」[60]之論旨，實可謂互相發明。

總而言之，唐先生實是以善性作為道德創造之所以可能及由此善化存有界之依據。他認為善性之充拓至極，便是天德之流行。這樣一種思想觀念，既把人性之善作為道德踐履之主體，亦將之視為天地萬物得以存在之本體。故由道德形上學的角度觀之，唐先生的性善論無疑亦有「人性本善」之型態歸趨。

54 牟宗三：《智的直覺與中國哲學》（臺北市：臺灣商務印書館，1987年），頁199。

55 唐君毅：《生命存在與心靈境界：生命存在之三向與心靈九境》（臺北市：臺灣學生書局，1986年），下冊，頁155。

56 唐君毅：《生命存在與心靈境界：生命存在之三向與心靈九境》，下冊，頁198。

57 唐君毅：〈中國哲學中人性思想之發展〉，《中國哲學原論·原性篇》，頁42-45。

58 唐君毅：《文化意識與道德理性》，頁6。

59 牟宗三：《現象與物自身》，頁35-36、155。

60 牟宗三：《現象與物自身》，頁32、73。

地獄的旁邊

——魯迅《野草》的佛教地獄象徵與情感的融合詮釋

謝薇娜[*]

摘要

本文研究《野草》中豐富多彩的（佛教）象徵世界，重點在三個部分：第一、以佛典中所描繪地獄作為切入點，探究其詞彙特色、敘事方式、形象特色、思想脈絡，以呈現其情感語氣、意義和價值。第二、在《野草》裡分析佛教象徵，並描述從情感到概念抽象化的過程中，這些佛教詞彙採取的新意義，從而詮釋象徵如何創造想像世界、其與現實世界的互動以及由此建構的知識系統。第三、藉由蘇珊・朗格的語言理論，特別是情感與語言關係的思考架構，用以觀察《野草》對佛教詞彙詮釋的機制。在這個基礎上，筆者關注關鍵詞在重新定義的過程中如何受到個體情感與經驗的主宰，亦關注情感與宗教象徵的關係、情感的含義和社會價值，由此加深對近代文學情感問題的探討。

關鍵詞：魯迅、《野草》、佛教象徵、情感、蘇珊・朗格

---

* 國立中山大學中國文學系助理教授。

一 前言

　　魯迅（1881-1936）經歷了一九二六年「三一八慘案」以及一九二二與一九二四年兩次直奉戰爭的事件，引起他的悲哀和激怒，以特殊意象表述激烈的情感，在這段期間完成了散文詩集《野草》。在〈《野草》英文譯本序〉魯迅認定自己的作品「大半是廢弛的地獄邊沿的慘白色小花，當然不會美麗。但這地獄也必須失掉」，[1] 而在〈失掉的好地獄〉他則「夢見自己躺在床上，在荒寒的野外，「地獄的旁邊」。[2] 地獄在魯迅的生活和作品成為重要的象徵，地獄似乎接近了作者的存在，其作品也是地獄邊沿的小花，這種對地獄既存在，又不完全掌控存在的提法，則成為了魯迅《野草》關鍵的意象核心，啟發語言象徵和情感關係的思考。

　　《野草》結合體現了作者學術和宗教底蘊，反映到近代中國文學書寫發展史的脈絡中，則屬於小說與抒情的交叉點。分析此作品時，必須考慮到魯迅對近代文學發展的看法、對古典小說和傳統文化的詮釋、魯迅的個人（想像）世界，從這群核心觀念延續到清末民初文學作品自我表達方式特色、文學與宗教（佛教）的融合，甚至佛教形象如何作為清末民初文學作品想像世界的豐富淵源的問題。

　　《野草》以散文詩的形式問世，可從兩個面向思考其文體特色。學者已指出，「情」在晚清文學中是重要之議題，此與世變之際對國家的想像密切相關，意味著主體意識的重建，「情」的重新定義則是過程中重要的環節。[3] 而王國維（1877-1927）討論文學時，認為文學作品兩個原質是「景」跟「情」，前者描寫人生之事實，是產生知識的客觀方面；後者為個人對事實的精神的態度，具有主觀性，是屬於感情的。激烈的感情是文學的素材，但

1　魯迅：〈二心集・一九三一年・《野草》英文譯本序〉，《魯迅全集》（北京市：人民文學出版社，1989年），第四冊，頁356。

2　魯迅：〈野草・失掉的好地獄〉，《魯迅全集》，第二冊，頁199。

3　王德威：〈「有情」的歷史：抒情傳統與中國文學現代性〉，《抒情傳統與中國現代性：在北大的八堂課》（北京市：生活・讀書・新知三聯書店，2010年），頁27。

是整體的文學作品則是知識與感情結合的結果。[4]章太炎（1869-1936）亦討論文學、文章、文、言等問題，指出「學說」跟「文辭」的差異，強調各自的功能：「學說以啟人思，文辭以增人感」，各自屬「理」跟「情」的境界，[5]此與王國維主張的文學作品中具備知識和情感世界兩層次有相似之處。除了從文學理論的角度思考「情」、「感」觀念之外，晚清文學論壇尚有另一論點涉及小說，此即對文學作品藝術的主觀和客觀世界的探討。藝術境界被認為是純然主觀的感情世界，亦或者是客觀現實與主觀情感的融合產物。當時王國維與梁啟超（1873-1929）兩位就站在不同的立場進行發揮。王國維主張藝術境界是主觀感情世界，梁啟超則認為現實生活和作者的感情密切相關，其融合形成藝術境界，顯然梁的說法，是以社會改革的需要出發。[6]魯迅的《野草》雖然不屬於小說類的文體，然而其中大量象徵手法亦涉及作者思想情感世界的問題，成為透過分析《野草》所呈現的客觀生活、作者的主觀感受、可觀世界的事件如何被象徵化、象徵與作者情感的關係等議題研究之緣故所在。

大部分跟地獄有關的描述，多具有強烈的儀式性色彩，因此有必要先行分析佛典的詞彙特色。晚清文人多有從事佛學研究，例如龔自珍（1792-1841）、康有為（1858-1927）、梁啟超、章太炎、許壽裳（1883-1948）等人，魯迅則在日本從章太炎學習佛學。一九一三到一九一六年魯迅非常積極蒐集佛教經典並加以研讀，在一九一四年，其所購買的書中約一半為佛書，共有八十餘種，包括《華嚴經》、《金剛般若經》、《四十二章經》等，另外親自抄錄和校刊《出三藏記集》、《法顯傳》，校訂《百喻經》，還施資刻經，如《百喻經》以及《地藏十輪經》，[7]並對佛經不同譯本有所研究。顯然魯迅對

---

4 王國維：〈文學小言〉，郭紹虞、羅根澤主編：《中國近代文學論著精選》（臺北市：華正書局，1982年），頁767-768。

5 章太炎：〈文學總略〉，龐俊、郭誠永疏證：《國故論衡疏證》（北京市：中華書局，2008年），頁262。

6 康來新：《晚清小說理論研究》（臺北市：大安出版社，1990年），頁188-189。

7 近代文人和藏書家印刻佛經並非罕見的事，這種活動除了學術意義之外，還包含了個

於佛教，並非停留在空泛認知的層次。

　　歷代學者把《野草》看作一部充滿哲學意義的文學作品，然而《野草》的象徵世界與作者的情感世界有著密切關係，其富於意象的散文詩帶有很濃厚的情感意涵，此豐富象徵世界多來自佛教的形象。

　　魯迅兼具新文學作家、文學史家、古典文獻學者等多重身分。魯迅的生平、著作、社會影響、文學作品及思想的中、外文研究卷帙繁多，本文的討論對象《野草》一書之研究亦成果豐碩。[8]《野草》相關研究大致可以分成

人宗教信仰或主觀意向的理由。參閱劉苑如：〈地獄版權——葉德輝印經因緣考〉，《清華中文學報》第11期（2014年6月），頁299-343。

8　就魯迅和《野草》的研究來講，中日文著作或著作部分討論《野草》的書籍包括：孫玉石《現實的與哲學的：魯迅《野草》重釋》（2001）以及《《野草》研究》（2007）；劉彥榮《奇譎的心靈圖影：《野草》意識與無意識關係之探討》（2004）；丸尾常喜《魯迅《野草》の研究》（1997）；丸尾常喜著，秦弓譯《「人」與「鬼」的糾葛——魯迅小說論析》（2006）；丸尾常喜著，秦弓、孫麗華編譯《恥辱與恢復：《吶喊》與《野草》》（2009）；藤井省三《魯迅事典》（2002）等等。有關魯迅、《野草》與涉及佛教文化的研究成果亦相當豐富，例如杜方智：〈為什麼「難於直說」？——佛文化與《野草》之一〉，《湖南科技學院學》第31卷第2期（2010年2月），頁53-57；張典〈《野草》虛無意識的來源〉，《零陵學院學報》第24卷第6期（2003年11月），頁20-22以及《《野草》與魯迅個體精神的複雜性》，《湖南人文科技學院學報》第3期（2011年5月），頁21-25；哈迎飛：〈論魯迅與佛教文化的關係〉，《福建文學》1997年第6期，頁59-62以及〈論《野草》的佛家色彩〉，《文學評論》1999年第2期，頁131-140；汪衛東：〈《野草》與佛教〉，《中國現代文學研究叢刊》2008年第1期，頁75-85以及〈「淵默」而「雷聲」——《野草》的否定性表達與佛教論理之關係〉，《中國現代文學研究叢刊》2010年第1期，頁75-88；錢光勝：〈人間世・地獄・無常——魯迅與地獄探述〉，《華北電力大學學報（社會科學版）》第6期（2011年12月），頁98-104等等。歐美學者對魯迅的研究雖然不少，但將重心放置於《野草》的研究成果並不多。目前Nicholas A. Kaldis的 *The Chinese Prose Poem. A Study of Lu Xun's Wild Grass* (Yecao) （2014）應是唯一專門研究《野草》的英文著作，部分探討《野草》的著作也包括Jon Eugene von Kowallis, *The Lyrical Lu Xun: A Study of His Classical-Style Verse*（1996）。其他英文和法文研究則大部分從魯迅與革命的關係進行作品分析，例如Gloria Davies, *Lu Xun's Revolution: Writing in a Time of Violence* (2013)、Eileen J. Cheng, *Literary Remains: Death, Trauma, and Lu Xun's Refusal to Mourn* (2013)、Leo Ou-fan Lee, *Voices from the Iron House: A Study of Lu Xun* (1987)、François Jullien, *Lu Xun: écriture et révolution* (1979)。

幾個方向：中文論文或以《野草》編纂時間之社會現象解釋其形象意義，並直接與政治鬥爭作連接，如孫玉石（2001），或是論及《野草》的佛教影響並指出佛教形象是魯迅感情抒發的方法，但較少用具體的佛教經典表示這類形象背後的辭彙特色和意義。其他的研究者汪衛東（2008）與錢光勝（2011），亦無佛教辭彙、比喻與魯迅作品象徵世界的情感關係之詳細分析。外文研究方面，則從精神分析和心理學應用佛洛伊德的理論解釋《野草》中的主體感想和思想（Nicholas A. Kaldis），也有學者把《野草》的文學形式視為魯迅對傳統文獻和文學形式的創造性融合結果，但分析的過程中都未提與佛教文學、文獻之間的關係。這類研究對探究魯迅佛教象徵、辭彙運用方法和意義仍留下豐富空間，此亦本論文採取此方向之因。

　　本文從象徵理論以及藝術創造的角度切入，主旨在探討如何為魯迅使用佛教辭彙的語言策略提供一種詮釋。論文研究目的在於經過魯迅《野草》佛教形象和關鍵詞的運用分析，探究魯迅採取佛教經典詞彙的意圖與技巧，以及這系列概念在魯迅一生以及清末民初的意義。佛教是中國文化很重要的一部分，魯迅從研習佛經的學術活動到《野草》的獨特象徵空間有著明顯之差異，地獄相關的詞彙亦從佛經的宗教意義到《野草》的文學意涵，描繪了另一種宗教與文學的關係。佛教詞彙的符號意義及其在作品中的知識價值必從《野草》的情感特徵著手解釋。而情感的特徵與近代文學的發展有著密切關聯。諸多問題，仍有待深入研究。為了探究魯迅對語言和辭彙的特殊選擇，並將討論此辭彙之可能源頭，即佛教經典豐富多樣的譬喻和形象，本文期望用三個研究步驟完成此目的：分析《野草》與佛教相關詞彙的來源和意義、觀察魯迅的引用特色和詮釋方式、再以蘇珊‧朗格（Susanne Langer, 1895-1985）語言與情感關係的論述闡釋佛教經典語言在近代文學作品出現的意義所在。

二　佛教經典的地獄描繪

　　學者認為一九二四年魯迅將厨川白村《苦悶的象徵》翻譯成中文，此書

成為《野草》的底本；次年他翻譯了厨川白村《出了象牙之塔》。厨川白村認為文學與藝術必須基於激烈的憤怒和無奈，被壓抑的生活力量只能藉由象徵才可以呈現。[9]這兩部作品都跟魯迅當時的心理狀態有關。當時的社會、政治環境以及魯迅個人生活的挫折，再加上魯迅在文學史和文獻的活動，不斷蒐集中國宗教文獻和小說，以及他對佛經譯本的研究無疑增強了他對佛經詞彙的敏銳度。

地獄、死火、火聚、夢、空虛、夜等佛教象徵已被中國宗教文化所容納，並具有其特色和含義，在運用這些符號時，魯迅並非親自創造這些辭語、也並非自動地運用在其作品裡。從宗教系統跨界運用到文學系統、從象徵世界到個人的作品空間，此過程必須經過再次的抽象化。這樣抽象概念用法的原因在於「因為那時難於直說，所以有時措辭就很含糊了」、「日在變化的時代，已不許這樣的文章，甚而至於這樣的感想存在。」[10]

首先，我們必須觀察《野草》中各篇充滿佛教意象辭彙的出現頻率。最經常出現的辭語包括夢或夢境（〈秋夜〉、〈狗的駁詰〉、〈死後〉）、地獄、黑暗、虛空、空虛（〈影的告別〉、〈失掉的好地獄〉、〈淡淡的血痕中〉、〈希望〉）、憎惡、沉默、虛無（〈乞丐者〉）、悲憐、詛咒、悲哀（〈復仇（其二）〉）、寂寞、空虛、抗拒、消滅、絕望（〈希望〉）、冰冷、孤獨、死掉（〈雪〉、〈死後〉）、冰、火（〈死火〉）、深夜、苦痛、羞辱、怨恨、害苦（〈頹敗線的顫動〉、〈淡淡的血痕中〉）、孤獨、寂寞（〈雪〉、〈一覺〉），其中對立的辭語亦不乏，如天堂——地獄、黃昏——黎明（〈影的告別〉）、擁抱——殺戮、圓活——乾枯（〈復仇〉）、愛憎、哀樂、血和鐵、恢復和報仇（〈希望〉）、愛撫與復仇、養育與殲除、祝福與咒詛（〈頹敗線的顫動〉）等。這一系列關鍵詞的出現，幾乎無例外帶有濃厚負面意義，少數的正面辭語則與相對的負面對立辭語並提。這些專用語皆與消滅、破裂、夢幻、空

9　厨川白村在作品中多次討論這個議題，但主要集中在〈人間苦與文藝〉以及〈苦悶的象徵〉，亦可參看魯迅的序和引言。（日）厨川白村著，魯迅譯：《苦悶的象徵》（天津市：百花文藝出版社，2000年），頁16-33，頁1-3。

10　魯迅：〈二心集・一九三一年・《野草》英文譯本序〉，《魯迅全集》，第四冊，頁356。

虛、黑暗相關，呼應魯迅致許光平寫的書信裡表達的思緒。[11] 運用這類辭彙的頻率、數量讓讀者充分知覺到作者的無奈和絕望，同時也讓讀者處於虛無和黑暗，似乎人生充滿了悲哀。更重要的是，在撰寫《野草》的期間，魯迅認為他自己的思想太黑暗，但是不確定他這種思維是否正確，他的反抗是與黑暗的戰鬥，甚至於將這種黑暗「只能在自身試驗」。[12] 帶來給他痛苦和悲哀的淵源一部分屬於外在的原因，然而這些緣故轉成內在的因素。從外到內的過程中，魯迅表達難以恢復的破裂。筆者認為詮釋這個過程必須從作者對辭彙的選擇切入分析，因為這類辭彙的來源和內涵有助於解釋魯迅的修辭技巧。上述引用的辭彙中，我們發現有關佛教意象的詞語圍繞著一個核心，似乎都與「地獄」的形象佛教地獄相關。學者也發現，魯迅的苦難、黑暗、死亡的意象，與佛教的苦難、地獄的描繪很相似，[13] 這種相似性體現《野草》的文本特色。筆者將重點放在「地獄」這個概念，再擴大到探究其與其他相關聯的術語。

　　早在漢代已經出現描繪地獄的佛教經典，東漢安世高（西元113？-171？年）翻譯的《佛說十八泥犁經》為佛教地獄思想引入開先河者，稍後有支婁迦讖（西元147-246？年）翻譯的《道行般若經・泥犁品》、康巨（生卒年不詳）翻譯《問地獄事經》，自此以後，佛教地獄說隨著佛經的輸入而日漸繁富。後秦鳩摩羅什（西元344-413年）《妙法蓮華經・馬鳴菩薩品第三十》以及東晉佛陀跋陀羅（西元359-429年）翻譯《佛說觀佛三昧海經》可視為中國佛教典型地獄的文本。[14] 佛教經典除了直接描繪地獄之外，有時也

11　魯迅：〈書信・一九二五年六月・致許光平〉，《魯迅全集》，第十一冊，頁444-446。

12　魯迅：〈兩地書・北京・二四〉，《魯迅全集》，第十一冊，頁79-80。

13　張典：〈《野草》虛無意識的來源〉，《零陵學院學報》第24卷第6期（2003年11月），頁20-22。

14　六朝的重要典籍方面，以（劉宋）寶雲（西元376-449年）所譯《佛說淨度三昧經》以及《問地獄經》、《長阿含經》卷十九等為主。唐代釋道世（西元596-683年）編纂佛教類書《法苑珠林》，亦涵蓋諸多地獄相關的經典，亦援引玄奘法師（西元602-664年）翻譯的《大乘大集地藏十輪經》以及（元魏）瞿曇般若流支譯《正法念處經》的引文。此時亦流行藏川（生卒年不詳）述兩種《佛說十王經》。宋代則有淡痴（生卒年不

會有使用地獄作為一種概念的使用方式。唐初道世《法苑珠林》即蒐集了相關宗教經典和靈驗小說。最多引用地獄的概念的篇章包括〈六道篇‧地獄部〉（卷七）、〈受報篇‧惡報部〉（卷七十）以及〈利害篇‧引證部〉（卷九十二）。[15]《法苑珠林》有關地獄的記載集中在兩種類型上，第一種從佛教宇宙觀對地獄的描述指出其特質、地理位置、宗教意義等；第二種則側重倫理的含義，強調報應因果的道德原則，其〈感應緣〉大量引自志怪小說（如《搜神記》、《還冤記》等），旨在透過中國原產思維來闡釋佛教勸善懲惡的道理，地獄在這類型的作品中，作為一種惡報而存在。[16]從道世歸類的方式可知，此類書重點置於介紹佛教的宇宙層次並結合倫理觀念。

中國佛教傳統形成的有關地獄的經典和文獻，從文本翻譯到偽經的出現，經過了很長時間的適應中土的要求，過程中許多原本的佛教形象被改編，然而我們仍觀察得到屬於異國文化的特色。地獄的概念、地獄的組織、閻王等，都隨著文獻的引入而也有所發展。地獄組織以《佛說淨度三昧經》裡描述的三十地獄王，以及《問地獄經》十八地獄王為最早，到了唐代則逐漸形成了地獄十王的說法，在此過程中，佛教地獄相關的文獻也受到了道教的影響。

本文聚焦在《佛說十八泥犁經》、《佛說鐵成泥犁經》、《佛說泥犁經》、《佛說淨度三昧經》、《佛說地藏菩薩發心因緣十王經》等佛教經典，探討其描述地獄的特色、敘事結構以及辭彙。

詳）的《玉歷至寶鈔》、法雲《翻譯名義集》卷二〈鬼神篇〉及志磐（生卒年不詳）《佛祖統記》卷三十二〈世界名體志〉亦有閻羅王相關的記載。參看蕭登福：《道佛十王地獄說》（臺北市：新文豐出版公司，1996年），頁4-18；（日）澤田瑞穗：《修訂地獄變：中國の冥界說》（東京都：平河出版社，1991年），頁3-9。

15 （唐）釋道世著，周叔迦，蘇晉仁校註：《法苑珠林校註》（北京市：中華書局，2003年）。

16 佛教文獻涉及地獄的文字，除了在經典的直接描繪外，多數則以報應靈驗的方式出現。其主旨在於勸戒世人，著重於宗教意義，在傳播佛教的過程中扮演著重要角色。在內容及結構上，著重於勸世的地獄書寫，目標是陳述世人遊觀地獄的經歷與回歸人間後的變化，藉由地獄的恐怖勸導世人皈依佛教。此可參看劉亞丁：《佛教靈驗記研究——以晉唐為中心》（成都市：巴蜀書社，2006年），頁93-126。

佛經地獄的記載對於地獄的性質、結構、各層閻王等特色有清楚的描述：

> 如《問地獄經》及《淨度三昧經》云：總括地獄有一百三十四界。先
> 述獄主名字處所。閻羅王者，昔為毘沙國王，經與維陀如生王共戰，
> 兵力不敵，因立誓願：為地獄主。臣佐十八人，領百萬之眾。頭有角
> 耳，皆悉忿懟，同立誓曰：後當奉助治此罪人。毘沙王者，今閻羅王
> 是。十八大臣者，今諸小王是。百萬之眾，諸阿傍是。[17]

《佛說十八泥犁經》[18]用很強烈的語言描寫地獄的酷刑，首先指出入泥
犁的條件（善惡之變，不相類，侮父母，犯天子，死入泥犁），描述每一個
層次的泥犁名稱和特點，泥犁有深淺的差別，有火泥犁八種、寒泥犁十種，
其中順序和功能有明顯的組織性，按照罪行決定受罰的程度，人的行為、心
態也成為決定的要素之一：

> 第一犁名曰先就乎而是人言起無死。……第二犁名居盧倅略。……第
> 三犁名桑居都。……第四犁名曰樓。……第五犁名曰旁卒。……第六
> 犁名曰草烏卑次。……第七犁名都意難且。……第八犁名曰不盧都般
> 呼。……第九犁名曰烏竟都。……第十犁名曰泥盧都。……第十一犁
> 名曰烏略。……第十二犁名曰烏滿。……第十三犁名曰烏藉。……第
> 十四犁名曰烏呼。……第十五犁名曰須健渠。……第十七犁名曰區逋
> 塗。……第十八犁名曰沈莫。[19]

17　（唐）釋道世著：〈六道篇地獄部〉，周叔迦，蘇晉仁校註：《法苑珠林校註》卷七，頁
　　244。

18　（東漢）安世高譯：《佛說十八泥犁經》，（日）高楠順次郎、（日）渡邊海旭都監：《大
　　正新脩大藏經》（臺北市：新文豐出版公司，1983年，影印1924-1932年東京大正新修
　　大藏經刊行會版），第十七冊，No. 731，頁528b14-530a19。原本的詞語「泥犁」
　　Niraya譯意為「地獄」。

19　同上註，頁528c02-530a02。

在這部經典中，每一泥犁的描述包括類似的部分——罪惡、相應的懲罰、必須停留的時間。值得注意的是，此經典運用的語言具體化了泥犁中的酷刑，充滿了表達物體的特定名字，缺乏抽象的描寫或論述性的闡述。這類經典的目的在於使受眾開始信賴佛道，因此傳神、生動的語言是必要的書寫策略。

《佛說鐵城泥犁經》[20]這部經典翻譯的時間較早，在東晉由竺曇無蘭（西元331-396年）所譯，描述地獄的方式相當直接，運用的語言也富於具體的形象，結構以及其內容有很明顯的順序和層次排列，泥犁的情景符合犯罪的程度。鐵城泥犁有門，門兩邊有火、高樓，人死即至泥犁與閻羅王相見，有五種犯罪者，則有五種泥犁，每一種泥犁有特有的酷刑特徵：第一，泥犁阿鼻摩泥犁城有四門、火，犯罪者皆不能出去；第二，鳩廷泥犁，充滿火；第三，彌離摩得泥犁以蟲為主的酷刑；第四，鄒羅多泥犁有山石利如刀；第五，阿夷波多桓泥犁則用熱風；第六，阿喻操波犁桓泥犁有刺的樹木，其中有鬼，鬼出火、刺；第七槃菹務泥犁又以蟲為特色；第八，墜檀羅泥犁有水流，人皆隨水逐流而受苦。

在同樣被竺曇無蘭翻譯的《佛說泥犁經》[21]陳述泥犁的明確結構，用固定的格式列出十種地獄痛苦和折磨，最後用「毒痛不可忍，過惡未解故不死，泥犁勤苦如是」斷語作結。這部經典進行對地獄的詳細描寫，並用有說服力的語言闡述泥犁中的鬼和受苦者：

> 泥犁中鬼牽人臂入泥犁城中，泥犁城正四方，四面有門，城四面皆堅，門皆有守鬼。其城壁地皆鐵，城用鐵覆蓋之，不得令有過泄，地皆燒正赤，周匝四千里，東壁火焰至西壁，西壁火焰至東壁，南壁火焰至北壁，北壁火焰至南壁，上火焰下至地，地火焰至上。諸惡人有犯此十事者皆墮是中，殺生者、盜竊者、犯他家婦女者、欺人者、兩

---

20 （東晉）竺曇無蘭譯：《佛說鐵城泥犁經》，《大正新脩大藏經》，第一冊，No. 042，頁826c26-828b07。

21 （東晉）竺曇無蘭譯：《佛說泥犁經》，《大正新脩大藏經》，第一冊，No. 086，頁907a10-910c22。

舌者、惡口者、妄言者、嫉妒者、慳貪者，不信有佛、不信有經、不信所作因有殃福。如是曹人滿泥犁中。泥犁中毒痛極數千萬歲，乃遙見東方門開，皆走往。人足著地者即焦，舉足肉復生如故，當有得脫者便過出去，未當脫者門復閉。其人見有得脫出者，如反不得出，便極視躃地。守門鬼言：「咄死惡人，汝來於門下，何等求？」言：「我飢渴。」鬼便取鉤，鉤其上下領，口皆挓開，便以消銅灌人口中，脣舌腸胃皆燋爛，銅便過下去。其人平生在世間時，求財利不用道理，所犯惡逆故受是殃，泥犁勤苦如是。[22]

　　受苦的道理以「如此曹人，身未曾離於屠剝膿血瘡，從苦入苦、從冥入冥，惡人所更如是」這句話為重點，強調惡劣行為必須被懲罰。以最終的一段話「死者先世為人時，雖作惡多猶有小善，從泥犁中還者，皆更正如道，從泥犁中出，各正心正行者，不復還入泥犁也；泥犁亦不呼人，從惡行所致，更泥犁中酷毒痛苦，亦可自思念亦可為善。」[23]而結束。之後再描述一層又一層進入到泥犁的境界，各有令人驚恐的特色，然其每一種酷刑針對一特定的罪惡。與上面經典目的一樣，都必須影響到聽眾或讀者的想像力，於是其語言特色是用樸素、簡單、易於理解的詞語。

　　《佛說淨度三昧經》這部經典殘缺不全，從原本的四卷本只剩下第一卷，然而佛教類書如梁朝僧旻（西元467-527年）和寶唱（西元456？-506？年）編《經律異相》和唐代釋道世撰《法苑珠林》仍引這佛經的其他部分。此佛經記載許多有關閻羅王組織以及鬼神檢驗人世的善惡行為的細節，為六朝佛教地獄很重要的經典，影響了唐代關於地獄十王的說法。《佛說淨度三昧經》敘述閻羅王統帥八大王、三十小王、司命、司錄等，主宰地獄一百三十四獄，其中最慘酷的酷刑在三十個泥犁，由三十個小王統轄。人世的善惡則由八大王考核：

---

22 同上註，頁907c25- 908a15。

23 同上註，頁910c16- 910c20。

佛告王曰：「凡人無戒，復無七事行者，死屬地獄，為五官所司錄，命屬地獄天子。天子名閻羅，典主三界。諸天、人民、鬼神、龍、飛鳥、走狩，皆盡屬天子。天子有八大王，八大王復有扶容王三十國，扶容王各復有小統九十六國，各各所主不同。復有外監、五官、都督、司察、司錄、八王使者、司隸等，與伏夜大將軍、都官、唐騎承天帝符，與五道大王共於八王日風行，覆伺案行諸天、人民、夷狄、雜類、鳥狩，以知善惡。分別種類若干，億萬里數，分部疆界所屬。司征君王、臣民，疏善記惡，以奏上扶容王。扶容王轉奏八王，八王復轉奏大王，大王奏天子。人民所犯凡二十事，最重亡失人身，死不復生，遂墮三塗，永以不還。億千萬不可計劫，乃出為畜狩。二十惡行引人，著三十八大苦處大泥犁中。三十八大苦處泥犁各有城廓，有八大王，有小王三十」。[24]

經中記載地獄天子閻羅王所治的一百三十四重地獄，其一大泥犁中有無數罪人男女，大泥犁中有八中泥犁，中泥犁有三十校泥犁，小泥犁有九十六小泥犁，[25]證明地獄的分明層次和嚴格統帥，亦定義許多有關地獄管理者的細節。[26]

《佛說淨度三昧經》所說的三十個地獄中，從第二個到第十六個與竺法護（西元239-316年）譯《修行道地經》卷三〈地獄品第十九〉[27]所說地獄的順序、辭彙、內容都相對應，第一個地獄及第十七個地獄到第二十三個地

---

24 （劉宋）寶雲譯：《佛說淨度三昧經》，藏經書院編輯：《卍續藏經》（臺北市：新文豐出版公司，1993年，影印藏經書院版），第八十七冊，頁593-594。

25 同上註，頁591。

26 管理者分別為玄都王、聖都王、廣武王、晉平王、玄陽王、武陽王、公陽王、平陽王、廣進王、都陽王、延慰王、平胡王、璉石王、水官都督、鐵官都督、天官都督、仙官都督、土官都督、十八使者。參看（劉宋）寶雲所譯：《佛說淨度三昧經》，頁588。

27 （西晉）竺法護譯：《修行道地經》卷三，《大正新脩大藏經》，第十五冊，No.606，頁201c17-204c28。

獄則與東晉曇無蘭譯《佛說泥犁經》及《佛說鐵城泥犁經》中所說的八地獄的順序、內容對應。

在分析《佛說地藏菩薩發心因緣十王經》[28]這部經典尤須注意的是關於地獄組織的描述，統合呈現從六朝以至唐以來的不同說法。其文本以「如是我聞」為開始，以「信受奉行」結束，藉由佛說詳細演述地獄情狀。這部經典從墜於地獄的原因開始闡明地獄存在的目的──懲罰不孝或不信佛教因果，從而犯下五逆四種十惡諸罪的惡人。[29]詳細解釋了下墮地獄的原因之後，文本插入頌和偈，皆為佛經敘事結構特有的部分。此經用諸多細節介紹十王所主宰的空間：第一秦廣王宮、第二初江王宮、第三宋帝王宮、第四五官王宮、第五閻魔王國、第六變成王廳、第七太山王廳、第八殿平等王、第九都市王廳、第十殿五道轉輪王廳，其中由於經典重心在於五殿閻羅王，所以第五殿描述的細節最多。閻羅王國亦稱無佛世界、閻魔羅國，描述這個王國的空間特色，此與十齋與十戒有相關的記載。[30]這部經典的特色在於，整個經典的文本被頌或偈中斷，每次敘述十王殿情形完畢後，就引天尊說偈作為結尾，代表敘述中的要點之一在於「文末說偈」，以「文末說偈」作為承先啟後的完整性敘述表現。[31]

前所揭櫫，地獄在佛教的宇宙觀有具體的地理空間，[32]其分層、類別、性質等特色都由不同的罪惡而決定。綜觀佛教經典所描述的地獄模式，雖然

---

28 （唐）藏川：《佛說地藏菩薩發心因緣十王經》，藏經書院編輯：《卍續藏經》，第一五〇冊，頁769-777。

29 同上註，頁769。

30 同上註，頁771-772。

31 「偈」單獨出現於佛教經典時，著重於敘述功能；平常則多與「頌」和用，此時重心則在於讚頌。參看李小榮：《漢譯佛典文體及其影響研究》（臺北市：萬卷樓圖書公司，2015年），頁99-102。

32 「問曰。地獄在何處。答曰。多分在此贍部洲下。云何安立。有說。從此洲下四萬踰繕那至無間地獄底。無間地獄縱廣高下各二萬踰繕那。」（唐）釋道世著，周叔迦、蘇晉仁校註：〈六道篇地獄部〉，《法苑珠林校註》卷七，引自《阿毘達摩大毘婆沙論》卷172，頁230。

不同經典對地獄的數量有所差異，然而原則和結構仍未改變，且與地獄的主宰者密切相關。描繪地獄的語言富於顏色、情感，表達的內容傾向於具體化，是一個完全客觀描繪對象，與要感受地獄的主體是無涉的兩個實體，地獄從未被主體化或內在化，自然也不會具備抽象的成分。

三 《野草》的地獄表現

在〈《野草》英文譯本序〉裡魯迅強調了《野草》幾篇散文詩的撰寫動機，其中部分原因屬於魯迅本人對文藝的疑慮，如〈我的失戀〉；也有因社會環境而激發憤怒或不滿的情緒而編寫，如〈這樣的戰士〉感於文人學者幫助軍閥、〈淡淡的血痕中〉寫於段祺瑞政府搶擊民眾之後，〈一覺〉則寫在直奉戰爭時。諸多複雜的情緒讓魯迅自己認為這些散文詩「大半是廢弛的地獄邊沿的慘白色小花」，[33]也表達對「文學革命」無熱情的態度，見過辛亥革命、二次革命、袁世凱（1859-1916）稱帝和張勳（1854-1923）復辟，他失望、頹唐得很。[34]此時，魯迅將《野草》的創造構思與地獄的概念聯繫起來，將作品寫作時的中國社會現實象徵性地表現為「廢弛的地獄」的社會符碼。在中國，常將三種政權交替的地獄統治者——「天神」、「魔鬼」、「人類」——分別暗喻「清王朝」、「北洋軍閥」、「國民黨」，但在魯迅的文學作品中似乎不是這麼顯而易見。[35]諸多複雜的撰寫動機，不僅反映魯迅的創作原則、和豐富的個人精神世界，也讓《野草》文本的意義層次顯得不易整合為一邏輯性的思考模式，從而決定了《野草》文體的難以歸類。[36]作者即引用傳統概念，這些概念卻又不完全符合傳統的定義，《野草》的創作原則究

---

33 魯迅：〈二心集·一九三一年·《野草》英文譯本序〉，《魯迅全集》，第四冊，頁356。

34 魯迅：〈南腔北調集·《自選集》自序〉，《魯迅全集》，第四冊，頁455。

35 丸尾常喜著，秦弓、孫麗華編譯：《恥辱與恢復：《吶喊》與《野草》》（北京市：北京大學出版社，2009年），頁265。

36 魯迅自說：「有了小感觸，就寫些短文，誇大點說，就是散文詩，以後印成一本，謂之《野草》。」參看魯迅：〈南腔北調集·《自選集》自序〉，《魯迅全集》，第四冊，頁456。

竟依循什麼規矩？這些規矩是否與魯迅當時的心情、世界觀等因素相關？彰顯這些因素與創作過程的關係則是下文的分析重點。

　　研究指出，《野草》在句式和語詞等方面，都顯示與佛經的密切關係，[37] 然而魯迅對佛教辭彙的運用並非簡單地直接引用，而涉及作者的世界觀、藝術探究、文體改造等方面。因此，筆者對《野草》的散文詩進行了篩選，選擇分析與地獄最密切相關的辭彙與形象，並指出與佛教經典的相關聯性。部分辭彙非一定在描述地獄的佛經出現，然而筆者仍認為這類概念組織以地獄為核心的一個整體。從佛教術語為中心的《野草》中，筆者選了〈影的告別〉、〈希望〉、〈雪〉、〈死火〉、〈失掉的好地獄〉、〈淡淡的血痕中〉及〈一覺〉進行分析。分析其辭彙與結構後，可以與上述佛教文獻的結構比較。關注的重點包括關鍵辭彙如何影響到每一篇散文詩的結構、其前後的短語是什麼，再延伸討論如此形成的結構如何呼應佛教經典所描述的結構。

　　這幾篇散文詩出現的核心辭彙在表達情感的調性、強度、語義等方面皆很類似：〈影的告別〉──天堂、地獄、黑暗、彷徨、黃昏──黎明、虛空；〈希望〉──寂寞、愛憎、哀樂、血和鐵、火焰和毒、恢復和報仇、空虛、抗拒、暗夜、不明不暗的這「虛妄」、悲涼縹緲的青春、消滅、絕望；〈雪〉──冰冷、孤獨、死掉；〈死火〉──夢、冰山、冰天、冰樹林、冰冷、青白、冰谷、火焰、死火、火宅、烈焰、幻、火聚、滅亡、消盡、燃燒；〈失掉的好地獄〉──夢見、荒寒、地獄、鬼魂、大樂、大威權、大火聚、魔鬼、曼陀羅花、牛首阿旁；〈淡淡的血痕中〉──屍體、流血、苦痛、血痕、悲苦、空虛；〈一覺〉──寂寞、沙漠、蒼茫、陰沉。[38]

　　在這列詞語當中，可以觀察幾個特點。首先，一方面，地獄和黑暗相關的情感語詞包括空虛、虛妄、寂寞、孤獨、死亡、消滅、火、夢、痛苦、害苦流血、血痕等，一併用有一定的邏輯和意圖。另一方面、〈影的告別〉、

---

37 汪衛東：〈《野草》與佛教〉，《中國現代文學研究叢刊》2008年第1期，頁77。

38 所有《野草》的引文參看魯迅：《野草》，《魯迅全集》，第2冊（北京市：人民文學出版社，1989年），頁157-225。

〈希望〉、〈死火〉、〈失掉的好地獄〉等篇，充滿了對立的概念，但與其說這種充滿撕裂感的詞彙表徵著矛盾與衝突，不如說這個語法象徵著魯迅運用最主觀的語言呈現自己當時的情感。個人經驗、記憶和創傷所交織的龜裂，使魯迅無法運用一致性的或邏輯性的辭彙，只能排列看似矛盾而實際上很合理的語詞。

其次，我們得注意這類辭彙在作品出現的語境。在〈影的告別〉中，魯迅用第一人稱的敘述者，將「地獄」相對於「天堂」，對兩者做出的選擇則是「我不願意，我不如彷徨於無地」，讓讀者感覺到他的不確定性。「黑暗」和「光明」一樣會使他消失，於是他選擇了「在黑暗裡沉沒」，「將向黑暗裡彷徨於無地」。一旦作了這個選擇，敘述者知道「只有我被黑暗沉沒，那世界全屬於我自己。」在這樣詞藻裡，黑暗等於虛空，但卻是「影子」唯一可以存在的空間，光明只會逼顯暗影。不足奇怪，「再沒有別的影在黑暗裡。」這裡雖然我們看不到很明顯受到佛教影響的辭彙，然而〈影的告別〉的濃厚情感讓我們聯想佛經所描述的地獄──黑暗、充滿痛苦和折磨的空間，唯一差別在於，〈影的告別〉描寫的是內在的地獄，敘述者徬徨於黑暗，其所處的空間是「無」，而不再如同佛經所示現的「客觀空間」。

貫穿〈希望〉最明顯的情感是寂寞，敘述者沈沒在無聲音、無顏色的境界，這與充滿血與鐵、火焰和毒、恢復和報仇的世界截然不同。無聲無色的境界是之前生活的空虛化結果，而抗拒「那空虛中的暗夜的襲來」也很難做到，甚至於「耗盡了我的青春」。在空虛中的暗夜敘述者放棄了希望，然而「絕望之為虛妄，正與希望相同」，因此敘述者必須從不明不暗的虛妄中尋找出身中的青春和希望。為了找出希望，敘述者得沉浸在暗夜，然而「沒有真的暗夜」。不難想見，這篇作品投射了魯迅想將希望給予年輕人的隱喻，但一直徘徊與希望與失望之間，既是一個「在寂寞裡奔馳的猛士」，又以「至於自己，卻也並不願將自以為苦的寂寞，再來傳染給也如我那年青時候似的正做著好夢的青年。」[39]來回應他在〈南腔北調集‧《自選集》自序〉

---

39 魯迅：〈自序〉，《吶喊》（北京市：人民文學出版社，1995年），頁v。

所說的情緒。魯迅在這段時間即絕望、又充滿希望，是撰寫這篇散文詩的情感所在和動機。在這樣不確定的情感背景之下，他又將暗夜、虛妄、空虛等詞語鏈接在一起，成為描寫內在世界的關鍵詞。與〈影的告別〉一樣，魯迅對黑暗情緒的表達仍處於很抽象的境界裡，雖然在語言層次上我們觀察與佛經類似相關的辭彙，然而這篇缺乏佛經地獄黑暗的具體形象和空間的陳述，唯一空間的描述涉及魯迅的情感世界。從詞彙性質的角度來說，魯迅將「希望」置於「虛妄」的對立面，相較「黑暗」、「虛無」辭語等，更具有包容力。同樣，「渺茫」、「縹緲」亦帶有模糊、朦朧不清的情狀，[40]正與佛教經典所描述層次分明的地獄有別，這不單只是美學上的區隔，而涉及對現實世界感受的表達。

〈雪〉這篇散文詩，研究者認為是聚焦在魯迅對生命的認識的象徵化，用南方的雨與北方的雪讓讀者思考幸與不幸的問題，並以人生的時間軸轉換為中國南北的空間軸，最後超越了幸與不幸的關係，只剩下面對自己生命的「遲暮」。[41]然而，生命的議題非簡單敘述即可詮釋，因此魯迅同樣對它使用了高度的象徵化過程。筆者認為，〈雪〉文中的形象結構，同樣可以看出他的技法。魯迅用雪的形象描述「冰」和「熱」的對立境界，從雪原中孩子塑造雪羅漢到這篇的最後一句「那是孤獨的雪，是死掉的雨，是雨的精魂」，作者用「雪花」這個關鍵詞將兩個部分連接在一起。雪花「永遠如粉，如沙，它們絕不黏連，散在屋上，地上，枯草上」，但一旦遇到了屋裡溫熱的火，雪花則消失。雪花是短暫的現象，處於零散的狀態，它們發出的冰冷果然會被火消失。這裡又讀不出來任何嚴格的敘述結構，只能觀察到魯迅藉由雪花而抽象情感結構的特殊具體化。

〈死火〉充滿最多與佛教相關的詞語，從一個夢境界開始展現敘述者極濃厚的情感世界。此詩篇從夢開始敘述主角所經歷的事情。「夢」是佛教非

---

40 丸尾常喜著，秦弓、孫麗華編譯：《恥辱與恢復：《吶喊》與《野草》》，頁204註1及頁192註2、3。

41 同上註，頁206-209。

常重視的辭語，「夢」的記敘於《大智度論》卷六、[42]《善見律毘婆沙》卷十二[43]皆有闡述，《華嚴經》〈十忍品〉強調「如夢智」的重要性，通過「如夢智」可以了達萬物的虛幻性，不生貪欲，遇境心不起，這是解脫的關鍵。[44]雖然本篇出現了諸多與「火」相關的辭彙，然而魯迅卻從「冰山」這辭彙開始陳述〈死火〉的內容。此詩篇開端充滿給讀者冰寒感覺的詞——冰山、冰天、凍雲、冰樹林、一切冰冷、一切青白、冰谷。在這一片青白荒漠當中，敘述者竟然發現火焰，但火焰來自死火、已經結冰的火。在佛教經典中，火的比喻根源來自「火宅」。「火宅」一詞淵源可以追求到《法華經》〈譬喻品〉，一般比喻充滿眾苦的「三界」——欲界（淫欲、食欲）、色界（物質的障礙）、無色界，也可以指俗世、家室。[45]於是，在〈死火〉的意思是人世痛苦的生活、憂患生存。「死火」在冰谷裡映在周圍的四壁，在空間上的描述不難看到與上述佛經地獄描寫的共同點。這死火與敘述者童年那些息息變幻、永無定形、無跡象的烈焰不一樣，死的火焰可以得到、摸到，是一個具體的形象。它自四面圍繞著敘述者，正如「大火聚」。「火聚」一詞也是佛教用語，意義指一堆熊熊的烈火。在《正法念處經》卷十一「火聚」即指稱地獄。[46]這裡這個詞彙比喻地獄，自四周纏繞敘述者，從單純的空間感延伸到敘述者的精神世界裡。在後續的敘述者和死火的對話中，死火決定要燃燒到滅亡，而敘述者也在大石車裡墜入冰谷而死。雖然〈死火〉相對於其他的詩篇彰顯明顯的敘述空間，並具有故事性的情節，然而所敘述的內容都發生在

---

42 龍樹菩薩造，（後秦）鳩摩羅什譯：〈初品中十喻釋論〉，《大智度論》卷六，《大正新脩大藏經》，第二十五冊，No.1509，頁101c05-108a19。

43 （蕭齊）僧伽跋陀羅譯：《善見律毘婆沙》卷十二，《大正新脩大藏經》，第二十四冊，No. 1462，頁755a20-762c13。

44 （東晉）佛馱跋陀羅譯：〈十忍品〉，《嚴華經》卷二十八，《大正新脩大藏經》，第九冊，No. 278，頁580c04-585c27。

45 （後秦）鳩摩羅什譯：〈譬喻品〉，《妙法蓮華經》卷二，《大正新脩大藏經》，第九冊，No. 262，頁12b16-16b06。

46 （元魏）瞿曇般若流支譯：〈地獄品〉，《正法念處經》卷十一，《大正新脩大藏經》，第十七冊，No.721，頁64a25-64b02。

一切是虛幻的夢境裡，最後死火的生命存續也不明確，影響到讀者的敘述完整感。在描寫冰谷魯迅雖然簡略地介紹其空間，但是細節仍缺乏，除了山、樹林和四面之外，讀者看不到其他帶有空間感的關鍵詞，夢作為框架強化無實際層次的感覺。這樣的地獄形象又與佛經層次明顯的地獄描繪截然不同。

在撰寫〈失掉的好地獄〉之前，魯迅曾經解釋這篇散文的部分創作動機，認為辛亥革命以後軍閥混亂帶來了諸多困擾和痛苦，變成了正是為了要得到地獄的統治權，而不是爭奪天國的戰鬥，表達了心裡的苦悶和無奈。[47]〈失掉的好地獄〉是以敘述夢的內容而構成的詩篇，雖然主角躺在床上，但是實際上他身處地獄旁邊，指出地獄的實在性。第一段充滿了佛教用語或與佛教描寫地獄相關的情境──火焰、油的沸騰、鋼叉等，這類詞彙不僅是佛經中地獄的圖騰，而且也常被諸多小說拿來使用。[48]除此之外，本篇還用了曼陀羅花藝伎、牛首阿旁這兩個佛教詞語，在辭彙層次上魯迅很明顯是將〈失掉的好地獄〉有意連結到佛教的地獄描繪。

這篇散文詩的核心在描寫人們與鬼魂們之間為了贏得地獄而進行的戰鬥。弔詭的是，最後人類贏得了地獄。人類完全掌握了主宰地獄威權後，將地獄整頓廢弛，火、刀山皆又轉介到監禁鬼魂們的新地獄裡。由人類的功勞而恢復地獄原來的樣子等於「失掉的好地獄」，敘述者用諷刺的語氣強調「這是人類的成功，是鬼魂的不幸」。敘述者用最後一段話說明魔鬼寧願與野獸和惡鬼為伍，也不願靠近人類；這詩篇異乎尋常的結局，卻符合整個敘述方向和敘述模式。〈失掉的好地獄〉有很明顯的故事性機構，從主角夢到的地獄情境具體如畫，到與魔鬼進行的對話，以及魔鬼將失掉好地獄的故事，這些細節都按照一定的邏輯逐漸發展到最後的結局。地獄的層次也很分明，正如佛經所描寫的千萬地獄層次和折磨酷刑，因此在這方面上，〈失掉的好地獄〉彰顯與佛經對地獄具體化的相似處。但是我們發現，此詩篇的中

---

47 魯迅：〈集外集・雜語〉，《魯迅全集》，第七冊，頁75。

48 例如唐人牛僧孺（西元780-849年）所撰《玄怪錄》的〈杜子春〉中，即有詳細的地獄描寫。

心，是魔鬼的故事，沒有這個故事，則整篇散文無法成立，一切地獄產生的情感無法表達出來。

〈淡淡的血痕中〉全標題為〈淡淡的血痕中——記念幾個死者和生者和未生者〉，撰寫的直接動機如同〈《野草》英文譯本序〉記載，以「段祺瑞政府槍擊徒手民眾」為基本緣故，反映「三一八慘案」事件。同時魯迅陸續發表了〈無花的薔薇之二〉、〈死地〉、〈記念劉和珍君〉等雜文，都用特殊形式的作品表達感慨和憤怒，但是在此散文詩作者的情感似乎不如〈記念劉和珍君〉的直接猛烈批判。魯迅到底如何完成這個藝術性的任務？全篇用弔詭的說法開始：「造物主還是一個懦弱者」，之後圍繞著此「造物者」而進行論述性地描寫。僅在第一段引用一系列與滅亡相關的詞語——「毀滅」、「屍體」、「人類流血」、「人類受苦」，但造物主不允許人類記得所有的痛苦。造物者設想讓人類的苦痛和血痕消失——斟酒，再用諸多反義詞列出人類用了這種酒後的狀態——哭、歌、醒、醉、有知、無知、欲死、欲生。在下一階段話裡，魯迅呈現人類的矛盾性質，人沉陷在渺茫的悲苦，抱著恐懼的心態等待新悲苦的到來而又渴欲相遇。發揮這個情境的空間是充滿血痕的幾片廢墟和幾個荒墳散在地上，這又一次是描述即悲慘、也缺乏具體經緯的空間。「廢墟」、「荒墳」、「苦痛」類的詞語不斷在最後段話出現，保持與前述內容和情感的連續性。出於人間的猛士終於可以使人類蘇生或滅盡，也讓造物者伏藏，是他的勝利。這樣的結局允許魯迅給整體的情境下一個終端，但是此詩篇的諸多黑暗詞彙以及對「三一八」事件的譬喻化描寫卻給讀者一個不完全樂觀的感覺。除了主角完全是想像力的結果之外，他的動作也令人驚嘆，所有的景象發生在散在地上的「廢墟」和「荒墳」，無法整合到一個整體、無法想像此空間的具體維數，也缺乏任何層次。在這裡魯迅又一次發揮《野草》地獄的模糊地理空間，也與佛教經典是明顯的差異。

最後，〈一覺〉反映著政治環境，直指奉天、直隸軍閥之間的戰爭。所有本文分析的詩篇當中，這篇是最直接提出現實的事實，同時也最明顯地彰顯文本（text）和語境（context）的破裂。[49]實際上，這篇看似傳記的散文

---

49 Nicholas A. Kaldis, *The Chinese Prose Poem: A Study of Lu Xun's Wild Grass* (Yecao), p. 261.

卻充滿表達豐富情感的比喻性語言。在開端中敘述著將馮玉祥（1882-1948）的國民軍和奉軍飛機的轟炸比喻為上課似的學生，讓敘述者即感到「死」的來襲，又深切地感覺到「生」的存在，處於不確定的心理狀態。青年作者的一些文稿讓敘述者想起他們的苦惱、憤怒以及被封殺打擊得粗暴的靈魂，引起深切的情感。這樣的粗暴是「無形無色的鮮血淋漓的粗暴」，對應的是無窮的創傷。然而，此時敘述者想起與他的學生馮至的相遇，也記得這位青年作者的精彩作品早已不出版。通過與托爾斯泰對草木在旱乾的沙漠中的比喻，敘述者引用《沉鐘》的《無題》有關當時社會的一段話，則是一片沙漠，荒漠—靜肅、寂寞—蒼茫等對立語詞又成了這段的中重點。對於敘述者講，受到粗暴對待的年輕人是流血和隱痛的靈魂。在最後段話中，敘述者即說到夢，又忽而警覺，看到戶外的小小夏雲，「徐徐幻出難以指名的形象」，總結對這篇散文的焦點所在。〈一覺〉表達作者對年輕人被殺並無法繼續撰寫自己的作品的感慨和悲哀，但是其情感聲調又沉陷於詞語上的模糊性。一方面，魯迅引用許多負面意義的詞彙，另一方面也寫反義詞，讓讀者一直處於不確定感。矛盾的是，這篇開端以一個歷史事實為撰寫的依據，然而魯迅只有委婉地呈現對事實的情感。

　　《野草》的產生時期與魯迅個人生活黑暗時刻恰恰暗合，是社會極為動盪不安的時代，〈淡淡的血痕中〉撰寫動機如同〈《野草》英文譯本序〉記載，以「段祺瑞政府槍擊徒手民眾」為基本緣故，反映「三一八慘案」事件，而直奉戰爭反映在〈一覺〉。這些事件發生散在地上的「廢墟」和「荒墳」，無法整合到一個整體、無法想像此空間的具體維數，也缺乏任何層次。用這個書寫策略，在這裡魯迅發揮《野草》地獄的模糊地理空間，與佛教經典是明顯的差異。

　　從以上的分析我們可以觀察到《野草》中各篇充滿佛教意象的辭彙表示居最高出現頻率有夢或夢境、地獄、黑暗、虛空、空虛、憎惡、沉默、虛無、悲憫、詛咒、悲哀、寂寞、抗拒、消滅、絕望、冰冷、孤獨、死掉、深夜、苦痛、羞辱、怨恨、害苦，這些專用語皆與消滅、破裂、黑暗等概念相關。我們發現有關佛教意象的詞語圍繞著一個核心，即源自佛教概念的「地

獄」。就感情性質來看，魯迅的苦難、黑暗、死亡的意象，與佛教的苦難、地獄的描繪很相似，然而感情的結構似乎有著明顯的差異，從原本具分明層次的地獄形象，《野草》放棄了佛教對地獄空間的構築層次，然而從其作品中卻不難讓人直接聯想到地獄二字，佛教的地獄與魯迅筆下的地獄產生了微妙的連結對應，其對應性不只涉及形象和語句、詞彙等，更重要是串聯全作品，且使其對應性彰顯邏輯核心——情感。[50]

宗教文學中豐富多樣的地獄形象，被魯迅作為一種象徵，延伸運用在《野草》。魯迅曾經說過，他在悲哀、苦惱、零落、死火等詞彙中，找到創作的來源。一直到開始撰寫，時則無法進行和完成的過程，讓他感覺到一切都是莫名的「空虛」。[51]作為直覺精準的作家，魯迅從痛苦和悲哀的情感開始，將自己的生活經驗轉成作品，只是尋找辭彙竟是難以完成的任務。研究經驗、記憶和創傷關係的學者在分析作品的論述如何創造經驗時，認為經驗的形式和內容是論述的結果。在經驗和論述之間的重要聯繫者則是記憶。因為敘事記憶讓人理解經驗，所以一旦經驗無法被記住，則產生「失敗的經驗」或「創傷」。[52]《野草》是魯迅在「虛無」狀態之下產生，魯迅在作品中豐富的象徵化表現，創發於表達和陳述主體經驗的原本表述，已不足以完整精確敘述其豐沛的情感，因而激發其象徵化形式。在產生破裂的界線，作者的內在世界、當時的社會環境創建經驗和記憶的交叉點，是創傷來源之一。同時，魯迅對新文學形式的嘗試，提供發洩心中「空虛」感，並創造《野草》的形式特色。經驗、記憶和創傷的相關聯，不僅讓我們更深入地把握魯迅所創造的形象特徵，更提供觀察民初時期文學與宗教的複雜關係和互相定義。

---

50 Albert, Charles J. "Wild Grass, Symmetry and Parallelism in Lu Hsün's Prose Poems" in *Critical Essays in Chinese Literature*, ed. by William H. Nienhauser, Jr. (Hong Kong: The Chinese University of Hong Kong, 1976), p. 3.

51 魯迅：〈三閒集‧怎麼寫〉，《魯迅全集》，第四冊，頁18-19。

52 Ernst Van Alphen, "Symptoms of Discursivity: Experience, memory and trauma" in Mieke Bal, ed. *Narrative Theory: Critical Concepts in Literary and Cultural Studies (Political Narratology)*, vol. 3 (London and New York: Routledge, 2004), pp. 107-122.

四 《野草》對現實的詮釋

在分析魯迅的作品時，李歐梵曾經提到作家將感情轉換藝術的機制，認為為了表達自己的哲學思考，魯迅必須找到適當的形式和語言。[53]事實上，《野草》的散文詩形式顯示魯迅在無意識、意識和周邊的世界這三個畛域的自我意識。[54]在《野草》中，魯迅運用屬於佛教的辭彙帶有很明顯的情感表述，在充滿力量的表述條件之下，魯迅創造另一與佛經描述不同的世界，從而使佛教經典的具體概念轉變成為象徵。《野草》的辭彙象徵著魯迅時代的社會現象，然而象徵如何產生、在魯迅的作品中象徵化的過程如何呈現其特色恐怕比社會象徵更重要，此作品創作過程乃是筆者關注的問題。在探究象徵的特徵和產生的過程時，蘇珊・朗格認為，除了溝通意義和功能之外，象徵還具有很重要的一個面向，即產生象徵的過程是經驗的表述方式。[55]由此可知，探究《野草》裡佛教形象的象徵可以更清楚精確地了解魯迅寫作的過程對魯迅的意義，並能藉以深究其創造哲學、內在世界如何完整地被表達。

蘇珊・朗格的語言理論在情感和語言的關係、語言創造象徵的過程、語言的情感意義和力量等方面有系統的詮釋，助於分析魯迅藉由佛教辭彙（例如地獄、死火、火聚、夢）在《野草》所創造出充滿濃厚強烈情感色彩的象徵世界、這類形象在文學史上的意義與演變過程、社會價值、美學效力等問題。蘇珊・朗格對語言的論述，基於將語言與審美情感緊密連結，認為語言不只是交流功能，而是由未具實用意義的審美情感產生。經由語言在符號性的表達中體現人對某個東西的情感反應、又如何刺激概念的表達，可以看到符號在語言中產生效力的完整過程。因此，運用蘇珊・朗格對語言與符號關

---

53 Leo Ou-fan Lee, *Voices from the Iron House: A Study of Lu Xun* (Bloomington: Indiana University Press, 1987), p. 91.

54 Nicholas A. Kaldis, *The Chinese Prose Poem: A Study of Lu Xun's Wild Grass* (Yecao) (Amherst, New York: Cambria Press, 2014), p. 147.

55 Susanne K. Langer, *Philosophical Sketches* (Baltimore: Johns Hopkins Press, 1962), pp. 58-59.

係的理論不但得以分析魯迅創造的形象，而且也足以理解象徵化的過程。同時，人類思維不僅具有語言思維功能（所謂的推理性符號），而且也有宗教思維功能與藝術直覺功能。文學作品是推理性符號的藝術作品，於是也是表現性形式，文學作品的分析必須超過語言層次的理解並詮釋象徵創造的過程才可以呈現它的完整含義，[56]才可以看到《野草》所描寫的作者情感與生命、情感與心靈的關係。

佛經透過象徵展現其宗教意識，例如「人於世間身作惡口言惡心念惡，常好烹煞祠祀鬼神者，身死當入泥犁中」、「多樹木皆有刺，樹間有鬼，人入其中者，鬼頭上出火、口中出火，身為十六刺。」[57]使用營造恐怖的場景，培植出恐懼的情緒，轉使佛教信仰成為救贖的力量，勸說讀者皈依佛教。[58]相較之下，魯迅〈失掉的好地獄〉開頭云：「我夢見自己躺在床上，在荒寒的野外，地獄的旁邊。一切鬼魂們的叫喚無不低微，然有秩序與火焰的怒吼，油的沸騰，鋼叉的震顫相和鳴，造成醉心的大樂，布告三界：地下太平。」[59]作者的地獄敘述完全個人化、主體化了，其意義由宗教思維特色轉變為獨特的個體情感世界表現。

如此豐富多樣形象世界體現了蘇珊・朗格對產生象徵過程的定義，以及創造性的立意（artistic conception）優於具體陳述（literal statement）的觀點。蘇珊・朗格認為創造性的立意是象徵形式，只有它可以顯示生活中的真

---

56 同上註，頁263-264.

57 （東晉）竺曇無蘭譯：《佛說鐵城泥犁經》，第一冊，No. 042，頁827a02-827a04、頁827c24-827c25。

58 當然，此類用語不只專屬於佛教。佛道教在中國宗教文化中是互補的宗教，許多形象與詞彙在兩個宗教之中是共享且互相影響的，地獄的象徵和描繪方式亦是如此。例如，道教的《要修科儀戒律鈔》把犯罪者按照罪行的性質分排到不同的地獄，不難看出是受佛教地獄細緻區別的影響。參看（唐）朱法滿：《要修科儀戒律鈔》卷七，白雲觀長春真人編纂：《正統道藏》，第十一冊，洞玄部（臺北市：新文豐出版公司，1985年），頁867-868。

59 魯迅：〈野草・失掉的好地獄〉，《魯迅全集》，第二冊，頁199。

實，唯有將真實被感知和象徵化，我們才可以用語言表達真實。[60]在分析魯迅作品時，很重要的關鍵是《野草》所表現的情感分類，是否直接感覺到的情感，還是通過直覺和沈思而形成的情感，[61]這區分對理解《野草》象徵產生的機制極關重要。

　　一九二四至一九二五年間女師大風潮、一九二六年「三一八慘案」事件都讓魯迅用不少筆墨發洩悲哀和憤怒心情。在一九二六年魯迅寫了《華蓋集續編》〈記念劉和珍君〉的雜文[62]紀念劉和珍（1904-1926）和楊德群（1902-1926），兩位被殺害的北京女子師範大學學生。一九二四年段祺瑞（1865-1936）的錯誤施政決策、章士釗（1881-1973）反對新文學、白話文，主張「讀經救國」、壓迫性的措施，例如禁止學生集會、解散女子師範大學等，讓魯迅一直支持學生和他們所提出的公平要求，認為「黑暗慘虐情形，多曾目睹」、「章、楊的措置為非，復痛學生之無辜受戮」，導致「尋求所謂『公理』『道義』之類而不得」。[63]在一九二六年三月十八日的天安門大規模的屠殺讓魯迅寫《華蓋集續編》〈無花的薔薇之二〉，描繪了自己對此事件的哀怨。[64]以上述的情景都讓他深切地體現「惟『黑暗與虛無』乃是『實有』」[65]以及

---

60 Susanne K. Langer, *Philosophical Sketches*, p. 81. 作者具體化這個過程："what the created form expresses is the nature of feelings conceived, imaginatively realized, and rendered by a labor of formulation and abstractive vision"，參看Susanne K. Langer, *Mind: An Essay on Human Feeling*, vol.1 (Baltimore: The Johns Hopkins Press, 1983), p. 90.

61 Susanne Langer, *Mind: An Essay on Human Feeling*, vol.1, p. 89.

62 魯迅：〈華蓋集續編‧記念劉和珍君〉，《魯迅全集》，第三冊，頁273-278。David E. Pollard對這篇雜文的詮釋參看"Lu Xun's Zawen," in *Lu Xun and His Legacy*, edited with an Introduction by Leo Ou-fan Lee (Berkeley: University of California Press, 1985), pp. 77-79。

63 魯迅：〈華蓋集‧「公理」的把戲〉，《魯迅全集》，第三冊，頁164。

64 此期間的歷史事件與當時魯迅的日常生活點滴，從魯迅的日記亦可看出端倪，參看魯迅：〈日記十四‧一九二五年五月〉及〈日記十四‧一九二五年十一月〉，《魯迅全集》，第十四冊，頁544-548、570-573。一九二五年四月的時候，魯迅在齊壽山幫助下與許壽裳移往德國醫院，後來又避居法國醫院。此時魯迅已將〈死火〉和〈狗的駁詰〉完成並寄給李小峰。細節參看魯迅：〈日記十四‧一九二五年四月〉，《魯迅全集》，第十四冊，頁543。

65 魯迅：〈兩地書‧北京‧四〉，《魯迅全集》，第十一冊，頁20-21。

在《野草》〈頹敗線的顫動〉所說的「無詞的言語」。

在情感機制上，這類辭彙在佛教經典和魯迅的文本裡表達方式具有明顯不一樣的含義。與其說《野草》地獄相關辭彙而構成的語言宇宙缺乏結構性的表達，不如說魯迅的作品具有獨一無二由這類辭彙所組成的地獄結構。其原本層次分明的地獄結構改成對痛苦、絕望、寂寞、黑暗時代的代詞和譬喻，但是除了佛教辭語的譬喻化，我們還可以如何解釋抽象化的過程？

語言、概念、知性的關係上，詞語與概念化（conception）是聯繫在一起的，概念則是知性的框架（perception）。[66]現實的世界是語言性的，缺乏語言的話，我們的想像力不能掌握客體以及客體之間的關係。語言的動機是將經驗轉變概念。語言是根基於人類特有對經驗的符號化和抽象化的能力。魯迅的作品譬喻化了對於語言表示（connotation）與延外表示（denotation）符號的價值：語言的第一個符號價值是單純表示性的，類似儀式。延外表示是語言的真正性質，因為它將符號從原本的環境拉出來，並用在有一定意圖的情況下。一個延外表示性的詞語連接到概念以及到一個東西（人、事件等等，都是實在的現象）。[67]

所有的思考都是從感受、知覺開始的，思考也是在這基礎上構造理念，任何理念化都必須通過從理解格式塔（Gestalt）才可以完成。現實充滿很多記號，都是連接的並讓我們用一定的行為而反應，記號編織我們在現實的感受。現實的任何一個單位可以變成一個有意義的符號，一九二四至一九二六年期間所發生的事件無疑是特殊的符號，魯迅運用的佛教象徵則代表對社會情境格式塔的掌握和藝術性的表述。然而，記號和符號都是從感性的（emotional）和知覺性的（sensuous）經驗而來。[68]《野草》與其他同樣時間寫的雜文、散文、小說相比，有著截然不同的音調、文本，也用特殊的文體和結構、大量宗教性詞彙。《野草》是魯迅拒絕用語言或指定的形象表達

---

66 Susanne K.Langer, *Philosophy in a New Key: A Study in the Symbolism of Reason, Rite, and Art* (Cambridge, MA: Harvard University Press, 1969), pp. 125-126.

67 同上註，頁133。

68 同上註，頁266-294。

任何政治或思想，是魯迅認為語言不能充分地陳述遇到使他受到創傷的歷史或個人的事實，是魯迅處於類似麻痺不知如何說出或寫出心裡感覺的狀態之下，寫下有表達悖論性的知覺體驗。[69]《野草》的語言形象的整合體，實際上是作者自我解析，作者所經歷的重大事變，讓他用寫作這個過程去意識到自己的情感，存有的文字形式亦不足以表達經驗的實際需求。因此，他需要由諸多象徵構成新的情感表達方式。《野草》不僅是一個充滿象徵的作品，更重要的是這文本的語言和形象體現了魯迅理解自己個人的經驗的努力，對於他表示等於認識。[70]《野草》是否體現了如魯迅在〈頹敗線的顫動〉一樣「無詞的言語」的心理狀態？若是，他到底如何在無詞的言語中找到了足夠以表達強烈情感的詞彙？從具體的日常經驗、所經歷的、所看到的事件，再到形成的情感以及尋找顯示此情感的適當形式（語言和象徵），上述分析的詞彙提供解釋這過程的線索，說明魯迅如何將經驗連結到情感及語言。

在情感機制中，這類辭彙在佛教經典和魯迅的文本裡具有明顯不一樣的含義，其表達方式以及呈現在文本的結構也截然不同。其原本層次分明的地獄結構文字，改變為對痛苦、絕望、寂寞、黑暗時代的代詞和譬喻。除了佛教辭語的譬喻化，還可以藉由符號理論來詮釋抽象化的過程。符號不是客體的代理（proxy）而是構思客體的工具，於是一個符號必須跟概念有關才是符號。符號功能有兩種：第一個代表一個由主體到符號到客體的過程（connotation）；另一個符號功能代表又主體、符號、概念的過程（denotation），第一種符號是一般的（亦稱記號sign），第二種是相當於象徵的符號（symbol）。於是，每一個詞語有三個意義：意義、表示、外延表示。詞語的意義必須有論述，論述符號主義是思考的基礎。象徵表達的是概念，概念既被象徵化，我們的想像力就把概念個人理念化，這種理念化必須經過抽象化的過程。[71]

---

69 Nicholas A. Kaldis, *The Chinese Prose Poem: A Study of Lu Xun's Wild Grass* (Yecao), p. 152.

70 同上註，頁146-147。

71 Susanne K.Langer,*Philosophy in a New Key*: *A Study in the Symbolism of Reason,Rite, and Art*, pp. 64, 66-67, 71-72.

　　佛經所呈現的地獄形象有很具體的特色，顏色、聲音、物體，都是地獄空間的部分，目的在於產生讀者的恐懼感、建立他們虔誠的信仰。作為一個特殊的文本，地獄佛經缺乏藝術性的特徵，是以教誡、教諭性質存在的文本。雖然《野草》完成在社會劇烈變動的時空，然而與同時期的其他作品相比，《野草》不進行直接的批評，讀者只能通過一定的形象解釋作者的情感。任何文學作品像藝術作品一樣，都充滿象徵（或符號），從符號存在於作家的環境裡，到符號被呈現在作品裡，必須通過很特殊的轉換過程，其重要部分則是情感和直覺。通過某些典型的、已經形成的知覺或「直覺」，對形式本身的認識乃是自發而又自然的抽象；而對某些直覺的隱喻價值的認識，則是自發而又自然的解釋，這種隱喻價值是從這些直覺形式中產生的。無論是抽象還是解釋，都是直覺，而且都可能涉及到某些非理性形式。它們以人類全部精神活動為基礎，是語言和藝術產生的根源。[72]在建立自己的符號理論時，蘇珊‧朗格描述產生符號的過程。符號本身是它所象徵現象的投射，藝術則是藝術家（或作家）理念投射在一個具體可覺察的形式，他所創造的表現形式（expressive form）則是生活、情感的投射。因此，藝術的概念化不是心理進化的過渡階段，其代表的是揭示生活真理的最後象徵形式。[73]

　　藝術與語言的差別在於，第一個是非推論邏輯形式，第二個是推論邏輯

---

72 蘇珊‧朗格著，劉大基等譯：《情感與形式》（臺北市：商鼎數位出版，1991年），頁438-9。高友工討論抒情傳統之美學問題時，強調從創作目的和方法的角度來看，作者的經驗實際上就是作品的本體和內容，而保存的方法是「內化」（internalization）和「象意」（symbolization）。他還認為經驗的價值可以在三個層次觀察，即感性、結構、境界，其中經驗的結構被賦予生命，是因著想像的視界用象徵賦予給經驗。參看高友工：〈中國文化史中的抒情傳統〉，陳國球，王德威編：《抒情之現代性：「抒情傳統」論述與中國文學研究》（北京市：生活‧讀書‧新知三聯書店，2014年），頁109、116。

73 Susanne K.Langer, *Mind: An Essay on Human Feeling*, vol. 1，頁75、81。蘇珊‧朗格意識到了十八和十九世紀的「感覺材料」和「聯想」被當成知識產生的途徑，然而此類實證主義的心理學無法解釋藝術創造、想像力和情感方面的眾多課題，因此她認為在十九和二十世紀，隨著數學的發展而出現了所謂的「象徵性邏輯」，藉此在語言學領域中提供解釋比喻性、象徵性的理念表達。同上註，頁77-78。

形式。如同李奧納多・達文西（Leonardo da Vinci, 1452-1519）認為一個被畫畫的物體體現藝術家的生活敘述（artist's narrative）一樣，這個藝術品缺乏語言用論述性的詞語，是由情感所產生的邏輯形式而被成立。[74]所形成的藝術形式表示創作者情感的性質、是其用想像力完成的、被體驗的和抽象化的形式。情感有自己的展現規則以及自己的文法，其創造的形式是象徵。職是之故，筆者認為，無論是語言的模糊性、結構的不確定性或所運用的文體，魯迅《野草》都體現了創造藝術品的過程。如同蘇珊・朗格所說的：作家看到有情感意義的對象，並用想像力抽象化對象，此即是想表達的現象（魯迅的客觀世界或社會環境、個人世界）連接到語言的功能與表現能力，其中很重要的因素是主體的情感。

從被表述到再現以及抽象，情感與語言展現類似的地方。在語言產生的理論上，蘇珊・朗格認為通過符號的外延表達，一個東西可以因此被掌握，語言從這個簡單的過程開始發展。被詞語註定的經驗成為記憶的焦點，並其他的印象可以聯繫到它，從而具有一定的語言環境。這個簡單的階段叫做"empractic" use of language，指在一個具體、明顯的情況下，說話者以及聽話者之間用一個詞語來命名一個概念。Philip Wegener描述單純詞語在一個明顯的情況下如何變成復合的語句，其過程有兩種原則：「校正」（emendation）（言語的句法形式）以及比喻（metaphor）（概括的來源）。以單一個詞彙在句子中的使用情況為例來說明，一個詞在一定的情況下有意義，一個詞語不夠的時候，我們加上其他部分。語法結構是有一個不明確的詞的校正而發展出來的；因為我們的表達不足，所以我們會在語句中增添動詞性質等輔助；輔助的部分是解釋原本的詞，這就是新的意義。憑著我們的習慣，我們把沒有什麼重大指涉的詞加入語句而成為一句話。每一個話語有環境以及新穎性。說話的人想表達的是新穎的部分，因此他可能會利用任何詞語，環境就會決定這個詞語的意義。[75]此及語言語法結構從校正以及比喻

---

74 Susanne K. Langer, *Mind: An Essay on Human Feeling*, vol. 1, p. 86.

75 Susanne K. Langer, *Philosophy in a New Key: A Study in the Symbolism of Reason, Rite, and Art*, pp. 135-140.

發展的原因，魯迅在《野草》佛教地獄、死後、夢等關鍵詞的運用，也可以視為解釋核心概念或一套情感的結果。在建構一句話時，人必須借用抽象概念或比喻完成自己的話語。更進一步思考，比喻是從一個辭語的多義性在一定的語境之下開始起義，話語的定義必須考慮辭語與句子的互動，辭語之所以可以彰顯諸多意義之一是文本中由下一句話而決定的。因此，在分析比喻和辭語的語意之間的關係時，句子、話語、作品、話語情境等因素是關鍵問題。[76]在《野草》裡，核心是當時的社會環境、魯迅對其有所想法、感想，使他所描繪的世界富於聯想，乃是作者引用大量比喻創造獨特的《野草》象徵世界，而這個世界與佛經描寫的形象特色已經不完全相同，其原因是社會環境在魯迅想像所刺激形成的特殊情感。更重要的是，雖然在分析藝術品（文學作品）的時候，蘇珊‧朗格把重點放在其與情感的關係上，但是她強調的是這種情感生活作為現實生活的一部分。通過情感作家把一個現實的意象抽象化，於是情感具有一定的時代性。

同樣，在討論文藝鑒賞的四個階段時，廚川白村從鑒賞的心理過程特色分析理智、感覺、感覺的心像、共鳴的創作等方面，探究從理智和感覺在欣賞作品過程中的作用，再到感覺的心像被喚起，文藝的鑒賞乃在於接觸到讀者的無意識心理，讓讀者與作品描述的世界產生共鳴，打動了讀者的情緒、思想、精神等，是作品欣賞最後一階段。為了鑒賞一部文學作品，必須理解其心理結構，即如何「從作家心裡的無意識心理的底裡湧出來的東西，再憑了想像作用，成為或一個心像，這又經過感覺和理智的構成作用，具了象徵的外形而表現出來的，就是文藝作品。」鑒賞者的心理則經過相反的過程。[77]

---

76 Paul Ricouer, *The Rule of Metaphor. The Creation of Meaning in Language*, tr. byRobert Czerny with Kathleen McLaughlin and John Costello (SJ. London and New York: Routledge, 2003), pp. 152-153.呂格爾分析文本中隱喻意義的創造歷程，如何從語詞到句子層次的轉換，思考句子（陳述）如何產生意義，再連接到話語的層次，認為比喻不僅僅代表一種語言內在的結構，也代表語言與世界的聯繫。換言之，呂格爾認為隱喻是象徵的語義架構，將隱喻放置於語言且能夠指稱語言之外現象的功能。這樣的問題意識不涉及隱喻的形式或意義，而是涉及作為對現實進行「重新描述」的能力。

77 （日）廚川白村，魯迅譯：《苦悶的象徵》，頁54-55。

日本作家所描述的文學作品創造過程正與蘇珊・朗格對創造作品的機制的理論相同，亦同質於王國維跟章太炎對「景」／「理」和「情」、「感」的看法，即文學作品必須結合客觀和主觀因素。

在〈《野草》英文譯本序〉裡魯迅強調了《野草》幾篇散文詩的撰寫動機，其中原因的部分屬於魯迅本人對文藝的疑慮而作的，如〈我的失戀〉，諸多的繁雜感想讓魯迅自己以為這些散文詩「大半是廢弛的地獄邊沿的慘白色小花」，[78] 表達對「文學革命」沒有這麼大的熱情。所以自始，魯迅便把《野草》聯繫到地獄的概念，把作品寫作時的中國社會現實，象徵性地表現為「廢弛的地獄」的社會。

作者所引用的傳統概念卻又不完全符合傳統的定義，《野草》的創作原則依賴特殊規矩——從模糊的情感狀態，到由校正／比喻化，在此現實象徵化的過程，讀者看到的完整藝術品（文學作品）都體現了情感的連結過程。藝術象徵是超越話語或表現性的層次，所以「無詞的言語」是《野草》最佳情感境界，對當時夏曾佑（1863-1924）提出小說「寫小事易，寫大事難」的說法[79] 提供了深具創造性意義的做法，豐富了民初中國文學的形象境界。

五 結論

本文試圖用西方語言學及哲學理論詮釋中國近代文學作品。晚清民初時期中西之文論的爭議從「情」展開討論，在傳統中國思想中，「情」有豐富的意涵，一般與「性」聯繫在一起討論。中國原本「性情」的觀念在近代受到了西方「知情意」的影響，兩者之間的衝突和融合導致二十世紀中國哲學對「情」的重新探討。「五四」時期知識分子對「情」的紛紜看法和詮釋讓傳統的意義有所改變，將「情」借「知」反對「性」（理），而胡適、魯迅等

---

78 魯迅：〈二心集・一九三一年・《野草》英文譯本序〉，《魯迅全集》，第四冊，頁356。

79 夏曾佑在〈小說原理〉提到小說的五難，即寫小人易，寫君子難；寫小事易、寫大事難；寫貧窮易，寫富貴難；寫實事易，寫假事難；敘實事易，敘議論難。參看康來新：《晚清小說理論研究》，頁205-206。

文士主張新的倫理原則，由此建立「新情」此概念範疇。[80]

在討論推論性和表象的象徵時，蘇珊‧朗格認為這不是語言和藝術意義的差別。藝術象徵不能被翻譯，它的意義與它的形式息息相關，意義都是含蓄的並不能被解釋的（例如，一首詩具有很多方面，必須掌握詩來自不同因素的總體含義）。詩的材料是論述性的，但詩的效果（則是藝術現象）就不是。詩的重要形式在於詩的總體。一個藝術象徵超越話語的或表現性的意義。「藝術真實」則是象徵相對於感情形式的真實，這樣的事實有自己的邏輯性。因此，理解一個藝術品類似於具有一個新的經驗，藝術真實有不同程度的保險性、重要性。我們對藝術品的判斷是按照對於藝術品啟示的經驗。因此，了解藝術品或文學作品之前，我們必須先掌它的格式塔，之後理解它的意義，是對藝術模式的一種敏感度。如果我們不熟悉其格式塔，我們就不能理解這個藝術品。[81]本文試圖從中國宗教文學的角度掌握《野草》的書寫特色，不單就《野草》直接提出佛教辭語的部分，而是觀察分析全部作品的佛教語氣、其意義以及在魯迅作品系統裡的價值。實際上，《野草》的佛教辭彙用以表達和比喻當時社會的黑暗則是對這部作品格式塔的詮釋，在這基礎上探究關鍵詞在重用的過程中如何由個體情感與經驗被主宰，亦關注情感與宗教象徵的關係、情感的含義和社會價值，由此描述古典（宗教）經典在近代文學應用的方式和意義。

魯迅和王國維對抒情的理解，即魯迅強調抒情中的「意力」琢磨的「詩

---

80 方用：《二十世紀中國哲學建構中的「情」問題研究》（上海市：上海人民出版社，2011年），頁5、8。

81 Susanne K. Langer, *Philosophy in a New Key: A Study in the Symbolism of Reason, Rite, and Art*, pp. 260-262. 在中國文學理論也有類似的觀念和界定。所謂「感物」是心的活動，其作用是在「連類」，即連繫物類。不僅如此，「人」是宇宙類推的中心，因為他是唯一能「感知」、「應顯」：他接收天地萬物的訊息，也將此訊息還給發出訊息的世界。人與宇宙不屬於二分化的關係，人與世界是一體，世界的整體體現在人的個體，發出自個人身心的文學是人感應出來的宇宙，因為「文」一樣屬於人與宇宙的。參看鄭毓瑜：《引譬連類：文學研究的關鍵詞》（臺北市：聯經出版事業公司，2012年），頁34-35。

力」，崇拜作為「精神界之戰士」的詩人理想；相反，王國維認為抒情的解脫和深化後的「境界」，側重文學美學上的「無我之境」，其實都是受到了西方文學，尤其浪漫主義的影響。[82]顯然，日本作家廚川白村不但在藝術、文學及象徵創造影響魯迅，同時也影響魯迅的「情」、「感」觀，更重要的是，《野草》中所描繪的意象，讓文學作品的美學境界和抒情世界貼近針對現實。

　　從象徵如何反映情感經驗的角度觀察魯迅作品，提供給研究魯迅與佛教論述新的詮釋可能性。縱使利用的詞語表達的概念形式上一樣，但是詞語背景不同導致詞彙象徵價值的改變，於是文學研究在某程度上必須從語言學和語言分析的層次開始。而如此以中國古典文學為主，嘗試在西方語言理論學習上，重新看待文本與作者，希冀能在作品詮釋與跨文化領域等方面有一貢獻。一方面，以上的分析表明近代文學作家與宗教（尤其是佛教）的密切關係，佛教經典不僅當作文學作品素材之一，也被作者巧妙地融合到文本裡，讓像《野草》心理特色濃厚的作品藉由宗教用語表達精神深層的情感，從此可看到中國佛教經典的力量和生命力，予以宗教文學新的意義。另一方面，我們對象徵的掌握、理解、詮釋，是解釋宗教象徵以及其呈現在文學作品的關鍵所在。

---

82 王德威：〈「有情」的歷史：抒情傳統與中國文學現代性〉，《抒情傳統與中國現代性：在北大的八堂課》，頁28-29。

參考文獻

一　傳統文獻

（東漢）安世高譯　《佛說十八泥犁經》　《大正新脩大藏經》　第17冊
　　　　No. 731

（後秦）鳩摩羅什譯　《妙法蓮華經》　《大正新脩大藏經》　第9冊
　　　　No.261

（後秦）鳩摩羅什譯　《大智度論》　《大正新脩大藏經》　第25冊
　　　　No.1509

（西晉）竺法護譯　《修行道地經》　《大正新脩大藏經》　第15冊　No.
　　　　606

（東晉）竺曇無蘭譯　《佛說鐵城泥梨經》　《大正新脩大藏經》　第1冊
　　　　No.042

（東晉）竺曇無蘭譯　《佛說泥犁經》　《大正新脩大藏經》　第1冊　No.
　　　　086

（東晉）佛馱跋陀羅譯　《嚴華經》　《大正新脩大藏經》　第9冊　No.
　　　　278

（元魏）瞿曇般若流支譯　《正法念處經》　《大正新脩大藏經》　第17冊
　　　　No. 721

（劉宋）寶　雲譯　《佛說淨度三昧經》　《卍續藏經》　第87冊

（蕭齊）僧伽跋陀羅譯　《善見律毘婆沙》　《大正新脩大藏經》　第24冊
　　　　No. 1462

（唐）朱法滿　《要修科儀戒律鈔》　白雲觀長春真人編纂　《正統道藏》
　　　　第11冊　洞玄部　臺北市　新文豐出版公司　1985年

（唐）藏　川　《佛說地藏菩薩發心因緣十王經》　《卍續藏經》　第150冊

（唐）釋道世著　周叔迦、蘇晉仁校注　《法苑珠林校注》　北京市　中華
　　　　書局　2003年

白雲觀長春真人編纂　《正統道藏》　臺北市　新文豐出版公司　1985年

藏經書院編輯　《卍續藏經》　臺北市　新文豐出版公司　1993年　影印藏
　　　經書院版

（日）高楠順次郎、（日）渡邊海旭都監　《大正新脩大藏經》　臺北市
　　　新文豐出版公司　1983年　影印1924-1932年東京大正新修大藏經
　　　刊行會版

二　近人著作

方　用　《20世紀中國哲學建構中的「情」問題研究》　上海市　上海人民
　　　2011年

王國維　〈文學小言〉　郭紹虞、羅根澤主編　《中國近代文學論著精選》
　　　臺北市　華正書局　1982年　頁766-771

王德威　《抒情傳統與中國現代性：在北大的八堂課》　北京市　生活・讀
　　　書・新知三聯書店　2010年

李小榮　《漢譯佛典文體及其影響研究》　臺北市　萬卷樓圖書公司　2015年

杜方智　〈為什麼「難於直說」？──佛文化與《野草》之一〉　《湖南科
　　　技學院學》第31卷第2期　2010年2月　頁53-57

汪衛東　〈《野草》與佛教〉　《中國現代文學研究叢刊》2008年第1期　頁
　　　75-85

汪衛東　〈「淵默」而「雷聲」──《野草》的否定性表達與佛教論理之關
　　　係〉　《中國現代文學研究叢刊》　2010年第1期　頁75-88

哈迎飛　〈論魯迅與佛教文化的關係〉　《福建文學》　1997年第6期　頁
　　　59-62

哈迎飛　〈論《野草》的佛家色彩〉　《文學評論》　1999年第2期　頁
　　　131-140

高友工　〈中國文化史中的抒情傳統〉　陳國球、王德威編　《抒情之現代
　　　性：「抒情傳統」論述與中國文學研究》　北京市　生活・讀書・
　　　新知三聯書店　2014年　頁106-163

孫玉石　《現實的與哲學的：魯迅《野草》重釋》　上海市　上海書店出版
　　　　社　2001年

孫玉石　《《野草》研究》　北京市　北京大學出版社　2007年

張　典　〈《野草》虛無意識的來源〉　《零陵學院學報》第24卷第6期
　　　　2003年11月　頁20-22

張　典　〈《野草》與魯迅個體精神的復雜性〉　《湖南人文科技學院學
　　　　報》第3期　2011年5月　頁21-25

章太炎撰　龐俊、郭誠永疏證　《國故論衡疏證》　北京市　中華書局
　　　　2008年

康來新　《晚清小說理論研究》　臺北市　大安出版社　1990年

鄭毓瑜　《引譬連類：文學研究的關鍵詞》　臺北市　聯經出版事業公司
　　　　2012年

魯　迅　《魯迅全集》　總16冊　北京市　人民文學出版社　1989年

魯　迅　《吶喊》　北京市　人民文學出版社　1995年

劉亞丁　《佛教靈驗記研究──以晉唐為中心》　成都市　巴蜀書社　2006
　　　　年

劉彥榮　《奇譎的心靈圖影：《野草》意識與無意識關係之探討》　南昌市
　　　　百花洲文藝出版社　2004年

劉苑如　〈地獄版權──葉德輝印經因緣考〉　《清華中文學報》第11期
　　　　2014年6月　頁299-343

錢光勝　〈人間世·地獄·無常──魯迅與地獄探述〉　《華北電力大學學
　　　　報（社會科學版）》第6期　2011年12月　頁98-104

蕭登福　《道佛十王地獄說》　臺北市　新文豐出版公司　1996年

蘇珊·朗格著　劉大基等譯　《情感與形式》　臺北市　商鼎文化出版社
　　　　1991年

（日）丸尾常喜著　《魯迅《野草》の研究》　東京　汲古書院　1997年

（日）丸尾常喜著　秦弓譯　《「人」與「鬼」的糾葛──魯迅小說新論》
　　　　北京市　人民文學出版社　2006年

（日）丸尾常喜著　秦弓、孫麗華編譯　《恥辱與恢復：《吶喊》與《野草》》　北京市　北京大學出版社　2009年

（日）廚川白村　魯迅譯　《苦悶的象徵》　天津市　百花文藝出版社　2000年

（日）澤田瑞穗　《修訂地獄變：中國の冥界說》　東京都　平河出版社　1991年

（日）藤井省三　《魯迅事典》　東京市　三省堂　2002年

Albert, Charles J. "Wild Grass, Symmetry and Parallelism in Lu Hsün's Prose Poems," in *Critical Essays in Chinese Literature*, ed. by William H. Nienhauser, Jr. Hong Kong: The Chinese University of Hong Kong, 1976, pp. 1-29.

Cheng, Eileen J. *Literary Remains: Death, Trauma, and Lu Xun's Refusal to Mourn*. Honolulu: University of Hawai'i Press, 2013.

Davies, Gloria. *Lu Xun's Revolution: Writing in a Time of Violence*. Cambridge, MA: Harvard University Press, 2013.

Jullien, François. *Lu Xun: écriture et révolution*. Paris: Presses de l'École Normale Supérieure, 1979.

Lee, Leo Ou-fan. *Voices from the Iron House: A Study of Lu Xun*. Bloomington: Indiana University Press, 1987.

Kaldis, Nicholas A. *The Chinese Prose Poem. A Study of Lu Xun's Wild Grass (Yecao)*. Amherst, New York: Cambria Press, 2014.

Langer, Susanne K. *Feeling and Form: A Theory of Art. Developed from Philosophy in a New Key*. New York: Charles Scribner's Sons, 1953.

Langer, Susanne K. *Philosophical Sketches*. Baltimore: Johns Hopkins Press, 1962.

Langer, Susanne K. *Philosophy in a New Key: A Study in the Symbolism of Reason, Rite, and Art*. Cambridge, MA: Harvard University Press, 1969.

Langer, Susanne K. *Mind: An Essay on Human Feeling*. 3 vols. Baltimore: The Johns Hopkins Press, 1983.

Pollard, David E."Lu Xun's Zawen," in *Lu Xun and His Legacy*, ed. by Leo Ou-fan Lee. Berkeley: University of California Press, 1985, pp. 54-89.

Ricouer, Paul. *The Rule of Metaphor. The Creation of Meaning in Language*. Tr. by Robert Czerny with Kathleen McLaughlin and John Costello, SJ. London and New York: Routledge, 2003.

Van Alphen, Ernst. "Symptoms of Discursivity: Experience, memory and trauma" in *Narrative Theory: Critical Concepts in Literary and Cultural Studies (Political Narratology)*, vol. 3, ed. by Mieke Bal. London and New York: Routledge, 2004, pp. 107-122.

Von Kowallis, Jon Eugene. *The Lyrical Lu Xun: A Study of His Classical-Style Verse*. Honolulu: University of Hawai'i Press, 1996.

屏東客家現代文學初探
——從屏東文學史的角度觀察

鍾屏蘭[*]

摘要

屏東地區客家現代文學方面，從鍾理和以降的百年之間，可以稱得上品類繁多、百花齊放；但將之做整體論述的，卻不多見。本文撰述的主要目的，在於以屏東文學史的角度進行觀察，探究屏東地區客籍作家的寫作內容與表現風格特色，並就百年來屏東客家現代文學的發展變化做一綜論。

在撰述的範圍上，時間是從一九一五年日據時期的鍾理和為起點，至截稿的二〇一八年止的百年時間，空間上則限於屏東縣的客家地區；作家限出生或居住於屏東地區的客籍作家，至於目前是否仍居住在屏東則不限制。在作品上，書寫語言並不局限於「客家語言」，但以白話文為主，形式則以小說、詩歌、散文、兒童文學、報導文學為主要範疇。

本文的撰述是將屏東客家現代文學的發展分成四期論述：第一期是日治時代與戰後世代的傳承，時間約略從一九四〇至一九六〇年代，其中又分成一、小說中的殖民傷痕與故鄉回歸，二、跨語一代的現代詩寫作兩部分。第二期則是戰後成長世代的耕耘與突破，時間約略是從一九六〇至一九八〇年代，共分一、小說作家的本土書寫及二、現代詩藝的追求與成熟兩部分說明。第三期是鄉土文學運動時代的風起雲湧，時間約略是從一九八〇至二〇〇〇年間。其中共分成一、本土意識覺醒與現代詩的豐收，二、鄉土文學運動與散文書寫，三、客家雜誌的創辦與客家社團的貢獻等三部分論述。第

---

[*] 國立屏東大學中國語文學系教授。

四期則是當代客家文學的多元創作敘寫，時間則約在二〇〇〇年迄今，共分成一、全面「客語文學」的創作，二、歷史小說的崛起與歷史記憶的重建，三、現代詩歌藝術的開展翻新，四、散文中的客家文化尋根與生態環境敘寫四部分。

關鍵詞：客家、客家文學、屏東文學、現代文學、屏東現代客家文學

一　前言

　　文學是人生的反映，文學作品更是文化心靈的結晶。客家人有自己的文化與語言，自己的生活習俗與處世哲學，出生成長於屏東客籍的作家文人，用文學作品表達他們心靈深處最深刻的感情，自然有其值得探索的價值。文學作品本身有其承繼發展的關係，同時也受到不同時代政治環境的影響，因此本文即試圖從屏東文學史的角度，對屏東地區客家現代文學的內涵及發展演變進行探討。

　　本文在撰述的範圍及切入的角度上，主要是從屏東文學史著眼，因此主要論述包含時間、空間、代表作家與作品，及其中傳承發展演變等。撰述時間上，本文是從屏東最早的客家現代文學作家鍾理和作為起始點，撰寫方式偏向斷代寫法，時間上從鍾理和（1915-1960）寫起至截稿的二○一八年止的百年時間。空間上則限於屏東縣市；作家以出生或居住於屏東地區的客籍作家為對象，至於目前是否居住在屏東則不限制。在作品上，書寫語言並不局限於「客家語言」，但以華語白話文為主，加上近十幾年來蔚為風潮的客語文學作品；形式以小說、詩歌、散文、兒童文學、報導文學、文學評論為主要範疇。作家原則上以目前著作已出版專書的作家為主，至於已經撰述相當詩歌文章，或發表於報章期刊，或參加各式文學獎徵文獲獎，唯尚未將作品結集出版的作者，本文亦就所知，做一簡要介紹。總體來說，本文撰述內容，時間上是從鍾理和（1915-1960）以降迄於今日（2018）的一百年，空間上則以屏東地區為限，客籍作家身分及文學作品認定則採原則性規範，旨在彰顯屏東客籍作家的寫作內容、表現風格特色及探討其中的傳承演變。

　　在撰寫的方式上，為顧及文學史需考察整體文學發展流變的概念，同時作家作品本身無法自外於時代、政治、社會及文學思潮的影響，故本文的寫作，首先以時間為主軸，約略概括為四期來敘述[1]，第一期是日據時代與戰

1　以時間為主軸進行分期敘述，利弊互見。好處是觀察上與檢討上的方便；同時可以嘗試在不同時期的不同作家裡，尋出共同的精神風貌，從而看出所代表的文化意義。然

後世代的傳承（1940-1960），第二期是戰後成長世代的耕耘與突破（1960-1980），第三期是鄉土文學運動時代的風起雲湧（1980-2000），第四期是當代客家文學的多元創作敘寫（2000-）。[2]其下再依照文體分為小說、現代詩、散文等大類敘述，其中劇本、故事、報導文學、文學評論等歸入散文之下；另外再旁及對客家文學創作有推波助瀾之效的客家雜誌的影響與貢獻等。

　　以往有關屏東客家現代文學的相關研究，專書方面有：徐正光主編的《美濃鎮誌》，[3]與六堆客家鄉土誌編纂委員會主編的《六堆客家社會文化發展與變遷》第八冊「藝文篇」中的「現代文學」[4]，黃子堯主編的《臺灣客家文學發展年表》[5]，封德屏主編《二○○七臺灣作家作品目錄》[6]。可惜這四本專書均只有資料列舉而無評述。另外還有黃文車主編的《屏東文學家小傳》[7]，其中有部分客籍作家之生平及撰述資料可資參考，可惜也並未有進一步之評述。博碩士論文方面，有鍾宇翡《臺灣戰後現代詩研究》[8]，其中有部分述及戰後屏東籍的客家詩人及其作品。另外研究者於二○一七至二○一八年擔任《新編六堆客家鄉土誌‧藝文篇》〈文學章〉纂修計畫之編撰，

　　而也有其不可避免的壞處，這是由於客籍作家的文學生涯往往橫跨不同的歷史階段，把作家劃定在特定的歷史時期，常常會造成對其文學精神與風格的誤解。以上參見陳芳明：《臺灣新文學史（上）》（臺北市：聯經出版事業公司，2011年），第一章〈臺灣新文學史的建構與分期〉，頁29-30。

2　分成四期只是就屏東客家文學的發展變化約略概括。

3　徐正光主編：《美濃鎮誌》（高雄市：美濃鎮公所編印，1996年），頁493-496。

4　六堆客家鄉土誌編纂委員會主編：《六堆客家社會文化發展與變遷之研究》（屏東市：六堆文化教育基金會，2001年）。本書依據《六堆客家鄉土誌》一書重新撰修，含參考書目，第一篇：歷史源流篇——第二篇：自然環境篇——第三篇：語言篇——第四篇：政事篇——第五篇：經濟篇——第六篇：教育篇——第七篇：社會篇——第八篇：藝文篇（上）——第九篇：藝文篇（下）——第十篇：宗教與禮俗篇——第十一篇：人物篇——第十二篇：婦女篇——第十三篇：建築篇——第十四篇：古蹟與文物篇——第十五篇：六堆各鄉鎮市概況篇。

5　黃子堯主編：《臺灣客家文學發展年表》（臺南市：國立臺灣文學館，2018年）。

6　封德屏主編：《二○○七臺灣作家作品目錄》（臺北市：文訊雜誌社，2007年）。

7　黃文車主編：《屏東文學家小傳》（屏東市：屏東縣政府編印，2016年）。

8　鍾宇翡：《臺灣戰後現代詩研究》（高雄市：高雄師範大學中文系博士論文，2015年）。

內容包含高屏六堆地區現代文學家之生平、作品、及作品評述等。該研究成果報告已上繳客委會，刻正以《六堆現代藝文風華》之書名出版印行中。至於單篇論文方面，個別作家往往不乏個別研究，限於篇幅，茲不一一列舉。

二 日治時代與戰後世代的傳承（1940-1960）

本文為了讓屏東現代文學能有整體發展脈絡可尋，因此撰述時間上，是從一九一五年日據時期的鍾理和為起點做整體介紹。這段時間約略是從日治時代末期至戰後民國五十年代（1960）左右。這一時期的創作，涉及殖民傷痕問題，國家族群認同問題，及跨越語言障礙等問題。故而作家及作品都偏少，僅有小說及現代詩的寫作。

（一）小說中的殖民傷痕與故鄉回歸

1 鍾理和（1915-1957）

民國四年（大正4年，1915）出生於日治時代的屏東縣高樹鄉廣興村（大路關），十八歲前居住在屏東縣高樹鄉，十八歲後舉家遷往高雄美濃。日治時代高小畢業，因從小接受漢文私塾教育，是當時少數能使用漢文創作者。他與鍾台妹因同姓婚姻不被家庭與社會所容許，曾於民國二十九年（1940）帶著台妹遠走滿洲國東北瀋陽，民國三十年（1941）移居北平；後來日本投降，於民國三十五年（1946）再度回臺，總共在中國大陸生活了八年。返臺後感染肺病，在貧病交迫的病榻下把全部精力用在寫作，民國四十九年（1960）因肺病咳血去世，得年四十六歲。

鍾理和共完成了一部長篇小說，三篇中篇，五十篇左右的短篇小說，還有部分散文，合計約五十三萬字。一九六七年張良澤全面整理鍾理和作品，編成《鍾理和全集》（1967），共八卷[9]。一九九七年高雄縣立文化中心重編

---

9 張良澤編：《鍾理和全集》（臺北市：遠行出版社，1976年）。共八卷，分別是《鍾理和

一套鍾理和全集，共六冊[10]。

　　鍾理和的創作內容往往帶有濃厚的自傳性色彩。《夾竹桃》（1945）為其赴北平期間的經歷縮影，筆法頗受魯迅影響，對當時大宅院裡的人性具有銳利深刻的批判，有見微知著的小說效果。日本政府投降後，鍾理和在中國的土地上產生了被遺棄的辛酸寂寞，發表散文〈白薯的悲哀〉（1946），寫出了臺灣人其實兩邊都不是人，源自臺灣被殖民的悲哀，留下了深刻的殖民傷痕。返臺後回歸故鄉，寫作轉而對故鄉美濃有熱切地擁抱與描寫，首先是由短篇小說《故鄉四部》，〈竹頭庄〉、〈山火〉、〈阿煌叔〉、〈親家與山歌〉等拉開序曲，接著中篇小說《雨》、長篇小說《笠山農場》（1954）、散文集《做田》等，皆是以美濃當地的風土人情為主要題材，寫出了回歸故鄉的種種，包括一九五○年代臺灣農村生活的純樸與窮困、善良與悲慘，深深表達對於農民生活的關注與同情。在反共文學當道的臺灣，他選擇個人與家族的記憶來經營，一方面得以見容於官方文藝政策，一方面又與當時大量的反共文學有了明顯區隔，同時把日據時期寫實主義的傳統，維持著一線香火。[11]

　　《笠山農場》是以作者自身的經歷，描寫同姓婚姻的困境及反映農民的勞動生活；他巧妙地將客家文化與小說內容結合，是小說，也是客家文化風俗的紀錄。語言樸實簡潔，而作品風格蘊含客家族群溫厚樸實的生命特質。「一陣悠揚的山歌伴著伐木聲，送進了致平的耳朵。笠兒山上草色黃，阿哥耕田妹伐菅。……客家人是愛好山歌的，尤其在年輕的男女之間，隨處可以聽見他們那種表現生活、愛情和地方感情的歌謠。」

　　短篇小說則以《貧賤夫妻》最受注目。這篇自傳式的小說裡，婚姻、貧窮和疾病是三個相互糾結的主題，呈現的是一家人在無比艱困的環境下，益發堅貞深厚的動人感情。「十數年來坎坷不平的生活，那是兩個靈魂的艱苦

全集卷一・夾竹桃》、《鍾理和全集卷二・原鄉人》、《鍾理和全集卷三・雨》、《鍾理和全集卷四・做田》、《鍾理和全集卷五・笠山農場》、《鍾理和全集卷六》、《鍾理和全集卷七》，《鍾理和全集卷八》。

10　高雄縣立文化中心編：《鍾理和全集》（高雄市：春暉出版社，1997年）。

11　以上參見陳芳明：《臺灣新文學史（上）》（臺北市：聯經出版事業公司，2011年），第十二章〈一九五○年代的臺灣文學局限與突破〉，頁288-296。

奮鬥史，如今一個倒下了，一個在作孤軍奮鬥，此去困難重重，平妹一個女人如何支持下去？可憐的平妹！我越想越傷心眼淚也就不絕地滾落。平妹猛地坐起來，溫柔地說：『你怎麼啦？』我把她抱在懷中，讓熱淚淋濕她的頭髮。『你不要難過』，平妹用手撫摸我的頭，一邊更溫柔地說：『我吃點苦，沒關係，只要你病好，一切就都會好起來。』」

陳芳明說：「他不自憐，卻能贏得讀者的感動；他不批判，卻讓讀者窺見社會的困蹇；他不悲情，卻使讀者獲得救贖與昇華。」誠屬的論。[12]人性的堅貞高貴、溫厚純樸，使得他的小說細膩動人，達到高度的藝術成就。

鍾理和文學作品中擁抱美濃原鄉的情懷，在反美濃水庫運動中成為六堆客籍菁英最高的精神領袖，也成為六堆作家的標竿；甚至在臺灣文學史上，更被肯定為戰後臺灣文學最重要的作家之一；特別是在五〇年代反共文學當道時，他的作品為臺灣寫實文學的傳統留下香火，到一九七〇年代才又復甦成為主流。[13]

2　陳城富（1930-2009）

民國十九年（昭和5年，1930）生，屏東縣內埔鄉人。陳城富十三歲時曾被日本殖民政府徵往日本當少年工，終戰後始返臺。雖屬「跨越語言的一代」的作家，但因小時曾在父親教導下研讀漢文、詩詞，奠定了漢文寫作的基礎；光復後返臺就讀屏東師範普通科，並至國立師大歷史系進修。歷任小學、中學、大學教師，一直從事教育工作，且一生創作不輟，作品豐富。[14]

12　參見陳芳明：《臺灣新文學史（上）》（臺北市：聯經出版事業公司，2011年），第十二章〈一九五〇年代的臺灣文學局限與突破〉，頁293。

13　參見陳芳明：《臺灣新文學史（上）》，第十二章〈一九五〇年代的臺灣文學局限與突破〉，頁295。

14　出版著作有小說《雷電戰機——寶島悲情記》（1997）。散文《城春草芳》、《春風涸筆》、《城春文集》、《萬里遊蹤——城春遊記》、《陳城富作品選》（2008）。古典詩《城春詩草集》共十一冊。史學《關東軍與張作霖》、《六堆忠義祠略》。自傳《少年扶桑行》、《時光流彩影》。心理輔導類如《愛心與輔導》、《人際關係》、《生命教育》、《尊重生命關懷人間》等，計二十餘種。

陳城富創作中，小說《雷電戰機──寶島悲情記》[15]內容是系列八篇短篇小說組成，從題目「寶島悲情記」就可窺見全書主要是記錄二次世界大戰期間，臺灣人在日治時期的苦難怨情。〈盲僧〉寫的是臺灣軍伕，〈盼夫歸來〉及〈春望〉寫的是軍醫的故事，〈雷電戰機〉寫的是被徵調的少年工，〈存德那一家人〉是寫通譯，〈鳳凰于飛〉是寫慰安婦，〈龍鳳兄妹〉則是寫臺灣兵與二二八受難者家族的不幸遭遇。這本小說填補了一個歷史空缺──光復前後夾雜在日本與中國之間的臺灣人，他們當時的殖民生活苦難，是彌足珍貴的歷史小說。

（二）跨語一代的現代詩寫作──徐和鄰（1922-2000）

民國十一年（大正11年，1922）生，屏東縣內埔鄉美和村人。曾留學日本，東京錦城中學畢業。光復後返臺，受到國民政府禁用日語的影響，只好在鄉下從事農耕生活，十多年後才至同鄉開設的臺北徐外科醫院任職。

徐和鄰愛好文學，認真苦學中文，後來出版詩集：《淡水河》（1966）[16]曾自述：「一九六三年九月洪水氾漲，一隻黃牛在狂流中拚命游向岸邊，最後由牛主人牽，這印象彷彿作者學習詩的歷程，拚命想游向文學的對岸。」這段文字可以見證作者身處的「跨越語言的一代」的作家，殖民經驗造成了語言的障礙與傷害，表達出他們當時的困境與努力。

《淡水河》內有多首詩作是他在生活與旅遊過程的見證，如〈金瓜石之旅〉、〈竹東之雨〉、〈宜蘭線〉、〈夜車內〉等

> 《淡水河》〈夜車內〉
>
> 南下的火車是很空了／久別相聚的妻喲！重說吧／孩子們什麼時候最調皮／什麼時候念書？什麼時候玩耍／

---

15 陳城富：《雷電戰機──寶島悲情記》（屏東市：屏東文化中心，1997年）。
16 徐和麟：《淡水河》（臺北市：葡萄園詩社，1966年）。

> 列車的轟隆聲是很靜了／它似乎是要我們去遙遠的地方／啊妻喲！多
> 少年來的愛情／可不是冷了的月輝／
> 在古老的傳統下，你是一方石／而我卻是道德門外的浪子／為了明天
> 的別離，靠近吧！／且聽那支配空間之神的聲音／

遙遠的時空距離在夜行的作者思緒中瞬間交叉在一個點上，繼而又從這個點放射出對子女與妻子滿滿的深情與思念，詩歌寫作技巧在當時是相當難得的。

　　這一時期的客家文學，小說方面的鍾理和、陳城富，寫作功力誠有高下之別，但內容都涉及殖民傷痕及國家族群認同問題。現代詩方面則僅有徐和鄰交出了可貴的成績單，寫作內容與技巧，繼承早期日治時期臺灣文學寫實的可貴傳統。

三　戰後成長世代的耕耘與突破（1960-1980）

　　二戰前後一代，戰爭的炮火及語言的障礙，使得屏東客家文學作品偏少。臺灣光復後，新生的一代，受了國民政府完整的中文教育，文學創作開始有了新的耕耘面貌，不論是小說、現代詩，都開出了較上一代豐富多彩的花朵。

（一）小說作家的本土書寫

1　張榮彥（1940-2000）

　　民國二十九年（1940）生，屏東縣滿州鄉人，曾祖父是從內埔過去的移民。花蓮師範學校畢業，曾任小學、國中教師。曾先後以「落山風」、「童無忌」等筆名，出版的文學作品，曾榮獲多種文藝獎項。小說有：《外曾祖母的故事》（1981）、《牧鴨女》（1994）、《草地男孩》（1999）、《莊腳博士》

（2000）等，散文有《星星落下的那晚》（1993）。[17]

他的外曾祖母是小琉球的移民，他的小說《外曾祖母的故事》，內容敘述守寡的「新仔」，在小琉球無以為生，帶著一群孩子到滿州墾荒，靠雙手整地、蓋屋、種植、養豬，從蠻荒中存活下來的經過。小說中刻劃人與環境抗爭的過程，並將故鄉的庶民生活場景，時代變遷面貌，做了深刻的描繪。《牧鴨女》共收短篇小說二十六篇，場景也以屏東居多。《草地男孩》、《莊腳博士》是傳記小說，前者抒寫自己的成長過程，後者是一個學生奮鬥成功的故事，當時臺灣文壇是在現代主義文學的籠罩之下，張榮彥並未受到太多影響，反而筆下具有可貴的鄉土文學的寫實精神，形成動人的在地書寫。

2 葉輝明（1945-）

民國三十四年（1945）生，屏東縣高樹鄉人，筆名「葉菲」，中國文化大學戲劇系畢業。曾任職中央電影製片廠，其後返鄉任教，榮獲多種文藝獎項。

葉菲作品以小說、散文、報導文學為主。已出版的作品小說有：《荖濃溪的嗚咽》（1976）、《黑板下的獨白》（1979）。散文有：《枯萎的班花》（1980）、《那身佝僂的背影》（1982）、《與桌為伴》（1986）等。報導文學有《荖濃溪畔》（1984）。[18]他的小說擅長描寫上一世代的農村生活，呈現養

---

17 張榮彥：《外曾祖母的故事》（臺北市：聯合報社，1981年）。

　張榮彥：《星星落下的那晚》（屏東市：屏東縣立文化中心，1993年）。

　張榮彥：《牧鴨女》（屏東市：屏東縣立文化中心，1994年）。

　張榮彥：《草地男孩》（高雄市：百盛流通文化公司，1999年）。

　張榮彥：《莊腳博士》（高雄市：百盛流通文化公司，2000年）。

18 葉輝明：《枯萎的班花》（臺南市：鳳凰城，1980年）。

　葉輝明：《那身佝僂的背影》（臺北市：臺灣新生報社，1982年）。

　葉輝明：《與桌為伴》（高雄市：葫蘆，1986年）。

　葉輝明：《荖濃溪畔》（臺中市：臺灣省新聞處，1984年）。

　葉輝明：《荖濃溪的嗚咽》（臺中市：光啟出版社，1976年）。

　葉輝明：《黑板下的獨白》（臺北市：聯亞出版社，1979年）。

蜂、養豬、種菸葉的農村點滴，以及早年農民爭水灌溉的恩怨等，對早期屏東農村生活，留下了寶貴的紀錄。其小說多彰顯人性的光明面，也可反映出屏東客家人的敦厚勤樸。

（二）現代詩藝的追求與成熟

當時的臺灣文壇，先是五○年代國民政府努力推行中原文化教育，並在反攻大陸政策的號召下，有所謂的反共文學興起；其後六○年代經歷美援時期，美國文化的強力滲透，現代主義傳入臺灣，強調內心世界探索的現代主義文學於焉興起。在此一風潮席捲之下，這一時期客籍作家的現代詩創作，在現代詩藝的追求與成熟上，也受現代文學主義的影響，在字句錘鍊、內心探索方面的詩歌抒情技巧上，有顯著的成果。

1 許其正（1339-）

民國二十八年（1939）生，屏東縣潮州人。東吳大學法律系法學士，高雄師範大學教研所結業，曾任《臺灣文藝》編輯、《臺灣時報》記者、軍法官、教師等職。一九六○年開始發表作品，以現代詩和散文為主。共出版《半天鳥》（1964）、《菩提心》（1976）、《南方的一顆心》（1995）、《海峽兩岸遊蹤》（2003）、《胎記》（2006）、《心的翅膀》（2007）、《重現》（2008）、《山不講話》（2010）等八本詩集。另出版散文集七本[19]，詩作被譯成英、日、希臘文者近二百首，被選入四十種以上選集；並曾榮獲其他各類文學獎項。

他的詩作內容，多吟詠故鄉田園的自然風情，純樸勤奮的人情特質；或歌頌人生光明面，勉人奮發向上向善。在詩歌藝術上，現代主義與浪漫主義交織出鮮明光澤；不論是大自然的田野風光景物，人情美好的家園生活，在

---

19 有《燧苗》（1976）、《綠園散記》（1977）、《綠蔭深處》（1978）、《夏蔭》（1979）、《珠串》（1991）、《走過牛車路》（2010）、《走過廊仔溝》（2012）等。

他靈活生動的筆觸下，聲音、色調、嗅覺與聽覺，都自然地流淌進行，如《菩提心・步入鄉道》：

> 步入鄉道／一群熟悉的聲音便向我迎面撲來／撲落我從異鄉攜回的塵埃／一群熟悉親切的形象便乘金車／歡呼而來，趕走我一路旅途的疲殆／然後載我回去／回到閃光的童年牧場上／倒騎牛背，嘻笑田野／回去仰躺在柔絨的碧茵上／從屬於我獨有的一角藍天／細數我踩在歲月的沙灘的腳印／啊，我的故鄉／位在北回歸線附近的南方……

在現代詩的敘寫技巧上，堅守現代主義、浪漫主義的美學，同時不脫詩歌的抒情傳統，不論親情、愛情、友情、鄉情，都得到了很好的成就。

2　林清泉（1939-）

民國二十八年（1939）生，屏東縣萬巒鄉人。國立藝專畢業，國中老師退休。

林清泉文學創作以現代詩為主，出版有《殘月》（1958）、《寂寞的邂逅》（1972）、《心帆集》（1974）、《林清泉詩選集》（1993）等詩集。其中《心帆集》中收錄他創作的「兩行詩」三百首，最不同於一般。

> 心一揚帆／詩神變奏出美妙的音樂（一）
> 心啊！你駕著一葉詩船／航行在永恆時空之海，多逍遙（三）

其詩作被歐美圖書館收藏，其本人亦被英國劍橋大學列入世界名人錄。[20]

---

20 他也創作兒童文學，出版有《遨遊童詩國度》（1987），成為國小兒童寫作童詩的範本。劇本有《孤兒努力記》（1978）《佳偶天成》、《叔叔回來的日子》（1986）、《春暉》等，頗受戲劇界重視；其中《孤兒努力記》成為很多國小話劇表演喜愛採用的題材。其他文學作品還有散文、小說等。他的書法亦佳，以行草寫作新詩，風格獨特，曾獲日本及中國大陸書法大獎。

　　林清泉詩作簡潔明朗，淺近有力，語言運用靈動多變，有自然的描寫、哲學的沉思、生命的觀察、人生的體會等。

　　　《林清泉詩選集》〈禪院聽蟬〉

　　　悄然步入禪院／不聞人語／不聞木魚聲／一片空寂裡／驀然／從參天
　　　古木的枝頭／嘰嘰的鳴聲響起／籠罩整座禪院／我跌入蟬聲裡
　　　耳際盡是嘰嘰的蟬聲／悠揚清脆猶如天籟／乃拭淨了／我塵封已久的
　　　心境／欲尋禪來聽蟬／蟬？禪？／悄然走出禪院／我尋著禪了

他對文字、意象、意義的鍛鍊推敲，對聲音、空間、氣氛的掌握，物我的交融，都帶有一種靈性與禪性，現代詩的詩藝上，無疑有他創新突破的貢獻。

3　涂秀田（沙白）（1944- ）

　　民國三十三（1944）年生，屏東縣竹田鄉人。筆名「沙白」，高雄醫學院畢業。曾任《現代詩社》月刊主編、也曾參加「笠」詩社等各詩社，詩作榮獲各類文藝獎項。

　　沙白的創作文類以詩和散文為主。出版的作品新詩方面有：《河品》（1966）、《太陽的流聲》（1986）、《靈海》（1990）、《空洞的貝殼》（1990中、英文詩集）。童詩方面有：《星星亮晶晶》（1986）、《星星愛童詩》（1987）、《唱歌的河流》（1990）等。[21]

　　沙白的新詩作品受六〇年代現代主義影響，著重內在心靈的探索，他的詩作語言純美，描寫大自然在心中扣引而來的種種思緒，意象多而不繁複，朗讀起來節奏鏗然，韻律十足，似乎企圖創造一種新的美學境界。

---

21 散文方面則有：《不死鳥田中角榮》（1984）、《沙白散文集》（1988）、《快樂的牙齒》
　　（1993）等。

《河品》〈綠鄉湖畔〉節錄

> 南國的，薔薇色的煦燦豔陽／南國的，香檳味的清風徐徐而來／南國
> 的，如夢激灩的清湖／南國的，維納斯蜿蜒柔腰的溪流／南國的，溶
> 沒牛羊的鮮綠草原／南國的，小天使下凡的寧謐聖夜／南國的，西施
> 採摘的皎潔明月／南國的，蒙娜麗莎迷神的明眸星星……

文字充滿了節奏、韻律、想像。如前述這首詩，充滿音樂性一再反覆歌頌的節奏，美麗文字的描寫敘述，明麗動人的語言色調，各種無邊無際的自由美好，在在帶給讀者無限的想像。

他的童詩創作，以簡靜的心態與清純的天真融入童詩之中，語言散發想像和童趣交會的光芒。只可惜近年詩作較少。

四 鄉土文學運動時代的風起雲湧（1980-2000）

臺灣的政治、經濟、社會，在一九七○年代起了劇烈的變化，[22] 鄉土文學運動也在此一時代衝擊了整個臺灣文壇，臺灣文學的本土化在此時期奠基，作家的寫作題材、創作技巧與審美原則，也相應起了調整變化，從而開啟了臺灣文學的新思維與新氣象。[23] 當時所謂鄉土文學的崛起，意味著新世代作家面對臺灣這個大家共同的土地，嘗試以文學的形式去描寫他、擁抱他，繼而改造他。[24] 所以最顯著的改變，就是以臺灣為主體的臺灣文學正式宣告成為文學寫作主流。當然在這段時期，客家文學也相應起了巨大的變

---

22 一九七一年中華民國退出聯合國，一九七二年中美斷交，一九七五年蔣中正去世，一九七六年臺灣宣布解嚴，一九七七年爆發鄉土文學論戰，一九七九年美麗島事件被鎮壓，一九八○年新竹科學園區正式成立，臺灣經濟從加工出口區模式開始轉型。

23 參見陳芳明：《臺灣新文學史（下）》，第十八章〈臺灣鄉土文學的覺醒與再出發〉，頁478-479。

24 參見陳芳明：《臺灣新文學史（下）》，第二十章〈一九七○年代臺灣文學的延伸與轉化〉，頁562-563。

化，在鍾理和鄉土寫實文學的客家魂魄牽引下，不但原來作家改變了敘寫的
內容技巧，新銳作家也紛紛現身登場。本小節分成本土意識覺醒與現代詩的
豐收，鄉土文學運動與散文書寫，客家雜誌的創辦與貢獻等三方面來敘說。

（一）本土意識覺醒與現代詩的豐收

　　客家文學在現代詩的創作上，受時代社會變遷的重大影響，儘管個人詩
觀或有不同，但共同的是透露一個明顯的審美轉變。一是這個世代的詩人，
對前輩現代主義影響下的現代詩，追求純粹藝術的經營，單純在文字上錘鍊
雕琢，採用濃縮隱喻、切斷跳躍或強調聲音節奏等藝術技巧，感到不足，他
們追求文學詩歌應更具有歷史使命感，也應去探索社會政治的劇烈變化。二
是現實主義的實用文學漸漸取代了現代主義美學。他們開始明顯的將社會議
題納入字裡行間，勞工農村、政治、環保、城鄉差距，都成為詩的終極關懷。
三是在文字上，詩人不再迷惑於瑰麗堂皇的迷宮，放棄晦澀難懂的貴族語
言，而是選擇透明平實的語言，出入藝術與社會之間，與大眾展開對話。[25]
　　此一現代詩大豐收的期間，屏東客家文學的主要代表人物有三人，分別
是曾貴海、利玉芳、陳寧貴。

1　曾貴海（1946-）

　　民國三十五年（1946）生，屏東縣佳冬鄉人。高雄醫學院畢業，曾任高
雄市立民生醫院內科主任，目前自行開設胸腔內科診所。他從就讀高醫期間，
就與同學創辦「阿米巴詩社」，之後由於追求詩學的愛鄉情懷與本土意識，
參與《笠》詩社[26]，民國七十一年（1982）與葉石濤、鄭炯明、陳坤崙、許

---

25 參見陳芳明：《臺灣新文學史（下）》，第十九章〈臺灣鄉土文學運動中的論戰與批判〉，
　　頁528。
26 《笠》詩社創刊於一九六四年，主要強調本土精神，早期創刊者為吳瀛濤、詹冰、陳
　　千武、林亨泰、錦連等人。後來而經過「鄉土文學論戰」風暴後，《笠》所代表的本土
　　文學的立場和意義是非常明確的，逐漸成為鄉土文學的重鎮。戰後世代的臺灣詩人，

振江、彭瑞金等人，創辦《文學界》雜誌，民國八十年（1991）與文友創辦《文學臺灣》季刊並擔任社長。曾榮獲二○○四年「高雄市文藝獎」，二○一六年「臺灣文學家牛津獎」，二○一七年客家委員會「終身貢獻獎」的最高榮譽。[27]

　　曾貴海的創作文類以現代詩為主，亦有報導文學及論述。[28]他的詩歌創作共有《鯨魚的祭典》（1983）、《高雄詩抄》（1986）、《原鄉・夜合》（2000）、《南方山水的頌歌》（2005）、《孤鳥的旅程》（2005）、《神祖與土地的頌歌》（2006）、《浪濤上的島國》（2007）、《湖濱沉思》（2009）、《畫面》（2010）、《色變》（2013）、《浮游》（2017）等十餘本。

　　他是一位不斷自我超越的全方位詩人，創作詩歌時間跨越四、五十年，不斷推陳出新，詩歌成就上可以從以下幾點分述：

　　一、詩歌創作之堅持不輟並與哲思理念及社運實踐相結合：他自一九八三年《鯨魚的祭典》起，至二○一七年的《浮游》等，三十年間共出版十餘本詩集，可見他把文學當成了終生信仰。其詩歌敘寫主題涵蓋很廣，最大特色是能緊密配合時代社會的脈動變化。不論是臺灣的土地農村、自然環保、城鄉差距，公平正義都成為詩的終極關懷，他的哲思理念往往是以論述先行，再以詩歌散文闡述其感情及價值，最後再以社會運動方式去達成實踐，這是一般詩人僅把詩歌當作人生旅途的花環桂冠，有絕大的不同。

大都成為詩社的中堅分子，包括李敏勇、鄭炯明、陳明臺、曾貴海、江自得、利玉芳等。創設至今超過四十年，是臺灣文學史上，壽命最長的文學集團。

26 參見陳芳明：《臺灣新文學史（下）》，第十八章〈臺灣鄉土文學的覺醒與再出發〉，頁501-506。

27 曾貴海除了是醫生詩人外，也是社會運動型的詩人作家。在社會公共事務方面，他積極投注心力於對反美濃水庫、高屏溪整治、反核四運動、衛武營都會公園及藝術文化中心的成立，動員多起南臺灣綠色革命運動，故素有「南臺灣綠色教父」之稱。因此可說曾貴海是位醫生、詩人，也是社會運動家。

28 報導文學方面，有《被喚醒的河流》（2000）、《留下一片森林》（2001）等。是他從事綠色運動的理念與實錄。論述方面，則有《憂國》（2006）、《戰後臺灣反殖民與後殖民詩學》（2006）、《臺灣文化臨床講義》（2011）等。這些論述，主要著重於建構臺灣的主體性，並企圖在全球化浪潮中為臺灣尋求生存之道。

　　二、詩歌藝術的不斷超越：他有多種樣貌的詩歌形式及語言風格，敘述觀點更具有多樣性，不論是獨白還是第一人稱敘述，間有你我之間的對話形式，或多重角色的敘述，視篇章內容無不運用自如。篇章結構及語言運用方面，有終篇三句五句，帶有深刻人生哲理禪意；亦有長至數千言，反映時代社會之喧囂紛亂，虛擬、謊言、幻象紛陳。有時低訴宛轉，澄靜如深淵；有時怒濤澎湃，洶湧如長河。濃墨淡彩，遠寫近觀，舒卷自如，變化莫測。至於各式隱喻與轉喻的藝術技巧，語言符碼等詩歌意象運用，總能不斷嘗試超越自我。[29]由此可以見出詩人對藝術創作之真誠。

　　三、詩歌跨族群的多元寫作：他的現代詩以華語創作較多，但如《原鄉‧夜合》是以客語寫作詩集，《神祖與土地的頌歌》則是為原住民書寫，《畫面》更以福佬臺語創作，是難得的跨越族群的多元詩學創作者。

　　他的客語詩集《原鄉‧夜合》，出版於二〇〇〇年，是客家還我母語運動後，屏東第一本以客家語創作的詩集，也是詩人出自於對客家文化延續的使命感創作而成的一本詩集，誠如鍾鐵民所言：「沒有客家意識寫不出具有客家靈魂的詩篇，沒有家鄉土地之愛不能創作出有血肉感情的作品」[30]，誠為的論。

　　《原鄉‧夜合》在內容主要是由「原鄉」、「夜合」、「歸鄉」三大部分組成。第一部分建築在客家聚落文化的反思上，從他的故鄉屏東佳冬出發，透過詠史懷舊的詩句，重構一個客家庄落的生活風貌及在臺灣艱辛的移民奮鬥史：

　　　家鄉下六根庄个圓形村落／起滿土磚屋紅磚屋同端正个大伙房／外面圍著樹林薑竹河壩／庄肚路面只有四公尺闊／屋家黏屋家／家門對家門

---

29 鍾榮富：《不斷超越的詩章：曾貴海作品研究》（高雄市：高雄市政府文化局，2011年）。

30 曾貴海：《原鄉‧夜合》〈序言〉（高雄市：春暉出版社，2000年）。

> 庄路對廟中心向四邊伸出去／伸到東西南北柵門口／柵門附近還有五
> 仔鎮營神／歸只庄仔像一只軍營／保護庄內緊張个客家移民親族／三
> 百年前左右來到這裡

而他的另一首〈步月樓保衛戰〉，以平淺素樸但富含深哀寄託的語言，描述
一八九五年屏東客家人悲壯的抗日戰爭史，二千多字的長詩，專注於小小村
落歷史場景的營造，可謂一代史詩之作。[31]其中字裡行間點出先民為保衛屏
東六堆土地流血流汗的家園，早已成為真正客家的「原鄉」。

第二部分「夜合」主要是敘寫活動在客家庄落下的男女老幼人物樣貌，
其中又以〈夜合〉總綰客家婦女的勞動勤儉、柔順美麗，最為扣人心弦。[32]

> 日時頭，毋想開花／也沒必要開分人看
> 臨暗，日落後山／夜色跈山風湧來／夜合／佇客家人屋家庭院／惦惦
> 打開自家个體香
> 福佬人沒愛夜合／嫌伊半夜正開鬼花魂
> 暗微濛个田舍路上／包著面个婦人家／偷摘幾蕊夜合歸屋家
> 勞碌命个客家婦人家／老婢命个客家婦人家／沒開到半夜／正分老公
> 鼻到香
> 半夜／老公捏散花瓣／放滿妻仔圓身／花香體香分毋清／屋內屋背／
> 夜合／
> 花蕊全開

本首詩以「夜合」白天含苞、夜間綻放，有著濃郁花香的特性，來形容客家
婦女白天勞動時包著頭巾忙碌，就像是白天裡裹著綠皮的「夜合」花；到了

---

31 鍾屏蘭：〈臺灣客家現代詩中的「詩史」：曾貴海《原鄉·夜合》析探〉《高雄師大學
　　報》第27期（2009年），頁111-136。
32 鍾屏蘭：〈曾貴海《原鄉·夜合》一書中的客家女性書寫〉，《客家研究》第3卷第1期
　　（2009年），頁125-159。

晚上才能像「夜合」般卸下層層束縛，綻放出潔白的花瓣和濃郁的女人香。人花雙寫，是一首藝術價值很高的詩歌。

第三部分「歸鄉」，主要記錄他回歸故鄉，致力於保存社區古蹟，進行社區整體營造的心路歷程。[33] 如〈車過歸來〉、〈修桌腳〉、〈楊屋祠堂〉、〈張家商樓〉……等，皆可看出詩人回歸重生的心聲。如他的〈車過歸來〉：「火車駛過高屏溪／歸來站過了就係客家庄／麟洛西勢竹田到佳冬」，巧妙的用一語雙關的連結了「歸來」的地名，與歸來的詩旨。

在詩歌語言的運用上，詩人運用親切簡樸的語言，帶著大家回到昔日客家村落的生活，彷彿帶領大家進入客家情感的中心地帶，所以讀他的客語詩無疑是經歷一種文化的重生。有別於其他漂泊他鄉的遊子所抒發鄉愁的詩歌，他是將深蓄的鄉愁化為理念與決心，開啟回歸與重生之路。從故鄉的空間文化記憶來思考，化為一首首詩歌，也成功邁向一次次行動。詩集出版後，蔚為風潮，不但夜合花成了南部六堆客家的族群花，更重要的是開啟了一波波六堆客籍作家運用客家語寫作的風潮，又一次成功的再造客家文化與文學。

2　利玉芳（1952-）

民國四十一年（1952）生，屏東縣內埔鄉人。高雄高商畢業、成大空中商專會統科肄業。結婚後定居臺南市下營區。她一生有非常豐富的生活經驗，而豐富的生活經驗，又通通成為她詩歌創作的極佳養分。[34]

利玉芳就讀高中時，即以「綠莎」為筆名，在《中國婦女》發表第一篇散文〈村落已寂寥〉。結婚後以家庭主婦的身分參加在南鯤鯓舉辦的鹽分地

---

33 鍾屏蘭：〈回歸與重生〉，《原鄉・夜合》導讀，2017年，頁6。

34 曾擔任過電子檢驗、會計人員、國小代課老師、電臺童詩撰稿與配音工作人員、作文班老師、臺灣省臺南縣作家協會理事等；並與任職農會的夫婿合力從事冷凍加工食品業，從事蘭花養殖，將夫家祖傳的舊瓦窯改建為「白鵝生態園區」，結合文學和生態教育，從事戶外教學及現代詩交流。參見彭瑞金〈利玉芳詩解讀〉，《文學臺灣》第56期（2005年），頁195-210。

帶文藝營，認識「笠」詩社的成員，因而加入「笠」詩社（1978），成為她文學生命的重大轉機，從此積極投入詩的創作行列。其後陸續參加「臺灣筆會」（1987）、「蕃薯」（1991）、「女鯨詩社」（1998），以及「臺灣現代詩人協會」（2000）等[35]。

利玉芳創作文類以現代詩為主，著有《活的滋味》（1986）、《貓》（1991）、《向日葵》（1996）、《淡飲洛神花的早晨》（2000）、《夢會轉彎》（2010）、《臺灣詩人選集（50）——利玉芳集》（2010）等詩集。散文集有《心香瓣瓣》（1977）；另外還有《小園丁》（1989）、《我家在下營》（1999）、《壓不扁的玫瑰——楊逵》（1999）、《聽故事遊下營》（2000）等兒童文學作品。曾獲一九八六年吳濁流文學獎新詩首獎，一九九三年第二屆陳秀喜新詩獎，二〇一七年客家委員會「傑出成就獎——語言、文史、文學類」貢獻獎的殊榮。

利玉芳，一方面有豐富的社會生活經驗，另一方面，她早在一九七八年加入《笠》詩社，認同笠詩社的本土文學理念開始出發寫作。所以她現代詩的特色，誠如她在〈詩觀〉一文中自述的創作理念：「以融入本土意識來思考」、「社會生活經驗是我寫詩的必要條件。」[36]她從一九七八年開始從事詩的創作，首部詩集《活的滋味》（1986），就已相當成熟，不僅侃侃而談生命，抒發女性的情欲、更廣泛的涉及了社會時事、政治議題、環保生態等，一開始就脫離了閨秀思考的格局。如她獲得陳秀喜獎的詩：

> 《活的滋味》〈貓〉[37]
> 野貓的鳴叫無濟於事／我情緒浮躁卻因野貓的鳴叫
> 當我和野貓都給自己機會／在靜靜的時空凝視／互相感應對方的呼吸／

---

35 周華斌：〈由對母語的〈憑弔〉談起——賞析利玉芳詩集《貓》中的一首詩及該詩的再創作〉，《臺灣現代詩》第4期（2005年12月），頁58-67。

36 利玉芳：〈詩觀——生活藝術經驗的再擴大〉，《向日葵》（臺南縣：臺南縣文化中心，1996年），頁10。

37 利玉芳：《活的滋味》（臺北市：笠詩刊社，1986年）。

我看野貓已不是野貓

意外尋獲／的眼睛就是我遺失的眼睛／她黑夜裡放大的瞳孔／不是因
為四周對它有了設陷和疑懼嗎／貓的眼睛就是我的眼睛／它黑夜裡輕
巧的跫音／不是因為想避免惹起容易浮躁的人嗎／貓的腳步就是我的
腳步

原以為貓的哀鳴只是為了飢餓／但我目睹它在寒冬遍布魚屍的堤岸／
不屑

走過／然後拋給冷默的曠野／一聲鳴叫

這首詩由野貓到不是野貓，由貓到非貓的物我神似，最後到物我合一的境
界，表達技巧深受當時笠詩社詩人的肯定。利玉芳則說最後兩句帶有兩種意
涵，一是本土女詩人在男性的父權的宰制狀態下的發聲和能量，二是隱約觸
探情欲，對隱忍於暗夜裡的許多女性的同情與理解。[38] 所以彭瑞金教授曾評
論她的詩：「她是一位先用生活寫詩再以筆寫詩的詩人，出生和成長於客家
庄的客家性特質，以及成長過程自力更生、獨闖人間的經驗，乃至婚後為人
妻、為人母所累積的成熟的生活智慧，都和她的詩能快速地建立獨特而穩定
的詩觀有關。」[39]

　　第二部詩集《向日葵》（1996），除了延續之前的廣泛議題外，另收錄了
十三首「客家臺語詩」的創作，開啟了另一片創作領域。接著出版《淡飲洛
神花茶的早晨》（2000），更收錄「福佬語詩」、「客家童謠試作」，逐漸展開
更多的文學可能。至於《夢會轉彎》（2010），則更著力於對女性自覺的探
索，再度回歸身為女性最本質的心靈去傾聽感受。

　　利玉芳乃崛起於八、九〇年代的女詩人，一則響應「笠詩社」珍惜自然
與愛護生態的環保宗旨；一則意向「女鯨詩社」為女性集體發聲的訴求。因
此她經常呼籲生態環保以捍衛大地之母，也以宣揚女性自覺與女性主體為使

---

38 利玉芳：〈地方意識與文學創作〉，《笠詩刊》第230期（2003年），頁12-14。

39 彭瑞金：〈利玉芳詩解讀〉《文學臺灣》第56期（2005年），頁195-210。

命感。另外身為客家女性，她也展現了「客家女性」的「原型」，在客語詩的創作，如〈嫁〉、〈新丁花〉、〈最後个藍布衫〉、〈阿嫂个裁縫車仔〉等敘寫六堆客家女性，堅守原則本分、辛苦勞動，認命堅毅的各種面相；又如〈桿棚〉、〈敬字亭〉、〈膽膽大〉等詩作，書寫六堆農村地景風貌，將客家文化與客家特色融入作品，都有優異表現。

〈新丁花〉[40]
莊頭作福／伯公神壇桌頂項／乳姑板打紅花
賴仔好做種／供妹仔莫在意
雖然這係汝兮安慰／但係有身項兮肚筒／像一粒地球兮重量／有息把墜下來個壓力

〈最後个藍布衫〉[41]
我看著／褪色个衫袖／流兩行目汁寬寬鬆鬆个藍布衫／實在係一領束縛婦人家元身个大襟衫

她以一般女性身分創作的華語詩，及以客家女性身分書寫的客語詩，獨特的切入角度，豐富了女性自覺的探索，不但與男性詩人看女性的眼光感受截然不同，也大大增加了女性詩人在詩壇的發聲量，擴充了客家女性母語詩的領域，創造了非凡貢獻。

3 陳映舟（陳寧貴）（1954-）

民國四十三年（1954）生，屏東竹田人。筆名「陳寧貴」，國防管理學校畢業。曾任國防醫學院人事官，也加入「主流」詩社、「陽光小集」詩社，歷任德華、大漢出版社、幼福視聽教育總編輯、傳燈出版社發行人、殿

---

40 利玉芳：《淡飲洛神花茶的早晨》（臺南縣：臺南縣政府，2000年），頁113。
41 利玉芳：《夢會轉彎》（臺南縣：臺南縣政府，2010年），頁132。

堂出版社社長、《新聞透視》雜誌副總編輯。

陳寧貴創作文類包括詩、散文與小說。著有詩集《劍客》（1977），《商怨》（1980）。另有散文集多本。[42]近年來更有多首用客家語寫作之詩歌，散見於其個人網站中。

他早期的詩集，《劍客》（1977），《商怨》（1980），主要寫生活點滴、愛情甜美，也寫人生哲理；其中較特殊的是他擅長從古典歷史故事中擷取題材，利用現代詩的語言與技巧來表現。特別是他當時參加「主流詩社」，對於當時六〇年代盛極一時的「藍星詩社」、「創世紀詩社」等造成的超現實詩風，競相玩弄晦澀文字技巧，以至於內涵精神空洞的作品，提出批評與改革，是相當難得可貴的。他的詩觀是：「緊緊把握詩質，然後用最淺顯的文字表達出來，以祈能夠深入淺出。」[43]他的詩也的確實現了他的詩觀。

他的散文很多，如《天涯與故鄉》主要是敘寫對故鄉的懷思與鄉愁，其他散文集中，有對社會萬象的追索，也有人生哲理的感悟，他用詩人的心眼透視人生，使其作品意蘊深沉而寬廣。其中更有許多他對其他作家作品發表的文論及詩論等，是相當全面而深入的一位文學人。

九〇年代以後，鄉土寫實文學盛極一時，陳寧貴對此一現象有敏銳的觀察，曾發表有關各大詩社盛衰消漲的文論[44]。他後來也受時代及文學思潮的影響，眼光逐漸轉向本土，轉而加入《笠》詩社，也開始創作不少用客家語寫作的詩歌。

他用客家語寫作的詩歌，主要是將客家先民來臺墾拓的歷史，運用純熟的寫作技巧表現出來，如〈濫濫庄〉，全詩以敘事詩的筆法，細訴客家先民

---

42 陳寧貴散文集有：《孤鴻踏雪泥》（1979），《落葉樹》（1981），《晚安小品》（1987），
　　《菩提無樹》（1988），《天涯與故鄉》（1988），《人生品味》（1989），《心地花糧》
　　（1989），《生活筆記》（1990），《心中的亮光》（1995），《讓生命微微笑》（1999）等。
　　小說則有：《冷牆》（1982），《魔石》（1990）。另外還有兒童文學《麵包山》（1987）。

43 陳煌：〈詩人的激情——我讀陳寧貴的「商怨」〉，《中華文藝》第20卷第6期（1981
　　年）。

44 陳寧貴：〈三分臺灣詩天下〉，《笠詩刊》第115期（1983年）。

在「濫濫庄」辛苦建立家園的歷史；藉此追憶先民落地生根、保鄉衛土的艱
辛歷程。再如〈面對──天光日〉是書寫一七二一年朱一貴事件，高屏地區
客家人由此戰役而有六堆義民的正式組織，寫出了「六堆」名稱的客家魂。
另外還有〈面對──臨暗〉組詩，更是以六個章節的詩相互貫串，運用充滿
戲劇張力的筆法，呈現六堆客家一八九五年的抗日保衛戰。陳寧貴書寫客家
先民歷史，可說是以此三部史詩向客家先民致上崇高的敬意。

> 〈濫濫莊〉
>
> 十八世紀初／我等離開貧苦介原鄉嘉應州／為了絡食，同阿爸阿母道
> 別／留下目汁同越行越沈重介心事
>
> 渡海來臺介時節／臺南一帶已經有泉州漳州人開發仔／再也尋毋到著
> 腳介地跡／我等祇有跈等／下淡水河一路南下／蓋像分麼介命運帶等
> ／一步一介腳跡／慢慢仔行入荒涼介高屏平原／我等知得從今以後／
> 客家山歌會適這響起／同原鄉介父老兄弟對唱
>
> 經過千辛萬苦／我等尋到一塊地來安頓自家／這下正有時間／偷偷仔
> 整理痛苦介心事／恬恬去聽命運進行曲
>
> 這塊分我等生活介地跡／由於地勢低，一落雨／就氾濫成災泥漿亂竄
> ／像想愛將我等驅出這地跡／毋過我等介硬頸精神毋會放過我等／我
> 等一面唱山歌／一面將家園適泥漿底肚撈起來

其他客語詩作如〈六堆〉是點出各庄地理位置，以及吟詠故鄉熱烈的人情風
土、地理景觀；再如〈禾埕〉、〈老伯婆〉、〈阿姆介面帕粄〉、〈水涵頭唇介老
榕樹〉等，無不充滿了濃濃的兒時記憶與現今對故鄉的懷思與鄉愁，都是藝
術技巧上乘，意象運用準確的客語詩。

　　陳寧貴出身軍伍，從早期參加「主流詩社」寫作現代詩，至近十多年
來，受臺灣文學思潮之影響轉而參加「笠」詩社，詩歌吟詠的對象也從中國
古典歷史故事人物，轉而吟詠客家故鄉風物與歷史事件，轉變的跡象深受時
代背景與文學思潮的影響。儘管詩歌吟詠內容主題有所不同，但詩歌文字藝

術技巧均屬上乘，他出入國客語之間恣意轉換運用，盡情縱騁其澎湃的詩思，轉身自然而不留痕跡，故能縱橫詩壇數十年，誠屬難能可貴。

屏東客家這三位詩壇健將，各有獨特的風格特色。曾貴海的現代詩，無論質量均無人能出其右。客語詩方面，以素樸簡淨的語言點畫出客家庄的質樸堅毅，以溫柔憐惜的言語，側寫客家女性的勞動節儉，更以深蓄鄉愁的語言化為回歸故鄉重建的決心。這與遊子他鄉，對故鄉充滿孺慕懷思之情而抒發敘寫的詩歌，有絕對的不同，也有質量輕重，詩歌內容思想價值的差異。利玉芳以女性敘寫女性，不論觀看女性的視角，身歷其境的親身感受，父權社會對女性的禁錮束縛，以及以大地之母呼籲生態環保的重要，一一在詩中自然流露，達到大多數男性作家無法企及的高度。陳寧貴受早期詩作的影響，擅長從歷史故事中擷取題材，利用現代詩的語言與技巧來表現，運用在後來客語詩的寫作上，同樣敘寫客家奮鬥史，他習慣運用「大敘述」的場面與語言來敘寫，華麗壯美的文句，及戰火交織的誇示技巧，感覺接近遠觀與歌頌。曾貴海的客家歷史書寫，則是以素樸寫真的文字，體現抒情敘事相互穿透的藝術，映現悲哀痛苦的客家精神，讓人感覺身在其中，引人進入客家的核心情感，讓整體客家人讀之一起同聲悲哭，寫史之用心與藝術感染力，恐其他詩人所難以企及。

（二）鄉土文學運動與散文書寫

一九八〇年代開始，鄉土文學的崛起，在屏東客籍作家的散文敘寫上，也有了明顯的拓展。不論是在工業文明侵襲下，土地環保議題的被關注，興起了一股擁抱臺灣土地的「自然書寫」的文學思潮；或鄉土文學運動後，在本土意識覺醒下，企圖以寫作來突顯「客家主體性」，形成客家文藝復興的先聲，是這時期作家比較明顯的特色。

1 「自然書寫」的文學思潮

（1）曾富男（曾寬）（1941-）

民國三十年（1941）生，筆名「曾寬」，屏東縣竹田人。世界新聞專科學校廣電科畢業，曾任屏東民立廣播電臺記者、屏東潮州國中教師。退休後任百世出版社總顧問。

曾寬勤於寫作，創作文類含括散文、小說、傳記、報導文學及兒童文學等。出版作品高達三十餘冊[45]，著作等身，是六堆文學資深作家的重要代表。散文集有：《陽光札記》（1994）、《田園散記》（1996）、《河濱散記》（2009）、《鄉野隨筆》（2011）、《山水之歌》（2011）、《小村之秋》（2018）等。有關他的小說作品，本文擬於下一章再作探討。

曾寬長期關注地方文學的發展，二〇一〇年成立「曾寬六堆文學獎」，獎勵六堆地區學子從事寫作。他的散文作品重寫實，忠實地反映時代與鄉土生活。他的散文，莫不是以屏東的自然生態與客庄人文風情為刻劃對象。對客家聚落的描寫，特別突顯了大武山下傍水而居的生活環境、產業與地景。不論是六堆地區因應防禦孕育出特有的圓形巷道空間、夥房等獨特人文之美；還是流經六堆的東港溪流域竹林、沙洲、白鷺鷥的自然野趣之美；又或是六堆小村裡誠樸、恬靜、良善的人情之味；還是客家人敬天畏祖、晴耕雨讀、勤奮刻苦的精神之美，無不在他筆下一一映現，成為六堆客家最好的地景與遊觀文學作品。

---

45 除了散文以外，曾寬小說中，長篇小說著有：《天一方》（1971）、《畫翼天使》（1997）、《出堆》（2005）、《終戰》（2012）等；短篇小說集有：《陽光灑在荖濃溪》（1983）、《南柯非夢》（1984）、《落霧》（1984）、《富庶海岸》（1990）、《紅蕃薯》（1999）、《銀色芭蕾舞鞋》（2004）等；另有靈異小說《來自墳場的女鬼》（1993）、《幽靈船》（1993）等。另有傳記文學：《楊恩典的故事》（1998）、《網住蔚藍天》（2001）等。報導文學有：《走過檳榔平原》（1993）、《南臺灣物產》（1997）。兒童文學有：《變色的月亮》（1988）、《山在融化》（1992）、《多雷米》、《孤兒的日記》（2001）、《黑牛漂流荒島記》（2001）、《小冬的夏天》（2003）等多本。

《小村之秋》〈龍頸溪畔〉

那是一條隱藏於叢叢簇竹林裡的溪流。

小時我根本不知道它的溪名叫龍頸溪。……客家祖民是有點迷信，龍是吉祥物，把溪比喻龍很有意思，不過溪有頭有尾，竹田村恰在溪頭附近，遂有人命名為龍頸溪也。……

竹田與龍頸溪息息相關，也可以這麼說，沒有龍頸溪就沒有竹田庄。龍頸溪是沃野中的主流，兩邊有不少支流……

每到黃昏，從四面八方田裡覓食的白鷺鷥，展翅飛起，飛至竹林梢棲息，在夕陽遁去前，暮靄升起，朦朧中乍看竹林，還會以為開滿了白花。……

《河濱散記》〈五溝水〉

村墟有溪，必有橋梁，在這裡，橋梁之多，不亞於任何村落，幾乎可以說條條街巷皆有橋梁，是小橋，獨具風格的小橋，是沒有橋墩的拱型小橋。

佇立於橋上，可看到溪畔盡是櫛比鱗次的民宅，有古色古香的土角厝，亦有直立的洋房，襯托如煙的輕霧，真有點詩情畫意。

若走在大小街巷，真會迷住畫家或攝影師，有百年以上的夥房，有裸露土牆的民房，亦有洋灰打造的古宅，而且，街巷狹窄而彎曲，十足是古早聚落的色彩，是逃避土匪追殺的圖騰。

他的散文，刻劃出溪流與客家的深刻關係，客家先民基本上是沿著溪流拓墾，無論竹田、內埔、萬巒、麟洛、長治，佳冬、林邊，溪流是客家生命之源，也是客家農耕最重要的憑藉，如曾寬《小村之秋》〈龍頸溪畔〉所說「它是活水，是生命之溪，源源提供了村民所需。」在他筆下，客家美麗素樸的農村地景風貌，永遠以文字畫的姿態被保存了下來。

（2）鍾吉雄（1938-）

民國二十七年（1938）生，屏東縣內埔鄉人。屏東師範、臺灣師範大學國文系畢業，國文研究所結業。曾任國小、國中教師，屏東師專、屏東師範學院教授。

出版散文集有《在風雨中成長》（1994）、《迎向開闊人生》（2004）、《槐廬天地寬》（2005）、《風華大地》（2010）、《槐廬散記》（2017）等。

鍾吉雄的散文，寫作主題包含人物素描、生活心得、旅遊見聞、教學研究等幾大類。他對情境觀察仔細，撰寫身邊周遭人物，勾勒特色，描繪風采，更是傳神寫照。如他在《槐廬天地寬》序所言：

> 槐廬，一幢小屋，是斗室，是陋居；是筆者寄身天地的小房舍。
> ……瞻望窗前小院，一園翠綠，饒具情趣；偶見彩蝶翩翩而飛，或睹錦鯉悠悠而嬉，舞空戲水都逍遙自在；看著成雙白頭翁，振翅蹦跳於假山小瀑間，邊覓食邊唱啾；再聽那蟲鳴蟬噪，大呼小叫，此起彼落，或日或夜……

日常生活所見所聞，一片雲水，一個挫折，一道轉彎，都能引發心靈火花，發揮想像，因此〈庭園〉有了啟示，〈意外〉成了經驗，〈轉彎〉也是前進，〈選擇〉變成人生。下筆自在，行文自然，字裡行間，綴滿溫馨情意。

（3）黎華亮（1937-）

民國二十八年（1937）生，屏東縣內埔鄉人。畢業於臺東師範、高雄師範學院、臺灣師大國文研究所；曾任教國小、國中，在教育界奉獻一生。黎華亮寫作的內容多元，多數刊載在報章，其後結集成冊，出版《春雪》（1996）一書。

《春雪》〈春雪〉

大禹嶺下的花蓮，是霧的世界，而霧色何其薄啊！掩不住我的眸子，只看那塊雪山越來越高，縱然合歡山早被奇萊山掩住，奇萊山的雪帽卻依依不捨，隨著迂迴的山路盡收眼底。想起蕭愨的詩：「泉鳴知水急，雲來覺山近」，真有那種感受。

上述三位，都是老師出身，教學之餘執筆為文，篇篇敘寫臺灣及屏東風情的佳作，在自然書寫這一塊，留下佳作讓後人細細品讀。

2　客家文藝復興的先聲

（1）馮清春（1934-2016）

民國二十三年（1934）生，屏東縣麟洛鄉人。屏東師範學校畢業，最初投身教育工作，後來因為不滿當時教育體制而放棄教職，轉而在家鄉養雞務農。民國七十七年（1988）北上參與客家運動，大聲疾呼「還我母語」及「搶救客家文化」，讓隱形的客家人現身，開啟客家文藝復興的先聲；民國八十一年（1992）起更致力於創建各種客家社團，藉此強化客家意識、戮力於客家文化傳承。民國九十八年（2009）成立「社團法人屏東縣深耕永續發展協會」，致力於客家文化的推動。

馮清春終其一生念茲在茲的是必須將「𠊎係客家人，𠊎更係臺灣人，𠊎个原鄉在六堆」的理念推展出去，讓所有臺灣人民覺悟。著有《𠊎个原鄉在六堆》（2004）、《未竟之夢》（2012）等散文集，另有散文數十篇，身後由其後人付梓，書名為《落地生根》（2018）。

《𠊎个原鄉在六堆》〈𠊎个原鄉在六堆〉節錄

我們的祖先，……歷經多少歲月的披荊斬棘，努力墾荒……在六堆地區繁衍子孫，一代傳一代。新天地成了他們的家園。時日一久，「年深外境猶吾境，日久他鄉即故鄉」。這裡成了他們生命所寄託的故

鄉。他們下定決心生於斯，居於斯，埋骨於斯，絕無再回去的念
頭。……丘逢甲先生有一首七言絕句，題為《臺灣移民定居落戶》，
詩曰：「唐山移民話巢痕，潮惠漳泉齒最寒；一百年來繁衍後，寄生
小草已深根。」不就是描述移民之後，堅定的認同土地，與土地同呼
吸的情境……原鄉意識是經由土地與生活經驗的累積而來，這樣的原
鄉才是真實的原鄉。

馮清春的散文，理路清晰，敘事分明，文筆灑落有勁，行文間自有一股客家
人不苟且妥協的個性氣勢，他對客家、對農民的關心，可謂客家農民文學的
代表。

（2）李盛發（1935-2011）

民國二十四年（1935）生，屏東縣內埔鄉人。臺東師範學校畢業，屏東
縣內埔國小校長退休。他畢生致力於客家語言的教學與推廣，參與客語能力
認證基本詞彙編輯，各式母語教材編撰，以及用標準四縣客語，負責吟錄各
式有聲教材，在客語教學的推廣傳承上，可謂盡心盡力，功不可沒[46]。

民國九十二年（2003）成立「李文古客家歌劇團」，他的劇本以客家傳
統知名丑角李文古為主角，但內容是採用現代諷世筆調來編寫，例如：〈戀
牯學精〉、〈刁秀才逗劉三妹〉等劇，內容詼諧逗趣，受到廣大迴響。

---

46 生平著作有《屏東縣客家語課本》（1992）、《屏東縣政府客家話讀音同音詞彙》
（1997）、《客話諺語、歇後語選集》（1998）、《臺灣三字經客語音標》（1998）、《客語
創作兒歌吟錄四縣有聲教材》、《六堆人揣令子》（2004）、《六堆人講猴話》（2006）、
《六堆人講四句》（2007）、《六堆俗諺語》（2008）等。另外他以標準四縣客語，負責
吟錄各式有聲教材：《大家來學客話》有聲教材（2003）、三民書局《高中國文一至
六冊古文吟錄四縣腔客語有聲教材》（2004）、《唐詩、弟子規、朱子治家格語、千字文
客語讀本平面教材有聲書》（2004）等。

《李文古歌中劇》〈刁秀才逗劉三妹〉節錄

出場：一群女孩手提衣服欲到河邊洗衣（用天公落水的曲子）

　男：一到松口就聽到山歌聲，等唱條山歌來寮佢。

（唱）對面阿妹係麼人喔？日頭晟眼看唔清哩喔！看你岸邊跪又拜，

　　　想係求來相親。

女甲：啊！哪吒來个後生仔？請問高姓大名？看來斯文仰毋正經，敢

　　　唱山歌來寮人。

　男：嘿！嘿！嘿！安著阿九哥，（阿牯哥）喂，毋係唷！係一、

　　　二、三、四、五、六、七、八、九个九，毋係狗牯仔个牯喔！

女甲：毋管你係哪隻九，就係狗牯个牯──

其後他亦以時事編撰相關劇本，透過歌劇團的表演來展現客語與客家文化之
美，是少數以客家戲劇來復興並傳揚客家語言文學文化的功臣。

（3）郭俊雄（陌上桑）（1940-）

　　民國二十九年（1940）生，屏東縣麟洛鄉人，筆名「陌上桑」。省立臺
中師專畢業，曾任小學老師。後至日本國立神戶大學研究所、京都大學人文
科學研究所研究。民國五十五年（1966）與洪醒夫等人創辦《這一代》雜
誌，並曾任各報社主編主筆。[47]現為政論專欄作家。

　　陌上桑七〇年代開始創作，作品甚豐，有小說、評論、散文等[48]。散文
《人生走過》（2006）、《愛國‧哀國》（2006）、《回首──四十年記者生涯》

---

47 他曾任《臺灣日報》駐日特派員、《環球日報》總編輯、總主筆，《民眾日報》編譯
　組、藝文組主任、國外新聞組主任、主筆。參考封德屏主編：《二〇〇七臺灣作家作品
　目錄》（臺北市：文訊雜誌社，2007年）。

48 出版有小說《滄桑之後》（1969）、《天涯若夢》（1972）、《剿》（1974）《陌上桑自選集》
　（1985）、《明天的淚》（2006）等。政治評論《迷惘的日本》、《韓國中央情報局》、《抓
　狂》、《陌上桑政治專欄》（2006），等。文學評論《人生如屁──日本近代文作家群像》
　（2011）、《斷裂青春──日本近代文作家群像》（2012）等。另有翻譯小說《女人的小
　箱》。

（2010）等。他撰寫政治專欄，評論探討政治或社會問題，下筆懇切率直，批判深刻犀利，不少人表示他的政論文章對推動臺灣民主是有貢獻的。

> 《人生走過》〈孤立・獨立・自立〉[49]
>
> 一個國家好比一個人，被孤立時也許感到寂寞，但孤立和寂寞可以使人尋求獨立。當然，獨立也必須擁有起碼的條件，譬如這個人具有生活的能力，尤其是具有對因獨立而招惹的排斥和鄙視的包容力，以及為了生存而繼續奮鬥的毅力和勇氣，然後走向自立。

他的散文沉穩厚實，風格獨具，在本土意識的覺醒上是先知先行者。他自己在《人生走過》〈人生〉中說：「心安理得過完今天，不要想明天，或者明天以後的事。因為，今天晚上閉上眼睛，明天可能張不開來。」[50]可以見出他對人生的態度。

（三）客家雜誌的創辦與客家社團的貢獻

在這一時期，屏東客家地區的客家雜誌與客家社團，也在本土意識興起後，創造了重要的推波助瀾效果。

1 客家雜誌的經營

客家雜誌方面，此一時期有兩本非常重要的刊物前後相繼誕生。一是「財團法人六堆文化教育基金會」創辦於一九八六年的《六堆雜誌》，是雙月刊，每雙月一日準時發行，至今已發行至一八九期。該雜誌強調不分黨派，一切以客家為優先，監督政府單位及各黨派，為爭取客家權益做最大努力。另一客家雜誌則是由全職的客家文化工作者鍾振斌先生創辦於一九八九

---

49 陌上桑：《人生走過》，民眾日報社，2006年，頁36。

50 同註49，頁48。

年的《六堆風雲雜誌》，至二〇一九滿三十週年，共發行一九一期。該雜誌旨在發揚客家文化，尋根探源，有「六堆人的麥克風・六堆文化的耕耘機」之稱。這兩本雜誌，提供了屏東地區客家人許多寫作發表的空間，大大的促進了屏東客家文學的發展，也無形中凝聚了屏東客家人的向心力。

2 客家社團的運作

客家社團「社團法人屏東縣六堆文化研究學會」，在曾彩金擔任總幹事之下，不但扛起主編《六堆客家社會文化發展與變遷之研究》）（2001）十五冊之重任，平日還號召十多名退休校長、主任、老師，如賴春菊主任、黃瑞芳老師、溫蘭英組長、林竹貞主任、邱才彥老師、劉敏華老師等，義務蒐集、整理、出版十多本六堆文化書籍，以及一系列六堆文化的民間文學有聲書[51]，長期保存六堆人的情感、語言、文化及習俗，為傳承六堆客家文化盡心盡力，歷年來獲獎無數。

五 當代客家文學的多元創作敘寫（2000-）

時序進入二〇〇〇年，屏東客家文學與當代臺灣文學一樣，進入百花齊放、眾聲喧嘩的自由開放的寫作年代。在屏東的客家文學方面，有特別值得注意的幾個面項及成就：一是全面性「客語文學」的大量創作，包括小說、詩歌、散文、兒童文學，以純正客語書寫的作品大量創作出來，令人目不暇給。二是當代歷史小說的崛起，尤其是針對一九四一至一九四五年間臺灣被

---

51 編著出版的書籍有：一、《高樹鄉志》；二、《六堆客家社會文化發展與變遷之研究》叢書十五冊；三、口述歷史系列叢書《溫錦春先生口述歷史訪問紀錄》、《緣分與報恩——徐一石先生口述歷史訪問紀錄》、《邱連輝老縣長口述歷史訪談記錄》、《溫興春校長口述歷史訪談記錄》；四、《六堆客家地區祭拜入門》；五、六堆民間文學有聲書系列——《六堆人搞令子》、《六堆人講猴話》、《六堆人講四句》、《六堆俗諺語》、《六堆俗諺語Ⅱ》精編版；六、《六堆忠義祠人文與歷史》；七、《嗚呼忠義亭》中譯本。八、高樹國小《俗諺語教學手冊》；九、《高樹國小百年校慶特刊》等。目前還有《六堆詞典》編輯計畫，刻正進行中。

隱藏、扭曲、遺忘的歷史的敘寫，有傑出的成果。三是現代詩歌藝術的開展翻新，包含寫作內容的多元及寫作技巧的推陳出新。四是散文中的客家文化尋根及生態環境敘寫，也因應時代變遷而勃興。在在可以見出當代客家文學枝繁葉茂的新希望。

（一）全面客語文學的創作

以純正客語書寫的客語文學作品，是這段時間值得大書特書的一件事情。包括小說、詩歌、散文、兒童文學等客語文學作品大量創作出來，這種原本被邊緣化的弱勢聲音漸漸釋放出來，就文學史的角度觀察，除了一九七六年解嚴後鄉土文學論戰爆發，一九八〇年代後臺灣文學主體性的確立，有其深遠的影響外；一九八八年十二月南北客家串聯的還我母語運動，則有更為直接有力的鼓舞。當時有馮清春在思想上的先導先行，行動上的劍及履及，對客家文化、文學的影響，功不可沒。還我母語運動之後，各縣市及教育部客家語教科書的編撰，客家委員會的成立，教育部客家語常用字的公布，全國語文競賽的客語演說朗讀比賽，及各單位鄉土文學獎徵文、屏東縣《六堆雜誌》、《六堆風雲雜誌》提供發表的園地等等，在在促進了客語文學全面性的創作。另外功不可沒的，李盛發一九九二年成立客家歌劇團，曾貴海二〇〇〇年《原鄉・夜合》客語詩集的發表，及利玉芳一九九六年《向日葵》詩集收錄「客家臺語詩」、二〇〇〇年《淡飲洛神花茶的早晨》有「客家童謠試作」，等，都直接間接帶動了客語文學寫作的風氣。前輩作家的努力，帶出了客語文學蓬勃的生機。以下茲分類介紹較有代表性的作品。

1　客語小說

（1）李得福（1952-）

民國四十一年（1952）生，祖籍萬巒，現居內埔。陸軍上尉退伍，後於美和科大、國立空中大學進修。

　　一九八〇年起，他開始嘗試執筆寫客語小說、散文。他說：「用客家話寫文章，最大的願望是將現在自己所講的客家話，以漢字寫出來，可以記錄現在的風俗民情及小人物的內心話。」[52]二〇〇九年出版客語小說《錢有角》；二〇一二年起參加各機關文學獎徵文，屢獲散文大獎；二〇一八年出版《腳踏車輪溜過個》散文集。

　　《錢有角》一書，是以農家生活的艱困辛酸為背景，政府的低糧價政策，使種田人收入微薄；本來值錢的香蕉，又在官員勾心鬥角下，導致滯銷而一敗塗地；檳榔號稱「綠金」，但富有奸商卻仗著有錢有勢，操縱市場價格，壓榨農民、剝削工人；使可憐的農工階層無力培養子弟讀書。

《錢有角》節錄

　　兩片禾田肚，防風竹林一行一行，遮擋強烈个西北季風，使得玻璃菜（高麗菜）、筷菜（韭菜）、一坵一坵能夠成長。間隔有種兜遞籐个釀酒葡萄園仔，紅毛泥柱項，鉛線網密密麻麻織成網樣，網母核个係後生人个夢想，同層層个現實問題。……

臺灣社會族群間的種種不公不義現象，深深影響小說的思維走向。作者採用「錢有角」為書名，即意指「牛有角，鬥死人；有錢人的錢有角，鬥死老農民」的深刻寓意，是典型農民文學的代表。

　　李得福不論用客語書寫的小說還是散文，流利生動的客家語言運用，穿插一針見血、詼諧諷刺、幽默逗趣的師傅話在裡面，又為客家小說另開生面。

2　客語詩歌

　　詩歌由於文字精煉，文字障礙最少，所以純客語詩歌的創作在此一時期為數最多。第三階段提及的曾貴海、利玉芳、陳寧貴是引領風騷的先鋒人物，但是到了此一階段，此三位文壇詩人仍然繼續執筆創作不輟外。除此之

---

52 鍾屏蘭訪談紀錄。

外，後繼的吳聲淼、劉誌文、羅秀玲也都開始了他們的創作。

（1）吳聲淼（1959-）

吳聲淼，民國四十八年（1959）生，竹田人，現居高雄市。屏東教育大學文化創意產業學系客語組碩士班畢業。曾多次獲得各類文學獎，並榮獲高雄市政府客家委員會終身貢獻獎。

吳聲淼寫作文類包括現代詩、小說、散文等。主要又以現代詩最多，甚至有多首被譜成歌曲傳唱。出版現代詩集有《細文一列文》（2006）、《大將無漿》（2009）兩本。寫作題材廣泛，有以動物為題材的如：〈毛蟹〉、〈蝦公搞水〉等，也有喜氣洋洋的〈阿妹愛行嫁〉、不失俏皮的〈伯姆〉、抒發感情的〈南風情歌〉、振奮人心的〈義勇軍歌〉、專寫客家的〈學客話〉、〈厓愛竹田〉等等。

出版專書之後，他還繼續創作不輟，投稿或收錄於各類書中的現代詩多首，[53] 限於篇幅，茲不一一。另外他在客語小說、散文上也有多元創作[54]。

（2）劉誌文（1965-）

民國五十四年（1965）生，父祖輩是屏東縣內埔鄉人，他則從小生活在屏東市。臺南師院教育研究所碩士，屏大附小教師退休，現為中山大學中文所博士生。

劉誌文長年寫作不輟，各類文體都有代表作品，且參加各類徵選比賽，獲獎無數。他在客語的創作方面，主要作品有客語新詩（紙鷂）、客語歌詞（火焰蟲摎燈籠）、客語散文（迷失介客家人）等。運用客家道地的詞彙保

---

53 有〈毛蟹〉、〈來就係客〉、〈學客話〉、〈愛河戀曲〉、〈西仔彎之戀〉、〈菜公之歌〉、〈糖梨婆〉、〈望倈歸〉、〈曬日頭〉、〈客家面對核四〉、〈雪花再飛〉、〈糟嫲〉、〈秋憶六堆〉等。

54 另外在客語小說方面則有〈勇敢个屋簷鳥〉、〈蝓螺仔流浪記〉、〈桐花島〉、〈大尾鼠个天〉等童話式短篇小說。客語散文方面則有〈新客家文化園區〉、〈港都夜合〉、〈多多跂山〉等。

存客家鄉土味道，目前還在持續創作中。

紙鷂

我係一隻紙鷂仔，／迎風飛到天頂上。／風吹越大，我飛越高；／風吹越大，我飛越遠。……

人生盡像放紙鷂，／莫驚風大同險大。／風大正做得飛高，／險大正做得行遠。風險越大，／危機越大，／機會就越多，希望就越大。

（3）**羅秀玲**（1980-）

民國六十九年（1980）生，屏東萬巒人。筆名「蘭軒」，國立新竹教育大學臺灣語言與語文教育研究所客家語組畢業。作品以客語詩為主，散見於《客家雜誌》等刊物。著有客語詩集——《相思落一地泥》（2010）。另有客語詩網站：客語信望愛〈蘭軒小築〉、樂多日誌（相思落一地泥）。另有多篇客語短篇小說〈命〉（2006），〈童年記事〉（2008），〈孽〉（2013），〈家劫〉（2018）等，皆獲各項徵文比賽獎勵。

《相思落一地泥——蘭軒客語詩文集》，內容包含親情感情、自然花草、社會現象、故鄉情懷與客家庄頭幾個部分，大都屬於作者的心情記錄，每首詩彷彿像電影般一幕一幕上演著記憶。尤其用客語來表達關於客家文化的記憶，讓人覺得真切自然，也是最能顯現出其獨有的個人寫作風格。

〈鄉愁〉《相思落一地泥——蘭軒客語詩文集》

鄉愁　最難解／逐擺食飯／外背／無阿姆煮飯恁香／外背／無阿爸炒個蕃薯葉恁好食／外背／無阿婆裏個粽仔恁有家鄉味／外背／也無屋家個被骨較燒暖／有成時／又愛面對　風搓天半夜個發風落雨／嚇著捱心驚驚

一張張個書信／捱看過一遍又一遍／係阿爸個叮嚀同交代／一領領個衫服／係阿姆一針一線打個膨線衫／係阿姆最燒暖個愛……

羅秀玲屬於六堆客家年輕新秀，未來文學創作前途無可限量，六堆地區資深作家後繼有人，是相當值得欣慰的事。

另外客語現代詩方面，還有客語支援教師、客語薪傳師如李雪菱、謝己蘭、徐儀錦等，也都有得獎作品。

3 客語散文

客語散文的寫作，在此一時期作家作品最多，成果也最豐碩，一方面散文篇幅較短，不論敘事、說理、抒情，日常雜感，散文皆有信手捻來的方便性；另一方面，則須歸功於屏東地區有許多退休老師及現職的客語支援教師的投入寫作，再加上教育部全國語文競賽的客語朗讀比賽徵文，及各單位鄉土文學獎徵文、屏東《六堆雜誌》、《六堆風雲雜誌》提供發表的園地等等，在在促進了客語散文的創作。

（1）劉敏華（1950-）

民國三十九年（1950）生，屏東縣萬巒鄉五溝水人。她的客語作品以講四句最知名，另外也有散文及童謠等。

她的客語「講四句」，許多是來自臨場反應，隨著場合和人物不同，用四句來增添光采，如〈祖德流芳〉「客家血脈源流長／年遷徙過他鄉／忠孝節義祖德香／子孫傳承萬古芳」。內容豐富，品類繁多，最能見出客家文化精髓。

劉敏華的散文，創作題材多來自童年時的經歷或見聞，如〈洗做月衫褲个番牯伯姆〉：「一頂半開花个壞笠嬤，兩身藍色洗著轉白色个藍衫，再加上長年赤腳馬踏，拿著一個舊錫桶，早晨頭到臨暗晡，河壩唇就可以看到番牯伯母个身影。……番牯伯姆又係全庄唯一洗做月衫褲个人……」作品有如一幅幅舊時的圖畫。另有多篇發揚鄉土文化的短文，皆被選為語文競賽客語朗讀篇章。

（2）曾秋梅（1952-）

民國四十一年（1952）生，屏東縣麟洛鄉人。國立屏東教育大學文化創意產業學系客語組碩士。現為客語支援教師、客語薪傳師。

曾秋梅平常勤於寫作，戲劇、客語口說藝術、散文，獲得許多徵文獎項。[55]另有多篇散文入選教育部客家語朗讀徵稿。編有《馮清春紀念文集》（2018）。

> 〈熱愛臺灣个無鋤老農——馮清春老師〉節錄
>
> 清春老師係倕小學先生、社會學个教授、客語語文个講師、客語文字个活字典。……亦師亦友亦兄長，好比大樹遮蔭个清春老師，雖然離開倕等，學生仔个倕，永遠學習追隨清春老師「臺灣心客家情个精神」。

（3）鄭國南、黃瑞芳、李雪菱、謝惠如（謝己蘭）、左春香、徐儀錦

鄭國南　民國三十四年（1945）生，屏東縣長治鄉人。國小老師退休。他的客語散文得獎作品有，一〇六年（2017）〈伯公榕樹面帕粄〉，一〇七年（2018）〈悔過書〉、〈符誥包〉等。

黃瑞芳　民國三十九年（1950）生，屏東內埔人。高師大客家研究所畢業。國中國文教師退休，二〇〇七年起擔負起主編《六堆雜誌》的重任至今。她在客語散文方面有〈六堆人手裡的虔誠——盤花〉（2010）、〈等花開〉（2011）、〈美麗的客家藍衫〉（2012）、〈客家人的藍布衫〉（2014）等，為教育部高中組散文朗讀徵文稿入選作品。黃瑞芳頗富美學觀察眼光，敘寫花草樹木、故鄉風土、人文地景，筆觸溫婉細緻，顯現客家婦女細膩溫柔的一面。

---

55 戲劇著作有：〈勤儉个客家婦女〉、〈浪子回頭金不換〉，客語口說藝術方面有：〈客家五花〉、〈花開六堆，香滿客家〉等。另有散文：〈高墩伯公〉（2014），〈轉黃个舊相片〉（2016），〈茶芯祖孫情〉（2017）。

李雪菱　民國四十五年（1956）生，屏東縣內埔鄉人。屏東教育大學客家文化研究所碩士。目前為客語支援教師。歷年來出版著作從《藝術生活摺頁》（2002）、到《失落的聚落》（2009合輯）十餘種，主要是述說內埔各庄頭聚落的故事。

謝惠如（謝己蘭）　民國四十七年（1958）生，是另一位客語作家李得福之妻，畢業於高雄師範大學客家研究所。目前為客語支援教師。有客語詩〈想起〉（2011）、客語散文〈家娘〉（2011），被收錄為全國語文競賽客語朗讀稿，另有客語小說《討心臼》，正在發表中。

左春香　民國五十一年（1962）生，屏東縣佳冬鄉人，國小教師退休，目前為臺北市立大學中文所博士候選人，臺灣客家筆會理事、《文學客家》主編。她以散文、新詩、人文地景獲得獎項肯定，是六堆客家妹仔在臺北推展客家文學與文化相當有成就的一位老師。她用純正道地的客語寫作，描摹傳神寫照，客語的美麗，處處讓人驚豔！多首作品成為客家語文競賽之朗讀文章。

徐儀錦　民國五十六年（1967）生，在屏東縣麟洛鄉成長，現居長治。屏東教育大學文化產業學系客家組碩士。歷任客語老師、客語薪傳師等。她在客家語方面能說、能唱、能演、能寫，經常擔任客家活動的主持人。她的散文作品發表於《六堆雜誌》、《六堆風雲雜誌》、《本土語言補充教材》文章不下二十篇。

4　客語兒童文學的勃興

（1）馮喜秀（1940-2019）

　　民國二十九年（1940）生，屏東縣麟洛鄉人。屏東師範學校畢業，國小老師退休。馮喜秀早年即從事兒童文學的創作，曾獲中國語文獎章等。

　　在還我母語運動風潮之後，他改用客家語創作客家童詩，出版有《阿姆个手》（2001）、《細人仔・細人仔：客語童詩百首》（2007）等客語兒童詩集，以及《麼人最快樂》（2009）的客語兒童故事集；去年更有《六堆靚靚靚過花》（2018）詩集出版。

　　上述客語兒童詩，都是道地用客語思考、書寫的童詩創作作品，童言童語，充滿了童心童趣。至於今年剛出版的《六堆靚靚靚過花》則屬客語生活詩，相較於之前的童詩，他擴大了敘寫的範圍與對象，舉凡六堆地區故鄉地景、自然風情，親情友情、生活趣味等，信手拈來，無一不可入詩，越見圓熟自然，質樸敦厚的客家風情。

《六堆靚靚靚過花》〈六堆靚〉

先堆靚靚哪位靚？先堆萬巒豬腳靚。先鋒劉屋祠堂靚。

前堆靚靚哪位靚？前堆麟洛麒麟靚。前堆長治竹葉青。

後堆靚靚哪位靚？後堆內埔老街靚。後堆天后昌黎廟堂靚。

左堆靚靚哪位靚？左堆佳冬蕭家古屋靚。左堆新埤封肉靚。

右堆靚靚哪位靚？右堆美濃菸樓靚。右堆高樹甜棗靚。

中堆靚靚哪位靚？中堆竹田驛站靚。中堆西勢忠義亭。

六堆靚靚哪位靚？六堆客家高屏靚。六堆靚靚靚過花。

（2）鍾振斌（1959-）

　　民國四十八年（1959）生，原籍美濃，現籍長治。中國文化大學中文系文藝創作組畢業，高雄師範大學客家文化研究所碩士。

　　大學畢業後返鄉從事客家文化推廣工作，自己創辦《六堆風雲雜誌》，成立「六堆文化傳播社」，發行雜誌三十年，主持電臺客家節目近三十年，出版客家刊物及客家音樂唱片二十多種，也在國小擔任客語教學十多年，涉入客家事務逾四十年，可謂全職、全方位的客家文化工作者。

　　出版專書有：碩論《運轉手作家黃火廷客語鄉土小說中个客家文化探究》（2008）；客家童謠創作集：《阿兵哥，入來坐》（2009）、《好朋友》（2011）、《洗潑潑》（2015）、《阿不倒》（2018）；客家文化手冊《答「客」問》（2016）；客語兒童詩集《蟻公蛀牙齒》（2017）；客家兒童口說藝術劇本集《阿婆有國際「乾」》（2018）。

〈六堆忠勇公〉

六堆忠勇公，六堆忠勇公，臺灣客家真英雄！

出堆殺賊向前衝，保鄉衛土第一功！

壯烈犧牲護山河，懷忠褒忠聖旨封！

六堆忠勇公，六堆忠勇公，臺灣客家真英雄！

民族正氣傳萬古，玉帝感動顯神龍！！

忠肝義膽照日月，創造歷史真光榮！

鍾振斌才華洋溢，文思泉湧，客家話能說、能寫、能唱、能演，能上臺主持，也能把小朋友教會客家話。他的客家話運用生動自然、幽默風趣，舉凡俗諺俚語、師傅話、歇後語、老古人言，不論各種場合，隨時信手捻來，頭頭是道；且幽默風趣、不顯陳腐，更是最難得的特色。他的作品風格，詼諧幽默、純真有趣；節奏明快、一韻到底；琅琅上口、好唸好記，所以作品一出來，便四處風行流傳，可見其魅力與影響力。

特別值得一提的是，他創辦《六堆風雲雜誌》，從一九八九年二月十五創刊，至二〇一九年二月十五滿三十週年，共發行一九一期；以及一百年起出版《六堆學》九冊，《經典六堆學》二輯，在在可以見出一位全方位的客家文化人，對傳揚客家文化的理念、識見、堅持與貢獻。

（3）鍾屏蘭（1955-）

民國四十四年（1955）生，屏東內埔人。高雄師範大學國文研究所博士。現為屏東大學專任教授，兼任「客家委員會」客家委員、「客家委員會」客家學術發展委員會委員。

鍾屏蘭自二〇一三年開始，在客家委員會的研究獎助之下，進行以兒童文創繪本作為傳承客語之工具，連續五年出版有客語兒童繪本《發粄開花了》（2014）、《靚靚个盤花》（2014）、《髻鬃花》（2014）等十二本客語兒童

繪本[56]。她的兒童文創繪本的創作理念及方法，是以簡單的生活客語敘寫蘊含客家文化的故事，再以溫馨動人的繪圖製作成繪本，提供給客語生活學校作為補充教材之用；一方面可以藉繪本故事學習客語，一方面也能藉繪本故事傳承客家文化。[57]

（二）歷史小說的崛起與歷史記憶的重建

研究臺灣文學史的學者，如陳芳明等，主張解嚴後臺灣文學開始進入後殖民現象，最重要的是各種大敘述遭到挑戰，以及各種歷史記憶的紛紛重建[58]。大敘述的遭到挑戰方面，醫師詩人曾貴海及女性詩人利玉芳，有很好的成績，已在本文第三章討論過。至於歷史記憶重建這一塊，繼早期陳城富之後[59]，從二〇〇〇年左右，屏東客家文學也出現亮眼的成果。他們分別是李旺臺、曾寬的歷史小說。

1 李旺臺（1948-）

民國三十七年（1948）生，屏東竹田鄉人。國立高雄師範大學畢業，曾任教師，《自由時報》、《民眾日報》、《臺灣時報》總編輯、黨外雜誌《八十年代》總編輯、民進黨副秘書長兼文宣部主任。二〇〇九年退休後，愛上寫小說。二〇一一年完成短篇小說《兩個都被罵了》，獲聯合報系第六屆懷恩

---

56 鍾屏蘭出版兒童文創繪本還有《阿婆个粄仔》（2015）、《竹門簾》（2015）、《甜甜蜜蜜個零搭》（2015）、《來去竹田驛站寮》（2016）、《面帕粄》（2016）、《祖堂的秘密》（2016）、《拜伯公》（2017）、《喜花》（2017）、《掛紙》（2017）等。

57 鍾屏蘭：《發粄開花了》屏東市：六堆學文化藝術基金會，2018年。

58 參見陳芳明：《臺灣新文學史（上）》，第一章〈臺灣新文學史的建構與分期〉（臺北市：聯經出版事業公司，2011年），頁27。

59 陳城富：《寶島悲情記──雷電戰機》，1997年。見本文「二　日治時代與戰後世代的傳承（1940-1960）」。

文學獎。二〇一五年完成長篇小說《獨角人王國》[60]，二〇一六年完成歷史小說《播磨丸》[61]，二〇一七年獲國立臺灣文學館圖書類小說入圍獎。

二〇一六年李旺臺以《播磨丸》長篇小說，獲得新臺灣和平基金會主辦的第一屆「臺灣歷史小說獎」佳作（其餘獎項從缺）。《播磨丸》刻劃二戰結束後，一群滯留在海南島的日本人、臺灣人和少數朝鮮人，歷盡千辛萬苦終於搭上一艘受炸彈重創，擱淺於港口外海的輪船「播磨丸」返鄉的歷程。書中刻劃戰後失根的人性，揭開被動亂抹去的臺灣史。作者在自序裡說：「這是臺灣歷史正要翻頁時被人忽略的『臺胞』的故事。夾在日華兩個截然不同的統治者中間，既是戰敗國臣民也是戰勝國國民，他們是如何努力為自己找到一條活路？又是用何種精神力量一路支撐到臺灣家中？」李喬說：「這是一段極重要的臺灣人經驗，為我們補上了歷史的缺口……播磨丸是一個隱喻：臺灣前途要靠自己修復、創造才能繼續前航。」[62]李敏勇也說：「大船離開中國，在臺灣海峽漂流，經過中國牽扯，但最終回到高雄。故事生動，隱喻深刻。」[63]這些評論都切中本書的寫作企圖，及這本歷史小說的意義與價值。

李旺臺退休後才真正從事小說創作，但正好趕上了九〇年代以後，在後殖民主義的思潮下，臺灣文學邁向主體性的臺灣意識文學建構。他從最初的短篇小說逐漸發展到長篇大河小說，終於成功地以歷史小說的體裁，敘寫了臺灣的歷史，臺灣的命運，也指出了臺灣未來的走向！雖然是晚到的作家，卻綻放出如朝霞般燦爛的霞光。

---

60 他的第一部長篇小說《獨角人王國》，以科幻小說方式寫作，內容講述魯哈族中的現任國王昏昏與弟弟強強之間的明爭暗鬥。故事中穿插族群間的猜忌、恐懼與爭鬥、貪婪及權力、親情和愛情等議題。作品主題乍看是滑稽玩笑，但敘事筆法卻十分寫實，應該是作者創作時「別有懷抱寄託」的。

61 李旺臺：《播磨丸》，臺北市：圓神出版社，2016年。

62 李旺臺：《播磨丸》封底，臺北市：圓神出版社，2016年。

63 同註62。

2 曾富男（曾寬）（1941- ）

曾寬的生平及散文著述已在本文第三小節介紹過。他的長短篇小說有七、八本，其中長篇歷史小說《出堆》（2005）、《終戰》（2012），短篇歷史小說《紅蕃薯》（1999），特別值得在此一提。

長篇小說《出堆》以抗日的三大戰役為背景，描述客家人生存的奮鬥歷程，包含了漢番械鬥、閩客衝突、六堆抗日、決戰東港溪、火燒庄之役等十三章，呈現深遠的客家歷史文化，富有濃厚的尋根意味。《終戰》，則是描寫第二次大戰後，在臺的日本人在遣返日本前，撒下愛情種子，留下了混血兒，也讓臺灣女人為情所困，到老還在等待的淒美愛情故事。至於短篇小說《紅蕃薯》，依其自序所言，「紅」指鮮血，「蕃薯」則指臺灣人，因此「紅蕃薯」之名，代表著臺灣血淚的發展歷史。在《紅蕃薯》中，曾寬以屏東為背景，串聯文字與歷史想像，從〈登陸前夕〉的盟軍轟炸，到〈改朝換代〉光復後的政治與經濟困境，以及反共抗俄、土地改革、白色恐怖等，曾寬透過虛構的小說故事，串聯臺灣人民與土地的歷史。

曾寬的三部歷史小說，加起來幾乎涵蓋了客家人在屏東的生存發展，時間軸比起李旺臺的歷史小說要長要廣。但若就寫作技巧、人物刻畫，故事情節而言，李旺臺的得獎作品，則顯然集中火力，細膩深刻得許多。相對的，曾寬小說的人物顯得較平面而未能透現顯人性的複雜，情節發展亦相對較為平鋪直述。若就其個人作品而論，其散文的刻劃描寫功力，亦在其小說之上。

上述兩位作家的歷史小說，儘管內容都有小說的虛構成分，但他們敘述的核心內容，都在臺灣歷史記憶的重建，尤其是一九四一至一九四五年，臺灣真實歷史被隱藏在教科書的八年抗戰中，而與臺灣真正直接相關的第二次世界大戰的太平洋戰爭，卻幾乎完全被遺漏。特別是日軍在臺灣的部隊部署、活動、盟軍的轟炸、臺籍青年被徵兵至南洋作戰，臺灣人與在臺日本人的關係等等，他們兩位加上早期的陳城富，可說均是以文學之筆把這些被隱藏扭曲遺忘的歷史補足，勿寧是具有劃時代的意義。

（一）現代詩歌藝術的開展翻新

1　涂耀昌（1959-）

　　民國四十八年（1959）生，屏東縣竹田鄉人。世界新專編輯採訪科畢業，後轉任軍官，再轉任學校教官，退役後專事寫作。他的軍旅、教官生涯，成為日後寫作取之不盡的題材。作品曾獲「國軍文藝獎新詩金像獎」、「大武山文學獎新詩首獎」等十餘項文學獎。詩藝深獲余光中、瘂弦肯定，詩作被大學選入旅遊文學教材。

　　著有《清明》詩集（2000）、《與巴掌仙子的雨中約會》散文集（2003）及《中年流域詩文集》（2017）三冊。他的創作可分為：客家宗族與家庭親情的敘寫，軍旅生活中的家國體驗，旅行中的感悟啟發，平日與山川草木蟲魚的交感和學習，及面對人生時的無能、恐懼、悲喜的反思等幾大面向。

　　他的現代詩風格，從刻劃的角度來看，可說他特別能縱情馳騁詩思與想像，不論是靈光乍現還是意象運用，始終保持鷹隼的敏銳與電鰻的生猛；因此動輒寫上四、五十句的長篇來完成一首詩的感觸，往往以十八九個字的長句來表達飽滿的詩情意象：

> 《中年流域詩文集》〈達達港〉節錄
> 翌日策鐵馬遍巡歷史現場／眼前龍頸溪從昔日頓陌庄遊龍擺尾進沓沓庄／側身經過百年的敬字亭後／水聲在閘門前你推我擠／像下課搶溜滑梯的學童般興奮／然一跳入面色沉鬱的達達港／竟化為喧鬧的歷史回音從水花中濺出／聽下彷彿耀耀米穀的聲浪仍此起彼落／而端坐在泉州白石上的「米良碑伯公」／睨了大榕樹上的白頭翁一眼／打了個水氣氤氳的哈欠後即打起盹來……
> 輻輳的舟楫帆影彷彿從水底被撈起／岸邊熱絡的交易猶不絕於耳／一艘艘吃水吃得差點嗆到的運糧舟筏／匯入東港溪浩浩蕩蕩到東港後／戎克船再將米糧轉運賣到都市及唐山……

他的《中年流域詩文集》（2017）中的作品，經過歲月的洗鍊，加上現代主義、鄉土文學等洗禮，益臻成熟，散發一己獨特的詩思個性。其中佳作，譬如有關於生命形象的禮讚與悲憫的，如〈雨中再訪清水寺〉；有關於風土形象的體會與關懷的，如〈達達港〉；有關於社會形象的無奈與失落的，如〈用祥和融資一座天堂〉；又如有關於家族、國族形象的傳承與壯闊的，如〈清明〉、〈到釣魚臺釣一條叫沉重的魚〉均是。每一類的作品都呈現一種人間的面向，每一個面向也都恰如其分地展現應有的感情與批判，讓人得以在腦海中自行組合成現下臺灣的眾生群像。在屏東客家文學方面，形成了美麗的詩歌流域

2　陳瑞山（1955-）

民國四十四年（1955）生，父母皆為屏東竹田客家人，他則在高雄市新興區成長。中國文化大學英文系畢業，德州大學奧斯汀校區比較文學博士。目前任教於高雄第一科技大學應用英語系。

創作文類以現代詩和散文為主。出版有詩集：《上帝是隻大蜘蛛》（1986）、《地球是艘大太空船》（1998）、《重新出花》（2003）等，曾獲中華民國優秀青年詩人獎。

陳瑞山的詩主張徹底的自由化，整首詩發展的結構，強調理性與感情發展的邏輯性。所以我們評賞他的詩，可以發現他的詩歌在極度自由中卻有內在邏輯貫串發展。在《上帝是隻大蜘蛛》中，他以鮮明的意象比擬人類天生在時間和空間所交成的十字架上，如何以有限的生命去對抗無垠的宇宙。其詩作戲劇化、諷諭性的手法，意內言外，發人省思。《地球是艘大太空船》裡，詩人以比較文學背景，汲取東西詩哲經驗，探索在臺灣社會的所見、所聞、所思、所感，書寫變遷下的臺灣社會文化。

> 《地球是艘大太空船》〈臺北，在膨脹〉
> 臺北，在膨脹／空間，在膨脹／時間，在膨脹／人，在膨脹／膨脹，膨脹，臺北／膨脹／如未婚媽媽時裝下的小腹

> 環繞的丘陵臺地膨脹為高山峻嶺／汙濁的大溝圳膨脹為美麗的河川／
> 釣魚池膨脹為湖泊／游泳池膨脹為海水浴場／三條街外的高樓膨脹為
> 遙遠的雲端／廈門街一一三巷膨脹為雙排停車的慢車道……
> 一紙文憑膨脹為一技之長／一本書的作者膨脹為學者專家／一本講義
> 膨脹為考試經典／升學補習班膨脹為學校／略通外語膨脹為精通外
> 文……

作者的詩中，不時呈現多元、開放、差異、誇張、扭曲，但又不失意想天外的幽默及隨興之所至的玄想，讓人讀來發出會心一笑。

張月環（1955-），民國四十四年（1955）生，出版作品有：詩集《風鈴季歌》《2007》；散文集《家鄉的雨》（1994）；短篇小說集《我與巴爾克》（1997）。[64]

（四）散文中的客家文化尋根與生態環境敘寫

二〇〇〇年後，隨著社會日益開放，都市發展使得客家村落凋零老化；工商發達而生態環境日益破壞，屏東散文作家或發而為客家文化尋根，或從事生態環境敘寫，都有相當可以記錄的成就。

1 散文中的客家文化尋根

（1）曾喜城（1949-）

民國三十八年（1949）生，屏東縣內埔鄉人。文化大學中文系畢業、雲林科技大學文化資產碩士。曾任教小學、國中、高中，並曾獲臺北市第一屆POWER教師。二〇〇〇年返鄉，任美和科技大學文化事業發展學系系主任。

---

64 筆名「東行」、「施予」，父親原為長治鄉人，其後遷居潮州。日本安田女子大學文學博士，現為屏東大學商學院應日系副教授。二〇〇〇年以〈二〇〇〇．夢〉獲第二屆大武山文學獎新詩第二名。

退休後主持屏東內埔三間屋文化工作坊，致力於客家文化保存與推廣工作。

曾喜城在文化、教育界甚為活躍，無論報社、電臺、社區都有其活動身影，作品獲獎無數。出版作品以散文為主，共十餘本，另有小說、歌詞等[65]。散文方面有《春蠶》（1987）、《教育動脈》（1989）、《陽光故鄉屏東》（1992）、《山上的孩子》（1992）、《校園的孩子》（1992）、《早安！臺北人》（1994）、《萬巒妹仔沒便宜》（1997）、《陽光的故鄉——屏東》（1997）、《戀戀鄉土》（1999）、《鄉間小路》（2000）、《象山之美》（2000）、《心之所在，就是故鄉》（2010）、《鄉音傳奇，故事多》（2017）、《卑南旅行》（2018）等。

曾喜城從一九六八年起遠赴臺北就讀大學，然後就在臺北落腳生根。早期散文多以北部為主，一九九七年開始則多以故鄉屏東平原的人事物以及心情抒懷為主。一九九九年參加「大武山文學獎」獲散文首獎，同年屏東縣文化局為其出版《戀戀鄉土》散文集八萬字，二〇〇二年再以《歸鄉》為「第三屆大武山文學獎」長篇小說得獎作品，全文十萬餘字。尤其二〇一〇年出版《心之所在，就是故鄉》一書，抒發一己內心深處對故鄉的戀念感恩，最為動人。

　　《第二屆大武山文學獎作品集》〈三間屋〉節錄（1999）。
　　我喜歡老屋，尤其是自己曾經住過的三間老屋。
　　再一次親近老屋，突然會把自己和幾代人連成一條線，而同一代的家人，也還能拴成一個圓圈。那怕大家都已勞燕分飛，卻還是心相牽掛，像極了風箏有線來牽。……
　　我和兄長進入正堂，……牆上的對聯，也早已斑剝模糊，我東拼西湊，想把它們抄錄下來。有些字太高了，又模糊得認不清楚。兄長說他頂我好了，我踩上了大哥的雙肩。大哥原就很瘦弱，突然肩負重物，愈覺搖搖欲墜，他呼吸急促，有氣無力地說：「你慢慢抄，不要

65　小說有《歸鄉》（2000）；歌詞創作有《宗聖公祠》（2011）、《韓文公介香火》（2011）、《奉公王》（2011）、《夫妻樹》（2011）、《我是紙鷂》（2011）等。

抄錯了，會對不起祖宗。」我踩在大哥的肩膀上，東搖西幌地直到大
哥把重心靠在牆壁上才稍微好一點。我趕緊拿出袖珍筆記本，歪歪扭
扭地記下：

「創造本維艱。數十年宵旰勤勞始獲堂宇苟完。願後嗣勿忘西山舊
跡。」

「守成仍未易。歷百世橫經負未發揮門盧永泰。光前烈宜念東海遺
風。」

當我從大哥的肩膀往下躍的時候，他早已忘了氣喘得咻咻然，驚異地
直問這些字到底寫什麼，可否抄一張讓他帶回去給侄兒看。……

他筆下的三間老屋，自然不造作的流露客家人重視祖宗祠堂，不忘本，敬天
畏祖、慎終追遠的族群特色。在他其他的散文作品中，故鄉的淳美厚實，總
讓人心靈有恆久的慰藉與依仗；而刻畫深入又真摯溫厚的筆觸，總給懷鄉遊
子溫暖有力的召喚。他的散文，經常流露出一種遊子歸鄉的安心踏實，有別
於其他從六堆北上，至今依然滯留臺北的遊子所抒發的鄉愁之作，這是他後
期敘寫故鄉散文的特色，也是特別動人的地方。

（２）劉祿德、陳明富、張添雄、黃瑞芳、林竹貞、溫蘭英

屏東地區還有幾位退休的校長、主任、老師，他們在退休後致力於散文
寫作，內容不乏人生哲理、親情友情的論述，真摯懇切，頗為動人。其中亦
有頗多關於客家文化尋根之作，雖是遲到的作家，卻也顯現相當成績。[66]

---

66 劉祿德，民國二十一年（1932）生，屏東縣麟洛鄉人。畢業於屏東師範學校，內埔國
　　小校長退休後，二○一三年，以八十二高齡獲屏東大學客家研究所碩士學位。出版有
　　《退休五年》（2002）、《我們的成長》（2009）、《花開時節》（2012）、《人生八十才開始
　　花開遍地》（2016）、《客家文化、客家民俗風情》（2018）等散文集。
　　陳明富，民國二十四年（1935）生，屏東內埔人，為著名作家陳城富胞弟。內埔國小
　　退休。著有《明園小品集》（2012），《明園詩集》（2012）等。
　　馮錦松，民國二十七年（1938）生，屏東縣麟洛鄉人。屏東師範學校畢業，國小校長
　　後，出版有《心緣集》（1996）、《新屋家大夥房》、《一路走來》（2004）等散文集。

　　另外如溫蘭英、黃瑞芳、林竹貞、吳美金等退休老師，亦不時有客家文化尋根之作，經常發表於《六堆風雲》、《六堆雜誌》。

2　散文中的生態環境敘寫

（1）謝桂禎「杜虹」（1964-）

　　民國五十三年（1964）生，屏東縣內埔人。筆名「杜虹」，屏東內埔人。屏東科技大學熱帶農業暨國際合作系博士。任職於墾丁國家公園管理處三十年，從事解說教育及保育研究工作，並協助當地社區發展以環境保育為目標的生態旅遊。

　　創作文類以散文為主，作品曾獲各大文學獎。著有散文集《比南方更南》（1999）、《有風走過》（2000）、《秋天的墾丁》（2003）、《相遇在風的海角：阿朗壹古道行旅》（2013）、《蝴蝶森林》（2016）等。《比南方更南》，是記述恆春一帶的自然景觀及風土民情；《秋天的墾丁》，以日記體書寫九月一日至十一月三十日的墾丁秋天之美。《相遇在風的海角：阿朗壹古道行旅》，則是細數阿朗壹古道的今昔樣貌，讓我們得以窺見古老岩石及海岸生命的堅毅多姿。《蝴蝶森林》更是眼見為憑的生態現場報導，她的作品裡可說充分展現了真實的恆春半島多元生命樣態。

　　　〈蝶之生〉節錄
　　　六點九分，蛹的頂部出現了一隙裂縫！接著裂縫慢慢被頂開，蝴蝶的
　　　前足向外探索；然後再將蛹蓋撐開些，腳用點力，頭部出殼；停頓會
　　　兒，腳再用點力，胸部出殼；最後六足齊動，翅翼與腹部被快速拉出

張添雄，民國三十五年（1946）生，屏東佳冬人。國立政治大學法學士、國立臺東大學社會科教學碩士。曾任國小、高中，及美和、大仁科大兼任教師。著有《高屏六堆客家的歷史文化與民情風俗》（2004）、《淺顯的詩》（2010）、《六堆客家庄尋奇采風紀》（2012）、《六堆客家人的采風》（2012）、《高屏六堆客家采風錄》（2015）、《高屏六堆客家采風錄（二）》（2017）等。

這花花世界。一個腹部肥大、翅膀皺巴巴的小團蝶體呈現眼前，我屏
氣凝神盯著這看起來有點陌生的生物，牠節奏均一的微動著皺翅，動
著動著，血淋巴液注入翅脈，頃刻間皺翅撐平，一隻我所熟悉的黃裳
鳳蝶在微雨中新生。整個過程只有一分多鐘。凌空量測牠前翅垂平的
寬度，約有十六公分，這是臺灣本島最大型的鳳蝶。……

她寫蝴蝶從蛹羽化成蝶的歷程，從蛹的色澤變化，寫這蛹將經歷一場非生即
死的巨變，沒有固定的時間劇本可資遵循，也充滿了各種不同的可能性，一
方面寫蛹的可能變化，一方面也在寫人類生命、命運起伏的哲理。

　　杜虹的散文創作與其他散文作家最不一樣的地方，在於她擅長以大自然
的蟲魚鳥獸、花草樹木來敘寫季節更替、自然生態；文字風格溫柔縝密、輕
盈婉約。使其作品繼曾寬之後，在臺灣自然生態書寫的版圖上占有重要地位。

（2）蔡森泰（1958-）

　　民國四十七年（1958）生，屏東縣萬巒鄉人。筆名「聖達各」。民國七
十九年（1990）進入林務局擔任巡山員工作，經常有機會在野外長期觀察動
植物及高山溪流，然後一一述記。

　　他對自然了解深刻、細微，長期關注山林環保問題；同時推動客家文化
事務不遺餘力，作品中的經驗與思考，時時湧現對鄉土的熱愛與關懷。創作
文類以散文為主。出版有《土地之歌》（1998）、《每一棵樹都是神》
（2000）、《匡係臺灣客家人　斷絕中國奶水情》（2002）等。此外，他也善
於創作客語童謠及歌詞，歌謠作品被萬巒國小、麟洛國小、五溝國小等在地
學校收錄，刻正準備發行專集中。

　　《每一棵樹都是神》〈一顆佛心一棵樹〉節錄
　　四面八方湧來的人潮，將一盞盞的小蠟燭，閃亮明滅，整整齊齊的佈
擺在大雄寶殿的前廣場。佛光山的點燈儀式，確實有夠壯觀華麗。
　　一盞一盞的小火燭，如果換成一株株樟樹、茄冬或杉櫟松該有多好。

如果宗教是永遠的、無國界世紀之分的話，宗教界可以在臺灣、中
國、亞洲、全世界各地植造更多的森林。過往的年代，宗教為了闡揚
教義，買田尋地，披荊斬棘的建立大宮殿。砍傷樹靈，封土傷蟲，已
違上天有好生之德，加上人類貪婪無知，崇拜偶像，砍樹雕佛，更使
大地森林浩劫。……

一顆佛心一棵樹，點一盞祈福的燈，不如好好的植種一棵樹。把樹當
佛，把樹當神般供養，不也是很好？聰明的人們，何時才能參悟？

他的散文觀點新穎，用心深刻，對山林保育不遺餘力的提倡，四處吹響號
角，不但不畏人言，也無懼宗教團體的壓力，這是蔡森泰一貫的直言無畏，
一如質樸山林的性格與立場，也是他的文章深刻有力的地方。

（3）曾昭雄（1963-）

　　民國五十二年（1963）生，屏東縣內埔鄉人。國立屏東科技大學畢業、
高雄師範大學研究所肄業。專長為生態環境教育、文史調查、社區營造等。
現任屏北區社區大學生態環境講師、國立屏北高中原住民專班教師。

　　歷年來參與撰述或合著的出版品有相當多本，著述內容大概可以歸納為
幾大部分：一是六堆地理文化類：主要是由族群文化景觀敘事，分析聚落的
歷史與脈絡。如《地圖上找不到的客家桃花源──六堆》（2007）、《從空中閱
讀六堆》（2007）《看懂六堆客家庄》（2009）。二是植物生態圖鑑類：介紹許
多早期被先民廣泛利用於生活中的植物，如《寶來綠色寶藏──蘇羅婆民俗
植物》（2012）、《寶來綠色寶藏-老樹說故事》（2013）。三是屬於森林溪流環
境類：主要是闡述森林與溪流的關係，如何造成族群生活、文化的延伸。如
《千尋萬年溪──一條溪流的身世》（2011）、《走讀屏東濕地》（2017）等。

　　《走讀屏東濕地》節錄

　　自然界的力量是無遠弗屆的，經由漫長的地理變化過程，造就許多特
　　殊的地理景觀，天然濕地也是這種作用下的產物。最多的濕地出現在

> 河流出海口，或河流經過的沿岸。寬廣的出海口因為長年淤積而產生
> 泥灘地；在海岸因為潮汐漲退的緣故，也會形成灘地；在河口海岸生
> 長的紅樹林具有攔截泥沙的功能，所以也會形成濕地，如林邊溪口；
> 而海岸漂沙圍成的潟湖，如大鵬灣，以及隆起的珊瑚礁、裙礁、堡
> 礁、潮地，如小琉球島等，都是形成濕地的原因。……

他個人著述或與其他人合著，或為客委會、屏東縣政府等單位編著的書籍，
幾乎都是圖文並茂，文字深入淺出，照片清晰動人，每本都是賞心悅目，讓
人能夠在「悅」讀後，了解生態，了解環境，了解森林溪流，也了解族群聚
落；當然也一定會愛上屏東！愛上六堆！

六 結論

本文的寫作，首先以時間為主軸，將屏東客家現代文學約略概括為四期
來敘述，第一期是日據時代與戰後世代的傳承（1940-1960），第二期是戰後
成長世代的耕耘與突破（1960-1980），第三期是鄉土文學運動時代的風起雲
湧（1980-2000），第四期是當代客家文學的多元創作敘寫（2000-）。

第一期是日據時代與戰後世代的傳承，時間約略是從日治時代末期至戰
後民國五〇年代（1960）左右。這一時期的創作，由於跨越語言的障礙，故
而作家及作品都偏少。小說方面由鍾理和開啟客家文學的先聲，繼之而起的
有陳城富，他們兩位都有漢文的基礎，所以得以跨越語言的障礙。寫作功力
誠有高下之別，但內容都涉及殖民傷痕及故鄉回歸的敘寫。現代詩方面則僅
有徐和鄰在努力學習中文十餘年後，交出了可貴的成績單，寫作內容與技
巧，繼承早期日治時期臺灣文學寫實的可貴傳統。

第二時期是戰後成長世代的耕耘與突破，時間約略在一九六〇至一九八
〇年代。光復後新生的一代，受了國民政府完整的中文教育，文學創作開始
有了新的耕耘面貌，不論是小說、現代詩，都開出了較上一代豐富多彩的花
朵。小說作家有張榮彥、葉輝明兩位，當時臺灣文壇是在現代主義文學的籠

罩之下，但他們深居屏東，似乎並未受到太多影響，筆下都和屏東這塊土地
上的人事物，有深刻的聯結共鳴，尤其是當時農村生活樣貌的敘寫，形成了
動人的在地書寫。在現代詩方面，共有許其正、林清泉、涂秀田等三位代表
作家，他們在當時現代主義文學風潮席捲之下，不論是在強調內心世界的探
索，運用大量想像的詩歌抒情技巧；或在文字上錘鍊雕琢，採用濃縮隱喻、
切斷跳躍或強調聲音節奏等藝術技巧，都顯出了詩歌藝術的追求與成熟。

　　第三階段是鄉土文學運動時代的風起雲湧，大約是一九八○至二○○○
年左右。當時鄉土文學的崛起，意味著以臺灣為主體的臺灣文學正式宣告成
為文學寫作主流。當然客家文學在這段時期，也相應起了巨大的變化，特別
是在鍾理和鄉土寫實文學的客家魂魄牽引下，這時期文學的發生變化，主要
可分成本土意識覺醒與現代詩的豐收，鄉土文學運動與散文書寫，客家雜誌
的創辦與貢獻等三方面。本土意識覺醒與現代詩的豐收上面，傑出詩人有曾
貴海、利玉芳、陳寧貴三位。這個世代的詩人，他們認為文學詩歌應更具有
歷史使命感，也應去探索社會政治的劇烈變化，所以在敘寫的內容與技巧
上，是現實主義的實用文學漸漸取代了現代主義美學。他們開始明顯的將社
會議題納入字裡行間，農村、勞工、政治、環保、城鄉差距、女性自覺，都
成為詩的終極關懷。而在文字運用上，詩人放棄了瑰麗堂皇的貴族語言，選
擇相對鮮明平實的用語，出入藝術與社會之間，與大眾展開對話。

　　在散文敘寫上也有了明顯的拓展。一方面是興起了一股擁抱臺灣土地的
「自然書寫」的文學思潮與寫作方向；一方面是在鄉土文學運動後的本土意
識覺醒下，有些作家企圖以寫作來突顯「客家主體性」，開啟了客家文藝復
興的先聲。前者在自然書寫方面，代表作家有曾寬、鍾吉雄、黎華亮。其中
又以曾寬描寫屏東平原上客家風情的地景散文最具成就。後者在客家文藝復
興方面，有馮清春在客家農民文學、李盛發在客家歌劇文學及郭俊雄（陌上
桑）在客家政論散文等不同領域各自努力，都發揮了具有相當分量的影響力。

　　在此一時期客家雜誌的創辦與客家社團的運作，也有具體的影響與貢
獻。客家雜誌方面，不論是《六堆雜誌》、《六堆風雲雜誌》，都提供了屏東
地區客家人許多寫作發表的空間，大大的促進了屏東客家文學的發展，也凝

聚了屏東客家人的向心力。另外「社團法人屏東縣六堆文化研究學會」的客家社團，在曾彩金擔任總幹事之下，不但扛起主編《六堆客家社會文化發展與變遷之研究》十五冊之重任，還號召退休校長、主任、老師，義務蒐集、整理、出版十多本六堆文化書籍，以及一系列六堆文化民間文學有聲書，為傳承六堆客家文化及民間文學盡心盡力，歷年來獲獎無數，貢獻最為卓著。

時序進入二○○○年，屏東客家文學與當代臺灣文學一樣，進入百花齊放、眾聲喧嘩的自由開放的寫作年代。在屏東客家文學的多元創作敘寫方面，有特別值得注意的四個面項及成就：第一是全面性「客語文學」的大量創作，第二是當代歷史小說的崛起，第三是現代詩歌藝術的開展，第四是散文中的客家文化尋根及生態環境敘寫。

在第一項全面性「客語文學」的大量創作方面，包括小說、詩歌、散文、兒童文學，皆有以純正客語書寫的作品大量產出，令人目不暇給，也為之驚艷不已。這種原本被邊緣化的弱勢聲音漸漸釋放出來，就文學史的角度觀察，除了一九七六年解嚴後鄉土文學論戰爆發，一九八○年代後臺灣文學主體性的確立，有其深遠的影響外；一九八八年底南北客家串聯的還我母語運動，則有著更為直接有力的鼓舞。當時屏東有馮清春在思想上的先導先行，行動上的劍及履及；曾貴海二○○○年《原鄉‧夜合》客語詩集的發表；及利玉芳的客語詩寫作；李盛發校長二○○三年成立「李文古客家歌劇團」等，都是直接間接帶動了「客語文學」寫作的風氣。另外，客家委員會的成立，教育部客家語常用字的公布，全國語文競賽的客語演說朗讀比賽，及各單位鄉土文學獎徵文、屏東《六堆雜誌》、《六堆風雲雜誌》提供發表的園地等等，在在促進了「客語文學」全面性的創作。至於創作成果，截至目前為止，在客語小說方面，有李得福的《錢有角》；在客語詩歌方面，有吳聲淼、劉誌文、羅秀玲三位，其中羅秀玲更是後起之秀；在客語散文方面，有鄭國南、劉敏華、黃瑞芳、曾秋梅、李雪菱、謝惠如、左春香、徐儀錦等母語老師的努力；在客語兒童文學方面，則以馮喜秀的客語兒童詩，鍾振斌押韻逗趣的童謠及客語口說藝術劇本，以及鍾屏蘭的客語兒童繪本為代表。

第二是當代歷史小說的崛起，在後殖民主義的思潮下，臺灣文學邁向主

體性的臺灣意識文學建構，尤其是針對一九四一至一九四五年對臺灣被隱藏、扭曲、遺忘的歷史的敘寫，有傑出的成果。這方面代表的有二〇一六年李旺臺的得獎長篇小說《播磨丸》，及曾寬的長篇歷史小說《出堆》（2005）、《終戰》（2012）等。他們可以說是繼第一代作家陳城富之後，以文學之筆把這些缺頁的臺灣歷史補足，還原真相，可說是具有劃時代的意義。

第三是現代詩歌藝術的開展翻新，包含寫作內容的多元及寫作技巧的推陳出新。代表的作家有涂耀昌、陳瑞山等詩人。涂瑞昌出身軍旅，他的《中年流域詩文集》，不論是關於生命形象的禮讚與悲憫、風土形象的體會與關懷、社會形象的無奈與失落、家族、國族形象的傳承與壯闊，都在屏東客家文學方面，形成了美麗的詩歌流域。陳瑞山留學國外，詩作也寫變遷下的臺灣社會文化，但不時呈現多元、開放、差異、誇張、扭曲等中西交融的寫作技巧的翻新轉化。

第四是散文中的客家文化尋根及生態環境敘寫。二〇〇〇年後，隨著都市的高速發展使得客家村落凋零老化，工商發達而生態環境日益破壞，屏東散文作家或發而為客家文化尋根，或從事生態環境敘寫，都有相當成就。在客家文化尋根方面，作家不少，如曾喜城、劉祿德、陳明富、張添雄、黃瑞芳、林竹貞、溫蘭英等人，都有不錯作品，但其中成就最高的當推曾喜城，他的作品質量俱佳，得獎無數。在生態環境敘寫方面，謝桂禎「杜虹」，蔡森泰、曾昭雄三位，都有出色作品足堪代表。

總觀六堆文學作品中，有些敘寫六堆客庄自然風光與人文地景，有些突顯六堆客庄各種人物特色，有些批判客家農村社會問題，有些抒發遊子懷鄉的濃濃愁緒；至於女性自我覺醒、政治社會議題、生態環保問題、客家族群意識、客家文化價值衝擊與保存等等，皆在六堆作家筆下以小說、詩歌、散文或各式文類抒發表現，無不蘊含了六堆客家社會的風俗民情、生活方式、行為思考模式及價值觀等客家特色及客家意識；可以說，屏東客家文學作品是客家人文化心靈的結晶，正可映現深層的客家文化底蘊，願大家一同來傾聽由他們譜寫的客家文學的心靈樂章。

參考文獻

六堆客家鄉土誌編纂委員會主編　《六堆客家社會文化發展與變遷之研究》
　　　　屏東市　六堆文化教育基金會　2001年

利玉芳　〈地方意識與文學創作〉　《笠詩刊》第230期　2003年

利玉芳　〈詩觀──生活藝術經驗的再擴大〉　《向日葵》　臺南縣　臺南
　　　　縣文化中心　1996年

利玉芳　《活的滋味》　臺北市　笠詩刊社　1986年

李旺臺　《播磨丸》　臺北市　圓神出版社　2016年

周華斌　〈由對母語的〈憑弔〉談起──賞析利玉芳詩集《貓》中的一首詩
　　　　及該詩的再創作〉　《臺灣現代詩》第4期　2005年12月

封德屏主編　《二○○七臺灣作家作品目錄》　臺北市　文訊雜誌社　2007年

徐正光主編　《美濃鎮誌》　高雄市　美濃鎮公所編印　1996年

陳　煌　〈詩人的激情──我讀陳寧貴的「商怨」〉　《中華文藝》第20卷6
　　　　期　1981年

陳寧貴　〈三分臺灣詩天下」〉　《笠詩刊》第115期　1983年

彭瑞金　〈利玉芳詩解讀〉　《文學臺灣》第56期　2005年

曾貴海　《原鄉·夜合》　高雄市　春暉出版社　2018年

黃子堯主編　《臺灣客家文學發展年表》　臺南市　國立臺灣文學館　2018年

黃文車主編　《屏東文學家小傳》屏東市　屏東縣政府　2016年

鍾宇翡　《臺灣戰後現代詩研究》　高雄市　高雄師範大學中文系博士論文
　　　　2015年

鍾屏蘭　〈臺灣客家現代詩中的「詩史」：曾貴海《原鄉·夜合》析探〉
　　　　《高雄師大學報》第27期　2009年　頁111-136

鍾屏蘭　〈回歸與重生〉　《原鄉·夜合》導讀　高雄市　春暉出版社
　　　　2018年

鍾屏蘭　〈曾貴海《原鄉・夜合》一書中的客家女性書寫〉　《客家研究》
　　　　第3卷第1期　2009年

鍾屏蘭　《發叛開花了》　屏東市　六堆學文化藝術基金會　2018年

鍾榮富　《不斷超越的詩章：曾貴海作品研究》　高雄市　高雄市政府文化
　　　　局　2011年

二〇一九近現代中國語文
國際學術研討會議程表

會議時間：二〇一九年十二月六日（星期五）
會議地點：國立屏東大學民生校區
　　　　　開、閉幕典禮：教學科技館視訊會議廳
　　　　　發表會場A：教學科技館301教室／
　　　　　發表會場B：教學科技館302教室
主辦單位：國立屏東大學中國語文學系
協辦單位：國立屏東大學人文社會學院

二〇一九近現代中國語文國際學術研討會				
時　　間	主持人	發表人	講　　題	特約討論人
08：30 ｜ 08：50	報　　到 入　　場			
08：50 ｜ 09：10	開幕典禮（A、B場同時於教學科技館視訊會議廳舉行）			
	劉英偉副校長　致詞 簡光明院長　　致詞 余昭玟主任　　致詞			
09：10 ｜ 10：20	專題演講（A、B場同時於教學科技館視訊會議廳舉行）			
	主持人：余昭玟主任 講　者：楊秀芳　臺灣大學中文系名譽教授 講　題：方言本字研究的觀念與方法——從「奧步」談起			
10：30 ｜ 12：00	簡光明院長 屏東大學人社院	張連航教授 香港教育大學中國語言學系	傳統語文學的教與學：關於中文主修學生古漢語知識與能力結構的研究	王松木主任 高雄師範大學國文系

二○一九近現代中國語文國際學術研討會				
時　　間	主持人	發表人	講　　題	特約討論人
場次（一）A		李淑娟主任 韓國全北大學中文系	抗拒遺忘‧拒絕沉默——論陳冠中的《盛世》與《裸命》	林秀蓉教授 屏東大學中文系
		莫加南教授 中山大學中文系	反對「劃一意識的壓迫」：從華語語系再論1980年代「台灣意識」論戰	廖淑芳教授 成功大學臺文系
10：30 — 12：00 場次（一）B	林晉士院長 高雄師範大學文學院	黃自鴻教授 香港公開大學人文社會科學院	江戶時代的杜甫形象：個性、詩史與詠杜創作	黃惠菁教授 屏東大學中文系
		邱彩韻博士後研究員 雲林科技大學漢學應用研究所	馬來西亞華社研究中心館藏峇峇文版中國古典文學概況探究	黃文車教授 屏東大學中文系
		蕭振聲教授 中興大學中文系	唐君毅性善論型態辨析	姜龍翔教授 高雄師範大學國文系
12：00 — 13：30		午　　餐		
13：30 — 15：00 場次（二）A	蔡榮婷副校長 中正大學	楊秀芳名譽教授 臺灣大學中文系	未見唐宋韻書著錄的方言形態變化	林慶勳榮譽退休教授 中山大學中文系
		謝家浩教授 香港教育大學中國語言學系	流動應用程式（Apps）與漢字的學與教	周碧香教授 臺中教育大學語教系
		林其賢教授 屏東大學中文系	東初法師的史識、史觀及史學成就	邱敏捷學務長 臺南大學國語文學系
13：30 — 15：00 場次（二）B	丁旭輝教授 高雄科大文創系	鄭雪花教授 臺東專科學校通識教育中心	溢出裂縫的微光——管窺《苦雨之地》的敘事策略及其深層意蘊	簡義明教授 成功大學臺文系
		曾進豐教授 高雄師範大學國文系	「現在」的臣僕／帝皇：論周夢蝶詩的時間意識	丁旭輝教授 高雄科大文創系

二〇一九近現代中國語文國際學術研討會				
時　　間	主持人	發表人	講　　題	特約討論人
		陳正芳教授 暨南國際大學中文系	走過翻譯之後──以日本短歌《亂髮》的在台中譯為探究起點	張月環教授 屏東大學應日系
15：00 ｜ 15：20		休　息（茶敘）		
15：20 ｜ 17：00 場次（三） A	李淑娟主任 韓國全北大學中文系	謝薇娜博士後研究員 中央研究院 中國文哲研究所	「地獄的旁邊」──魯迅（1881-1936）《野草》的佛教象徵與情感的融合詮釋	林雅玲教授 高雄師範大學國文系
		董淑玲教授 臺中教育大學語教系	無情世代：論蔣曉雲早期言情小說	王國安主任 屏東科技大學 通識教育中心
		郭澤寬教授 東華大學臺灣文化學系	左右交匯下的激流──50年代香港政治內幕小說的書寫	陳惠齡教授 清華大學臺文所
15：20 ｜ 17：00 場次（三） B	鍾榮富講座教授 南臺科大應英系	邱湘雲教授 彰化師範大學臺文所	台灣客家文學中的書寫女性與女性書寫	鍾屏蘭教授 屏東大學中文系
		鍾屏蘭教授 屏東大學中文系	屏東客家現代文學初探──從屏東文學史的角度觀察	鍾榮富講座教授 南臺科大應英系
		林秀蓉教授 屏東大學中文系	文學療癒與性別政治：論朵思詩的身體書寫	蕭義玲教授 中正大學中文系
17：10 ｜ 17：30		閉幕典禮（A、B場同時於教學科技館視訊會議廳舉行）		
17：40 ｜ 19：40		晚　宴		

議事規則：主持人五分鐘，發表人十三分鐘，特約討論人十分鐘，回應三分鐘，其餘為綜合討論時間。

學術論文集叢書 1500016

文學與思想的跨域交會：二〇一九近現代中國語文國際學術研討會論文集

主　　編	鐘文伶
責任編輯	林以邠
特約校對	林秋芬

發 行 人　林慶彰

總 經 理　梁錦興

總 編 輯　張晏瑞

編 輯 所　萬卷樓圖書股份有限公司

臺北市羅斯福路二段 41 號 6 樓之 3

電話　(02)23216565

傳真　(02)23218698

發　　行　萬卷樓圖書股份有限公司

臺北市羅斯福路二段 41 號 6 樓之 3

電話　(02)23216565

傳真　(02)23218698

電郵　SERVICE@WANJUAN.COM.TW

香港經銷　香港聯合書刊物流有限公司

電話　(852)21502100

傳真　(852)23560735

ISBN 978-986-478-458-5

2021 年 4 月初版

定價：新臺幣 420 元

如何購買本書：

1. 劃撥購書，請透過以下郵政劃撥帳號：

帳號：15624015

戶名：萬卷樓圖書股份有限公司

2. 轉帳購書，請透過以下帳戶

合作金庫銀行　古亭分行

戶名：萬卷樓圖書股份有限公司

帳號：0877717092596

3. 網路購書，請透過萬卷樓網站

網址　WWW.WANJUAN.COM.TW

大量購書，請直接聯繫我們，將有專人為您服務。客服：(02)23216565　分機 610

如有缺頁、破損或裝訂錯誤，請寄回更換

國家圖書館出版品預行編目資料

文學與思想的跨域交會：二〇一九近現代中國語文國際學術研討會論文集/鐘文伶主編. -- 初版. -- 臺北市 ： 萬卷樓圖書股份有限公司, 2021.04

面 ； 公分. -- (學術論文集叢書 ; 1500016)

ISBN 978-986-478-458-5(平裝)

1.漢語 2.中國文學 3.文集

802.07　　　　　　　　　　110003444